Zum Buch:

In Sienas Leben geht es mal wieder drunter und drüber: Matteo, der Mann ihrer besten Freundin Sara, ist plötzlich verschwunden - und das unter reichlich dubiosen Umständen. Gleichzeitig verdächtigt die Nonna plötzlich Gianni, eine Affäre zu haben, und zwar ausgerechnet mit La Gallina, der nach Hühnern verrückten Nachbarin. Sienas Spürsinn ist also gleich doppelt gefragt. Und als wäre das alles noch nicht genug, gibt es ja auch noch die Männer in Sienas Leben. Warum lässt Luca einfach nicht locker? Und was ist da denn jetzt eigentlich zwischen ihr und Fabrizio Straghetti?
Siena fühlt sich wie in einem riesengroßen klebrigen Spinnennetz gefangen, in das sie sich immer weiter verstrickt – ohne zu wissen, wer am Ende die große, fette Spinne ist, die im Hintergrund lauert …

Zur Autorin:

Laura Fiore heißt im wahren Leben Jessica Kremser und liebt Italien schon seit ihrer Kindheit. Nach dem Abitur lebte sie eine Weile in Florenz und studierte anschließend unter anderem italienische Literaturwissenschaft. Auch wenn sie mittlerweile in München wohnt, verbringt sie ihren Urlaub nach wie vor (natürlich!) am liebsten in der Toskana.

Lieferbare Titel:

Siena Carciofine und die Toten im Weinberg (Band 1)

LAURA FIORE

SIENA CARCIOFINE

UND DIE LEICHE IM HOTEL PARADISO

KRIMINALROMAN

HarperCollins

Für meine Freundinnen!
Ihr macht mein Leben so viel schöner

1.Auflage 2023
Originalausgabe

Umschlaggestaltung von Zero Werbeagentur, München
Umschlagabbildung : SIM VA, overlays-textures, Pongstorn Pixs,
kosmofish, bogumil, Ihnatovich Maryia / Shutterstock
Fani Kurti / iStock
Gesetzt aus der Stempel Garamond
von GGP Media GmbH, Pößneck
Druck und Bindung von GGP Media GmbH, Pößneck
Printed in Germany
ISBN 978-3-365-00270-4
www.harpercollins.de

Klimaneutral
Druckprodukt
ClimatePartner.com/15110-2009-1001

FSC
MIX
Papier
FSC® C014496

PROLOG

Schon als kleiner Junge hatte er Spinnen nicht ausstehen können, und es lag eine gewisse Ironie in der Tatsache, dass er mit Nachnamen ausgerechnet *Ragniero* hieß. Der deutliche Anklang an das Wort *ragno*, Spinne, hatte ihm in der Schule den Spitznamen Spider-Man eingebracht. In den frühen 1960er-Jahren hatte einer seiner Klassenkameraden, Aldo Vinci, den Comic von Verwandten direkt aus New York bekommen und Giuseppe den Namen verpasst.

Giuseppe Ragniero hatte sich nicht dagegen gewehrt, denn er hatte sehr wohl begriffen, dass er als Kompliment gedacht war. Und außerdem hatte er sich immer bemüht, sich seine Abneigung gegen Spinnen mit keinem Zucken, keinem Blinzeln, keinem Schaudern anmerken zu lassen. Damals hätte in der Grundschule an einem der ärmlicheren Enden von Florenz schon weitaus weniger ausgereicht, um als Schwächling oder – zu dieser Zeit noch schlimmer – als Mädchen zu gelten.

Giuseppe betrachtete die dicke Spinne außen am Fenster. Die acht Beine verursachten ihm schon beim bloßen Anblick ein unangenehmes Kribbeln auf seiner Haut, und außerdem: Wie sollte man einem Lebewesen über den Weg trauen, dessen Augen man nicht erkennen konnte?

Il prudente ha gli occhi aperti. Der Umsichtige hat seine Augen weit offen. Das hatte seine Mutter öfter gesagt. Es war vermutlich die einzige Redewendung, die sie jemals gebraucht hatte, ansonsten war sie sehr wortkarg gewesen. Das Wenige, was sie gesagt hatte, hatte sie normalerweise nicht auch noch mit Redewendungen ausgeschmückt.

Er sah der Spinne zu, wie sie unaufhörlich und unbeirrbar ihr feines Netz spann. Sie bewegte sich schnell und präzise, und die seidenen Fäden gehorchten der Baumeisterin ohne Widerstand. Giuseppe kniff die Augen zusammen. Hässliche Tiere. Wirklich hässliche Tiere. Aber diese Netze … Die waren echte Kunstwerke, das musste man den scheußlichen Viechern lassen.

Giuseppe Ragniero gähnte und legte den Kopf in den Nacken. Die Augen fielen ihm zu, doch ein Geräusch ließ ihn nur Sekunden später wieder hochschrecken. Er setzte sich aufrecht hin und spitzte die Ohren.

Da war es wieder! Ein leises Rascheln.

Langsam stand er auf. Er konnte sich keine Nachlässigkeit erlauben. Nicht jetzt, so kurz vor dem Ziel.

Für sein Alter war Giuseppe immer noch geschmeidig und behände, und er bewegte sich lautlos, als er aus der Portierloge hinaus ins dunkle Treppenhaus des Hotels schlüpfte.

Er verharrte und lauschte.

Nichts zu hören.

Es war unwahrscheinlich, dass sich hier jemand unbemerkt die Treppe hinauf- oder herunterschleichen konnte, denn dafür knarzten die alten Stufen viel zu laut. Mit schnellen Schritten war Giuseppe bei der Eingangstür und riss sie auf.

Ein empörtes Fauchen, dann wich die räudige Katze, die in letzter Zeit ständig irgendwo rund ums Hotel auf etwas Essbares lauerte, zurück.

»Via«, fauchte Giuseppe zurück. »Hau ab!«

Katzen mochte er fast genauso wenig wie Spinnen.

Aufmerksam ließ er seinen Blick über die Straße schweifen. Um diese Uhrzeit war niemand mehr unterwegs, und er konnte auch sonst nichts Auffälliges oder Ungewöhnliches entdecken. Das Licht, das das Hotelschild eigentlich hell erleuchten sollte, flackerte nur noch schwach und unregelmäßig. Er hätte sich längst darum kümmern müssen.

Er betrat das Hotel wieder und ging zurück in seine Loge, sein Reich. Ein Reich, so unauffällig und klein, von dem aus man aber trotzdem große Macht ausüben konnte, wie er gelernt hatte. Von dem aus unsichtbare, aber tödliche Fäden gesponnen werden konnten. Der alte Stuhl gab mit einem resignierten Seufzen nach, als Giuseppe Ragniero sich hineinplumpsen ließ. In diesem schäbigen Etablissement gab es so einiges, um das man sich dringend kümmern müsste, überlegte er. Aber vielleicht war das schon sehr bald nicht mehr seine Sache. Er tätschelte liebevoll die Brusttasche seines abgewetzten Jacketts und spürte das feine Knistern. Dort befand sich der Prospekt der Kreuzfahrt …

Sechs Monate.

Fünf Sterne.

Und beinahe 65 Jahre, die er darauf hatte warten müssen.

Der Alte hatte gedacht, er könnte ihn mit ein paar Brosamen abspeisen. Lächerlich. Ohne ihn könnte er sein ganzes *Hamburg* doch vergessen! Zum Glück hatte der Fettsack es begriffen und die Zahlungen anständig erhöht. Und drüben im Safe lagerte jetzt sein Schatz. Sein persönliches Eintrittsticket – nicht nur für die Kreuzfahrt, sondern für eine goldene Rente.

Giuseppe Ragniero lehnte sich zurück und wuchtete seine Beine auf den Tisch. Er spähte zur Spinne am Fenster. Das Netz war bereits richtig groß geworden in den wenigen Minuten, die vergangen waren. Filigran und tödlich: Bald würde sich die erste Fliege darin verfangen und hilflos zappeln. Hoffentlich kam das Vieh nicht zu ihm hineingekrochen. Das Fenster ließ sich nicht mehr richtig schließen, und obwohl ihm das Monstrum da draußen ziemlich fettleibig vorkam, konnte man nicht wissen, ob es sich nicht doch durch den Spalt zwängen konnte. Giuseppe gähnte und schloss die Augen. Um das nicht mehr schließende Fenster konnte sich dann demnächst jemand anderes kümmern. Er wäre dann längst auf dem prächtigen Schiff …

»Buonasera. Guten Abend.« Die Stimme hinter ihm schien aus dem Nichts zu kommen, und Giuseppe erschrak fast zu Tode. Er fuhr aus dem Sessel hoch und drehte sich um. Eine Gestalt löste sich aus der Dunkelheit hinter dem Garderobenständer, an dem Ragnieros alter Regenmantel hing. Merda, er war nachlässig gewesen. Während er die Loge verlassen hatte, war offensichtlich jemand hereingekommen. Und er hatte nichts bemerkt, weil er ausgerechnet eine fette, hässliche Spinne beobachtet hatte.

»O meglio – buonanotte. Oder besser gesagt – gute Nacht«, ergänzte die Gestalt. Der Portier erkannte weder die Person noch ihre Stimme, und bevor er etwas antworten konnte, fielen die Schüsse. Sie trafen Giuseppe Ragniero in die Brust, und er sackte zusammen.

Was für eine Ironie, dass ausgerechnet eine Spinne das Vorletzte gewesen war, das Giuseppe Ragniero, Spider-Man wider Willen, in seinem Leben gesehen hatte. Das Allerletzte war der Lauf einer Pistole gewesen.

VORSATZ NUMMER 1

NICHT MEHR AUFS HANDY STARREN

»Manaccia!« Siena fluchte, während sie die Piazza del Duomo in Florenz eilig überquerte. Sie hatte auf ihr Handy gestarrt, obwohl sie im Laufschritt unterwegs war, und war prompt gegen einen Mülleimer gelaufen. Sie sollte es eigentlich besser wissen und Situationen, die Zusammenstöße, Ausrutscher oder andere Unfälle begünstigten, grundsätzlich vermeiden. Denn seit sie denken konnte, begleiteten Missgeschicke Siena Carciofine durch ihr Leben. Das lag nicht nur an ihren schlechten Augen, gegen die sie meistens eine Brille oder Kontaktlinsen trug (außer, sie vergaß es). Es lag daran, dass durch ihren Kopf ständig Tausende Gedanken schwirrten und sie davon abhielten, genügend auf das Hier und Jetzt zu achten.

Als Siena einer Gruppe von Touristen, die alle gleichzeitig das Handy zückten, um den berühmten Dom zu fotografieren, auswich, fiel ihr das eigene Telefon, das sie immer noch anstarrte, fast aus der Hand. »Doppiamerda!«

Siena fluchte noch lauter und ließ das Smartphone in ihre gelbe Fransentasche gleiten.

Seit Tagen und Wochen starrte sie dieses Teil nun schon an, aber Fabrizio Straghetti meldete sich offenbar auch dann nicht, wenn sie das Handy noch so ausdauernd hypnotisierte. Nun gut, sie musste zugeben: Offiziell hatte er ihre Handynummer gar nicht. Aber bitte! Sie hatte doch bei den Befragungen auf der Questura zum Doppelmord in den Weinbergen alle ihre Kontaktdaten angeben müssen. *Alle*. Und es konnte doch für einen hochrangigen Polizisten nicht schwer sein, an diese Unterlagen zu kommen! Dann konnte man sich die Handynummer doch ganz leicht herausfischen ...

Wenn man es wirklich wollte.

Und wenn man nicht so korrekt war wie Fabrizio Straghetti.

Siena seufzte. Und wenn doch sie selbst ihm zuerst schrieb? Also, natürlich keine Nachricht auf dem Handy, denn sie hatte seine Nummer ja erst recht nicht. Aber eine E-Mail an die Dienstadresse? Die war im Internet angegeben, Siena hatte das schon etwa fünfzig Mal überprüft. Sie hatte außerdem in einem sehr schwachen Moment recherchiert, ob er sich auf irgendeinem sozialen Netzwerk finden ließ – Fehlanzeige. Das hatte sie aber ehrlich gesagt auch nicht überrascht.

Ein Tropfen landete direkt auf ihrer Nase. Sie schaute prüfend in den Himmel. Ihre Wetter-App hatte recht behalten: Dunkle Wolken türmten sich bedrohlich über dem rot-weiß-grünen Dom mit seiner mächtigen Kuppel auf. Siena zögerte. Sie war eigentlich auf dem Weg in die Redaktion, aber sie hatte heute so gar keine Lust auf die

Arbeit. Und ein bisschen Zeit war noch bis zur Konferenz.

Kurz entschlossen wandte sich Siena nicht nach rechts in Richtung San Lorenzo, sondern lief nach links in Richtung der Piazza Repubblica. Und gerade als sie die Tür des altehrwürdigen *Caffè Gilli* aufstieß, begann es wie aus Eimern zu schütten.

Siena ließ sich an einem der kleinen runden Tische nieder und atmete tief durch. In ihrem Lieblingsfilm, *Frühstück bei Tiffany*, ging die Hauptfigur in den prächtigen Juwelierladen auf der Fifth Avenue, um zur Ruhe zu kommen. Und genau das, was für Holly Golightly im Film der Juwelier Tiffany's war, das war für Siena das *Caffè Gilli.* Sie ließ ihren Blick über die Holzvertäfelung, den Stuck und die Kronleuchter schweifen. Nichts und niemand konnte einem etwas anhaben, solange man in diesem Café saß. Noch nicht einmal die Zeit hatte hier eine Chance: Die elegante Bar und die großen Fenster, in denen sich Kuchen, Törtchen und feinste Patisserie türmten, hatten sicher schon vor Jahrzehnten genauso ausgesehen. Oder sogar schon vor Jahrhunderten, denn immerhin rühmte sich das *Caffè Gilli* damit, das älteste Café von ganz Florenz und fast dreihundert Jahre alt zu sein. Das fanden natürlich auch die Touristen interessant, die während der Hauptreisezeit hier nur so hineindrängten. Und die jeweiligen Pächter fanden es sogar hochinteressant, weil es bedeutete, dass sie für einen Cappuccino fast fünf Euro verlangen konnten.

Siena bestellte einen Espresso und schaute durchs Fenster auf die Piazza Repubblica hinaus. Es war mit einem Schlag dunkel geworden, und die Menschen, die draußen unterwegs waren, wuselten wie aufgeschreckte Ameisen zu Geschäften, Bars oder Hauseingängen, um sich irgendwie gegen den herunterprasselnden Regen zu schützen.

Apropos Ameisen.

Ihr Blick wanderte zu den Arkaden, die den großen Platz an einer Seite säumten. Dort hinten befand sich die Bar, in der sie Fabrizio Straghetti zum ersten Mal begegnet war. Sie schloss kurz die Augen und spürte sofort wieder das Kribbeln auf ihren Armen, in ihrem Magen, in ihrem ganzen Körper. Das Kribbeln, das jeden Gedanken an ihn begleitete.

Schluss jetzt! Das *musste* endlich aufhören.

Immerhin war Fabrizio der Chef von Luca, mit dem sie doch eigentlich eine Affäre hatte. *Gehabt hatte*, verbesserte sich Siena in Gedanken selbst. In den letzten sechs Wochen hatte sie Luca auf Abstand gehalten. Zwei- oder dreimal hatten sie sich zwar auf einen Drink getroffen, aber Siena hatte sich dabei ertappt, dass sie immer nur auf Informationen über seinen Chef gelauert hatte. Und Luca Bruni war nun einmal auch Polizist und nicht unbedingt auf den Kopf gefallen. Nach der dritten Nachfrage von Siena nach der Arbeit und den Kollegen hatte er sie mit seinen unverschämt blauen Augen durchdringend gemustert und gefragt: »Willst du auf etwas Bestimmtes hinaus?«

Siena wurde rot, wenn sie nur daran dachte. Sie nahm die Espressotasse und stürzte den Inhalt in einem großen Schluck herunter. »Manaccia!« Das brannte wie Feuer. Der Kaffee war noch viel zu heiß gewesen. Siena hielt sich den Mund und ignorierte die Familie am Nebentisch, die zu ihr herüberstarrte. Offenbar war ihr der Fluch etwas zu laut entwischt.

Sie fischte erneut ihr Handy aus der Tasche. Eine ungelesene Nachricht. Ihr Herz klopfte schneller, obwohl es aus den genannten Gründen ja eigentlich ausgeschlossen war, dass die Nachricht von Straghetti kam. Siena öffnete sie. Enzo Innocenti, ihr Chef und Freund seit Studientagen, hatte geschrieben: *Konferenz beginnt fünfzehn Minuten später.*

Siena ließ das Handy sinken. Umso besser. Sie beobachtete den Regen, der schon größere Pfützen auf der Piazza hinterlassen hatte. Vielleicht konnte sie noch hier im Trockenen ausharren, bis diese Sturzflut vorbei war.

Wieder wanderte ihr Blick zu den Arkaden. Und wenn doch sie sich zuerst bei ihm meldete? Aber was, wenn seine Dienstmails von irgendjemand anderem gelesen wurden? Und was sollte sie bitte schön schreiben? Sie kannten sich ja im Prinzip kaum. Andererseits … Immerhin hatte er sie doch im dunklen Treppenhaus umarmt. Er hatte sich Sorgen um sie gemacht. Er hatte ihr eine rote Rose vor die Tür gelegt! Da war es doch nicht abwegig zu glauben, dass da noch etwas nachkommen würde. Oder? Und wer wusste schon, was im Treppenhaus noch passiert wäre, wenn das Licht nicht wieder angegangen wäre …

Vielleicht sollte sie einfach in die Questura fahren, in sein Büro stürmen und …

Sienas Handy klingelte. Sie hielt es immer noch in der Hand und erschrak dermaßen, dass sie es auf den Boden fallen ließ. Sie beugte sich hastig vor, um es wieder aufzuheben, und dabei schubste sie noch den Kaffeelöffel herunter, der ein erstaunlich lautes Klirren von sich gab. Jetzt drehten sich *alle* Gäste im Café zu ihr um. Das Handy klingelte unbeirrt weiter.

Hastig fischte Siena Geld aus ihrem Portemonnaie und

legte es auf den Tisch. Dann schnappte sie ihre Tasche und das Handy, das endlich verstummt war. So schnell sie konnte, verließ sie das Café und bemühte sich dabei nach Kräften, nicht noch gegen einen Tisch zu stoßen oder mit der Tasche an einem Stuhl hängen zu bleiben.

Draußen überquerte sie rasch die Straße und stellte sich gegenüber vom Café in einem Hauseingang unter. Sie schaute auf ihr Telefon. »Ah no, Madonna«, murmelte sie. Offenbar war der Absturz so unglücklich gewesen, dass die Scheibe des Displays zersprungen war. Ein Spinnennetz aus Rissen überzog den gesamten Bildschirm. Trotzdem leuchtete brav die Information über einen Anruf in Abwesenheit auf: Er war von Sara, ihrer besten Freundin. Siena drückte auf die Anruftaste und stellte erleichtert fest, dass das Handy auch mit Spinnennetz noch zu funktionieren schien. Die Verbindung wurde aufgebaut, und Sara war sofort am Apparat.

Als Siena die Stimme ihrer besten Freundin hörte, zog sich ihr Magen zusammen, und ihr wurde heiß. Sara weinte. Und das war in den über fünfzehn Jahren ihrer Freundschaft bisher genau drei Mal vorgekommen.

Einmal vor Schmerzen, als Sara sich das Knie verdreht hatte. Sie hatte betrunken versucht, in ihre eigene Wohnung zu klettern (Schlüssel vergessen). Einmal, als die Ärzte in der Schwangerschaft mit Saras zweitem Kind, dem kleinen Paolo, den Verdacht geäußert hatten, er könnte einen Herzfehler haben (der Verdacht hatte sich nicht bestätigt). Und einmal bei der Beerdigung von Saras Opa, den sie vergöttert hatte (und das nicht erst, seit er ihr ab dem Alter von sechzehn Jahren heimlich immer ein paar seiner Zigarillos abgegeben hatte).

Und *jetzt*!

Sienas Gedanken schlugen Purzelbäume. Neben dem knapp einjährigen Paolo hatte Sara noch die fünfjährige Emilia, Sienas Patenkind. War sie vielleicht wieder einfach so in den Pool gesprungen, wie schon einmal? Hatte es dieses Mal vielleicht niemand bemerkt? Ihr Herz schlug unangenehm stark gegen die Rippen in ihrem Brustkorb. »Sara, um Himmels willen, was ist los? Geht es den Kindern gut?« Siena registrierte, wie atemlos sie klang, und sie wusste, dass sie jetzt eigentlich besser ruhig bleiben sollte. Ein Fels in der Brandung sein – so wie Sara es für sie schon so oft gewesen war. Aber sie konnte es nicht. Saras Schluchzen war voller böser Vorahnungen. Doch dann räusperte sich ihre beste Freundin und brachte einen Satz ohne Schluchzen hervor: »Ich weine vor *Wut*!«

Erleichterung durchströmte Siena, und sie musste sich einen Augenblick an die Hauswand lehnen, weil ihre Knie ganz weich wurden. Wenn Sara vor Wut weinte, dann konnte mit den Kindern schon einmal nichts Schlimmes passiert sein. Ein lauter Donnerschlag grollte in diesem Moment über die Piazza. Und Saras nächste Sätze trafen Siena wie ein zweiter Donnerschlag: »Es geht um Matteo. Ich habe ihn gerade hinausgeworfen.«

Siena setzte sich auf die Treppenstufe des Hauseinganges und fuhr sofort wieder hoch. Die Stufe war trotz der Überdachung nass geworden. Das bedeutete, dass ihre Jeans jetzt ein riesiger nasser Fleck am Po zierte. Egal. Siena konzentrierte sich wieder auf Sara. »Er hat eine Affäre. Stronzo!«

Siena spürte Saras Wut bei diesen Worten durchs Telefon. Sie holte Luft und wollte irgendetwas Vernünftiges,

Beruhigendes sagen, aber Sara kam ihr (wie meistens) zuvor. »Und bevor du fragst: *Ja*, es ist sicher. Er hat es zugegeben.« Jetzt klang die Stimme ihrer besten Freundin wieder so klar, wie Siena es von ihr gewohnt war. Immerhin war Sara Staatsanwältin, und vernünftige Ansagen waren ihr Spezialgebiet. Diese Ansagen machte sie jedem, der sich dafür gerade anbot: Angeklagte bei Gericht, Anwälte der Gegenseite, beste Freundin, Kinder, Ehemann – niemand blieb verschont. Apropos Ehemann. Siena schüttelte ungläubig den Kopf. Matteo? Eine Affäre? Er bewunderte Sara doch so offensichtlich, er war doch so ein begeisterter Vater. Als hätte Sara das Kopfschütteln durchs Telefon gesehen, sagte sie trocken: »Du kannst es ruhig glauben. Es ist der Klassiker: Ich habe eine Streichholzschachtel mit einem Hotel-Logo bei ihm entdeckt und ihn gefragt, ob er sich in diesem Hotel mit seiner Geliebten trifft. Das sollte ein *Scherz* sein.«

Siena war nicht sicher, ob Sara gerade wieder ein kurzer Schluchzer entwischt war, aber im nächsten Moment sprach sie ganz gefasst weiter: »Und er hat einfach Ja gesagt. Dass er sich dort mit ihr trifft. *Hotel Paradiso.*« Sara spuckte den Hotelnamen voller Verachtung aus. »Ich habe es gegoogelt. Eine richtig schäbige Kaschemme. *Stronzo.*«

Siena öffnete erneut den Mund, doch da erklang am anderen Ende ein lang gezogenes Heulen. Es klang wie die Alarmanlage eines kaputten Autos. »Scusa, Siena, Paolo hat sich die Finger eingeklemmt, ich muss Schluss machen. Ich melde mich wieder.« Damit legte Sara auf und ließ Siena verdattert im Regen stehen. Wortwörtlich. Sie starrte auf das Handydisplay mit dem Spinnennetz und versuchte, die Informationen, die sie gerade erhalten hatte, irgendwie zu verarbeiten. Dabei fiel ihr auf, dass sie selbst in diesem Telefonat keinen einzigen Satz gesagt hatte.

Das Handy summte wieder. Es war eine Nachricht von Alessia, ihrer Lieblingskollegin. *Wo bleibst du?*

»Cavolo.« Siena steckte ihr Handy ein und rannte los. Der Regen durchweichte ihre Jeansjacke und das gelbe Shirt darunter. Die glatten schwarzen Haare hingen schon nach kurzer Zeit in nassen Strähnen herunter. Egal. So fiel der Fleck am Po wenigstens nicht mehr so sehr auf.

VORSATZ NUMMER 2

KONSTRUKTIVE BEITRÄGE IN KONFERENZEN

Als Siena die Redaktion am Borgo di San Lorenzo erreichte, war sie völlig außer Atem. Sie musste unten im Treppenhaus kurz innehalten und nach Luft schnappen. Und als sie schließlich die Redaktionsräume betrat, wurde sie von Stille empfangen. So ein Mist! Die Konferenz hatte also schon begonnen, und sie war wieder einmal zu spät dran. Aus dem größten Raum des Büros drang leises Gemurmel durch den Korridor bis zu ihr. Siena lief schnell darauf zu. Ihr blieb keine Zeit mehr, sich zumindest die tropfnassen Haare abzutrocknen. Und noch weniger, ihre wirren Gedanken zu sortieren. Sara, Matteo, Stronzo. Das alles musste sie jetzt beiseiteschieben. Durchnässt und atemlos, wie sie war, betrat sie den Konferenzraum.

Enzo blickte von seinem Laptop auf und grinste. »Lass mich raten: Dein Fön war kaputt.«

»Fast.« Siena grinste zurück. »Ich wollte den Wet Look

aus der *Donna* nachstylen, und das hat ein bisschen gedauert.«

Enzo lachte, genauso Guido und Susanna, die beiden Programmierer. Jeder in der Redaktion wusste, dass Siena mit Frauenzeitschriften nichts anfangen konnte und vermutlich noch nie in ihrem Leben irgendeinen »Look« nachgestylt hatte. Alessia lächelte und nahm rasch ihre Jacke vom Stuhl neben sich, sodass Siena sich zu ihr setzen konnte. Nur Davide verzog keine Miene. Aber der ging zum Lachen sowieso in den Keller. Oder – noch schlimmer – er lachte vielleicht auch einfach gar nie.

Siena ließ sich neben Alessia auf den Stuhl fallen. Erst jetzt wurde ihr richtig bewusst, wie unangenehm die nassen Klamotten an ihr klebten. Sie rutschte auf der Sitzfläche hin und her. Hoffentlich war Enzo nicht in Redelaune und das hier schnell vorbei. Im nächsten Moment erinnerte sie sich mit schlechtem Gewissen an einen ihrer Vorsätze, den sie gerade schon wieder im Begriff war über den Haufen zu werfen: Eigentlich wollte sie sich in Zukunft wieder mehr in der Arbeit engagieren und das durch zahlreiche konstruktive Beiträge in den Konferenzen auch Enzo gegenüber zum Ausdruck bringen.

Sie hatte es im Job ziemlich schleifen lassen seit der Sache mit den Morden. Und Luca. Und Fabrizio Straghetti. Und in letzter Zeit war sie außerdem viel zu sehr damit beschäftigt gewesen, auf ihr Handy zu starren … Siena seufzte und zuckte im nächsten Moment zusammen. Offenbar hatte sie ziemlich laut geseufzt, denn Guido, der gerade etwas erklärte, verstummte, und alle sahen irritiert zu ihr herüber. Siena räusperte sich, lächelte und nickte ihm zu. Guido erklärte daraufhin weiter irgendwelche

Hintergründe und Details, die sie nicht im Geringsten interessierten. Dafür, dass sie bei einem Onlineportal arbeitete, war Siena sowieso relativ wenig an Technik und Digitalem interessiert. Aber als sie in ihrem Beruf als Lehrerin nach nur zweieinhalb Jahren das Handtuch geworfen hatte, da war ihr Studienfreund Enzo als Retter in die Bresche gesprungen. Er hatte ihr einen Job als Redakteurin angeboten, und weil Siena von Natur aus neugierig, sprachgewandt und abenteuerlustig war, hatte sie kurzerhand zugesagt. (Na gut, ein bisschen auch, weil sie sich die hämischen Kommentare ihrer Mutter über ihre Arbeitslosigkeit und Faulheit ersparen wollte. Und irgendwie die Miete für ihre Wohnung in der Via Ghibellina, unweit von einem der schönsten Plätze der Stadt, Santa Croce, bezahlen musste.)

Damals, vor fast sechs Jahren, war *Toscana in Diretta* noch ein kleines Start-up-Unternehmen gewesen. Nicht mehr als eine fixe Idee von Enzo, die sein reicher Vater, ein alteingesessener florentinischer Geschäftsmann, großzügig bezuschussen musste. Doch Enzo hatte es tatsächlich mit Beharrlichkeit und seiner ganz eigenen Art von Bauernschläue geschafft, ein florierendes Business aufzubauen. Auf dem Portal mit Nachrichten aus der Region schalteten inzwischen alle Restaurants, Hotels und Geschäfte, die Rang und Namen hatten, ihre Anzeigen. Clubs und Galerien ließen sich die Ankündigung ihrer Events etwas kosten. Je mehr Reichweite die Geschichten auf der Seite vorweisen konnten, desto mehr kosteten auch die Anzeigen. Daher war Enzo ganz wild darauf, mit den Storys und Berichten auf *Toscana in Diretta* möglichst viele Klicks zu erreichen. Und er hatte einen sehr guten Riecher dafür, welche Geschichten ankamen: vor allem Fußball, Prominente und Verbrechen. Am besten eine Kombination aus allen dreien.

»Polizeibericht« hörte Siena wie aufs Stichwort in diesem Moment Davide sagen und horchte auf. Sie hatte nicht einmal mitbekommen, dass nicht mehr Guido an der Reihe war. Davide, der übereifrige, korrekte und humorlose Kollege, zog seine fein gezupften Augenbrauen hoch und starrte sie an. »Natürlich«, bemerkte er. »Bei dem Wort *Polizei* haben wir die Aufmerksamkeit unserer lieben Siena sofort wieder.«

Alle grinsten, denn jeder wusste, dass Siena sich sehr für Polizeiarbeit jeder Art interessierte, und alle hatten außerdem mitbekommen, dass sie eine Weile mit Luca Bruni ausgegangen war. Zum Glück wusste aber niemand, dass sie heimlich von einem ganz anderen Polizisten träumte. Und das musste auch so bleiben, sonst ...

»Straghetti«, sagte Davide in diesem Moment.

Siena erstarrte. Wusste Davide etwas? Aber wie? Woher? Ihr wurde heiß, und ihre Wangen glühten.

»Ist was, Siena?« Wieder Davides kühle, ruhige Stimme. »Du wirst ja ganz rot.«

Siena räusperte sich, doch bevor sie etwas antworten konnte, hakte zum Glück Enzo ein. Er war von Natur aus sehr ungeduldig, und wenn er Klicks witterte, umso mehr. »Ja, was hat dieser Kommissar ... Stragoni gesagt?« Enzo klang bereits genervt.

»*Straghetti*«, korrigierte Siena ihn, ohne nachzudenken.

Enzo sah verwirrt zu ihr herüber, und sie vermied seinen Blick. »Wie auch immer, ich will wissen, ob wir eine Story haben«, knurrte er.

»Er hat nur eine kurze Pressekonferenz gegeben, aber es gibt wohl einige Anhaltspunkte dafür, dass es ein Raubüberfall war«, fasste Davide die Informationen zusammen. »Die Loge war durchwühlt, und die kleine tragbare Kasse wurde mitgenommen. Junkies, würde ich sagen.«

Siena versuchte, ihre rasenden Gedanken zu sortieren. Loge? Junkies? Kasse? Und vor allem: *Straghetti!* Worum ging es hier? Warum konnte sie nicht ein Mal, ein einziges Mal, in den Konferenzen richtig zuhören?

»Eventuell kann einer von euch sich trotzdem einmal in diesem Hotel umsehen«, sagte Enzo. Er wollte die Vorstellung von vielen Klicks nicht so einfach aufgeben – und lokale Verbrechen waren eigentlich ein Garant dafür.

»*Hotel Paradiso*, in der Nähe der Piazzale Donatello«, sagte Davide und nickte. »Geht klar.«

Hotel Paradiso? Plötzlich hörte Siena Saras wütende, verächtliche Stimme. *Hotel Paradiso …*

»Stronzo«, murmelte sie.

»Danke für das Kompliment«, sagte Enzo und deutete eine Verbeugung an. Alle lachten. Alle, außer Davide natürlich. Der klappte seinen High-End-Laptop zu, auf dem er bei jeder Konferenz eifrig irgendwelche Notizen tippte, und stand auf. »*Hotel Paradiso*, bin schon unterwegs«, sagte er. Enzo schüttelte den Kopf. »Nein, nicht du. Siena fährt zum Hotel«, ordnete er an. Siena zuckte zusammen. In ihrem Kopf wirbelten so viele Gedanken durcheinander – Sara, Matteo, Straghetti –, und sie hatte absolut nicht mitbekommen, worum es hier eigentlich ging. Ein Toter im Hotel, okay. Irgendetwas von Raub und Junkies hatte Davide erzählt, auch okay. Aber wann war das Ganze passiert, wer war der Tote – und was bitte schön sollte sie dort machen?

»Siena? Bist du bei uns?«, drang Enzos ungeduldige Stimme zu ihr durch.

Sie räusperte sich. »Si, certo. Sicher. Ich frage mich nur, was ich dort soll. Die werden mich doch nicht durchlassen.« Sie bemerkte selbst, wie zaghaft sie geklungen hatte. Enzo zog die Augenbrauen hoch. Das erste Anzeichen dafür, dass er auf dem Weg war, ernsthaft genervt zu sein. »Ich habe doch gerade gesagt, dass die Spurensicherung längst durch ist«, erklärte er langsam und deutlich. Siena nickte. *Reiß dich zusammen, Siena. In allen deinen Träumen UND Tagträumen bist du Numero Quattro, Agentin ohne Furcht und Zweifel. Und jetzt stellst du dich so an?* Sie griff nach ihrer Tasche. Außerdem ... Enzo schickte *sie* und nicht Davide, der sich wieder hingesetzt hatte. Das hieß doch, dass er ihr mehr zutraute und ...

»Davide, du kümmerst dich ums Goldengate. Das ist unsere wichtigste Story im Moment. Wir brauchen jeden Klick«, kam just in diesem Augenblick die nächste Anweisung von Enzo. Davide warf Siena einen triumphierenden Blick zu. Oder bildete sie sich das nur ein?

Goldengate beherrschte in der Tat die lokale Presse wie kein anderes Thema. Der Kapitän der florentinischen Fußballmannschaft AC Florenz war im superedlen *Ristorante d'Oro* intensiv turtelnd mit einer bekannten Schauspielerin gesichtet worden, während seine Ehefrau wegen einer Risikoschwangerschaft zu Hause ans Bett gefesselt war. Und weil *Ristorante d'Oro* übersetzt so viel wie »Goldenes Restaurant« hieß, hatten die Medien in Anlehnung an die berühmte Watergate-Affäre daraus »Goldengate« gemacht.

Na wunderbar. Also traute Enzo ihr eben *nicht* so viel zu wie Davide. Sie wurde nur mit irgendeinem unwichtigen Thema betraut, während Davide die Top-Storys bekam. Sie seufzte und stand auf. Das Einzige, was sie persönlich am Goldengate interessierte, war, wie man so dumm sein konnte, mit seiner Geliebten in eines der angesagtesten Lokale der Stadt zu gehen.

Unten auf der Straße überlegte sie kurz. Ihre Klamotten waren immer noch unangenehm nass, aber der Regen hatte aufgehört, und die Herbstsonne schien aus einem jetzt wieder blitzblauen Himmel. Sie beschloss, erst einmal nach Hause zu gehen und sich trockene Kleidung anzuziehen. Und dann würde sie mit dem Rad zum *Hotel Paradiso* fahren.

VORSATZ NUMMER 3

NEUER LOOK (NEUES LEBEN?)

Siena ärgerte sich, dass sie nicht gleich in der Früh das Fahrrad genommen hatte. Aber sie hatte den Schlüssel für das Fahrradschloss nicht gefunden und beschlossen, lieber zu Fuß zu gehen und nicht noch mehr Zeit mit Suchen zu verschwenden. Es war Dienstag, und jeden Dienstag traf sich das gesamte Team um zehn Uhr im Konferenzraum, um sich über den aktuellen Stand der Dinge auszutauschen und eventuelle Probleme anzusprechen. Und obwohl Enzo an sich ein sehr entspannter Chef war, hielt er diesen Termin jede Woche in Ehren und schätzte es gar nicht, wenn jemand zu spät erschien. Deshalb war Siena lieber direkt losgegangen. Als sie dann die Hälfte des Weges zurückgelegt hatte, war ihr ganz plötzlich wieder eingefallen, wo der Schlüssel lag: Sie hatte ihn am Abend vorher auf dem Badschrank abgelegt. Sie war mit dem Schlüssel in der Hand eilig zur Wohnungstür hereingestürzt, weil sie so dringend auf die Toilette musste, war direkt ins Bad gerannt und hatte den Schlüssel dort abgelegt. Na ja, immerhin wusste sie es jetzt und musste nicht die ganze Wohnung auf den Kopf stellen, sondern konnte sich in Ruhe etwas Trockenes anziehen.

Apropos anziehen. Siena blieb abrupt stehen, weil sie aus dem Augenwinkel in einem Schaufenster etwas leuchtend Gelbes entdeckt hatte. Sie betrachtete die Auslage näher. Es war ein gelber Kurzmantel, leicht tailliert, aus Wolle, mit einem breiten Gürtel und einer Kapuze. Er sah so kuschelig aus, dass Siena sich am liebsten auf der Stelle die feuchten Klamotten vom Leib gerissen hätte und in den gelben Mantel geschlüpft wäre. Gelb war ihre Lieblingsfarbe, seit sie denken konnte. Definitiv bereits, seit sie ein Teenager gewesen war. Denn mit dreizehn hatte sie ihr Kinderzimmer mithilfe ihrer Oma und deren Untermieter Gianni in ein Jugendzimmer verwandeln dürfen. Mit neuen Möbeln und einer neuen Wandfarbe. Und Siena hatte sich schon damals Wände in Sonnengelb gewünscht. Die Farbe war jetzt, mehr als zwanzig Jahre später, stellenweise schon recht abgeschabt, aber immer noch da. Sienas Blick streifte die kleine Tafel mit den Preisen, die ganz dezent am Rand des Schaufensters platziert worden war. *Cappotto con Cappuccio 220* stand da. *Mantel mit Kapuze, 220 Euro.* Siena riss sich vom leuchtend gelben Anblick los und ging weiter. 220 Euro für einen Mantel, das überstieg im Moment eindeutig ihr Budget. Schließlich war die Miete, die sie monatlich für eine eigene Wohnung im Zentrum von Florenz berappen musste, kein Pappenstiel. Während sie die Via Ghibellina entlangging, versuchte sie sich einzureden, dass der Mantel sowieso nicht zu ihrem Stil passte. Er war schmal geschnitten, und das Material sah edel aus. Das war nichts für sie. Oder? Ihre Schritte wurden langsamer. Was war eigentlich ihr Stil? Was passte zu ihr? Sie hasste Shopping und machte sich eigentlich auch wenige Gedanken über Klamotten. Hauptsache, sie waren bequem, schnürten nicht ein und klafften nicht an irgendwelchen ungünstigen Stellen auf, sodass man ständig nervös daran herumzupfen musste. Sie erinnerte sich mit Missfallen an jenes wunderschöne, bunt gestreifte Wickelkleid aus Viskose, das sie sich einmal spontan geleistet hatte. Erst in der Redaktionskonferenz war ihr aufgefallen, dass es keine Möglichkeit gab, sich damit so hinzusetzen, dass nicht mindestens ein Oberschenkel frei lag. Sie hatte es die ganze Zeit mit einer Hand zugehalten und danach nie wieder angezogen. Abgesehen von der Bequemlichkeit war Siena an Kleidung eigentlich immer am wichtigsten gewesen, dass sie sich nicht zu ähnlich kleidete wie ihre Mutter. Die hatte ihren künstlerischen Hippie-Style perfektioniert, und Siena hatte feststellen müssen, dass auch sie selbst leider sehr stark zu bunten Mustern, fließenden Stoffen und auffälligem Modeschmuck tendierte. Schon mehrmals hatte sie sich ein Kleid oder eine Schlabberhose extra *nicht* gekauft, weil sie sicher war, dass auch ihre Mutter genau zu diesem Teil gegriffen hätte. Das würde bei diesem schicken, teuren Wollmantel sicher nicht passieren, überlegte sie. Vielleicht am Ende des Monats, wenn das Gehalt überwiesen wurde …

Sie hatte ihr Haus erreicht und stieß die schwere Tür auf. Oben in der Wohnung im dritten Stock schälte sie sich aus den feuchten Klamotten und fischte den Schlüssel fürs Fahrradschloss aus dem Körbchen mit den Tampons, das auf dem Badregal stand. Dann fiel ihr ein, dass sie in der Konferenz so gut wie nichts mitbekommen hatte. In Unterwäsche hockte sie sich im Schneidersitz auf den Badvorleger und las in ihrem Handy rasch alles nach, was es zu wissen gab.

Im *Hotel Paradiso* war der Nachtportier erschossen worden. Er war offenbar in seiner Loge überrascht worden, hatte den Eindringling konfrontiert und war dann frontal mit zwei Schüssen getötet worden. Die kleine tragbare Kasse mit nur wenigen Hundert Euro war gestohlen und die Schubladen des Tisches in der Portierloge waren durchwühlt worden. Man vermutete, dass der Eindringling den Portier gar nicht hatte erschießen wollen, sondern erschrocken war, als er plötzlich vor ihm stand.

Siena runzelte die Stirn. Wenn man in eine Portierloge eindrang, wieso war man dann überrascht, dort einen Portier vorzufinden? Und wenn man ein Junkie auf der Suche nach Bargeld war, wieso hatte man eine Waffe dabei? Siena las weiter.

Im Hotel gab es keine Gäste, denn der Besitzer war vor einigen Monaten nach Mailand gezogen und hatte offenbar kein Interesse mehr an dem Etablissement. Lediglich der Portier verrichtete dort noch Hausmeisterdienste, aber vermutlich sollte das Hotel bald verkauft werden. Und weil niemand im Hotel gewesen war, hatte auch niemand die Schüsse gehört. Der Postbote hatte den Portier am Morgen gefunden, denn er hatte die Post immer direkt in der Loge abgelegt. Siena fröstelte bei der Vorstellung, welcher Anblick sich dem ahnungslosen Briefträger geboten hatte. Sie überflog den nächsten Absatz.

Der Tote, Giuseppe Ragniero, war ein waschechter Florentiner gewesen, achtundsechzig Jahre alt und seit dreißig Jahren im Hotel tätig.

Siena seufzte. Der arme Mann hatte sich vielleicht schon sein schönes Rentnerleben ausgemalt, und dann …

Bumm!

Siena zuckte zusammen. Die Flasche mit dem Shampoo, die sie heute Morgen offenbar zu sehr am Rand des winzigen Abstellbords in der Dusche platziert hatte, war genau in diesem Moment heruntergefallen. Sie runzelte die Stirn. Sollte das ein Zeichen des Universums sein? Und wenn ja, was sollte sie damit anfangen? »So ein Quatsch«, sagte sie laut und stand auf. *Die Spurensicherung hat die Arbeit bereits beendet … viele unterschiedliche Fingerabdrücke … noch keine konkreten Hinweise … Polizei ermittelt …*, las sie weiter, während sie in ihr Schlafzimmer ging und ihre geliebte gelbe Haremshose und ein schwarzes T-Shirt mit einer Hand aus dem Kleiderschrank fischte. Dabei fielen etliche andere T-Shirts aus dem Fach und auf den Boden. Egal. Siena schob sie mit dem Fuß beiseite. Aufräumen konnte sie auch nachher.

Fünf Minuten später schwang sie sich auf ihr Fahrrad und machte sich auf den Weg in Richtung Piazzale Donatello, zum *Hotel Paradiso*.

Vor dem Gebäude lungerten keine Kamerateams herum, und niemand wuselte in einem weißen Overall ins Haus und wieder heraus. *Die Spurensicherung ist durch* – Siena rief sich Enzos Worte ins Gedächtnis. Nirgends war ein Polizeiauto zu sehen, und weiträumig abgesperrt war das Gelände auch nicht. Es war überhaupt nirgends Absperrband zu sehen, stellte Siena fest, als sie in einigen Metern Entfernung vom Rad stieg. Kein Mensch interessiert sich für das hier, dachte sie.

Ein einzelner uniformierter Polizist stand am Eingang zum Hotel – und selbst der war vertieft in die Zeitung *La Nazione*, in der das Goldengate natürlich Thema Nummer eins war. Und kein Mensch interessiert sich für einen toten alten Mann, wenn ein lebendiger junger Mann fremdgeht, dachte Siena.

Als sie sich dem Polizisten, der am Eingang Wache hielt, näherte, blickte er auf. Er sah fast noch wie ein Teenager aus, ein bisschen pickelig und schlaksig. Das war gut – vielleicht hatte sie dadurch leichteres Spiel. Und außerdem wirkte er ein kleines bisschen schuldbewusst, das war sogar noch besser. Sie kramte ihren Personalausweis aus der Tasche und streckte ihn schon im Näherkommen dem jungen Beamten entgegen. »Da bin ich«, verkündete sie forsch. »Wie vereinbart.«

Der Polizist kniff die Augen zusammen, um auf die Schnelle irgendetwas auf dem Ausweis zu entziffern, und schaute Siena dann verdutzt an.

»Wie vereinbart?«, wiederholte er verwirrt.

»Hat man Ihnen denn nicht Bescheid gegeben?«, fragte Siena. »Ich soll noch ein paar Tatortfotos machen.« Das stimmte ja auch. In gewisser Weise. Noch bevor der Polizist etwas antworten konnte, fragte Siena: »Sind Sie alleine?«

Jetzt sah der junge Mann wirklich verunsichert aus. »Mein Kollege holt nur kurz Kaffee«, begann er und verstummte. Wahrscheinlich hatten die beiden die Anweisung erhalten, auf jeden Fall zu zweit auf dem Posten zu bleiben.

Wunderbar. Siena lächelte ihn herzlich an und sagte: »Jeder braucht mal eine Kaffeepause. Das müssen die Chefs ja nicht unbedingt wissen.«

Der Polizist nickte, doch er wagte es dennoch nicht, Siena durchzulassen. Er griff nach seinem Handy. »Ich kläre das nur eben mit Commissario Barga.«

»Der ist zu Tisch und möchte nicht gestört werden«, unterbrach Siena und lächelte noch einmal ihr freundlichstes Lächeln. Gut, dass man auf dem schwarzen Shirt die Schweißflecken nicht sehen konnte, die sich in rasender Geschwindigkeit unter ihren Armen ausbreiteten. Der Milchbubi-Polizist wusste jetzt gar nicht mehr, was er tun oder auch nur denken sollte. Er ließ das Handy sinken und starrte Siena an. *Weitermachen, Numero Quattro*, spornte die sich innerlich an. Sie räusperte sich. »Es geht ganz schnell«, sagte sie und betrat das Hotel, bevor er widersprechen konnte.

Nach dem hellen Sonnenschein draußen kam Siena das Innere des Paradiso stockdunkel vor. Sie versuchte, sich an das wenige Licht zu gewöhnen, und schaute sich um. Ihr Herz schlug bis zum Hals, und sie musste sich zwingen, ein paarmal tief durchzuatmen. Sie befand sich in einer tristen kleinen Lobby mit einem einzigen, etwas abgeschabten Sessel und einer traurig-verwelkten Topfpflanze. Der erste Eindruck machte dem Namen des Etablissements, *Paradiso*, nicht gerade alle Ehre. Ein großes Bild schmückte die Lobby, es zeigte eine düstere Szene: Ein Kahn ruderte auf eine zerklüftete Felseninsel zu, auf der dunkle, fast schwarze Zypressen einen Kontrast zu den hellen Felsen bildeten. An Bord des schmalen Ruderbootes stand eine weiß verschleierte Gestalt. Siena spürte eine

Gänsehaut auf ihren Armen und wandte sich ab. »Alles sehr einladend hier«, murmelte sie. Zu ihrer Linken erkannte sie eine Glasscheibe, hinter der sich der Empfangstresen befand. Und direkt neben der Glasscheibe entdeckte Siena eine Tür. Weil sie befürchtete, dass der Polizist sie jeden Moment wieder zurückpfeifen würde, öffnete sie, ohne lange zu überlegen, die Tür und betrat den kleinen Raum, der sich dahinter befand. Sie konnte gerade so einen Aufschrei unterdrücken, denn das Erste, worauf ihr Blick fiel, war Blut. Viel Blut. Es bildete einen großen dunklen Fleck auf dem Boden, und auch auf dem Sessel, der in der winzigen Loge stand und wohl einmal beige gewesen war, waren rote Flecken zu sehen. Sogar an der Wand erkannte Siena einzelne dunkelrote Spritzer. Beim Gedanken an den alten Mann, der hier im Sessel gesessen hatte, spürte Siena einen bitteren Geschmack im Mund. Sie schloss die Augen und schluckte. »Numero Quattro«, flüsterte sie wie eine Beschwörungsformel. Langsam ließ der schale Geschmack wieder nach. Siena schaute zum Fenster, vor dem eine fette Spinne ein kunstvolles Netz gewoben hatte, in dessen Zentrum das Insekt jetzt reglos verharrte. Das Spinnennetz ließ Siena kurz an ihr zerborstenes Handydisplay denken. Mist, darum musste sie sich ja auch noch kümmern. Sie trat näher heran und betrachtete das feine Netz, das in den darauf fallenden Sonnenstrahlen glitzerte. Dessen Besitzerin war allerdings ein wirklich großes Exemplar, und Siena drückte vorsichtig gegen das Fenster, das einen winzigen Spalt offen stand. Dabei bemerkte sie, dass es sich gar nicht mehr richtig schließen ließ – und dann durchfuhr es sie wie ein heißer Blitz: Sie hatte am Tatort etwas berührt, ja sogar versucht, ein bedeutsames Detail zu verändern! Ein offenes Fenster oder ein geschlossenes – das machte ja wohl einen gewaltigen Unterschied. Schnell wandte sie dem Fenster samt Spinnennetz den Rücken zu und ließ den Blick über den Schreibtisch schweifen, der neben dem Sessel das einzige Möbelstück in der Loge war. Wenn man den Garderobenständer in der Ecke nicht mitrechnete, an dem ein blauer Regenmantel hing.

Die Schubladen waren herausgerissen, vereinzelte Blätter und Visitenkarten lagen auf dem Boden. Ob die Polizei wohl irgendetwas mitgenommen hatte? Oder war der Fall so eindeutig, dass man nicht länger ermitteln musste? Ohne lange darüber nachzudenken, zückte Siena ihr Handy und machte ein paar Fotos von dem Raum. Plötzlich blieb ihr Blick an einer Postkarte hängen, die auf dem Boden direkt vor ihren Füßen lag. Diese Ansicht erkannte sie sofort: den Hamburger Hafen. An der Uni hatte sie sich mit einer deutschen Studentin aus Heidelberg angefreundet. Sabine war nach dem Studium in Florenz nach Hamburg gezogen, und Siena hatte sie dort schon mehrmals besucht. Sie liebte die Stadt mit dem nordischen und für sie sehr exotischen Flair, und am allermeisten liebte sie den Hafen. Instinktiv bückte sie sich und hob die Karte auf. Sie betrachtete die Ansicht einen Augenblick und drehte die Karte um. Doch bevor sie lesen konnte, was darauf stand, hörte sie schnelle Schritte und eine schneidende Stimme: »Was genau machen Sie hier?«

Der Kollege mit dem Kaffee war zurück und offenbar nicht so naiv wie sein Partner. Blitzschnell ließ Siena die Karte in ihrer Tasche verschwinden und drehte sich um. Der neue Polizist stand in der Tür der Loge und sah ziemlich sauer aus.

Ruhe bewahren, Siena.

»Dürfte ich hier mal kurz durch, bitte?«, fragte sie mit einem strahlenden Lächeln, drängte sich an dem Beamten vorbei in die schäbige Lobby und marschierte zielstrebig weiter nach draußen. Je schneller sie von hier verschwand, desto besser. Was hatte sich Enzo nur wieder dabei gedacht, sie hierherzuschicken?

»He«, rief der Kaffeeholer ihr nach. Er klang nun ebenfalls etwas verwirrt. Siena nickte dem jungen Beamten draußen, der jetzt einen Becher in der Hand hielt, freundlich zu. »Eine angenehme Pause wünsche ich«, sagte sie. »Und wie gesagt, die Bargas und Straghettis und wie sie alle heißen, müssen davon ja nichts wissen.« Bei der Erwähnung von Straghetti schienen beide Polizisten kurz zu erstarren. Kein Wunder. Er war ein ranghoher, angesehener und ziemlich erfolgreicher Polizist. Siena musste sich anstrengen, seinen Namen ungerührt auszusprechen. Aber dieser Name war nun einmal der einzige, den sie parat hatte und mit dem sie sich ein bisschen glaubwürdiger machen konnte. Sie ging mit rasendem Puls auf ihr Fahrrad zu.

»He«, rief ihr der zweite Polizist nach. »Wo ist denn Ihr Equipment für Tatortfotos?«

Siena öffnete das Fahrradschloss mit zittrigen Händen und stieg auf. »Das macht man heute doch alles mit dem Handy«, rief sie zurück.

Dann trat sie, ohne sich noch einmal umzudrehen, kräftig in die Pedale. Ihre Gedanken schlugen Purzelbäume. Sie hoffte inständig, dass die beiden Beamten keinen direkten Kontakt zu Straghetti hatten und ihm somit auch nichts von einer seltsamen Frau in gelber Schlabberhose berichten konnten, die am Tatort Handyfotos gemacht hatte. Das wäre wirklich das Letzte, was sie gebrauchen konnte. Das Allerletzte.

VORSATZ NUMMER 4

ZIGARETTENENTZUG FORTSETZEN

Erst, als sie sich wieder der Via Ghibellina näherte, trat sie langsamer in die Pedale. Und ihre Gedanken kehrten zurück zu dem, was heute Morgen passiert war und was sie in der letzten Stunde erfolgreich verdrängt hatte: Sara, Matteo und die Geliebte. Die Geliebte, die er ausgerechnet im *Hotel Paradiso* getroffen hatte. Siena hielt an und fischte ihr Handy aus der Tasche. In Windeseile tippte sie eine Suchanfrage. Nein, nichts: Es gab in ganz Florenz tatsächlich nur ein einziges *Hotel Paradiso*. Es bestand kein Zweifel. Matteo hatte seine Geliebte ausgerechnet in dem Hotel getroffen, in dem sie gerade die Blutspritzer an der Wand betrachtet hatte. Was für ein absurder Zufall.

Oben in der Wohnung stellte sie den Espressokocher auf den Herd und rief Enzo an. »Ich war drin«, sagte sie anstelle einer Begrüßung, und es gelang ihr nicht, dabei bescheiden zu klingen.

»Du warst drin? Wo drin?«, fragte Enzo verständnislos.

»Wo wohl? Im *Hotel Paradiso*. Am Tatort.« Sie betonte jedes Wort.

»Aha«, machte Enzo.

»Aha? Das ist alles? Ich habe die Blutspritzer gesehen, die Blutlache. Ich musste *zwei* Polizisten austricksen!« Sie spürte Wut in sich aufsteigen. Da machte sie sich zum Affen und riskierte auch noch, Straghetti ernsthaft zu verärgern – und dann kam kein Lob? Genauer gesagt: überhaupt keine Reaktion?

»Gut, Siena, aber das hatte ich ja gar nicht erwartet«, sagte Enzo beiläufig.

Wie bitte? Sie sagte nichts.

»Ich habe doch gesagt, du sollst ein Foto von außen machen und beobachten, ob sich etwas tut. Ob Polizei da ist, wie die Stimmung vor Ort ist. Ich habe nicht erwartet, dass du die Staatsgewalt überwindest.«

Lachte er jetzt etwa? Siena war drauf und dran aufzulegen, da dämmerte ihr in einem Hinterstübchen ihres Kopfes, dass Enzo das vermutlich tatsächlich in der Redaktionskonferenz so gesagt hatte. Sie hatte nur nicht zugehört. Wegen Straghetti und wegen dieser verdammten Ameisen.

»Hör zu, Siena«, sagte Enzo jetzt. »Goldengate ist in vollem Gange. Die Ehefrau hat auf Instagram gepostet …«

»Interessiert mich nicht«, unterbrach Siena ihn. »Hast du Arbeit für mich?«

»Ja, mach mir doch bis morgen bitte den Vorbericht zur *Klassik auf der Piazza Signoria*, okay? Ciao ciao!«

»Che cavolo«, fluchte Siena und knallte das Handy unsanft auf den kleinen Bistrotisch. Für einen größeren Tisch war in der winzigen Küche kein Platz. Ein Blubbern und Zischen drang an ihr Ohr. »*Che cavolo!*«

Der Kaffee brodelte bereits und lief über den Rand der silbernen Kanne. In der Küche breitete sich ein leicht verbrannter, bitterer Geruch aus. Siena löschte die Flamme des Gasherds und riss die Kühlschranktür auf. Sie schenkte sich ein Gläschen Limoncello ein und stürzte es in einem Zug herunter. Dann ließ sie sich auf einen ihrer zwei Barhocker sinken und griff nach ihrem Handy. Es wurde Zeit, sich mit den wirklich wichtigen Dingen zu beschäftigen! Sie wählte Saras Kontakt aus und ließ es lange läuten, aber ihre beste Freundin ging nicht ans Telefon. Eilig tippte Siena stattdessen eine Nachricht: *Wie geht es dir? Ich bin hier, wenn du reden willst. Ich kann auch gerne zu dir kommen. Bitte melde dich!* Sie fügte drei Herz-Emojis hinzu und schickte die Nachricht ab. Dann blieb sie etwas ratlos und kraftlos einfach sitzen.

Sie fühlte sich ziemlich unwohl in diesem Augenblick. Sie machte sich einerseits natürlich Sorgen um Sara, andererseits verfolgte sie auch der Anblick der Blutflecken mehr als erwartet. Dazu kam noch der Ärger über Enzo und – wenn sie ehrlich war – auch der Ärger über sich selbst. Schließlich hatte ja *sie* in der Konferenz nicht richtig aufgepasst. Und vor allem hoffte sie nach wie vor, dass Straghetti niemals und unter keinen Umständen von ihrem Auftritt im *Hotel Paradiso* erfahren würde. Siena knetete nervös ihre Finger und versuchte, das Unvermeidliche noch etwas hinauszuzögern. Aber es half nichts.

Sie brauchte eine Zigarette, und zwar dringend. Sie befand sich gerade in einer Nichtraucherphase und hatte schon zwei Wochen lang durchgehalten. Sie dachte kurz nach. Okay, da war dieser Abend in der *Bar al Centro* mit Alessia gewesen. Eventuell hatte sie da eine einzige, klitzekleine Zigarette geraucht. Aber zehn Tage hielt sie es jetzt ganz bestimmt schon durch!

Siena stand vom Barhocker auf und griff nach ihrer Tasche. Befand sich in deren Untiefen nicht noch irgendwo eine angebrochene Schachtel? Ungeduldig wühlte sie in der Tasche und kippte den gesamten Inhalt schließlich kurzerhand auf dem Bistrotisch aus. Diverse Taschentücher (benutzt und unbenutzt), ein Labello, zwei Tampons, ein Halstuch, das Notizbuch mit den Zitronen, zweieinhalb Kugelschreiber (von einem fehlte das Innenleben), einige Münzen, und was zum Teufel war das? Siena betrachtete das zerknitterte Stück Karton einen Moment lang verständnislos, dann strich sie es glatt und erinnerte sich wieder: Es war die Ansichtskarte vom Hamburger Hafen, die sie vorhin in der Loge instinktiv hastig in die Tasche gestopft hatte. Auf der Rückseite befand sich ein Stempel mit einer Adresse in Hamburg. *Anwaltskanzlei* stand da in der ersten Zeile der Anschrift. Siena hatte sich redlich bemüht, für die Besuche bei Sabine ein wenig Deutsch zu lernen, aber richtig gut war sie nie darin geworden. Sie befragte schnell *Google Translate*. »Ah, studio legale«, murmelte sie. Darunter waren zwei Telefonnummern gekritzelt worden. An der Vorwahl erkannte Siena sofort, dass eine der beiden eine Festnetznummer in Florenz war. Aus einem Impuls heraus tippte Siena die Nummer in ihr Handy. Sie wusste eigentlich nicht genau, warum sie das tat – aber sie war eben von Natur aus neugierig. Sehr neugierig. Und impulsiv. Nach wenigen Sekunden bereits meldete sich am anderen Ende eine Frauenstimme: »*Studio Legale Dante* a Firenze, come posso aiutare, wie kann ich helfen?« Die Stimme klang ein wenig gelangweilt, aber trotzdem professionell freundlich. Eben wie jemand, der es gewohnt war, täglich viele Anrufe entgegenzunehmen.

Siena legte vor Schreck direkt wieder auf. Aber es war nicht die leicht näselnde Frauenstimme gewesen, die sie so aus dem Konzept gebracht hatte. *Studio Legale Dante.* Das war die große Anwaltskanzlei, bei der Saras Ehemann Matteo angestellt war. Siena ließ sich wieder auf den Barhocker sinken und starrte abwechselnd die Postkarte und ihr Handy an. Noch so ein eigenartiger Zufall. Und er betraf schon wieder Matteo. Mit einem sehr flauen Gefühl tippte Siena die zweite Telefonnummer, die auf der Rückseite der Postkarte stand, in ihr Handy ein. *Servizio legale 24/7* war handschriftlich neben dieser Nummer notiert worden. »Juristische Dienstleistungen rund um die Uhr«, murmelte Siena. *Du bildest dir da jetzt nur irgendetwas ein, das kann jede Handynummer sein.* Doch als Siena die letzte Ziffer eingetippt hatte, meldete ihr Smartphone auch schon, dass diese Nummer bereits in ihren Kontakten gespeichert war: Siena schluckte, als Matteos lächelndes Kontaktfoto auf dem Display erschien. Sie legte das Handy schnell auf den Tisch, so als wäre es plötzlich glühend heiß.

Was hatte das zu bedeuten? Matteo traf in irgendeinem viertklassigen Hotel seine Geliebte. Genau da wurde der Portier ermordet. Und genau in dessen Loge befand sich eine Postkarte mit der Nummer von Matteos Arbeitgeber und dazu noch mit seiner privaten Handynummer. War das jetzt der Beweis für die Affäre? Aber warum sollten seine Kontaktdaten dann in der Loge des Portiers liegen? Und dazu noch die Nummer seines Arbeitgebers und der Hinweis auf die juristischen Dienstleistungen? Wenn das kein Codewort für irgendwelche eigenartigen Rollenspiele war, dann musste es doch eher bedeuten, dass Matteo irgendwie beruflich mit dem *Hotel Paradiso* zu tun hatte? Außerdem hatte sie doch gelesen, dass im Hotel in den letzten Monaten gar keine Gäste mehr gewesen waren ... Oder war das eventuell ein ganz eigenes Business: inoffizielles Vermieten von Zimmern für heimliche Treffen? Ganz ohne Dokumente, ohne Unterlagen, ohne Beweise? Ihre Gedanken wollten gleichzeitig in verschiedene Richtungen losgaloppieren.

Ruhig bleiben. Fokussieren. Was half beim Fokussieren? Nervös sah Siena sich in der Küche um und knetete ihre Hände.

Meditation?

Atemübungen?

Kräutertee?

Sie seufzte und griff nach der Schachtel mit den Zigaretten, die sie unter dem ganzen Kram in ihrer Tasche tatsächlich gefunden hatte.

Nach zwei Zigaretten fühlte Siena sich etwas ruhiger, dafür war ihr jetzt übel. Sie spähte ins Gefrierfach. Zum Glück! Zwei Tupperdosen von ihrer Nonna waren noch da. Wie immer war auf jeder ein gelbes Post-it befestigt, auf dem ihre Großmutter gewissenhaft notiert hatte, was sich darin befand. *Ragú* stand auf dem einen Zettel und *Gnocchi Zuppa Toscana* auf dem anderen. Siena entschied sich sofort für die Gnocchi in einer sahnigen Soße und mit würziger Salsiccia. Zum einen liebte sie dieses üppige Gericht. Zum anderen musste sie es nur in einen Kochtopf umfüllen und aufwärmen, während sie zur Fleischsauce zusätzlich noch Nudeln hätte kochen müssen. Wie immer entsprach die Portionierung ihrer Großmutter zwei Portionen in Normalgröße. Siena aß alles auf. Jetzt war sie satt und müde, aber wieder wesentlich optimistischer gestimmt. Sie warf einen Blick auf ihre etwas zu laute Küchenuhr, deren aufdringliches Ticken sie aber aus irgendeinem Grund lieb gewonnen hatte. Es war erst kurz vor halb drei. Eigentlich war es völlig ausreichend, wenn sie etwas später mit dem Vorbericht über die Klassikkonzerte anfing, der ja immerhin erst bis morgen fertig sein musste, beschloss Siena und legte sich für ein Verdauungsschläfchen auf ihr Bett.

VORSATZ NUMMER 5

POWERNAP STATT SIESTA

Siena genoss das Gefühl, sich auf der weichen, zitronengelben Tagesdecke auszustrecken und ihre schweren Augenlider einfach zufallen zu lassen. Schon immer hatte sie Mittagsschläfchen geliebt und konnte tagsüber meistens schneller einschlafen als abends. Auch jetzt dämmerte sie sofort weg.

Der schwarze Jogginganzug wirkte weniger professionell als die engen Overalls, die sie normalerweise bei ihren Einsätzen trug, war dafür aber wesentlich bequemer. Im Schutz der Dunkelheit näherte sie sich lautlos dem *Hotel Paradiso*. Die Straßenbeleuchtung warf nur ein schwaches Licht auf die Szenerie, und über den florentinischen Dächern hing ein schmaler Sichelmond. Wie eine Katze schlich Siena an der Hauswand entlang und …

Klong!

Manaccia. Wer hatte denn die alte Gießkanne hier hingestellt? Der blecherne Lärm, der von den Hauswänden zurückgeworfen wurde und durch die Stille hallte, schmerzte Siena fast so sehr wie ihr großer Zeh. Verwundert blickte sie auf ihre Füße. Tatsache. Sie hatte nicht ihre schweren Einsatzstiefel an, so wie es für alle Spezialkräfte Vorschrift war, sondern sie war barfuß. Wenn der Comandante *das* sehen würde! Egal. Sie musste weiter.

Ihr Plan war perfekt: Sie würde erst einmal von der Eingangstür des Hotels eine Spur aus Kaffeebechern und Keksen legen, die hinters Haus führte. Das würde den Milchbubi-Polizisten aus dem Verkehr ziehen. Siena lächelte triumphierend, doch plötzlich bemerkte sie, dass sie den Rucksack mit den Bechern und den Keksen zu Hause hatte liegen lassen. Mist, nach der Gießkanne war das nun schon die zweite Panne – wenn man die vergessenen Stiefel nicht mitrechnete. Hoffentlich erfuhr der Comandante nie davon.

Siena spähte zur Tür des *Hotel Paradiso*: niemand da. Sehr gut. Endlich war das Glück auf ihrer Seite. Sie schlüpfte in die Lobby und versuchte, nicht auf das große, düstere Gemälde an der Wand zu achten. Ein schwaches Licht über dem Notausgang beleuchtete genau die unheimliche, weiß verschleierte Gestalt auf dem Kahn, die dadurch noch gespenstischer wirkte. Schnell wandte Siena sich nach links und betrat die Loge. Doch noch in der Tür blieb sie wie angewurzelt stehen. Auf dem alten, beigefarbenen Sessel des Portiers saß jemand. Ihr Herz schlug schneller. Wer hatte nachts hier etwas zu suchen? Wer außer ihr, Spezialagentin Numero Quattro? Die Person auf dem Sessel hatte das Gesicht in den Händen vergraben und Siena noch nicht bemerkt. Sie tastete hastig nach ihrer Waffe.

Verdammt!

In der ausgebeulten Tasche ihres Jogginganzugs steckte nur ein alter Schokoriegel. Jetzt blickte die Gestalt auf, und Siena erschrak von Neuem. Es war Matteo. Saras Ehemann Matteo. Sein Gesicht war nass von Tränen. Er schluchzte und stand auf. Sienas Blick fiel auf seine helle Hose … und die war voller Blut. Blut des alten Portiers, das den Sessel rot getränkt hatte, und jetzt –

Pling!, machte Sienas Handy. Und noch einmal *Pling!*

Mühsam rappelte sie sich im Bett hoch und rieb sich die Augen. Sie fühlte sich schwer wie Blei, und ihr Mund war staubtrocken. Sie brauchte ein paar Sekunden, um überhaupt zu begreifen, dass sie in ihrem eigenen Bett saß und dass draußen heller Tag war. Ihr Handy lag neben ihr, und sie schaute darauf. Sie hatte Mühe, die Uhrzeit zu entziffern, und musste die Augen zusammenkneifen und sich anstrengen. Es war kurz nach vier, sie hatte über eine Stunde geschlafen. So ein Mist! Sie hatte sich doch fest vorgenommen, tagsüber nicht mehr zu schlafen, ohne sich den Timer auf dreißig Minuten zu stellen. Dann galt das Tagschläfchen nämlich nicht mehr als faule Siesta, sondern als hipper Powernap, um die Effizienz beim Arbeiten zu erhöhen. Sogar die fleißigen Japaner machten das. Siena nahm ihre Brille vom Nachtschränkchen und setzte sie auf. Die beiden *Plings*, die sie geweckt hatten, waren zwei Nachrichten von Sara. *Meine Mutter ist da, sie bleibt erst einmal eine Woche und hilft mir mit den Kindern*, lautete die erste. *Ich komme um acht und bringe Alkohol mit,* die zweite.

Alles klar, ich bestelle Pizza, antwortete Siena und wälzte sich aus dem Bett. Sie durfte sich jetzt auf keinen Fall mit ihrem wirren Traum und den dunklen Vorahnungen Matteo betreffend aufhalten. Sie musste dringend mit dem Vorbericht zu den Konzerten auf der Piazza Signoria anfangen, den sie morgen abliefern musste. Schnell kochte sie noch einen Kaffee und begann, sich ihre Fragen an den Veranstalter der *Notti magiche* zu notieren.

Um Punkt acht Uhr stand Sara vor der Tür. Im Gegensatz zu Siena war sie immer pünktlich. Sie sah aus wie gewohnt, und falls sie vor dem Treffen noch mal geweint hatte, sah man davon keine Spuren. Siena drückte ihre Freundin an sich, aber Sara erwiderte die Umarmung nur kurz und marschierte dann direkt durch den Flur und die Küche bis ins kleine Wohnzimmer durch. »Lieber nicht zu viel Mitleid, sonst heule ich doch noch«, bemerkte sie über ihre Schulter hinweg zu Siena, die auf dem Weg durch die Küche noch zwei Weingläser und einen Flaschenöffner mitgenommen hatte.

Das Wohnzimmer war nur über die Küche erreichbar, es war also ein kleiner Nebenraum der Küche. Darin hatten nur ein Sofa, ein Fernseher und ein Bücherregal Platz. Sara ließ sich aufs Sofa plumpsen, und Siena deutete auf den riesigen Pizzakarton (Größe XXL), der auf dem Couchtisch stand und aus dem es verführerisch duftete.

»Greif zu, ist schon geschnitten«, forderte sie die Freundin auf, während sie sich daranmachte, den Wein zu öffnen.

»Nein, danke, ich habe keinen Hunger.«

»Dai, komm schon, ich habe extra Verdura genommen.« Siena selbst hätte statt der Gemüsepizza lieber die Diavola mit scharfer Salami bestellt, aber sie wusste, dass Sara die Verdura am liebsten mochte. Sie schenkte zwei Gläser des edlen Weißweins ein, den ihre beste Freundin mitgebracht hatte. Selbst beim härtesten Liebeskummer der Welt würde die keinen billigen Fusel trinken. Die beiden Freundinnen stießen an und tranken erst einmal.

»Allora. Wie fühlst du dich?«, fragte Siena dann.

Sara fuhr sich in einer für sie typischen Geste durch die raspelkurzen braunen Haare und zuckte mit den Schultern. »Ich habe keine Ahnung. Ich hatte noch keinen Moment für mich. Die Kinder waren extrem anstrengend. Sie haben gemerkt, dass ihr Papa …« Saras Stimme zitterte ein bisschen, und sie trank schnell noch einen Schluck Wein.

Siena drückte ihr energisch ein Stück Pizza in die Hand. »Du isst das jetzt. Das ist gut für die Nerven.« Sara gehorchte – was selten vorkam –, nahm die Pizza und biss hinein. Siena musterte sie besorgt. Sara war immer sehr schlank gewesen, aber in dem schmalen schwarzen Etuikleid, das sie heute trug, sah sie fast schon zerbrechlich aus. Schnell reichte sie ihr noch ein Stück Pizza.

»Matteo war schon länger so komisch«, nahm Sara den Faden wieder auf. »Er war plötzlich sehr oft noch spät unterwegs, er war wortkarg und ungeduldig mit den Kindern.« Sie trank noch einen Schluck. »Ich habe gedacht, dass es ihm nicht passt, dass ich wieder arbeiten will.«

Sara hatte vor etwa sechs Wochen beschlossen, ein Au-pair-Mädchen zu suchen und ihre Arbeit als Staatsanwältin, die sie wegen der Kinder unterbrochen hatte, wieder aufzunehmen.

»Was sollte er denn dagegen haben?«, fragte Siena.

Wieder zuckte Sara mit den schmalen Schultern. »Keine Ahnung. Aber ich weiß, dass er ziemlich genau zu der Zeit, als ich begonnen habe, meinen Wiedereinstieg zu planen, so eigenartig wurde.«

Und ganz plötzlich erinnerte Siena sich an einen sonnigen Nachmittag Anfang September bei ihrer Großmutter. Sara hatte mit ihnen zu Mittag gegessen, und beim Abschied hatte Siena sich eingebildet, dass Sara Tränen in den Augen hatte. Schon da hatte sie das Gefühl beschlichen, dass etwas ganz und gar nicht stimmte ... Sie fühlte sich schuldig, weil sie nicht nachgehakt hatte. Und alles nur, weil sie in Gedanken ständig bei diesem Straghetti war. Aber damit war jetzt Schluss. Sie würde ihn nicht mehr erwähnen. Noch nicht einmal in Gedanken.

»Zu der Zeit war Matteo aber doch gerade Partner in der Kanzlei geworden«, überlegte Siena laut. »Vielleicht ist er seitdem einfach beruflich besonders unter Druck?«

Sara kniff die klaren grauen Augen zusammen und legte den Kopf etwas schief. So sah sie aus, wenn sie scharf nachdachte. »Ich frage mich sowieso, wie er nach so kurzer Zeit in der Kanzlei schon Partner werden konnte«, sagte sie langsam. »Du nicht?«

Siena schüttelte den Kopf. »Ich kenne mich mit solchen Dingen aber auch nicht aus.«

Eine Weile schwiegen die Freundinnen, und jede von ihnen aß noch ein Stück Pizza – beziehungsweise Sara eines und Siena zwei. Siena dachte über die Ansichtskarte mit dem Hamburger Hafen und der Telefonnummer von Matteos Kanzlei nach. Sollte sie Sara davon erzählen? Oder würde sie dadurch nicht nur einen weiteren wirren Gedanken zu dem sowieso schon riesigen Chaos in deren Kopf hinzufügen? Sie entschied sich für einen indirekten Ansatz. »Kann es eigentlich sein, dass Matteo beruflich mit dem *Hotel Paradiso* zu tun hatte?«, fragte sie.

Sara schenkte sich Wein nach und schüttelte den Kopf.

»Nein, wie kommst du darauf? Er hat doch direkt zugegeben, dass er sich dort mit seiner Geliebten trifft.« Offenbar hatte sie noch nicht gelesen, dass das Hotel seit einer Weile eigentlich leer stand. Siena sagte nichts. Sara trank einen großen Schluck. »Und außerdem ist diese Absteige viel zu schäbig, um irgendetwas mit dem *Studio Legale Dante* zu tun zu haben. Das großartige *Studio Legale Dante*«, fügte sie noch hinzu, und Siena fiel der sarkastische Ton auf, in dem sie den Namen aussprach.

Sie kaute am letzten Pizzastück und überlegte. Irgendetwas kam ihr nicht ganz stimmig vor, aber noch bevor sie den Gedanken wirklich fassen konnte, sagte Sara mit einem bitteren Lachen: »Die beiden müssen sich übrigens ein neues Liebesnest suchen. Ich habe im Radio gehört, dass ausgerechnet im *Hotel Paradiso* der Nachtportier von irgendwelchen Junkies erschossen wurde. Verrückt, oder?« Sie trank noch einen Schluck. »Im Paradies wird jedenfalls erst einmal *tote Hose* herrschen.« Wieder lachte sie, ohne auch nur ein bisschen fröhlich dabei zu klingen.

Siena hätte die Freundin zu gerne in den Arm genommen, aber sie wusste, dass Sara das nicht wollte. »Wo ist Matteo denn jetzt?«, fragte sie stattdessen.

Saras graue Augen blitzten. »Das ist mir scheißegal. Vielleicht bei ihr. Vielleicht bei seiner *Mama*.« Sie verdrehte kurz die Augen. »Vielleicht da, wo der Pfeffer wächst«, ergänzte sie dann noch trotzig.

Siena hob ihr Glas und nickte zustimmend. »Richtig so. Auf den Ort, an dem der Pfeffer wächst!« Sie stießen noch einmal an und tranken.

»Aber jetzt zu dir«, sagte Sara und setzte ihren forschenden Staatsanwältinnen-Blick auf. »Wie läuft es mit deinen beiden Polizisten?«

Sosehr Siena ihre beste Freundin auch liebte, so unwohl fühlte sie sich manchmal unter deren strengem, forschendem Blick, dem nichts verborgen blieb. »Mit beiden nichts«, erwiderte sie knapp und griff nach der Weinflasche. So ein Mist, leer.

»Geht's vielleicht etwas genauer?« Saras strenger Tonfall verriet, dass diese Frage nicht als Bitte, sondern als Aufforderung zu verstehen war.

Siena seufzte. »Luca will mich nach wie vor treffen, aber ich …« Sie stockte. »Also, ich …«, begann sie von Neuem und wusste wieder nicht weiter. Sie wollte *seinen* Namen doch nicht mehr erwähnen!

»Du bist komplett verknallt in Straghetti, schon klar«, beendete Sara den begonnenen Satz netterweise an Sienas Stelle.

Siena schluckte. Oh nein, wo kamen denn die Tränen jetzt her? Sie nickte.

Sara setzte sich kerzengerade hin und stellte ihr Weinglas ab. »Siena, *per favore*«, sagte sie mit der besonders strengen Stimme, die nur für den Gerichtssaal und enge Angehörige vorgesehen war. »Luca Bruni war ein netter Zeitvertreib, mehr nicht. Aber du hast dich nun mal in seinen Chef verguckt. Was heißt *verguckt. Verliebt*, würde ich sagen.«

Siena wurde rot. »Na ja, ich kenne ihn doch gar nicht.«

»Völlig egal. Als ob das eine Rolle spielt, wenn man sich verliebt.« Vielleicht dachte sie kurz an Matteo, denn sie musste sich räuspern, bevor sie von Neuem ansetzte. »Jedenfalls verwette ich mein Haus und meinen Pool, dass er auch an dir interessiert ist.«

»Dein Haus und deinen Pool kannst du doch sowieso nicht besonders leiden«, sagte Siena und grinste.

»Na gut.« Sara holte tief Luft. »Ich würde mein *Staatsexamen* darauf wetten.«

Stille breitete sich im Wohnzimmer aus. Siena starrte ihre Freundin an. »So sehr glaubst du daran?«, fragte sie fassungslos und bemerkte gleichzeitig, wie sich ein warmes Gefühl der Hoffnung in ihr breitmachte. Sara nickte energisch. »Und deshalb wird es Zeit, dass du etwas unternimmst und nicht nur vor dich hin träumst.«

»Wie kommst du denn darauf, dass ich ständig vor mich hin träume?«, fragte Siena, doch Sara warf ihr sofort einen scharfen Blick zu. »*Bitte*, Siena.«

»Schon gut«, lenkte die hastig ein. »Aber was soll ich machen? Ich habe seine Telefonnummer nicht, und ich kann doch nicht einfach in der Questura auftauchen und ihn bei der Arbeit stören.«

»Nein, das natürlich nicht.« Sara, die die Arbeit immer sehr ernst nahm, schüttelte sofort den Kopf. »Aber wo hast du ihn denn außerhalb der Questura noch getroffen?«

Siena wurde schon wieder rot – so wie jedes Mal, wenn sie an ihren peinlichen Auftritt in der Bar dachte, in der Straghetti an jenem Abend Ende August nach Feierabend mit seinen Kollegen aufgekreuzt war. Sie war betrunken vom Barhocker in seine Arme gefallen, und er hatte sie anschließend mit dem Taxi nach Hause befördert und ihr einen Eimer neben das Bett gestellt. »Du meinst die Bar?«, fragte sie.

Sara nickte. »Natürlich wird er nicht jeden Abend dorthin gehen, aber wer weiß? Die Chance besteht jedenfalls.

Soll ich mitkommen? Diese Woche ist ja meine Mutter da, und ich kann weg.«

»Nein.« Siena schüttelte den Kopf. »Du hast schon genug um die Ohren. Ich überlege es mir.«

»Doch«, erwiderte Sara bestimmt und stand auf. »Du gehst hin. Keine Widerrede.«

Siena grinste und hob die Hand an ihre Schläfe. »Si, Comandante!«, antwortete sie.

»Ich muss leider schon wieder los, ich will meine Mutter nicht gleich am ersten Abend so lange alleine lassen«, sagte Sara und griff nach ihrer Handtasche. »Aber wir treffen uns diese Woche noch einmal, okay?«

Sie ging bereits durch die Küche in den Korridor. Wenn Sara erst einmal beschlossen hatte zu gehen, dann war sie innerhalb von Sekunden verschwunden, das war schon immer so gewesen. Siena beeilte sich, ihr zur Wohnungstür zu folgen. »Wie kommst du denn jetzt nach Hause?«, wollte sie wissen. Sara wohnte außerhalb von Florenz und würde niemals Auto fahren, wenn sie etwas getrunken hatte. Sara würde noch nicht einmal eine Glasflasche in den Hausmüll werfen.

»Ich rufe mir ein Taxi«, erwiderte sie und öffnete bereits die Tür. Dann drehte sie sich unvermittelt noch einmal um und umarmte Siena ganz fest. »Ich melde mich«, sagte sie mit leicht zittriger Stimme. Und dann, schon wieder ganz gefasst, ergänzte sie: »Und dann will ich hören, wie es in der Bar neben der Questura war, verstanden?«

Erst als Sara schon die ersten Treppenstufen nach unten gegangen war, fiel Siena noch eine Frage ein, die den ganzen Abend in ihrem Hinterkopf gelauert hatte: »Hat Matteo eigentlich beruflich irgendetwas mit Hamburg zu tun?«

Sara blieb stehen. »Das *Studio Legale Dante* arbeitet mit anderen großen Kanzleien in Europa zusammen, und auf jeden Fall haben sie auch Kontakte nach Hamburg. Aber Matteo war noch nie dort. Wie kommst du denn jetzt darauf?«

»Nur so«, erwiderte Siena lahm, und Sara zog die Augenbrauen hoch.

»Nur so, alles klar. Das erklärst du mir bitte …« Saras Handy summte, und sie zog es aus der Handtasche und schaute aufs Display. »Meine Mutter hat geschrieben … Die Kinder schlafen immer noch nicht«, berichtete sie und rollte genervt die Augen. Dann ging sie hastig die Treppe nach unten. »Ich komme auf die Sache mit Hamburg zurück«, rief sie noch, und Siena zweifelte keine Sekunde daran.

Nachdem Sara gegangen war, wusste Siena nichts mit sich anzufangen. Es war erst neun Uhr – viel zu früh, um ins Bett zu gehen. Den Artikel über die Klassikkonzerte auf der Piazza Signoria konnte sie nach einer halben Flasche des edlen Weißweins, den Sara mitgebracht hatte, auch nicht weiterschreiben. Also versuchte sie, es sich mit einem Buch auf dem Sofa gemütlich zu machen, aber ihre Gedanken schweiften ständig ab. Zum *Hotel Paradiso*, zu Matteo, zum *Studio Legale Dante* – und natürlich zu jener Bar neben der Questura. Siena gab nach zehn Minuten auf und schaltete den Fernseher ein. Eine Stunde lang ließ sie sich von einer Quizsendung berieseln, die so laut und schrill war, wie es vermutlich nur im italienischen Fernsehen der Fall sein konnte. Um halb elf schleppte sie sich ins Bad und dann ins Bett.

VORSATZ NUMMER 6

ALKOHOLKONSUM ÜBERDENKEN (KEIN LIMONCELLO VOR DEM MITTAGESSEN)

Sie schlief unruhig und wachte um kurz vor halb acht auf, was für ihre Verhältnisse sehr früh war. Umso besser – sie hatte sowieso noch eine ganze Menge mit dem Artikel zu tun. Siena duschte und setzte Kaffee auf. Dann band sie ihre noch feuchten Haare zu einem Knoten ganz oben auf dem Kopf zusammen, setzte sich ihre Brille auf und holte ihren Laptop, um ihn auf dem Bistrotisch in der Küche zu platzieren. Dort lag noch der Inhalt ihrer Tasche, die sie gestern ausgekippt hatte. Als sie alles einfach mit einer Hand beiseite schieben wollte, fiel ihr Blick wieder auf die Karte mit dem Hamburger Hafen. Siena griff danach und betrachtete sie nachdenklich. Das viele Blut in der Loge kam ihr wieder in den Sinn, dann der weinende Matteo aus ihrem wirren Traum. Langsam ging sie zum Kühlschrank und pinnte die Karte mit einem Magneten an die Tür. Eine Weile stand sie noch da und starrte auf den Hamburger Hafen, bis ein Geräusch sie aus ihren Gedanken riss: Der

Kaffee auf dem Herd brodelte. Siena stellte das Gas aus und wählte eine Tasse aus ihrem bunten Becher-Sammelsurium, das ein Regal über dem Herd besiedelte. Siena hatte die meisten Tassen von Reisen mitgebracht oder geschenkt bekommen, und sie liebte jede einzelne von ihnen. Ihre Hand wanderte instinktiv zu dem großen Becher mit einer Möwe und dem Schriftzug »MOIN« darauf, was in Norddeutschland so viel bedeutete wie »Guten Tag«. Dieser Becher war ein Geschenk von Sabine aus Hamburg. Nein! Sienas Hand zuckte zurück. Lieber nichts, was sie an Hamburg und dadurch an Matteo und den Toten im Hotel erinnerte. Sie nahm stattdessen die *Buongiorno Principessa*-Tasse, das war unverfänglich. Und tatsächlich schaffte sie es, konzentriert zu arbeiten und den fertigen Vorbericht bereits um zwanzig vor elf per E-Mail an Enzo zu schicken. Als der nach einer knappen halben Stunde immer noch nicht reagiert hatte, was für ihn sehr untypisch war, rief sie ihn an.

»Ciao, Enzo, hast du meinen Bericht schon gelesen?«

»Nein, ich habe gerade mit Vanni gesprochen und gar nicht in meine E-Mails geschaut.« Enzo war aufgeregt – genau so klang seine Stimme, wenn er irgendwo viele Klicks witterte. Vanni war Enzos wichtigster Informant. Niemand in der Redaktion hatte ihn je gesehen, und niemand wusste, woher er seine Informationen bekam. Fest standen nur drei Dinge: Erstens, Vanni wusste zu allem und über jeden etwas. Zweitens, er bewegte sich garantiert nicht nur in der gesetzestreuen Schicht von Florenz. Und drittens, ein nicht unerheblicher Teil der Einnahmen, die *Toscana in Diretta* mit Klicks erzielte, floss direkt in Vannis Tasche. Und zwar in bar.

»Weiß Vanni etwas über den Mord im Hotel?«, fragte Siena gespannt, und ihr Herz fing sofort an, ein wenig schneller zu schlagen.

»Mord im Hotel?« Enzo klang verwirrt. »Ach so, *das*. Das ist doch schon Schnee von gestern. Nein, Vanni hat die Geliebte des Capitano vor einer Arztpraxis gesichtet. Und jetzt rate mal, vor welcher Praxis?« Enzo klang begeistert, Siena schwieg. Sie schätzte Enzo sowohl als Chef wie auch als Freund, aber seine Gier nach Sensationen schätzte sie nicht.

»Ganz genau«, sprudelte es jetzt aus ihm heraus – obwohl Siena ja gar nichts geantwortet hatte. »Ein *Gynäkologe*. Jetzt stell dir mal vor, wenn nicht nur die Ehefrau, sondern auch die Geliebte schwanger wäre.«

»Schon gut.« Siena würgte ihn ab. Sie fand diesen Gedanken für alle Beteiligten ziemlich grässlich und konnte darin keinen Grund zur Freude sehen. »Was liegt heute noch an?«, fragte sie stattdessen knapp.

»Die Eröffnung des Cineplex um 17 Uhr hast du auf dem Schirm?« Enzo klang etwas enttäuscht und ernüchtert, weil Siena seine Begeisterung so offensichtlich nicht teilte. »Sei bitte pünktlich. Und denk dran, wir brauchen einen wirklich schönen Artikel. Der Betreiber hat für den ganzen ersten Monat täglich Werbebanner gebucht, da sind wir ihm etwas Nettes schuldig.«

»Ich bin immer pünktlich«, erwiderte Siena und verdrehte die Augen. »Ich verstehe zwar immer noch nicht, warum man so eine Eröffnung an einem Mittwoch macht …«

»Ich schon«, unterbrach sie Enzo. »Die Eröffnung eines riesigen Kinos mit fünf Sälen in einem Gewerbegebiet interessiert doch nur die Leute, die rund um Florenz wohnen. Nicht die Touristen. Und am Wochenende sind nun mal viele Einheimische mit den Touristen beschäftigt.«

»Wahrscheinlich ist niemand da«, murmelte Siena ein wenig trotzig. Enzo ging ihr heute gründlich auf die Nerven.

»Doch, es werden genügend Leute da sein, glaub mir. Der Betreiber verschenkt Freikarten«, antwortete er.

»Na, der hat's ja. Werbebanner, Freikarten …«

Enzo lachte. »Lass deine miese Laune nur bitte nicht an dem armen Mann aus, Siena. Und zieh dir was Hübsches an. Ich möchte ein Foto von dir mit ihm im Kinosaal.« Mit diesen Worten legte Enzo auf.

Siena starrte wütend ihr Handy an. *Zieh dir was Hübsches an?* Stronzo. Sie konnte nur hoffen, dass das ein Scherz gewesen war. Sie schaute an sich herunter. Heute trug sie ihr gelb-weiß geringeltes Shirtkleid, ihr absolutes Lieblingsteil. Gut, es war vielleicht schon ein ganz kleines bisschen ausgeleiert, aber es war definitiv immer noch hübsch.

Siena warf ihr Handy unsanft auf den Bistrotisch. *Enzo hat schon recht*, dachte sie. *Ich habe heute wirklich miese Laune.* Und dagegen half am besten …

Sie warf einen schnellen Blick auf die Uhr. Es war erst elf. Und die Eröffnung des Cineplex war um 17 Uhr. Sie hatte also genug Zeit, ihrer Großmutter einen Überraschungsbesuch zum Mittagessen abzustatten. Dieser Gedanke erheiterte Siena schlagartig ungemein. Sofort packte sie ihr Handy ein, schnappte sich Autoschlüssel und Sonnenbrille und verließ die Wohnung. Sie musste ihrer Nonna nicht extra Bescheid geben, dass sie vorbeikam, denn erstens liebte ihre Großmutter Überraschungsbesuche, und zweitens kochte sie für ihren Zweipersonenhaushalt mit Gianni grundsätzlich immer ausreichende Mengen für vier bis fünf Personen.

Siena hatte ihr Auto, einen alten Peugeot, der von ihr nur La Francese, die Französin, genannt wurde, etwa zehn Minuten entfernt von ihrer Wohnung geparkt. Zu lauter Musik aus dem Radio lenkte sie den Wagen durch die Vororte von Florenz und schließlich auf die Autobahn. Ihre Großmutter wohnte mitten im Chianti, in einer sanft hügeligen Gegend in der Nähe von Monteriggioni. Gianni behauptete zwar, dass die mit Wein bepflanzten Hügel in der direkten Umgebung die Colli Senesi seien und dass das etwas ganz anderes sei als die Chianti-Weinberge. Aber die Nonna behauptete das Gegenteil. Siena war es völlig egal, wie die Gegend hieß. Sie wusste nur, dass sie sie liebte. Auch als sie heute die Autobahn verließ und das letzte Stück über die Landstraße kurvte, freute sie sich an den Farben der Toskana. Egal, wie das Wetter war – hier war es immer schön. Heute leuchtete die Sonne vom Herbsthimmel und ließ die Olivenbäume besonders silbrig glänzen. Die gelben, von Schafen abgegrasten und vom Sommer ausgetrockneten Felder nahmen allmählich die erdigen Farben des Herbstes an. *Apropos Schafe*. Siena bremste scharf, als vor ihr ein Schäfer seine Tiere über den schmalen Kiesweg, der zum Haus ihrer Nonna führte, trieb. Sie schaltete den Automotor und das Radio aus, kurbelte das Fenster herunter (La Francese verfügte über keinerlei Schnickschnack und schon gar nicht über elektrische Fensterheber) und ließ ihren Arm ins warme Sonnenlicht baumeln. Dann beobachtete sie die Schafe, die artig, aber ohne Eile über den Weg trotteten. Ein großer Falter flatterte direkt an Sienas Arm vorbei und streifte ihn dabei ganz kurz. Von irgendwoher hörte sie lautes Summen von Insekten und nahm einen würzigen Kräuterduft wahr. Sie atmete tief ein und aus, und ihre Laune stieg augenblicklich.

Als die Schafe alle sicher auf der anderen Seite des Weges angelangt waren, winkte der Schäfer Siena kurz zu. Sie winkte zurück und startete das Auto wieder. Nach der nächsten Kurve sah sie bereits die Anhöhe, auf der ihre Großmutter wohnte. Das Grundstück wurde von sieben Zypressen bewacht, die Gianni, der Untermieter der Nonna, immer die *Falli Silenziosi*, die schweigenden Phallusse, nannte. Sie selbst bezeichnete sie allerdings wesentlich lieber als schweigende *Wächter*.

Als Siena den allerletzten kleinen Anstieg zum Eingangstor des Grundstücks herauffuhr, stockte La Francese kurz und gab ein blechernes Husten von sich. Siena drückte beherzt das Gaspedal noch fester durch, und das Auto machte einen widerwilligen Satz nach vorne wie ein bockiges Pferd. »Dai, per favore«, flehte Siena. Sie brauchte das Auto dringend, denn zum Haus ihrer Nonna kam sie sonst nur mit vier verschiedenen Bussen, was insgesamt fast drei Stunden dauerte – wenn alles reibungslos lief. Seit Siena zum Studium nach Florenz gezogen war, war das Haus ihrer Großmutter Marcella, genannt La Nonna, immer das geblieben, was es seit ihrer Kindheit für sie war: ihr sicherer Hafen, in den sie so oft wie möglich zurückkehrte.

Zum Glück besann sich La Francese jetzt eines Besseren und legte die letzten Meter der Auffahrt ohne Murren zurück. Siena parkte, stieg aus, schloss die Augen und atmete tief durch. Die sanfte Herbstsonne wärmte ihr Gesicht, und die Brise, die hier oben auf dem Hügel immer wehte, pustete ihr eine Haarsträhne aus der Stirn. Sie öffnete die Augen und ging auf das Haus zu, das eine umgebaute ehemalige Scheune war. Ihre Großmutter hatte diese Scheune von ihrem Mann geerbt, der jung verstorben war. Allerdings hatte Siena nie den Eindruck gehabt, dass er besonders vermisst wurde.

»Das Haus ist das Beste, was er mir hinterlassen hat«, pflegte die Nonna zu sagen. Dass zu den Hinterlassenschaften des unbekannten Nonno auch Graziella, Sienas Mutter, zählte und definitiv *nicht* als das Beste angesehen wurde, sagte eigentlich alles über das Verhältnis der beiden aus. Und leider hatte sich diese Mutter-Tochter-Beziehung, die doch sehr viel Luft nach oben bot, in der nächsten Generation fortgesetzt oder vielleicht sogar noch verschlechtert.

Siena war im Alter von zwei Jahren von Graziella mit einem Koffer und ihrem Plüschhasen bei der Nonna abgeliefert worden. Ihre Mutter hatte nämlich beschlossen, spontan nach Ibiza auszuwandern. Oder war es zuerst Teneriffa gewesen? Siena wusste es nicht mehr. Es war schwierig, im Leben ihrer Mutter den Überblick zu behalten. Das schaffte noch nicht einmal Graziella selbst.

Im Nachhinein betrachtet war Siena davon überzeugt, dass ihre Mutter ihr einen großen Gefallen getan hatte, als sie sie damals zur Oma abgeschoben hatte. Die Nonna hatte ihr eine wunderbare und behütete Kindheit geschenkt und sie mit Liebe überschüttet. Das tat sie auch heute noch. Und trotzdem war in Siena ein nagender

Schmerz zurückgeblieben. Dieser Schmerz bezog sich aber nicht etwa darauf, dass sie in ihrer Kindheit etwas vermisst hatte. Er flackerte nur manchmal in ihr auf, wenn ihr bewusst wurde, wie leicht Graziella sich von ihr hatte trennen können und dass sie die kleine Tochter in all den Jahren wohl kaum vermisst hatte, wenn man ihre äußerst sporadischen Besuche und willkürlichen Geschenke als Indiz dafür nehmen konnte. Doch wie immer, wenn der Schmerz sich bemerkbar machte und sich in ihrem Bauch festbeißen wollte, schüttelte Siena ihn auch jetzt schnell und energisch ab. Man musste mit diesem Schmerz kurzen Prozess machen, das hatte sie gelernt. Sonst wurde er übermächtig.

Siena konzentrierte sich lieber auf den Anblick des heimeligen, vertrauten Hauses, vor dem die beiden grünen Plastikstühle im Schatten eines Olivenbaumes standen. Die Blätter der großen Silberpappel daneben rauschten im Wind, und Siena lächelte. Sie liebte dieses Geräusch. Ihr Blick fiel auf die lange Wäscheleine und verharrte dann auf dem großen, mit nasser Wäsche gefüllten Korb darunter. Sie blieb abrupt stehen und runzelte die Stirn. Mittwoch war Waschtag. So weit, so gut. Aber dass die Nonna die Wäsche nicht sofort aufhängte? Ja, dass sie offenbar noch nicht einmal damit angefangen hatte, sondern den Wäschekorb nur abgestellt hatte? Sienas Puls beschleunigte sich. Ganz ruhig, redete sie sich gut zu. Wahrscheinlich war ihre Großmutter nur unterbrochen worden. Sie wusste, dass es irrational war, sich sofort Sorgen zu machen. Doch Siena konnte den Gedanken nicht ertragen, dass ihrer Nonna etwas zustoßen könnte. Denn dann … dann wäre sie allein. Ganz allein.

»Nonna?«, rief sie, und ihre Stimme klang ein wenig kläglich. Sie räusperte sich und fügte mit festerer Stimme hinzu: »Sono io, Siena. Ich bin es, Siena.«

Keine Antwort.

Siena öffnete die Haustür, die immer offen stand, und schnupperte.

Nichts. Kein Essensgeruch. Noch nicht einmal Kaffeegeruch. Ihr Puls legte noch einen Zahn zu: Es war Mittagszeit, und die Nonna kochte nicht? Was war da los?

Als sie die Küche betrat, erschrak Siena erst so richtig. Da saß die Nonna mit hängenden Schultern am Küchentisch und starrte aus dem Fenster. Vor sich hatte sie eine Schüssel mit Bohnen stehen, in der Hand ein Messer – aber so, wie es aussah, hatte sie noch nicht einmal mit dem Putzen des Gemüses angefangen.

»Nonna, tutto bene? Alles in Ordnung?« Siena wollte zu ihr gehen und sie in den Arm nehmen, doch sie blieb wie angewurzelt stehen. Die Nonna versuchte, es zu verbergen, aber es war eindeutig: Sie weinte!

Sienas Mund wurde trocken, und sie blieb stocksteif stehen. Sie hatte die Nonna noch nie weinen sehen. Noch *nie*. Und sie konnte den Anblick kaum ertragen. In ihrem Magen formte sich ein eisiger Klumpen: Siena hatte Angst.

Marcella war ihr Fels in der Brandung, war es immer gewesen, doch jetzt saß sie hier vor ihr, und ihre stattliche, robuste Figur sah plötzlich seltsam zerbrechlich aus. Siena betrachtete die weißen Strähnen in ihrem schwarzen, dicken Haar, und wo sie sonst eigentlich nur bemerkte, wie wenige weiße Strähnen es waren, da sah sie heute nur Weiß. Der Eisklumpen wurde größer. Die Nonna war alt. Und sie weinte.

»Bist du krank?« Siena brachte die Worte nur flüsternd hervor.

Doch jetzt schaute die Nonna sie zum Glück mit ihrem typischen empörten Gesichtsausdruck an. »Ich? *Krank?* Pah!« Sie klang so, als hätte ihr Siena vorgeworfen, ein Alien von einem unentdeckten Planeten zu sein. »Ich bin gesünder als die dritte Ehefrau vom alten Giancarlo aus Poggibonsi. Und die ist erst achtundfünfzig«, fügte die Nonna etwas beleidigt hinzu. »Der Doktor hat mir versichert, dass meine Blutwerte besser sind als ihre!« Sie machte eine abfällige Handbewegung und griff nach der Flasche, die auf dem Tisch stand und die Siena bis jetzt noch gar nicht registriert hatte. »Nonna, du trinkst Limoncello? Mittags?« Siena ließ sich auf den Stuhl neben ihrer Großmutter plumpsen. Sie war einerseits erleichtert, denn Marcella wirkte definitiv nicht krank. Andererseits blieben die Fakten: Die Nonna hatte die Wäsche nicht aufgehängt, die Bohnen nicht geputzt, und sie trank stattdessen zur Mittagszeit Limoncello. Und sie hatte geweint.

»Jetzt tu nicht so, als würdest du nie mittags Limoncello trinken. Auch einen?« Die Nonna wartete keine Antwort ab, sondern stand auf und holte ein zweites Glas. Sie schenkte Siena ein. »L'amore ci cambia la vita«, bemerkte sie kryptisch und kippte ihren Limoncello auf ex.

Siena nippte an ihrem und dachte nach. *L'amore ci cambia la vita* war ein Lied des Lieblingssängers der Nonna, Gianni Morandi. »Die Liebe verändert unser Leben« bedeutete der Titel. Aber warum sagte die Nonna das genau jetzt? Und mit dieser bedeutsamen Miene?

Moment.

Siena ließ das Glas sinken. Wo war eigentlich Gianni?

Siena hatte Gianni Berluzzi ein Leben lang für den Untermieter der Nonna und einen Familienfreund gehalten und erst vor Kurzem erfahren, dass er für die Nonna doch etwas mehr war als das. Sie hatte das Thema seitdem gemieden, denn sie konnte sich irgendwie nicht an den Gedanken gewöhnen … Gianni und ihre Nonna … Es war zu eigenartig. Aber jetzt ließ sich das Thema wohl nicht mehr umgehen.

»Wo ist eigentlich Gianni?«, fragte Siena zögerlich. Und tatsächlich. Sobald sie seinen Namen erwähnte, flossen bei der Nonna sofort die Tränen – und der Limoncello. Sie kippte das zweite Glas hinunter und wischte sich anschließend energisch die Tränen weg. »Der ist bei *ihr*!« Sie spie die Worte förmlich aus.

Siena trank ihr Glas ebenfalls in einem Zug leer und schenkte sich vorsorglich sofort nach. »Bei *ihr*?«, fragte sie dann vorsichtig. »Wen meinst du damit?«

»La Gallina, questa stronza«, knurrte die Nonna. Sie lehnte sich im Stuhl zurück und verschränkte die Arme vor der breiten Brust. Dabei guckte sie so grimmig, dass Siena nicht umhinkonnte, sich um Leib und Leben von La Gallina Sorgen zu machen.

La Gallina, was »die Henne« bedeutete, war die Nachbarin, die mit ihrer Hühnerschar auf einem kleinen Hof etwa zwei Kilometer entfernt lebte und ihre Tiere abgöttisch liebte. Was wollte die Nonna denn da andeuten?

Siena musste sich diese Frage nicht lange stellen, denn die Antwort kam prompt. »Nie hätte ich gedacht, dass Gianni mit *ihr* etwas anfängt. Ausgerechnet!« Die Nonna wollte schon wieder zum Limoncello greifen, aber Siena nahm ihre Hand und hielt sie sanft zurück. »Moment, habe ich das richtig verstanden? Du glaubst, dass Gianni eine Affäre mit *Marta* hat?« Marta war der echte Name von La Gallina, den aber fast nie jemand benutzte.

»Ich glaube es nicht, ich weiß es. È ovvio«, brummte die Nonna.

Siena musste fast kurz lächeln, denn »È ovvio«, »das ist doch offensichtlich«, war einer der Lieblingssätze ihrer Großmutter, über den Gianni und Siena sich oft ein bisschen lustig machten. Bei ihr war immer alles schwarz oder weiß, heiß oder kalt, offensichtlich oder nicht existent. Doch der Ernst der Lage verbot ein Lächeln.

»Ich bin mir sicher, da hast du irgendetwas falsch verstanden«, begann sie, doch alle weiteren Worte erstarben auf ihren Lippen: Die Nonna starrte sie mit ihrem Todesblick an. Und dieser Blick würde wirklich *jeden* verstummen lassen. Sie stützte die Arme auf den Küchentisch und beugte sich vor: »Er hatte Hühnerfedern am Hintern«, sagte sie mit Nachdruck.

»Am Hintern?«, wiederholte Siena und versuchte, sich gegen die Bilder zu wehren, die vor ihrem inneren Auge auftauchten.

Die Nonna warf ihr einen zweiten Todesblick zu. »Nicht, was du denkst. Er hatte Hühnerfedern an seiner Hose. Und woher hatte er die wohl?«

Siena musste sich jetzt ein Lachen verkneifen. »Aber Nonna, das kann doch auch passieren, wenn er dort Eier holt. Oder vielleicht hat er ihr bei irgendetwas geholfen und nur vergessen, dir davon zu erzählen …«

»*Geholfen*«, unterbrach Marcella sie in schneidendem Tonfall. »Ich kann dir sagen, wobei er ihr *behilflich* war.«

Siena rutschte auf dem Stuhl hin und her. Sie mochte die Richtung, in die sich dieses Gespräch entwickelte, nicht.

Ruhig und sachlich bleiben, Siena. Fakten. Beweise. Du bist immerhin Numero Quattro.

Sie stützte ebenfalls die Arme auf den Tisch und beugte sich vor. »Na gut. Wir haben die Hühnerfedern. Aber hast du noch mehr Hinweise?«

Die Nonna nickte mit Nachdruck. »Natürlich. Denkst du, ich verlasse mich auf *einen* Hinweis?« Für einen Moment schoss Siena durch den Kopf, ob es sein konnte, dass die Nonna eine bessere Agentin abgeben würde als sie selbst, aber dann konzentrierte sie sich lieber wieder auf deren Ausführungen.

»Erstens. Er ist seit zwei Wochen immer wieder unterwegs, und ich weiß nicht, wo.«

Siena öffnete den Mund.

»Nein«, unterbrach die Nonna sie, noch bevor sie etwas sagen konnte. »Dafür gibt es keine harmlose Erklärung, glaub mir. Wie sollte die denn lauten?«

Wieder öffnete Siena den Mund, wieder kam die energische Großmutter ihr zuvor. »Zweitens. Neulich lag sein Handy auf dem Plastikstuhl, und es hat geklingelt. Ich konnte gar nicht anders, als aufs Display zu schauen.« Sie machte eine kurze Pause und sah Siena streng an. Doch die dachte gar nicht daran, den Mund noch einmal ungefragt zu öffnen. »Es war Marta. *Marta* stand da auf dem Display.« Die Augen der Nonna füllten sich wieder mit Tränen. »Ich wusste noch nicht einmal, dass er ihre Handynummer hat. Und wieso speichert er sie als *Marta* ab? Das wirkt so vertraut. Sie heißt offiziell immer noch *La Gallina*.«

Siena überlegte kurz, ob sie die Nonna darauf hinweisen sollte, dass *Marta* der offizielle Name und *La Gallina* der Spitzname war. Doch die Tränen auf den rundlichen, faltigen Wangen verboten es ihr.

L'amore ci cambia la vita. Da war etwas dran. Denn so hatte sie ihre vernünftige, pragmatische, resolute Großmutter noch nie gesehen. Ihre Gedanken schweiften kurz zu einer Umarmung in einem dunklen Treppenhaus in Florenz und zu vielen Tausend Ameisen, die auf ihrem Körper Tanzveranstaltungen abhielten. *L'amore ci cambia la vita.*

»Nonna.« Siena räusperte sich. »Hast du Gianni eigentlich mal gefragt, was er bei der Gallina macht? Und ob er überhaupt bei ihr ist?«

Ihre Großmutter sah sie empört an. Es fehlte nicht viel zum Todesblick. »*Gefragt?* Wie stellst du dir das vor?«

»Na ja … einfach fragen.«

»No, assolutamente no! Nur über meine Leiche. Dann denkt er, dass ich ihm nachspioniere oder dass ich mir Gedanken mache … Nein, ich frage ihn so was nicht.« Eine neue, dicke Träne lief über ihre Wange.

Siena legte ihre Hand auf die weiche, warme Hand der Nonna. Sie wusste nicht, ob diese Weigerung, die Dinge offen anzusprechen, etwas mit der Persönlichkeit der Nonna zu tun hatte oder mit der Art und Weise, wie diese Generation erzogen worden war. Aber sie wusste, was ihre Nonna jetzt brauchte: Sie wollte ernst genommen werden.

»Va bene.« Siena nickte. »Sind das alle Hinweise?«

Die Nonna nickte und schnäuzte laut in ein Küchentuch.

»Gut. Dann müssen wir jetzt alle diese Hinweise sorgfältig überprüfen.«

»*Wir?*« Ein Funken Hoffnung erschien im Gesicht der Nonna. »Hilfst du mir?«

»Certo.« Siena nickte und schenkte noch einmal zwei Limoncelli ein.

»Grazie, Siena.« Die beiden Frauen stießen an und tranken ihre Gläser in einem Zug leer. Und die Nonna sah schon wieder ein kleines bisschen vergnügter aus.

Plötzlich hörten sie draußen ein Geräusch. »Das ist Giannis Motorino. Er ist wieder da.« Hektisch wischte die Nonna sich die letzten Tränen weg und griff sich das Küchenmesser. Siena schaute sie erschrocken an, doch da brach die Nonna in schallendes Gelächter aus. »Deine Fantasie möchte ich haben. Denkst du, ich will mich hier und jetzt mit dem Küchenmesser rächen? Ich will einfach nur diese Bohnen putzen, solange sie frisch sind.« Sie zog die Schüssel zu sich, und Siena stand auf. »Dann hänge ich mal die Wäsche auf«, sagte sie ein wenig kleinlaut.

Und während sie nach draußen ging, stellte sie zwei Dinge fest: Erstens, der Boden schwankte nach mehreren Limoncelli zur Mittagszeit auf nüchternen Magen nicht unerheblich. Zweitens, die Nonna hatte bezüglich ihrer allzu blühenden Fantasie recht. Sie musste sich da wohl ein bisschen am Riemen reißen.

VORSATZ NUMMER 7

TAGTRÄUME UNTER KONTROLLE BRINGEN

Langsam hängte Siena die frisch gewaschene Bettwäsche an die Leine. Immer wieder wehte die sanfte Brise ihr den Duft vom letzten, noch vom Sommer verbliebenen Lavendel und von Rosmarin in üppigen Dosen direkt in die Nase. Er vermischte sich mit dem vertrauten Geruch des Waschmittels, das die Nonna seit Jahrzehnten benutzte. Siena griff nach einem Kissenbezug und zwei Wäscheklammern und überlegte. Ihre blühende Fantasie hatte ihr zunächst nur sehr lebhafte nächtliche Träume beschert, in denen sie als Geheimagentin die gefährlichsten Missionen mit Bravour (und ohne mit der Wimper zu zucken) meisterte. Sie sprang mit Fallschirmen aus schwindelerregenden Höhen ab, legte mit fremden Autos wilde Verfolgungsjagden hin und tauchte bei pechschwarzer Nacht in trüben Gewässern – immer angespornt von der Stimme ihres strengen Chefs, des Comandante. Dieser Typ nervte in den Träumen ehrlich gesagt allmählich, denn Siena fand, dass sie sich von diesem nörgelnden Chef längst nichts mehr sagen lassen musste. Nicht nach allem, was Numero Quattro schon für die nationale Sicherheit geleistet hatte! Aber leider konnte man sich eben nicht aussuchen, wovon man träumte, und bislang hielt der nörgelnde Comandante eisern die Stellung in ihrer Traumlandschaft.

Siena bückte sich und nahm ein Handtuch aus dem Wäschekorb. Über ihren Fuß krabbelte eine Ameise. Und das erinnerte Siena sofort daran, dass die Träume in letzter Zeit eine bedenkliche Wendung genommen hatten …

Sie klemmte das letzte Handtuch fest und ließ sich auf einen der Plastikstühle unter dem Olivenbaum sinken. Sie legte den Kopf in den Nacken und betrachtete die silbrig grünen feinen Blätter, die zusammen mit dem hellblauen Himmel ein Muster ergaben. Siena blinzelte. Das Muster nahm durch die Brise, die durch die Blätter fuhr, eine leicht veränderte Form an. Wie ein Kaleidoskop, dachte Siena und schloss die Augen. Sie konzentrierte sich auf die Geräusche rundherum. *Achtsamkeit* nannte ihre Lieblingskollegin Alessia das. Und die war Expertin, denn sie war Stammkundin in einem besonders schicken Yoga-Studio in der Via Faenza. Siena setzte sich noch bequemer hin und streckte die Beine weit aus. Dadurch ragten ihre Füße jetzt aus dem Schatten in einen Sonnenfleck hinein, und sie spürte sofort, wie die Sonne ihre Haut wärmte. *Achtsamkeit.* Welche Geräusche hörte sie hier und jetzt? Das Summen der Insekten. Ein Auto in weiter Ferne. Ein Hund bellte irgendwo. Die Silberpappel raschelte. Und plötzlich … eine knarzende Stimme. »Numero Quattro, machen Sie schon wieder Pause?«

Siena fuhr hoch. Verdammt. Genau das hatte sie gemeint mit der bedenklichen Entwicklung. Die Träume kamen nicht mehr nur nachts, sie schlichen sich auch tagsüber an … und wie gesagt: Sie nahmen mitunter seltsame Wendungen.

So wie neulich.

Sie hatte in höchster Gefahr geschwebt und sich mit letzter Kraft an die Reling eines Schiffes geklammert, auf dem sie mehrere Drogenbosse observiert hatte. Und plötzlich hatten sie von hinten zwei Arme umschlungen und in ein Rettungsboot gezogen. Es war stockdunkel gewesen (natürlich! Solche Jobs erledigte man schließlich nicht bei Tageslicht!), und sie hatte nichts erkannt. Aber es war wohl der Comandante, der sie im letzten Moment gerettet hatte.

Oder?

Die Arme hielten sie auch auf dem Boot weiter umschlungen, obwohl das streng genommen im Sinne einer Bergungsaktion längst nicht mehr nötig war. Sienas Herz raste. Und plötzlich roch sie einen ganz bestimmten Duft, und das Gesicht ihres Retters war nah an ihrem, und irgendwo flackerte ein Licht auf, und dann kam sein Gesicht noch näher … »Straghetti«, murmelte Siena.

»Wie bitte? Spaghetti? Träumst du vom Mittagessen, Sienarella?«

Zum zweiten Mal fuhr Siena in ihrem Plastikstuhl hoch und blinzelte verwirrt ins Sonnenlicht. Vor ihr stand Gianni und grinste sie an. Unwillkürlich scannte Siena ihn sofort nach Hühnerfedern ab. Nichts.

»Ich habe gute Nachrichten, Sienarella«, verkündete Gianni. »Marcella macht gerade die ligurische Pasta.

Dürfte bald fertig sein.« Er grinste und stapfte wieder in Richtung Haus. Auch an seiner Rückansicht konnte Siena keine einzige Feder entdecken.

Die ligurische Pasta bestand aus kurzen Nudeln – meistens Pennette –, gekochten Kartoffeln, grünen Bohnen und einer köstlichen Soße aus Olivenöl und diversen frischen Kräutern. Einmal hatte Siena den Fehler gemacht, diese grüne Soße als Pesto zu bezeichnen, aber das hatte die Nonna nicht auf sich sitzen lassen. »Dort drüben in Genua können die das meinetwegen Pesto nennen, aber das hier ist *meine* eigene Kreation mit Kräutern aus *meinem* Garten. È ovvio! Das ist doch offensichtlich!«

Siena hatte es selbstverständlich nie wieder gewagt, die Soße als Pesto zu bezeichnen, aber die Bezeichnung »ligurische Pasta« hatte sich bei ihr und Gianni für dieses Gericht trotzdem eingebürgert und wurde von der Nonna akzeptiert.

Am Tisch unter dem großen Olivenbaum aßen die Nonna, Gianni und Siena jetzt alles bis zur letzten Nudel auf, während ihnen von Zeit zu Zeit der Geruch der frisch gewaschenen Wäsche in die Nase wehte. Zum Schluss wurde die verbliebene Soße in den Tellern noch in Weißbrot getunkt, und dann lehnten sich alle drei gleichzeitig mit einem zufriedenen Seufzer zurück. Es war eine eingespielte und aufeinander abgestimmte Choreografie, die sie nach langen Jahren der Übung perfekt beherrschten.

Siena schloss die Augen und lehnte sich in ihrem Stuhl zurück. Es war so herrlich hier draußen …

»Hast du heute frei, Sienarella?«, fragte Gianni in diesem Moment, und Siena riss erschrocken die Augen auf. So ein

Mist! Die Eröffnung des Cineplex! Hektisch griff sie nach ihrem Handy und atmete im nächsten Augenblick erleichtert auf: Es war zum Glück erst kurz vor drei. Wenn sie jetzt sofort losfuhr, dann schaffte sie den Termin noch locker.

Sie sprang auf. »Nonna, Gianni, ich muss los.«

Die Nonna hatte gerade die Teller fein säuberlich gestapelt und schaute empört auf. »Senza caffè? Ohne Kaffee? Auf keinen Fall.« Und damit stapfte sie in Richtung Haus. Siena und Gianni grinsten sich an, und Siena setzte sich wieder hin. Dann lehnten sich die beiden erneut in ihren Stühlen zurück und schlossen die Augen, bis die Nonna die dampfenden Espressotassen vor ihnen abstellte. Während des Essens war Siena so in die ligurische Pasta vertieft gewesen, dass es ihr nicht aufgefallen war, aber jetzt erschien es ihr so, als könnte man zwischen der Nonna und Gianni tatsächlich eine gewisse Anspannung spüren. Sie betrachtete Gianni über den Rand ihrer Espressotasse hinweg und stellte sich La Gallina vor …

»Nein!«, entfuhr es ihr ziemlich laut. Sie erntete fragende Blicke und fügte eilig hinzu: »Nein! Schon so spät.« Sie stand hastig auf.

»Na, dann los. Ein schlafender Fuchs fängt kein *Huhn*«, bemerkte die Nonna und betonte das Wort Huhn dabei so auffällig, dass Siena unwillkürlich zu Gianni blickte. Doch der schlürfte seelenruhig seinen Espresso und zeigte keinerlei Regung.

»Va bene.« Siena drückte jedem der beiden einen Kuss auf die Wange. »Bis bald. Danke für das Essen.«

»Si, certo, cara. Wieso solltest du bei deiner Nonna denn kein Essen bekommen? Da lachen ja die *Hühner*.«

Siena wurde das Ganze allmählich unangenehm, und sie beschloss, nichts mehr zu erwidern, sondern nur fröhlich zu winken und den Rückzug zur Francese und dann in Richtung Florenz anzutreten.

Und trotzdem, dachte sie, als sie die schweigenden Zypressen passierte und anschließend den Kiesweg entlangrumpelte. *Trotzdem muss ich der Sache mit La Gallina nachgehen. Das bin ich der Nonna schuldig.*

Siena betrat ihre Wohnung um zehn Minuten nach sechzehn Uhr. Zu ihrem Termin in einem Vorort von Florenz brauchte sie mit dem Auto nur fünfzehn Minuten, aber sie musste ja auch erst wieder bis zum Parkplatz laufen. Es blieben ihr also … sie rechnete … etwa zwölf Minuten.

»Das wird sportlich«, murmelte sie und rannte zur Toilette. »Zieh dir was Hübsches an«, äffte sie Enzo nach, als sie danach die Türen ihres Kleiderschrankes aufriss und sich das geringelte Shirtkleid über den Kopf zog. Sie pfefferte es auf den Boden und holte eine schwarze Jeans aus dem Schrank. Used Look, aber trotzdem ziemlich schick, fand sie. Dazu ein schwarzes T-Shirt und ihre schwarzen Wildleder-Stiefeletten. Schwarz war doch hübsch, oder etwa nicht? Im Bad frisierte Siena ihre Haare zu einem ordentlichen Pferdeschwanz und wählte Ohrringe aus: gelbe, relativ große Kugeln, die ein bisschen aussahen wie Sabines Christbaumschmuck. Bei der Nonna gab es am Baum keine Kugeln, nur Lametta. Nach kurzem Zögern trug sie noch silberfarbenen Lidschatten und Wimperntusche auf. Sie warf einen prüfenden Blick in den Spiegel. »Das muss aber jetzt reichen«, befand sie, schnappte sich ihre Tasche, die noch im Flur auf dem Boden lag, und verließ eilig die

Wohnung. Auf dem Weg zum Auto gab ihr Handy ein *Pling* von sich, und Siena schaute aufs Display, ohne ihr Schritttempo zu verringern. Sie zuckte ein wenig zusammen, als sie den Absender sah: Luca Bruni. *Ciao, Siena, lebst du noch?*, hatte er geschrieben. Daneben ein Zwinker-Emoji. *Wann gehen wir etwas trinken?* Siena stopfte das Handy zurück in ihre Tasche. Dafür hatte sie jetzt wirklich weder Zeit noch Nerven.

Bereits um kurz vor achtzehn Uhr parkte Siena La Francese wieder an den Grünanlagen außerhalb des Stadtzentrums. *Das hat ja wie am Schnürchen geklappt*, dachte sie zufrieden. Sie hatte mit dem Betreiber des Cineplex gesprochen und brav das von Enzo gewünschte Foto im Kinosaal gemacht. Sie hatte einige Leute befragt, die Freikarten gewonnen hatten, und sich eine Führung durch alle Säle, die Bar, das Bistro und sogar die Toiletten geben lassen. Nach einer halben Stunde war alles erledigt gewesen, und sie hatte sich vom Betreiber herzlich verabschiedet. Sie fühlte sich schlecht, dass sie heute Morgen am Telefon ein bisschen über ihn gelästert hatte, denn tatsächlich war er sehr sympathisch und absolut begeistert von seinem Projekt. Siena hoffte für ihn, dass es ein Erfolg werden würde.

Sie blieb noch einen Moment lang im Auto sitzen und starrte unschlüssig aus dem Fenster. Sollte sie Luca jetzt antworten? Und wenn ja – was?

Ciao, Luca, du bist charmant und ganz witzig, aber ich habe mich leider in deinen Chef verliebt. Nimm's nicht persönlich.

Sie seufzte und entsperrte das Handy. *Ciao, Luca, ich habe momentan viel zu tun*, begann sie, doch noch während sie tippte, fing das Telefon an zu klingeln. Es war Sara.

»Und, bist du dort?«, fragte sie anstelle einer Begrüßung.

»Nein, ich bin schon zurück«, antwortete Siena verwirrt. Hatte sie ihrer Freundin gestern von der Eröffnung des Cineplex erzählt? Und seit wann interessierte die sich so brennend für ihre Arbeitstermine?

»*Und*, war er da?« Sara klang ehrlich aufgeregt, und plötzlich dämmerte es Siena, worum es hier wirklich ging.

»Du meinst, ob ich schon in der Bar neben der Questura war?«

»Ja, wo denn sonst?«

»Nein, also so schnell geht es dann auch wieder nicht.«

»Und warum nicht?«, fragte Sara scharf. »Siena, *ich* kann hier nur sitzen und zusehen, wie Matteo fremdgeht. Aber wenigstens eine von uns kann ihr Schicksal selbst in die Hand nehmen. Und das bist *du*!«

»Na ja, *Schicksal* … das ist jetzt auch ein wenig hoch gegriffen«, wandte Siena ein.

»Findest du? Es geht doch um dein Glück, oder nicht?«

Siena runzelte die Stirn. Klang Saras Stimme da ein wenig zittrig? Weinte ihre Freundin etwa?

»Überleg nicht länger, Siena, geh einfach hin. Nur auf *einen* Drink. Du schaust dich um und gibst dem Schicksal seine faire Chance. Danach kannst du immer noch mit einer Pizza auf die Couch. Ich melde mich wieder.« Und mit dieser bedrohlich klingenden Verabschiedung legte Sara auf.

VORSATZ NUMMER 8

NICHT *GRUNDSÄTZLICH* AUF SARA HÖREN

Siena blieb verdattert zurück. *Es geht um dein Glück* … so viel Sentimentalität und Pathos passten gar nicht zu Sara. Aber die Krise, in die Matteo sie gestürzt hatte, brachte offensichtlich ganz neue Seiten in ihr zum Vorschein. War sie es ihrer besten Freundin vielleicht schuldig, genau jetzt auf ihren Rat zu hören und ihr Schicksal selbst in die Hand zu nehmen? Siena warf einen prüfenden Blick in den Rückspiegel. Also zumindest war sie schon einmal geschminkt. Entschlossen stieg sie aus dem Auto und warf die Tür mit Schwung zu. Ein imaginärer Wind wehte ihr dabei durchs Haar, und im Hintergrund erklang dramatische Filmmusik.

Siena Carciofine – eine Frau geht ihren Weg.

Oder besser noch: *Siena Carciofine – eine Frau nimmt ihr Schicksal in die Hand.*

Oder nein, noch besser: *Siena Carciofine – ein selbstbestimmtes Leben.*

Sienas Schritte wurden noch beschwingter, und sie stieg ohne zu zögern an der nächsten Haltestelle in einen orangefarbenen Stadtbus ein und fuhr bis zu einer Piazza in der Nähe der Questura. Sie war so fasziniert von ihrem plötzlichen Heldinnen-Dasein, dass sie erst nervös wurde, als die Questura – und damit auch die Bar daneben – in Sichtweite kamen. Sie verlangsamte ihre Schritte. Es war kurz nach achtzehn Uhr dreißig ... die Uhrzeit passte. An welchem Wochentag war sie Straghetti damals begegnet? Auch an einem Mittwoch? Oder war das ein Montag gewesen? Egal. Die Wahrscheinlichkeit, dass er heute auch wieder auf ein Feierabendbier in der Bar erschien, war jedenfalls gering. Er machte das doch bestimmt nicht jeden Abend – und außerdem folgte die Arbeitszeit eines Commissario der Polizia di Stato ganz sicher keinem exakten Stundenplan. Unfälle, Notfälle, Zwischenfälle, Mordfälle ... all das erschwerte die regelmäßige Einnahme eines pünktlichen Feierabendbieres bestimmt erheblich.

Siena hatte die Bar erreicht und zögerte. Der Impuls, wieder nach Hause zu fahren, war jetzt plötzlich doch fast übermächtig. Die dramatische Filmmusik war längst kläglich verklungen.

Siena Carciofine – Feigling wider Willen.

Und später dann *Siena Carciofine – verliebt, verzagt, verzweifelt*?

Nein! Siena riss sich zusammen. »Nur auf *einen* Drink. Du gibst dem Schicksal seine faire Chance«, wiederholte sie Saras Worte leise vor sich hin und betrat die Bar.

Es war schon einiges los, und nicht wenige Beamte in Uniform waren unter den Gästen. Sienas Herz klopfte irgendwo in ihrem Kehlkopf, und sie setzte sich schnell an einen Tisch in der allerhintersten Ecke des Lokals. Sie ließ den Blick über die Beamten an der Bar schweifen. Kein Straghetti. Sie war sich nicht sicher, ob sie erleichtert oder enttäuscht sein sollte.

Als der Kellner kam, zögerte sie. Was sollte sie bestellen? *Nur auf einen Drink.* Welches Getränk war am schnellsten ausgetrunken? Sie entschied sich für ein kleines Bier. Das ließ sich definitiv schneller wegzischen als ein Glas Wein.

Die Sekunden kamen ihr wie Minuten und die Minuten wie Stunden vor. Warum um alles in der Welt war sie hergekommen? Was wollte sie Straghetti überhaupt sagen, wenn er doch noch auftauchte? Wie sollte sie ihm ihre Anwesenheit in dieser Bar erklären? Was sollte das alles bringen?

Siena stürzte das Bier hinunter und winkte anschließend sofort wieder dem Kellner. Nachdem sie bezahlt hatte, wollte sie eigentlich so schnell wie möglich raus aus dem Lokal, aber leider bemerkte sie, dass sie ganz dringend auf die Toilette musste. Die Aufregung und das Bier, vermutete sie. Na gut. Dann eben noch ganz schnell zur Toilette und dann aber wirklich *nichts wie weg*!

Er sah sie sofort, als sie aus dem schmalen Gang trat, der zu den Toiletten führte. Sie sah zwar ein wenig anders aus als die anderen Male, als er sie getroffen hatte: ganz in Schwarz gekleidet, mit einer strengen Frisur, fast schon seriös. Aber Commissario Fabrizio Straghetti hätte diese Frau überall auf den ersten Blick erkannt. Und sie wäre ihm überall aufgefallen.

Sie ging relativ zielstrebig in Richtung Ausgang, aber er war sich nicht sicher, ob sie nicht ganz kurz in seine Richtung geschaut hatte. Sie trug allerdings ihre Brille nicht. Straghetti lächelte, als er daran dachte, wie Siena sich bei ihrer allerersten Begegnung versehentlich neben den Barhocker gesetzt hatte und er ihr hochgeholfen hatte. Das war gewesen, *bevor* er erfahren hatte, dass sie mit einem seiner Kollegen ausging. Mit Luca Bruni.

Sie hatte den Ausgang jetzt erreicht und war im nächsten Moment schon nach draußen verschwunden. Straghetti zögerte kurz, aber er konnte nicht anders.

Er folgte Siena Carciofine nach draußen und scherte sich nicht um die überraschten Gesichter seiner Kollegen, die ihn mit in die Bar geschleppt hatten.

Als Siena von der Toilette zurückkam, traf sie beinahe der Schlag. *Er war tatsächlich da.* Sie konnte manchmal blind wie ein Maulwurf sein, aber ihn hatte sie auf den ersten Blick gesehen. Er stand an der Bar, wie meistens in Zivil. Die Ärmel seines Hemdes waren hochgekrempelt, und er hatte ein breites Grinsen im Gesicht, während er offenbar mit dem Kollegen neben sich scherzte.

Luca hatte schon mehrmals behauptet, Straghetti wäre humorlos und würde zum Lachen in den Keller gehen, aber wann immer Siena ihm bisher begegnet war, hatte sich das nicht bestätigt. Er schaute in ihre Richtung, und Siena blickte blitzschnell wieder geradeaus, Richtung Tür. Sie hörte nichts als ein lautes Rauschen in ihren Ohren, und sie wusste in diesem Augenblick, dass sie einer Begegnung mit ihm nervlich nicht gewachsen war. Es war ein Fehler gewesen hierherzukommen, und das Schicksal konnte sich seine faire Chance sonst wohin schieben. *Nichts wie raus hier. Nichts wie raus hier, bevor er dich sieht.* Und jetzt hatte sie den rettenden Ausgang erreicht, sie war wieder auf der Straße, sie atmete auf.

»Signora Carciofine?«, sagte Commissario Straghetti in diesem Moment direkt hinter ihr, und Siena blieb nichts anderes übrig, als stehen zu bleiben und sich langsam umzudrehen.

Als sie sich umdrehte und er in ihre Augen schaute, wusste er kurz nicht, was er sagen sollte. Er hatte in den letzten Wochen oft an diese Augen gedacht. Öfter, als gut für ihn war. Definitiv öfter, als man an die Augen der Freundin eines Arbeitskollegen denken sollte.

Siena schaute in seine braunen Augen mit den Lachfalten und konnte seinem direkten, immer ein wenig forschenden Blick kaum standhalten. Ihr Mund war trocken, und ihr fiel absolut nichts ein, was sie hätte sagen können. Diese Aufgabe wurde ihr aber bereits im nächsten Moment abgenommen, denn wie aus dem Nichts tauchte plötzlich Luca neben ihr auf.

»Siena«, sagte er erfreut. »Das hat ja schneller geklappt, als ich gehofft hatte.« Er nickte Straghetti zu. »Buonasera, Fabrizio. Ein seltenes Vergnügen, dass du auch mal mit in die Bar kommst.«

Straghetti nickte. »Jetzt, wo ihr euch gefunden habt, kann ich ja wieder zurück zu meinem Bier.« Er grinste, so als wäre absolut nichts Ungewöhnliches passiert, und ging schnell zum Eingang der Bar zurück.

Siena stand einfach nur da. Sie hatte das Gefühl, dass der Boden unter ihr ganz leicht schwankte, aber das musste sie sich wohl einbilden. Oder gab es vielleicht Erdbewegungen in der Toskana? Das musste sie recherchieren. Oder Davide fragen. Der wusste alles.

Luca drückte ihr einen Kuss auf die Wange. »Hast du etwa bereits über meinen Chef nach mir gefahndet?«, fragte er lächelnd.

»Ich? Nein! Ich bin nur zufällig hier, ich …« Ihre Stimme erstarb. Sie hatte keine Ahnung, was sie sagen sollte.

»Na, dann komm doch mit, und trink einen zufälligen Drink mit mir.« Luca zwinkerte ihr zu, verbeugte sich und gab Siena einen Handkuss.

Sie zog ihre Hand weg. »Nein, ich kann nicht. Ich wollte gerade wieder gehen«, sagte Siena. Ihr war auf einmal zum Heulen zumute.

Luca sah sie forschend an. »Was ist los, Siena?«

»Nichts, nichts«, erwiderte sie, doch dann besann sie sich darauf, dass Luca ein Polizist und nicht gerade auf den Kopf gefallen war. Sie musste eine Erklärung liefern. Nicht auszudenken, wenn er am Ende die richtigen Schlüsse ziehen würde. »Es geht um meine beste Freundin«, erklärte Siena. »Sie hat große Probleme und braucht mich. Sie hat mir gerade geschrieben und will mich sofort treffen. Aber mit mir selbst ist alles in Ordnung.«

Luca nickte langsam. »Ich verstehe. Frauen und ihre besten Freundinnen, das ist eine Wissenschaft für sich.«

Drinnen an der Bar stellte er sich neben seinen Chef. »Frauen«, sagte er grinsend und zuckte mit den Schultern.

Straghetti sah sich um. »Wo ist sie denn hin?«

»Sie musste weg … manchmal brauchen die Damen eben ein bisschen Drama.« Luca lachte.

Straghetti ließ sich nicht anmerken, dass er diese Bemerkung ziemlich dämlich fand, und trank schweigend sein Bier. Luca Bruni betrachtete seinen Chef aufmerksam von der Seite. »Aber *diese* Frau ist ein wenig Drama hin und wieder definitiv wert«, bemerkte er dann.

Straghetti sah ihn direkt an. »Etwas Ernstes?«, fragte er. Seine Stimme klang vollkommen normal. Höflich interessiert, aber ein wenig unbeteiligt.

»Auf jeden Fall«, bekräftigte Luca und trank sein Glas leer.

Straghetti tat es ihm gleich und hoffte inständig, dadurch den Klumpen, der sich plötzlich in seiner Kehle gebildet hatte, sofort wieder wegspülen zu können.

Natürlich war sie wegen Luca Bruni hier aufgetaucht, warum auch sonst? Wieso hatte er das nicht sofort begriffen?

Er betrachtete sein leeres Bierglas. Die Antwort war ganz einfach: Er hatte nicht nachgedacht, als er sie so plötzlich in der Bar entdeckt hatte. Er war nur froh gewesen, sie endlich wiederzusehen.

Siena ging die knappe halbe Stunde zu Fuß nach Hause, aber obwohl der Weg sie über die Piazza San Marco und einige der belebtesten Straßen der Innenstadt führte, nahm sie die geschäftige Atmosphäre überhaupt nicht wahr. Anfang Oktober hielten sich nach wie vor viele Touristen in Florenz auf, die jetzt, nach einem Tag in den Museen oder bei den anderen Sehenswürdigkeiten der Umgebung, noch in die Geschäfte stürzten, um italienische Mode oder Mitbringsel zu erstehen. Andere brachen bereits zu einem frühen Abendessen auf, und an den Tischen und Stühlen auf Plätzen und Straßen saßen Menschen in der Abendsonne – vor ihnen standen Gläser mit unterschiedlichen bunten Getränken und kleine Schüsseln mit Chips oder Oliven.

Siena setzte automatisch einen Fuß vor den anderen. Erst, als sie ihre Wohnung erreicht hatte, kam sie zur Besinnung. Sie zögerte kurz und schlug dann den Weg zur Piazza Santa Croce ein. Dort setzte sie sich auf die Steinstufen, die zu der mächtigen und zugleich eleganten Kathedrale hinaufführten. Es war inzwischen dämmerig geworden, aber Santa Croce in ihrem strahlenden Weiß schien das wenige verbliebene Licht auf ihrer Fassade zu bündeln und besonders hell zu leuchten. Die große, weite Piazza war gut gefüllt mit Menschen, die jetzt um halb acht zielstrebig die Bars und Restaurants der Umgebung ansteuerten. Aus einer nahe gelegenen Enoteca wehte Essensgeruch herüber und aus einer Bar die Stimme des ewigen, unvermeidbaren Eros Ramazzotti. *Una storia importante …*

Siena schloss die Augen und versuchte, bewusst zu atmen und dabei langsam bis zehn zu zählen. Dieser Tipp stammte natürlich von Alessia, doch noch bevor Siena es bis »vier« geschafft hatte, machte sie die Augen wieder auf.

Nein, das brachte sie auch nicht weiter.

Sie beobachtete ein Pärchen, das eng umschlungen über die Piazza schlenderte, und schaute lieber wieder weg. Sie überlegte. Eigentlich war ja gar nichts Schlimmes passiert. Sie hatte sich noch nicht einmal sonderlich blamiert, denn Straghetti würde jetzt annehmen, dass sie wegen Luca in die Bar gekommen war. Und Luca selbst dachte das auch.

Trotzdem … Sie wurde das Gefühl nicht los, dass da gerade etwas ganz gründlich schiefgelaufen war.

Denn da war irgendetwas in Straghettis Blick gewesen, als Luca so plötzlich neben ihnen auf der Straße aufgetaucht war. Nur ganz kurz war es da gewesen, aber Sienas Herz schlug schneller, wenn sie daran dachte. Konnte das Enttäuschung gewesen sein? Nein. Siena schüttelte langsam den Kopf. Nein, das hatte sie sich vermutlich nur eingebildet.

Jedenfalls hatte sie Straghetti nun endlich wiedergesehen, und was hatte es gebracht? Nichts, absolut nichts.

Eine Träne wollte sich gerade aus ihrem Augenwinkel stehlen, da klingelte Sienas Telefon. Sara rief an. Na, die war ja penetrant.

»Ja, ich war da, aber …«, begann Siena sofort, doch Sara unterbrach sie mit Grabesstimme: »Matteo ist weg.«

Siena brauchte einen Moment, um zu verstehen, was sie da gerade gehört hatte. »Er ist weg?«, wiederholte sie dann. »Wie meinst du das?«

»Er ist nicht bei seiner Mutter, er ist nicht bei Gianmarco oder Raffaele oder irgendeinem anderen seiner Freunde. Ich habe überall angerufen.«

Aha. Sara war es also doch nicht so ganz egal gewesen, ob Matteo da war, wo der Pfeffer wächst – oder doch woanders.

Siena räusperte sich. »Und wenn er …«

»Bei *ihr* ist?«, unterbrach Sara scharf.

Siena nickte.

Als hätte die Freundin das Nicken durchs Telefon gesehen, fuhr sie fort: »Daran habe ich natürlich auch gedacht, und es wäre möglich. Aber … er ist seit zwei Tagen nicht zur Arbeit erschienen.« Saras Stimme klang plötzlich ganz klein, von Angst erfüllt. Auch das war für Siena eine völlig neue Seite an ihrer starken Freundin. »Woher weißt du das?«, wollte sie wissen.

»Ich habe mehrmals dort angerufen«, gab Sara zu. »Die Assistentin wollte mir nichts sagen, *questa stronza*. Aber dann ist ihr doch rausgerutscht, dass er die letzten beiden Tage nicht da war.«

»Rausgerutscht« war vermutlich nicht ganz das richtige Wort dafür, überlegte Siena, als sie sich vorstellte, wie Sara wohl mit ihrer schärfsten Staatsanwältinnen-Stimme nachgehakt hatte, ohne sich abwimmeln zu lassen.

»Na ja«, sagte sie, »es sind ja erst zwei Tage. Vielleicht hat er Urlaub. Oder er ist krank.«

»Urlaub hat er auf keinen Fall, ich kenne doch seinen Terminkalender«, erwiderte Sara streng. Doch dann wurde die Stimme wieder brüchig. »Da stimmt etwas nicht, Siena. Diese Kanzlei …« Sie brach ab.

Siena wurde sofort hellhörig. »Was ist mit der Kanzlei?«

»Ich weiß nicht. Ich habe das Gefühl, sie hat einen schlechten Einfluss auf Matteo, und man hört ja auch manches …« Sara sprach schon wieder nicht weiter.

»Ach ja? Was hört man denn?«, wollte Siena wissen.

»Ich weiß auch nichts Genaues«, wehrte Sara ab, und es war unmöglich für Siena zu interpretieren, ob sie wirklich nichts wusste oder ob sie nur nichts mehr sagen wollte. Sie beschloss, das Einzige zu tun, was sie in dieser Situation tun konnte: die Freundin zu beruhigen.

»*Senti, Sara.* Hör zu«, sagte sie mit fester Stimme. »Es ist alles in Ordnung, da bin ich sicher. Weißt du noch, wie ich damals die Polizei rufen wollte, weil du dein Handy nicht aufgeladen hattest?«

Sara musste wider Willen ein bisschen lachen.

Siena hatte Sara während des Studiums einmal nach einer wilden Partynacht einen ganzen Tag lang nicht erreicht und sich so in irgendwelche schrecklichen Fantasien hineingesteigert, dass sie gegen Abend drauf und dran gewesen war, Sara bei der Polizei als vermisst zu melden. Sie hatte das Telefon schon in der Hand gehabt und wollte gerade den Notruf wählen – da erschien zum Glück just in diesem Moment Sara sehr lebendig und lediglich verkatert in der gemeinsamen Wohnung: Sie hatte bei einer Partybekanntschaft übernachtet, den Tag dort verschlafen und ihr Ladegerät für ihr Handy logischerweise nicht dabeigehabt.

»Dieses Mal gibt es bestimmt auch eine harmlose Erklärung«, sagte Siena jetzt mit aller Überzeugung in der Stimme, die sie aufbringen konnte. Sie hoffte dabei inständig, dass Sara ihr nicht anhörte, dass sie eigentlich selbst ein mulmiges Gefühl hatte. Normalerweise war es ausgeschlossen, dass Sara davon nichts bemerken würde, aber in ihrem jetzigen Zustand …

»Grazie, Siena«, erwiderte Sara tatsächlich dankbar. »Morgen erreiche ich ihn ganz bestimmt, und dann melde ich mich wieder bei dir.«

»Das machst du«, erwiderte Siena. »Und jetzt grüß bitte deine Mutter und die Kinder von mir.« Sie legte auf und starrte auf die inzwischen dunkle Piazza, an der ringsum gerade die Straßenlaternen angingen.

Siena stand auf und machte sich auf den Weg zu ihrer Wohnung, denn es wurde allmählich kühl in ihrem T-Shirt, und sie hatte keine Jacke dabei.

Für den Rest des Abends dachte sie hauptsächlich an Sara und Matteo. Und wirklich nur hin und wieder ganz kurz an Commissario Straghetti.

VORSATZ NUMMER 9

ERST DENKEN, DANN REDEN* (*ODER UMGEKEHRT?)

Nach einer erneut unruhigen Nacht mit wirren Träumen wachte Siena mit einem nervösen Gefühl in der Magengegend auf. Sie setzte sich ihre Brille auf und schaute sofort auf ihr Handy, aber Sara hatte sich nicht mehr gemeldet. Siena schwang die Beine aus dem Bett und zwang sich, Ruhe zu bewahren. Es stimmte ja wirklich, dass sie dazu neigte, ihrer Fantasie etwas zu viel Raum zu geben und sich in Dinge hineinzusteigern.

Das Handy klingelte. Es war Sara.

»Er ist wieder nicht in der Arbeit, und er hat sich auf keine meiner Nachrichten gemeldet.« Sara klang aufgelöst.

Siena versuchte, vernünftig zu bleiben. »Es ist aber erst halb neun, Sara, vielleicht ...«

»Er hätte heute schon um acht Uhr einen Termin gehabt«, widersprach die Freundin – und dann fing sie zu Sienas Entsetzen an, laut zu weinen. »Und außerdem ist das doch scheißegal, Siena«, schluchzte sie. »Er hat auf keine meiner Nachrichten reagiert, *darauf* kommt es an. Ich habe ihm geschrieben, dass Emilia jeden Abend weint und dass Paolo nicht mehr durchschläft, seit er weg ist …« Sie konnte nicht weitersprechen und schluchzte nur noch ins Telefon. Siena ließ sich wieder aufs Bett sinken. Sara tat ihr so leid, dass sie am liebsten mitgeweint hätte. Aber das durfte sie auf keinen Fall tun. Was konnte sie sagen? Wie konnte sie helfen? Siena überlegte verzweifelt.

»Ich fahre da jetzt hin. Ich fahre in die Kanzlei und schaue, ob er da ist. Vielleicht lügt die Assistentin ja.« Sienas Stimme klang entschlossen, und Saras Schluchzen wurde leiser. »Das würdest du tun?«

Siena hatte eigentlich damit gerechnet, dass die vernünftige Sara ihr die Idee sofort wieder ausreden würde – aber dieser Tage musste man bei ihr wohl mit allem rechnen.

»Ich selbst kann nicht dort auftauchen, mich kennen ja sämtliche Kollegen, und ich will mich nicht lächerlich machen«, überlegte Sara laut, und die Schluchzer verklangen dabei endgültig. »Aber bei dir ist das natürlich etwas anderes.«

»Bin schon unterwegs«, sagte Siena und hoffte, dass sie zuversichtlicher klang, als sie sich fühlte. Was war ihr da nur wieder herausgerutscht? Was sollte sie den Leuten im *Studio Legale Dante* denn sagen?

»Grazie, Siena«, hörte sie Saras Stimme. »Du bist die Beste.«

Und Siena konnte nur hoffen, dass sie diesen Vorschusslorbeeren gerecht werden würde.

Während Siena sich anzog, überlegte sie blitzschnell. Heute war Donnerstag, das war bei *Toscana in Diretta* ihr Tag für die Sport-News. Das war schon einmal gut, denn die konnte sie auch von zu Hause aus schreiben. Sie würde Enzo einfach sagen, dass sie einen Zahnarzttermin hatte und ihm die fertigen News am frühen Nachmittag schicken würde. Siena schaute sich im Spiegel an und seufzte. Eigentlich sollte man sich solche Dinge zuerst überlegen und dann irgendwelche Versprechungen an beste Freundinnen machen.

»Erst denken, dann reden, Siena«, ermahnte sie ihr Spiegelbild streng. Dann ging sie in die Küche, um die genaue Anschrift des *Studio Legale Dante* zu googeln – sie wusste nur, dass es irgendwo in der Nähe der Piazzale Michelangelo lag. Und natürlich ging sie auch in die Küche, um einen Kaffee zu trinken. Denn ohne Kaffee war sie dem heutigen Tag bestimmt nicht gewachsen, so viel stand jetzt schon fest, obwohl es noch nicht einmal neun Uhr war.

Wenig später saß Siena auf ihrem Fahrrad und strampelte die steile Straße zur Piazzale Michelangelo hoch. Nach nur einer Minute musste sie absteigen und das Rad schieben. Mist. Mehr Sport machen, das wäre auch mal ein sinnvoller Vorsatz, überlegte sie. Darüber würde sie eventuell später noch einmal nachdenken. Morgen. Oder übermorgen.

Während sie das Fahrrad schob, versuchte sie, sich irgendeinen Plan zurechtzulegen. Was sollte sie in der Kanzlei sagen? *Erst denken, dann reden!*

Und doch stellte Siena fest, dass sich zu ihrer Nervosität allmählich noch ein anderes Gefühl gesellte: Aufregung. Und zwar positive Aufregung. Immerhin war es doch genau das, wovon sie seit Jahren heimlich träumte: *Siena Carciofine – private Ermittlungen*. So oft hatte sie sich ihre eigene Detektei ausgemalt und sich sogar schon die genaue Gestaltung ihrer Visitenkarten überlegt. Ihre Träume von Numero Quattro kamen ja schließlich auch nicht von ungefähr. Menschen beobachten, Kleinigkeiten registrieren, Informationen erlangen, Schlüsse ziehen – das waren genau die Aufgaben, die sie liebte. Eigentlich war ihr Traumberuf ursprünglich einmal Polizistin gewesen, aber irgendwo war sie dann offensichtlich falsch abgebogen. Aber das konnte man ja vielleicht noch korrigieren.

Siena musste kurz verschnaufen, denn selbst wenn sie das Fahrrad schob, war der Anstieg noch anstrengend. Als sie die Piazzale Michelangelo erreicht hatte, schob sie das Rad bis zur niedrigen Mauer des Aussichtsplatzes und seufzte. Der Blick von hier oben war atemberaubend. Die ganze Stadt lag ihr zu Füßen und leuchtete in der Morgensonne. Die Häuser und Türme wirkten zugleich weit weg und zum Greifen nah. Die Luft war herbstlich kühl und die Sicht glasklar. Im Sommer lag häufig Dunst über der Stadt, eine Mischung aus Hitze und Abgasen. Aber heute nicht. Heute leuchtete die Kuppel des Doms in ihrem schönsten Rot, und die Häuser rundherum wirkten wie kleine Juwelen in Gelb, Weiß, Grün und Braun. Der Arno plätscherte etwas träge direkt unterhalb der Piazza und floss ein kleines Stück weiter entfernt unter der berühmten Ponte Vecchio hindurch. Siena hörte das Hupen von Autos und das knatternde Geräusch der Motorinos von unten heraufrauschen. Stimmen, Gelächter, irgendwo hatte jemand laut das Radio aufgedreht. Die Stadt war wach. Hellwach.

Plötzlich fühlte Siena sich richtig beschwingt. Na gut. Sie würde das hier als Teil ihrer Ausbildung betrachten.

Als Teil ihrer Ausbildung zu einer echten und wahrhaftigen Numero Quattro. Sie schwang sich auf ihr Rad und legte die letzten Minuten zur Kanzlei mit neuer Energie zurück. Sie bog in eine Straße hinter der Piazzale ein und fand sich in einer ziemlich schicken Gegend mit lauter kleinen Villen wieder. Gut, das war jetzt keine Überraschung, dass sich Matteos Superkanzlei in einer teuren Ecke der Stadt befand.

Als Siena ein paar Meter entfernt von dem weißen, imposanten Haus, das das *Studio Legale* beherbergte, abstieg und das Fahrrad absperrte, fühlte sie sich immer noch zuversichtlich. Die gute Stimmung wurde nur kurz erschüttert, als sie aus dem Augenwinkel einen Mann registrierte, der in diesem Moment aus der Kanzlei herauskam. In der ersten Sekunde beachtete sie ihn kaum, aber plötzlich durchzuckte sie ein Blitz: War das etwa Fabrizio Straghetti gewesen? Konnte das wirklich sein? Wie auf Knopfdruck pochte ihr Herz, und ihr Mund wurde trocken. Sie fuhr herum, doch der Mann war bereits in ein Auto, das er direkt vor der Kanzlei geparkt hatte, eingestiegen und fuhr langsam weg.

Siena blieb einen Augenblick stehen und sammelte sich wieder. So ein Blödsinn! Sie sah schon Gespenster. Oder vielmehr sah sie vielleicht überall nur ein einziges, ganz bestimmtes Gespenst. »Basta«, sagte sie laut und ging entschlossen auf die Kanzlei zu.

Der Weg zum Eingang führte durch einen gepflegten Vorgarten und wurde von Steinstatuen gesäumt. Siena glaubte, darunter auch den berühmten Dichter Dante Alighieri zu erkennen, dessen Namen die Kanzlei trug.

Am Ende des Weges zierte ein Mosaik den Boden: »Simplicitas legibus amica«, entzifferte Siena und erinnerte sich, dass sie diesen lateinischen Spruch in der Schule übersetzt hatten: *Die Einfachheit ist die Freundin der Gesetze.* Siena verdrehte die Augen. Man konnte jedenfalls nicht behaupten, dass Einfachheit die Freundin dieses Etablissements war!

Drei Stufen führten schließlich zur Eingangstür empor, die mit bunten Glasscheiben und einem goldenen Knauf verziert war. »Tutto un pò troppo. Alles ein bisschen zu viel des Guten«, murmelte Siena und drückte auf den Klingelknopf unter dem überdimensional großen Messingschild, auf dem in geschwungenen Lettern *Studio Legale Dante* eingraviert war.

Ganz kurz überfiel sie nun doch wieder die Nervosität, denn sie hatte sich überhaupt nicht überlegt, wie sie vorgehen wollte. Egal.

Erst reden, dann denken.

So würde sie das Ganze jetzt einmal angehen. Als private Ermittlerin musste man kreativ sein – dazu gehörte es bestimmt auch, althergebrachte Weisheiten einfach einmal umzudrehen. *Immer schön flexibel bleiben, Siena.*

Der Türöffner summte, und Siena betrat einen eindrucksvollen Raum mit hoher Stuckdecke, dunklem Parkettboden und einem Kristalllüster. Direkt unter dem Lüster saß eine Frau an einem Tresen aus Glas und zog fragend die Augenbrauen hoch. Siena glaubte, einen leicht abfälligen Blick zu erkennen, und schaute kurz an sich herunter. Sie trug Jeans, weiße Turnschuhe und ein weißes T-Shirt, über das sie gegen die morgendliche Kühle ihre ockerfarbene, kuschelige Strickjacke angezogen hatte. Tadellos – aber natürlich nichts gegen das perfekte Kostüm, den noch perfekteren, kastanienbraun glänzenden und exakt kinnlangen Bob und das superperfekte Make-up der Dame hinter dem Tresen. Kurz wanderten Sienas Gedanken zu dem gelben, taillierten Wollmantel aus dem Schaufenster. Mit dem würde sie in dieses Ambiente deutlich besser hineinpassen. Aber wer wollte das schon?

»Haben Sie einen Termin?«, fragte die Dame, ohne zu lächeln.

»Ich möchte zu Matteo Manetti«, antwortete Siena – ebenfalls ohne zu lächeln.

Die Dame zog, wenn überhaupt möglich, die Augenbrauen noch weiter nach oben. »Haben Sie einen Termin?«, wiederholte sie.

Siena fragte sich, ob sie es eventuell mit einer täuschend echt aussehenden Roboterfrau zu tun hatte, in die man nur diesen einen Satz einprogrammiert hatte: *Haben Sie einen Termin?* Sie schaute der Roboterfrau direkt in die Augen. »Es ist wichtig«, sagte sie mit Nachdruck. Die Empfangsdame starrte zurück, und Siena blinzelte nicht, lächelte nicht und schaute schon gar nicht weg. Im Niederstarren hatte sie schon zu Schulzeiten immer gewonnen, dafür waren vermutlich die Gene ihrer Nonna verantwortlich. Die war im Übrigen der einzige Mensch, gegen den Siena im Niederstarren verlor. Wobei sie es auch schwierig fand, Straghetti länger in die Augen zu schauen …

Konzentration, Siena.

Das Anstarren schien die Roboterfrau keineswegs aus dem Konzept zu bringen, aber plötzlich sah Siena so etwas wie Interesse in ihren Augen aufblitzen. Sie legte den Kopf etwas schief, erwiderte Sienas Anstarren, ohne zu blinzeln, und hatte jetzt tatsächlich einen neuen Text auf Lager: »Worum geht es denn, wenn ich fragen darf?«

Siena hatte keine Ahnung, was sie sagen sollte, und sagte deshalb einfach das Erstbeste, was sie in den letzten Tagen immer an Matteo erinnert hatte: »Es geht um Hamburg.«

Das schien die Roboterfrau nun doch ein wenig aus dem Konzept zu bringen, denn sie blickte einen Moment lang unverhohlen erstaunt drein und sagte dann zögerlich und ein wenig unsicher: »Signore Manetti ist heute leider nicht im Hause.«

»Aber vielleicht kann *ich* der Signorina weiterhelfen?«, erklang da eine sonore Stimme aus dem Hintergrund, noch bevor Siena etwas erwidern konnte. Sie schaute nach oben, wo die Stimme herzukommen schien. Und tatsächlich: Auf einer Galerie über ihnen stand ein rundlicher Mann um die sechzig, mit Glatze und einem kleinen Spitzbart. Er lehnte sich mit beiden Armen auf das auf Hochglanz polierte Holzgeländer der Galerie und grinste jovial zu ihnen herunter. Siena konnte es nicht leiden, wenn jemand sie *Signorina* nannte, und sie grinste daher nicht zurück. Die Roboterfrau allerdings wurde ganz hektisch und murmelte irgendetwas von »Chef« und »kostbarer Zeit«. Siena blickte erneut nach oben. Dann war das wohl Ettore Baldi, Matteos Chef, von dem der ebenfalls nur in ehrfürchtigem, fast unterwürfigem Tonfall sprach.

»Kommen Sie doch nach oben zu mir, Signorina, ich kann Ihnen bestimmt Auskunft geben«, schallte seine Stimme zu ihnen herab. *Die göttliche Stimme von oben*, dachte Siena und stieg die breite Treppe mit dem goldenen Geländer nach oben. Dort angekommen, streckte der dickliche Gott ihr eine riesige Pranke entgegen und sagte: »Ettore Baldi, zu Ihren Diensten, Signorina. Kommen Sie doch bitte mit.« Er bugsierte sie in ein äußerst stattliches

Büro mit riesigen Fenstern, einem mächtigen Schreibtisch und einem Stuhl dahinter, der an einen Thron erinnerte und der bestimmt auch genau deswegen ausgewählt worden war. Siena erwartete schon fast, dass Baldi sich nun noch eine Krone aufsetzen und sein Zepter ergreifen würde. Doch er tat nichts dergleichen, sondern lud sie stattdessen mit einer gnädigen Geste ein, gegenüber auf dem Besucherstuhl aus rotem Samt Platz zu nehmen.

Erst reden, dann denken, dachte Siena zufrieden. Das hatte ja schon mal gut geklappt – immerhin hatte sie es so direkt ins Büro des Chefs geschafft.

Ettore Baldi musterte Siena, doch während er breit lächelte, sahen seine Augen kalt und berechnend aus. Siena spürte ein leichtes Frösteln, und sie wusste in diesem Augenblick: Sie saß hier jemandem gegenüber, mit dem definitiv nicht zu spaßen war. Und sie fragte sich: Warum hatte Baldi sie direkt hierher in sein Büro geholt? Warum sah er sie so forschend an? Siena legte den Kopf leicht schief, erwiderte Baldis Blick und lächelte freundlich. *Harmlos*, wie sie hoffte.

»Mit wem habe ich das Vergnügen, Signorina …?«, fragte Ettore Baldi, ohne sein joviales Grinsen zu unterbrechen.

»Carla Conte«, antwortete Siena wie aus der Pistole geschossen. Sie hatte instinktiv einen falschen Namen genannt, ohne genau zu wissen, warum.

Erst reden, dann denken.

»Und Sie wollten mit Signore Manetti sprechen, weil …?« Erneut sah er sie fragend, aber immer noch lächelnd an.

»Es geht um … um etwas Privates«, erwiderte Siena und

behielt ihr harmloses Lächeln ebenfalls bei. »Hat Matteo Urlaub?«, stellte sie dann hastig eine Gegenfrage, um davon abzulenken, dass sie absolut keinen triftigen Grund hatte, hier nach Matteo zu fragen.

Das Grinsen von Ettore Baldi bekam erste Risse. Er wurde ungeduldig. Sein Gesicht und seine Stimme verrieten es, als er nun sagte: »Sie haben erwähnt, dass es um Hamburg geht?« Er musterte sie lauernd, prüfend, während er seinen albernen Spitzbart zwischen Daumen und Zeigefinger glatt strich.

Siena spürte ein paar Schweißperlen in ihrem Nacken, aber sie bemühte sich, ruhig zu bleiben. Was war hier los? Worum ging es hier eigentlich? Eines stand fest: Niemand rückte über Matteos Verbleib so recht mit der Sprache heraus. Was sollte sie Sara nur sagen? Siena spürte Angst aufsteigen und schaute sich um, um Zeit zu gewinnen und wieder ruhiger zu werden. Doch als ihr Blick auf das große Gemälde fiel, das rechts von ihr an der Wand hing, zuckte sie zusammen. Die weiße Gestalt, die sich im Holzkahn der kargen Insel mit den Zypressen näherte …

»Die Toteninsel«, sagte Baldi, der sie keine Sekunde aus den Augen ließ. »Kennen Sie das Bild?«

Siena drehte sich wieder zu ihm und schluckte. »Ich habe es schon einmal gesehen …«, antwortete sie langsam. »In einem Hotel.«

Baldi erstarrte fast unmerklich, und das Grinsen hatte sein Gesicht nun endgültig verlassen. »Piazzale Donatello.« Er nickte. »Der Friedhof dort hat Arnold Böcklin zu diesem Werk inspiriert, vielmehr zu einer ganzen Reihe mit diesem Motiv. Vier davon sind noch erhalten. Leider hängt keines der Originale in Italien.« Seine Stimme war ruhig und leise, aber es lag etwas darin, das bei Siena ein Kribbeln auf den Armen auslöste. Und mit seiner Bemerkung über die Piazzale Donatello hatte Baldi sie wissen lassen, dass er sehr wohl wusste, um welches Hotel es ging. Das *Hotel Paradiso* war schließlich nur einen Steinwurf von der Piazzale entfernt.

Siena hatte auf einmal das Gefühl, in diesem Büro keine Luft mehr zu bekommen. Sie stand abrupt auf und trat zur Fensterfront auf der linken Seite. »Wow«, entfuhr es ihr. Der Ausblick war wunderschön: Über einen idyllischen Garten hinweg konnte man bis zum Arno schauen. Unten im Garten herrschte geschäftiges Treiben. Bistrotische wurden herangeschleppt und Stühle an verschiedenen Stellen platziert. »Unsere jährliche Gartenparty«, erklang Baldis Stimme ganz nah an Sienas Ohr, und sie machte unwillkürlich einen Schritt zur Seite. Sie bildete sich ein, dass sie seinen warmen Atem auf ihrem Gesicht gespürt hatte, und musste sich sehr beherrschen, um nicht mit dem Ärmel ihrer Jacke darüberzuwischen. »Sie findet morgen statt. Jedes Mal ein echtes Spektakel«, fuhr Baldi fort und betrachtete Siena eindringlich von der Seite.

»Splendido«, erwiderte sie, weil ihr nichts anderes einfiel. Kurz entschlossen ergänzte sie dann: »Na gut, da Signore Manetti nicht im Hause ist, komme ich wohl besser ein anderes Mal wieder. Vielen Dank für Ihre kostbare Zeit, Signore Baldi.« Ohne eine Antwort abzuwarten, ging sie zielstrebig zur Bürotür und öffnete sie.

»Hat mich sehr gefreut, Signorina … Conte.«

Siena drehte sich um. Hatte Baldi gerade eine kurze Pause vor ihrem falschen Namen gemacht? Konnte er ahnen, dass sie gelogen hatte? Nein, natürlich nicht. Wie auch?

Siena zwang sich zu einem Lächeln. »Ebenfalls«, antwortete sie.

Als sie schon in den Gang hinausgetreten war, rief Baldi ihr plötzlich hinterher: »Und denken Sie daran – wenn Sie einmal ein Problem haben, kommen Sie am besten direkt zu mir.« Er trat hinter ihr ebenfalls auf den Gang hinaus. »Es ist wichtig, dass die Angelegenheiten immer an der richtigen Stelle landen, wissen Sie. Und dass jeder sich nur um die Dinge kümmert, die ihn etwas angehen, Signorina ... *Conte.*« Weder in seinem Gesicht noch in seiner Stimme lag jetzt auch nur der Hauch eines Lächelns. Seine kalten Augen musterten Siena, und sie glaubte, in ihnen eine stille Drohung zu erkennen.

Sie wandte sich ab und lief hastig die Treppe nach unten. Die Roboterfrau ließ sie links liegen und bemerkte gar nicht, dass die ihr äußerst interessiert nachschaute. Sie war einfach nur froh, als sie Sekunden später wieder aus der Villa hinaus in den sonnigen Herbsttag treten konnte.

Als sie ihr Fahrrad erreicht hatte, entfuhr ihr ein lauter Fluch. »Che cazzo!« Sie hatte einen Platten. Wo kam der denn auf einmal her? Sie erstarrte. Nein. Sie hatte nicht *einen* Platten. Beide Reifen waren ohne Luft. Das war mit Sicherheit kein Zufall.

Siena warf einen Blick zurück zur Villa und glaubte, hinter einem der Fenster im ersten Stock einen dunklen Schatten zu erkennen. Sie ging entschlossen noch einmal ein Stück zurück und spähte genauer zum Fenster empor. Und da trat Ettore Baldi ganz nahe an die Scheibe heran und hob zum Gruß die Hand. Dazu nickte er langsam – ohne zu lächeln.

VORSATZ NUMMER 10

LISTE DER ZU LÖSENDEN PROBLEME AUF MAXIMAL DREI BESCHRÄNKEN *(* PRO TAG)

Eine Stunde später war Siena zu Hause und hatte ihr Kontingent an Schweiß und an Flüchen für die ganze Woche bereits aufgebraucht. Ihr war nichts anderes übrig geblieben, als ein Taxi zu rufen. Der Taxifahrer war nach einem besonders charmanten Lächeln und einem flehenden Blick zum Glück gerne bereit gewesen, das Fahrrad mit den zerstochenen Reifen in seinen Kofferraum zu wuchten, diesen notdürftig mit einem Spanngurt zu schließen und Siena nach Hause zu fahren. Unterwegs hatte er sogar noch bei einem Fahrradladen gehalten, wo sie das Fahrrad gemeinsam herausgewuchtet und sie es dort direkt hatte reparieren lassen.

Siena selbst hatte zwei linke Hände, wenn es um praktische Arbeiten jeglicher Art ging, und sie hatte dieses Mal keine Lust, jemanden um Hilfe zu bitten. Zu lange schon hatte sie in ihrem Leben immer jemanden um Hilfe gebeten – Sara (meistens), die Nonna (sehr häufig), Gianni (häufig) oder Enzo (im Notfall). Kurzfristig auch Luca (im *äußersten* Notfall). Aber seit sie im Sommer fast im Alleingang ihren ersten Fall gelöst und ganz ohne Unterstützung ihre eigene Haut gerettet hatte, wagte sie es viel öfter, Probleme selbst aus der Welt zu schaffen – oder es zumindest erst einmal selbst zu versuchen.

Und als Siena an diesem Tag gegen Mittag verschwitzt und ziemlich entnervt in ihre Wohnung stürzte, bedrängten sie gleich mehrere Probleme, die von ihr zeitnah und alleine gelöst werden mussten. Es handelte sich um Probleme von unterschiedlichem Schweregrad. Sie schenkte sich in der Küche ein Glas Wasser ein, ließ sich auf einen Barhocker plumpsen und überlegte.

Problem Nummer eins: die Sport-News. Sie hatte Enzo gesagt, dass sie die Texte nach ihrem erfundenen Zahnarzttermin sofort liefern würde. Die ganze Aktion mit den kaputten Fahrradreifen hatte sie aber so viel Zeit gekostet, dass sie sich jetzt wirklich beeilen musste. Das war aber dennoch das geringste ihrer Probleme, beschloss Siena. Sie würde in die Redaktion fahren, sich bei Enzo persönlich entschuldigen und dort sofort die News schreiben. Wenn Enzo ihr zerknirschtes Gesicht sah, konnte er ihr nie böse sein.

Problem Nummer zwei: die zerstochenen Reifen. Und eigentlich, wenn sie genauer darüber nachdachte, das ganze Gespräch mit dem unheimlichen Chef des *Studio Legale Dante*. Siena fröstelte, wenn sie an seine kalten, forschenden Augen dachte. Und an diese Kunstpause vor ihrem falschen Namen. Er hatte definitiv Verdacht geschöpft. Sie wusste zwar nicht, wie das möglich war, denn sie hatte sich selbst als einigermaßen überzeugend empfunden.

Aber das Durchschauen von Schwindeleien gehörte in seinem Beruf wahrscheinlich zur Grundausbildung. Und außerdem … Saras Stimme erklang in Sienas Kopf: *Du bist so eine lausige Lügnerin, Siena Carciofine* – das hatte sie ihr schon oft gesagt. Und bisher hatte Siena an ihrer angeborenen Ehrlichkeit nie etwas auszusetzen gehabt. Aber als Ermittlerin musste man vermutlich durchaus lügen, wenn es gefordert war. Daran musste sie vielleicht arbeiten.

Ihre Gedanken kehrten zurück zum Studio Legale. Was war dort nur los? Und wo war Matteo? Siena schluckte. Dieser Gedanke führte sie direkt zum drängendsten ihrer Probleme, drängender noch als ein bösartiger Anwalt, der ihr vermutlich die Fahrradreifen von seinen Handlangern zerstechen ließ, nämlich zu Problem Nummer drei: Sara. Sie hatte bereits zwei Anrufe in Abwesenheit von ihrer besten Freundin erhalten. Und sie hatte absolut keine Ahnung, was sie ihr sagen sollte. Was sie aber mit Sicherheit wusste, war, dass sie das Gespräch mit ihr nicht viel länger vermeiden konnte. Sara wartete bestimmt ungeduldig auf Neuigkeiten, voller Sorge, voller Angst. Siena dachte daran, wie ihre Freundin heute Morgen am Telefon verzweifelt geweint hatte, und spürte, wie ihr ebenfalls die Tränen kamen. Sollte sie ihr die Wahrheit sagen? Die Wahrheit war: Sie hatte ein ganz schlechtes Gefühl, was das *Studio Legale Dante* betraf. Sie hatte keine Ahnung, wo Matteo war, und sie hatte rein gar nichts Neues herausgefunden. Außer vielleicht, dass sie das ungute Gefühl gehabt hatte, dass niemand über Matteo sprechen wollte.

Wie aufs Stichwort begann Sienas Handy zu brummen. Noch bevor sie einen Blick aufs Display geworfen hatte, wusste Siena, dass es Sara war.

Sie holte tief Luft und hob mit einer möglichst normalen Stimme ab. »Ciao, Sara.« In ihren eigenen Ohren klang diese Normalität falsch und aufgesetzt, aber wieder schien die Freundin es nicht zu bemerken, so gefangen war sie in ihren eigenen Sorgen und Nöten.

»Siena, wo warst du? Ich versuche seit einer Stunde, dich zu erreichen! Warst du dort?«

Siena befeuchtete sich die trockenen Lippen mit der Zunge. »Ja, ich war dort, aber dann hatte ich einen Platten. Lange Geschichte. Jedenfalls …«

Ein Geräusch am anderen Ende der Leitung ließ sie verstummen. Ihr wurde ganz kalt. Es war ein Schluchzen. Sara weinte schon wieder. Bis zu diesem Augenblick hatte Siena fest vorgehabt, Sara die Wahrheit zu sagen. Dass sie nichts wusste, dass alles sehr seltsam war und dass sie befürchtete, dass Matteo in irgendeine komische Sache hineingeraten war. Immerhin hatte sie Sara im Laufe ihrer Freundschaft noch kein einziges Mal belogen. Noch nicht einmal angeschwindelt. Ihr noch nicht einmal die klitzekleinste Notlüge aufgetischt.

Doch jetzt war alles anders. Jetzt schluchzte Sara und fragte in einer winzigen, vor Angst ganz dünn gewordenen Stimme: »Ist es sehr schlimm? Ist er weg?«

Siena antwortete, ohne weiter zu überlegen: »Nein, nein, er ist nicht weg. Keine Sorge.«

»Wirklich?« Saras Stimme klang so, als hätte sie plötzlich einen Funken Hoffnung irgendwo in der Dunkelheit, die sie umgab, gefunden. »Was hast du denn erfahren?«

Nichts, dachte Siena und hätte jetzt am liebsten ihrerseits losgeheult. Sie riss sich zusammen und antwortete mit fester Stimme: »Matteo musste spontan auf eine Geschäftsreise. Er hat wohl etwas ganz Dringendes zu erledigen, das war kurzfristig.« Siena schloss die Augen. Das klang alles so fadenscheinig. »Auftrag vom obersten Boss«, fügte sie noch schnell hinzu.

Sara war überglücklich über den Strohhalm, an den sie sich klammern konnte, und hinterfragte ganz gegen ihre übliche Art nichts. »Ach so«, erwiderte sie und hatte plötzlich ihre alte, vertraute Stimme zurück. »Dann *will* er also nicht auf meine Nachrichten antworten, dieser *stronzo.*« Sie sprach das Schimpfwort ziemlich liebevoll aus, und Siena fühlte sich immer schlechter.

»Wie lange ist er weg?«, wollte Sara wissen.

»Keine Ahnung. Bestimmt einige Tage«, erwiderte Siena lahm.

»Und wo ist er?« Sara hatte den Staatsanwältinnen-Tonfall wieder.

Siena hatte nicht die Absicht, sich noch weiter in dieses Netz aus Lügen zu verstricken, aber wenn sie nicht wollte, dass Sara Verdacht schöpfte, musste sie jetzt bei ihrer Geschichte bleiben und durfte keine Unsicherheit zeigen. *Du bist eine lausige Lügnerin, Siena Carciofine.* Ihr Blick fiel auf die Ansichtskarte am Kühlschrank. »Hamburg«, sagte sie hastig.

»Hamburg? Das ist ja ein Zufall. Du hast mich doch vor zwei Tagen erst gefragt, ob Matteo beruflich schon einmal in Hamburg zu tun hatte.«

Merda. Merda. *Doppiamerda.*

Siena schloss die Augen. Ihr wurde heiß. Jetzt, da die unmittelbare Panik abgeebbt war, hatte Saras analytischer Verstand wieder genügend Raum, um zu arbeiten. Siena wusste nicht, was sie erwidern sollte.

»Siena?«, fragte Sara scharf. »Was hat das zu bedeuten?«

Siena holte tief Luft. Sie musste Sara jetzt doch alles sagen. Die ganze Wahrheit. Einschließlich der Tatsache, dass sie diese Postkarte in der Portierloge gefunden hatte und dass sie das Gefühl hatte, dass Matteos Aufenthalte im *Hotel Paradiso* vielleicht eher beruflicher als privater Natur gewesen waren. Oder beides. Doch gerade als sie ansetzen wollte, hörte Siena die Stimme von Saras Mutter im Hintergrund.

»Meine Mutter braucht Hilfe, ich muss aufhören. Danke, Siena. Tausend Dank.« Und mit diesen Worten hatte Sara bereits aufgelegt. Ihre Verabschiedungen am Telefon verliefen genauso schnell und resolut wie die persönlichen.

Langsam ließ Siena das Telefon sinken. Sie wusste nicht, ob sie enttäuscht oder erleichtert sein sollte, dass sie ihr Geständnis nicht hatte ablegen können. Oder müssen. Sie hatte allerdings auch keine Zeit mehr, darüber nachzudenken, denn jetzt musste sie erst einmal Problem Nummer eins aus der Welt schaffen, die Sport-News. Sie packte ihren Laptop ein, schnappte sich das Handy und den Schlüssel für das Fahrradschloss und lief die Treppe hinunter. Auf dem letzten Treppenabsatz vibrierte das Handy in ihrer Hand, und als Siena aufs Display schaute, wäre sie beinahe gestolpert. Im letzten Moment konnte sie sich am Geländer abfangen. Es war eine Nachricht von Luca. *Du schuldest mir ein Date. Oder wenigstens einen Drink, nachdem du bei unserem letzten Treffen so schnell wegmusstest.* Siena warf das Handy in ihre Tasche und schnaubte. »Ich schulde dir überhaupt nichts«, murmelte sie, während sie ihr Fahrrad aufsperrte. Doch als sie kurz darauf kräftig in die Pedale trat und die Via Ghibellina so schnell entlangfuhr, dass ihr Pferdeschwanz hinter ihr im Fahrtwind flatterte, da dämmerte ihr, dass Luca wohl ihr Problem Nummer vier war. Eng verknüpft natürlich mit Problem Nummer fünf, über das (oder vielmehr über *den*) sie ja nicht mehr nachdenken wollte.

Genau wie erwartet war Enzo wirklich ihr geringstes Problem gewesen. Sie hatte ihm erzählt, dass sie beim Zahnarzt eine halbe Ewigkeit im Wartezimmer gesessen hatte und sie daher jetzt erst mit dem Schreiben loslegen konnte. Und ganz so schlecht war sie im Lügen offenbar doch nicht, denn Enzo hatte ihr sofort geglaubt. Sie hatte sich beim Erzählen der Geschichte äußerst unwohl gefühlt (vor allem, als Enzo noch besorgt nachgefragt hatte, ob nun nach der Behandlung mit ihren Zähnen wieder alles in Ordnung war), aber jetzt saß sie an ihrem Schreibtisch und versuchte alles, was nicht mit den Sport-News zu tun hatte, auszublenden. Es gelang ihr nur mittelmäßig gut. Ihr Arbeitsplatz befand sich direkt am Fenster, sodass sie auf die Menschen herunterschauen konnte, die in Richtung San Lorenzo schlenderten. Hier gab es immer etwas zu beobachten: die Mutter, die verzweifelt versuchte, ihr sich sträubendes Kind im Buggy festzuschnallen. Die Gruppe asiatisch aussehender Touristen, die im Stechschritt einem Mann nachliefen, der einen Regenschirm in Form der Brunelleschi-Kuppel in die Höhe hielt. Die Familie, die seit Minuten vor der Eisdiele diskutierte. Darüber, welche Sorte wohl die beste war? Oder wie viele Kugeln jedes Kind bekommen sollte? Oder …

»Warum interessierst du dich fürs *Studio Legale Dante*?«, riss eine gelangweilt klingende Stimme Siena aus ihren Gedanken. Sie zuckte zusammen und warf zuerst einen Blick über ihre Schulter und dann auf den Bildschirm ihres Computers.

Hinter ihr hatte sich von ihr völlig unbemerkt ihr nerviger Streberkollege Davide postiert. Und auf dem Monitor, den er über ihre Schulter hinweg anstarrte, prangte die Website des *Studio Legale Dante*. Siena hatte nur noch einmal kurz nachsehen wollen, ob sie irgendetwas über einen Partner in Hamburg finden konnte.

Reflexartig klappte sie den Laptop zu und ärgerte sich im selben Moment darüber. Sie hatte doch nichts zu verbergen! Man durfte sich ja wohl noch ganz unschuldig und unverbindlich einmal im Internet über Anwaltskanzleien in Florenz informieren, oder?

»Was schleichst du dich so an?«, fragte sie anstelle einer Antwort gereizt.

Davide zog eine Augenbraue nach oben. »Oh. Hat da jemand schlechte Laune?« Er beugte sich ein wenig nach vorne, sodass sein Gesicht fast neben Sienas war. »Oder ein schlechtes Gewissen?«

Siena rutschte ein Stück zur Seite, drehte den Kopf zu Davide und versuchte sich am Todesblick der Nonna. »Ich schreibe die Sport-News schon noch. Ich musste nur noch kurz etwas recherchieren … rein beruflich natürlich.«

»Natürlich«, bekräftigte Davide, ohne eine Miene zu verziehen.

Nicht nur schien der Todesblick absolut unbemerkt an ihm abzuprallen, nein: Er wagte es auch noch, sanfte Ironie in seine Stimme zu legen.

Siena wurde sofort fuchsteufelswild. Dieser Typ schaffte es jedes Mal innerhalb von Sekunden, sie auf die Palme zu bringen. Ihr wurde heiß, und sie öffnete den Mund, aber noch bevor sie etwas sagen konnte, hob Davide in einer beschwichtigenden Geste beide Hände. »Ganz ruhig. Mir ist es vollkommen egal, was du hier machst. Und vor *mir* musst du dich ja auch nicht rechtfertigen, wenn du deine Texte zu spät abgibst.«

Zack. Der nächste Seitenhieb. Als ob sie regelmäßig ihre Texte zu spät abgeben würde! Leider mischte sich in ihre Entrüstung direkt eine ziemlich große Portion Schuldbewusstsein, vor allem, wenn sie an die letzten Wochen dachte. Doch noch bevor sie Zeit hatte, dem Schuldbewusstsein zu viel Raum zu geben und allzu kleinlaut zu werden, fuhr Davide fort: »Und über das *Dante* könnte man ja tatsächlich so einiges recherchieren.«

Mit diesen beiläufigen Worten drehte er sich in Richtung Tür, doch Siena vergaß sofort, dass sie sich gerade noch ertappt gefühlt hatte. »Wie meinst du das?«, fragte sie.

Davide drehte sich wieder zu ihr um und grinste. »Wusste ich es doch, dass dich das *Dante* brennend interessiert.«

Siena verdrehte die Augen. *Stronzo.* »Und *wenn* es so wäre – wüsstest du denn etwas Spannendes darüber?«

»Ich weiß über ziemlich vieles etwas. Auch etwas Spannendes.« Er setzte sich auf Alessias Schreibtisch, der neben Sienas stand und heute leer war, weil Alessia auf der Modemesse im Einsatz war. Davide schlug die Beine schwungvoll übereinander. »Immerhin bin ich ein Top-Journalist und vor allem ein Lokalredakteur ersten Ranges«, sagte er.

Siena war sich nicht sicher, ob sie ein amüsiertes Aufblitzen und einen Hauch Ironie in seinem Blick lesen konnte.

Bestimmt, oder? So etwas konnte doch niemand über sich selbst behaupten und es wirklich ernst meinen?

Wobei … bei Davide konnte man sich da nicht sicher sein.

»Aha, und was weiß der Top-Journalist über das *Studio Legale Dante*?«, fragte Siena und versuchte ein kleines Grinsen von Kollegin zu Kollege.

Davide grinste nicht zurück, gab aber immerhin eine Antwort: »Man munkelt so einiges, aber niemand weiß Genaues«, sagte er vage und korrigierte sich dann: »Oder vielmehr: Niemand *will* etwas Genaues wissen. Weil niemand etwas Genaues wissen *darf*.«

Sienas Herz schlug einen Takt schneller. Sie dachte an das ungute Gefühl, das sie in dem Büro mit dem Thron gehabt hatte. Und an ihre zerstochenen Fahrradreifen. Sie schluckte.

»Du siehst besorgt aus, Siena«, stellte Davide fest, und Siena sah ihn erstaunt an. Interessierte Davide sich etwa für seine Mitmenschen? Nein, beschloss sie sofort. Er war wahrscheinlich einfach nur neugierig.

»Na ja, morgen habe ich ja wieder die Ehre. Beim großen Jahresfest«, sagte Davide wie nebenbei, stellte die Beine mit Schwung auf den Fußboden und stand auf.

»Jahresfest?«, wiederholte Siena verwirrt. Sie dachte an die vielen Leute, die heute Morgen im Garten der Kanzlei Tische geschleppt und Blumenkübel verschoben hatten. »Das Jahresfest im Garten des *Dante*?«

»Richtig, du hast ja schon bestens recherchiert. Rein beruflich natürlich.« Davide grinste frech und fuhr fort: »Einmal im Jahr wird im Studio groß gefeiert. Gartenparty, Musik, Delikatessen – das ganze Programm. Natürlich wäre es viel schlauer, eine Gartenparty im Sommer abzuhalten, aber es muss immer im Gründungsmonat des Studios stattfinden, darauf besteht der Sonnengott. Und das ist nun mal der Oktober«, erklärte Davide. »Letztes Jahr mussten sie überall Heizpilze aufstellen, weil es schon so kalt war, aber die haben es ja.« Er rieb die Finger einer Hand aneinander, um zu unterstreichen, dass das *Studio Legale Dante* offenbar keine finanziellen Schwierigkeiten hatte.

Siena war einen Moment lang sprachlos. »Und du gehst zu diesem Fest?«, brachte sie dann hervor.

Davide nickte nonchalant. »Mein Freund Alessandro ist Jurist. Ein *Top*-Jurist und ein Anwalt ersten Ranges, versteht sich.«

»Versteht sich.«

»Er hat kurz im *Studio Legale Dante* gearbeitet, bevor ihm klar wurde … Na ja, jedenfalls hat er es geschafft zu kündigen, ohne den Sonnengott zu verärgern. Fast schon ein Wunder, keine Ahnung, wie er das geschafft hat. Aber wenn jemand so etwas schafft, dann Alessandro. Wie dem auch sei: Er wurde trotzdem wieder eingeladen, und ich bin sein Plus eins.«

»Ettore Baldi, der Sonnengott. Das passt«, murmelte Siena.

»Du kennst ihn?« Davide musterte sie aufmerksam, und Siena beschloss, dass sie es sich nicht mehr leisten konnte, Spielchen zu spielen. Sie sprang auf und schaute Davide direkt an. »Ich muss auch auf diese Party. Kannst du mich irgendwie einschleusen? Bitte!« Davide sah jetzt äußerst erstaunt aus, aber die Dringlichkeit in Sienas Stimme kam offensichtlich bei ihm an, denn er lehnte nicht sofort ab, sondern überlegte einen Augenblick.

»Ich weiß nicht, Siena …«

»Bitte! Es geht um meine beste Freundin, vielmehr um ihren Mann und …«

Zu ihrem eigenen Entsetzen wurde Sienas Stimme zittrig, und ihre Augen füllten sich mit Tränen. Sie verstummte.

Davide sah sie aufmerksam an. »Ich rede mit Alessandro. Vielleicht können wir etwas deichseln«, sagte er schließlich.

Siena konnte immer noch nichts sagen und nickte nur dankbar. Und plötzlich tat Davide etwas ganz und gar Unerwartetes. Er ging mit schnellen Schritten zu Siena und legte ihr seine Hand auf den Arm. Er drückte den Arm, schaute ihr in die Augen und sagte eindringlich: »Was immer es ist, was du dort suchst: Mach bloß keinen Ärger. Der Sonnengott ist der Letzte, mit dem man es sich in Florenz verscherzen sollte, glaub mir.«

Dann rauschte er aus dem Büro und ließ die völlig verdatterte Siena zurück.

Verdattert, weil sich gerade eine unerwartete neue Informationsquelle aufgetan hatte. Weil Davide ihr tatsächlich helfen wollte. Und vor allem, weil seine Stimme gerade ernsthaft besorgt geklungen hatte.

VORSATZ NUMMER 11

POKERFACE PERFEKTIONIEREN

Es kostete Siena unendlich viel Mühe, sich auf ihre Arbeit zu konzentrieren und endlich vernünftige Sport-News hinzubekommen. Ganz kurz spielte sie sogar mit dem Gedanken, sich für den restlichen Tag krankzumelden, aber sie verwarf ihn sofort wieder. Doch zwischen Telefonaten mit diversen Sportvereinen und Trainern, während der Recherche nach Terminen und Ergebnissen, nach jedem mühevoll getippten Absatz schweiften ihr Blick zum Fenster und ihre Gedanken zu Sara, Matteo und Davide. Sie sah die Menschen auf der Straße nicht und hörte nicht das Stimmengewirr aus den Cafés und die leise Musik, die von irgendwoher bis zu ihrem Fenster herüberwehte. Sie hörte nur Saras Schluchzen und Davides Worte: *Der Sonnengott ist der Letzte, mit dem man es sich in Florenz verscherzen sollte, glaub mir.*

Siena spürte einen bitteren Geschmack in ihrem Mund und stellte fest, dass sie ihren Bleistift versehentlich bis zur

Mine abgekaut hatte. »Igitt«, murmelte sie und trank schnell einen Schluck Wasser. Der bittere Geschmack ließ sich dadurch aber nicht vertreiben, und Siena beschloss, ihn lieber mit einem anderen, ebenfalls bitteren, aber wohlschmeckenden Getränk zu überdecken. Sie stand auf und ging in die Küche.

Während sie all die gewohnten Handgriffe machte, die sie hier schon hundertmal gemacht hatte – Kanne aus dem Regal holen, Wasser auffüllen, Kaffee einfüllen, Gasherd anstellen, Kanne aufsetzen –, kreisten ihre Gedanken weiter um das *Studio Legale Dante*. Was hatte sie da gerade dazu bewegt, Davide so eindringlich zu bitten, sie mit auf das Jahresfest zu nehmen? *Bitten* war eigentlich das falsche Wort, sie hatte ihn ja förmlich angefleht. Siena hatte in dem Augenblick gar nicht darüber nachgedacht, doch jetzt begann sie, die ganze Aktion zu hinterfragen. Was sollte es bringen, auf dem Fest aufzutauchen? Sie würde Ettore Baldi dort begegnen, der es sicher nicht lustig fände, wenn sie schon wieder auf einmal vor ihm stünde. Außerdem dachte er, dass sie Carla Conte hieß. Wie sollte sie Davide und Alessandro verklickern, dass sie sie nicht nur bei der Party einschleusen sollten, sondern dass das auch noch unter einem falschen Namen geschehen musste?

Trotzdem. Trotzdem musste sie es irgendwie schaffen, etwas über Matteo in Erfahrung zu bringen, bevor Sara herausfand, dass die spontane Geschäftsreise nach Hamburg nur erstunken und erlogen war. Und um etwas in Erfahrung zu bringen, dafür eignete sich so ein Fest vermutlich besser als jede andere Gelegenheit. Unbeschwerte Stimmung, beschwipste Mitarbeiter und viele Gespräche, die man unauffällig belauschen konnte.

Das ideale Spielfeld für eine Numero Quattro.

Siena sah vor ihrem inneren Auge, wie sie in einem schwarzen Abendkleid durch den Garten des *Studio Legale* schritt. Vom Arno her kam plötzlich eine kühle Brise auf, und ihre Haare umwehten sie, als sie aus dem Augenwinkel alle Anwesenden unauffällig ins Visier nahm. Der Wind vergrößerte den eleganten Schlitz an ihrem Kleid ein klein wenig, und sie spürte, wie die Blicke der Gäste bewundernd auf ihr ruhten. Doch das interessierte sie nicht, denn als Profi hatte sie natürlich einzig und allein ihren Fall im Fokus. In ihrer Handtasche warteten die schwarzen Handschuhe, die sie später anziehen würde, wenn sie die Büros nach Spuren untersuchte. Und das stabile Drahtseil mit den kräftigen Widerhaken würde ihr gute Dienste leisten, wenn sie sich aus einem der Büros abseilen musste –

»Attenzione, Siena!« Enzo stürzte an Siena vorbei zum Herd und stellte die heiße Kaffeekanne vorsichtig beiseite. Er löschte die Gasflamme und drehte sich um. »Um ein Haar wäre er übergelaufen. Schon wieder! Weißt du, wie das dann hier im ganzen Büro stinkt? Dai, Siena, ich bitte dich. Wo warst du denn schon wieder mit deinen Gedanken?«

Enzo lehnte sich an die Küchentheke, verschränkte die Arme und musterte Siena. Dabei konnte er sich ein Grinsen nicht verkneifen, denn Sienas Hang zu Missgeschicken und kleineren (oder größeren) Un- und Zwischenfällen amüsierte ihn schon seit den gemeinsamen Studientagen.

Siena wiederum fand seit damals Enzos schelmisches Grinsen unwiderstehlich und grinste zurück. »Ich wollte nur testen, ob die neuen Rauchmelder funktionieren.«

»Haha«, machte Enzo.

»Außerdem ist heute ja niemand da, den der Geruch stören könnte«, ergänzte Siena und zuckte mit den Achseln. Sie nahm zwei kleine Tassen aus dem Schrank, schenkte sich und Enzo Kaffee ein und rührte die exakt richtige Zuckermenge in Enzos Kaffee. Er brauchte pro Espressotasse haargenau einen drei Viertel Teelöffel voll. Dann riss sie den Hängeschrank über der Theke auf und tastete nach etwas Essbarem. Steinharte Kekse, schon angelaufene Schokolade, vertrocknete Nüsse – irgendetwas. Aber das Regal war leer.

»Peccato«, murmelte sie und wandte sich wieder Enzo zu. Sie hatte vor lauter Stress heute noch gar nichts gegessen. *Nichts! Niente!*

Enzo griff nach einer Papiertüte, die er neben sich auf der Theke abgelegt hatte und die Siena noch gar nicht registriert hatte. Er hielt die Tüte nach oben wie eine wertvolle Trophäe. »Frische Cornetti«, verkündete er.

»Du bist der Beste.« Siena strahlte und wollte nach der Tüte greifen, aber Enzo hielt sie noch ein Stück höher.

»Was bekomme ich dafür?«, fragte er.

Siena gab ihm einen schnellen Kuss auf die Wange und schnappte sich zeitgleich die Tüte mit einem entschlossenen Griff. »Ich habe doch schon gesagt, dass du der Beste bist. Das muss reichen«, erwiderte sie und nahm sich ein Cornetto. Sie biss hinein und fügte mit vollem Mund hinzu: »Okay, dazu bekommst du noch Eins-a-Sport-News.«

Enzo biss ebenfalls in ein Cornetto. »Ich bezahle dich für die Eins-a-Sport-News, Siena. Nur falls du es vergessen haben solltest.«

Siena nahm den nächsten Bissen, kaute und beobachtete

Enzo dabei einen Moment lang schweigend. Hatte er diese letzte Bemerkung als indirekte Ermahnung gemeint? Wollte er ihr mitteilen, dass sie ihren Job etwas ernster nehmen sollte? Hatte er vielleicht sogar die Notlüge mit dem Zahnarzt durchschaut?

»Warum guckst du so, Siena Carciofine? Den Blick kenne ich! Was hast du ausgefressen?« Enzo musterte sie aufmerksam.

Siena biss schnell ein weiteres Stück von ihrem Hörnchen ab, um eine Antwort hinauszuzögern. Mist. An ihrem Pokerface musste sie wohl neben der Lügerei auch noch arbeiten. Ein Pokerface war *unumgänglich* für eine Agentin, Spionin oder private Ermittlerin. Sie schluckte den Bissen herunter, aber noch bevor sie etwas Sinnvolles antworten konnte, sagte Enzo: »Keine Sorge, ich will es gar nicht wissen.« Er warf die leere Papiertüte in den Mülleimer. »Du hast Puderzucker auf der Jeans«, ergänzte er noch, drückte Siena seinerseits einen Kuss auf die Wange und schlenderte aus der Küche in den Flur hinaus.

Er selbst sah wie immer makellos aus, stellte Siena fest, und nicht der leiseste Hauch von Puderzucker war auf seinem (mit Sicherheit teuren) blauen Hemd und seiner (mit Sicherheit teuren) schwarzen Hose zu sehen.

Wie macht er das bloß, fragte sie sich, während sie ihrerseits versuchte, den Zucker von der Jeans zu rubbeln, und ihn dabei lediglich großflächig auf dem dunkelblauen Stoff verteilte.

»Gehst du wieder?«, rief sie Enzo hinterher, der in Richtung Ausgang der Redaktion steuerte.

Er drehte sich um. »Ja, hier ist ja heute niemand.«

»Vielen Dank«, erwiderte Siena trocken.

»Niemand außer dir natürlich«, korrigierte sich Enzo. »Sonst hätte ich ja keine Cornetti gekauft. Wo ist eigentlich Davide? Der wollte heute etwas Neues zum Goldengate liefern.«

Siena fühlte sich dummerweise schon wieder ertappt, als Enzo Davides Namen erwähnte, obwohl es dafür absolut keinen Grund gab. Aber ihr kam es so vor, als stünde ihr auf die Stirn geschrieben, dass sie Davide für ihre geheimen Pläne benutzen wollte.

Pokerface, Siena. Numero Quattro!

Sie riss sich zusammen. »Er war hier«, antwortete sie. »Aber er ist bestimmt direkt wieder losgegangen, um zu recherchieren. Alter Streber«, knurrte sie noch – und offenbar klang sie glaubwürdig.

»Herrlich, wenn man sich mit seinen Kollegen so gut versteht, oder?« Enzo grinste, hob die Hand zum Gruß, und eine Sekunde später fiel die Eingangstür krachend hinter ihm zu.

Kaum hatte sie es geschafft, sich wieder einigermaßen in ihre Arbeit zu vertiefen, da riss sie das Vibrieren ihres Handys wieder heraus. Davide. Sienas Herz klopfte schneller, als sie den Anruf annahm.

»Es klappt«, verkündete Davide ohne Einleitung.

»Es klappt?«, wiederholte Siena ungläubig.

»Ja, sicher, was dachtest du denn? Wenn Ale und ich eine Sache in die Hand nehmen, klappt es immer.« Siena konnte sein selbstgefälliges Grinsen lebhaft vor ihrem geistigen Auge sehen, aber heute ließ sie sich davon nicht ärgern. Sie war zu neugierig. »Wie habt ihr das gemacht?«, wollte sie wissen.

»Wir haben noch gar nichts gemacht, aber es klappt. Verlass dich drauf.« Davide klang absolut sicher. »Wir treffen uns um 20 Uhr dort. Auf der Straße vor dem *Studio*.«

»Warum hilfst du mir eigentlich?« Die Frage war Siena herausgerutscht, bevor sie darüber nachgedacht hatte, ob sie sie wirklich stellen wollte. Aber sie konnte es nun einmal kaum glauben, dass ausgerechnet Davide, der sie nicht ausstehen konnte – was auf herzlicher Gegenseitigkeit beruhte –, ihr zu Hilfe kam.

»Weil ich es kann«, lautete die knappe Antwort.

Siena verdrehte die Augen. Natürlich. Welche Antwort hatte sie auch erwartet?

Sie überlegte fieberhaft, ob und wie sie Davide sagen sollte, dass man in der Kanzlei davon ausging, dass ihr Name Carla Conte war.

»Zieh dir etwas Ordentliches an«, bemerkte Davide in dem Moment, und über ihre Empörung vergaß Siena die Sache mit dem falschen Namen sofort wieder.

»Etwas *Ordentliches*? Was soll das denn heißen?«, fragte sie scharf.

Davide lachte leise. »Das soll heißen, dass wir auf keine Hippie-Party gehen. Bis später.«

Noch bevor Siena etwas erwidern konnte, hatte er aufgelegt.

Ihr war schlagartig ganz heiß geworden. Sie wusste, dass es ihr egal sein konnte, was Davide (ausgerechnet Davide mit seinen Streberklamotten!) über ihren Kleidungsstil dachte. Aber sie wusste auch, was an seiner lapidaren Bemerkung sie so sehr ärgerte: Die Person, die den Hippie-Stil zur Perfektion trieb, war genau die Person, der sie doch eigentlich auf gar keinen Fall ähneln wollte. Ihre

Mutter. Und trotzdem ahmte sie offenbar instinktiv ihren Stil nach – oder hatte sie vielleicht einfach einen ähnlichen Geschmack? Wurden nicht auch persönliche Vorlieben und Abneigungen vererbt? Siena schüttelte unwillkürlich den Kopf. Sie hoffte inständig, von Graziella möglichst wenig geerbt zu haben, noch nicht einmal ihren Kleidungsstil.

Ihre Gedanken schweiften zu dem edlen sonnengelben Mantel im Schaufenster in der Boutique am Ende der Via Ghibellina. Sollte sie sich den vielleicht doch leisten? Jetzt noch schnell hinradeln und ihn kaufen?

»Nein«, gab sie sich selbst laut und energisch die Antwort. Das fehlte noch! Dass sie sich von einer blöden Bemerkung ihres Streberkollegen dazu verleiten ließ, für ein völlig überteuertes Kleidungsstück Geld auszugeben, das sie nicht einmal hatte.

VORSATZ NUMMER 12

BEI *EINEM* NAMEN BLEIBEN

Als Siena dann aber vor dem Kleiderschrank stand und überlegte, was zur Hölle man wohl auf das Jahresfest einer großkotzigen Anwaltskanzlei anzog, da überfiel sie die Panik plötzlich mit voller Wucht. »Merda«, fluchte sie laut und ließ sich aufs Bett fallen.

Ihr Plan für heute Abend war so wenig durchdacht, dass man streng genommen gar nicht von einem Plan sprechen konnte, ohne das Wort dabei grob zu beleidigen: Sie wollte irgendetwas von irgendjemandem irgendwie in Erfahrung bringen.

Wunderbar.

»Herzlichen Glückwunsch, Siena«, murmelte sie und sprang beim Gedanken daran, dass sie Ettore Baldi nicht nur unter die Augen treten, sondern auch ihren echten Namen vor ihm geheim halten musste, hektisch wieder auf. Sie stürzte in die Küche, riss den Kühlschrank auf und schenkte sich einen Limoncello ein. Dann holte sie die

Zigaretten aus dem Geheimversteck im Spaghettiglas, setzte sich auf einen Barhocker und tastete nach den Streichhölzern, die unter einem Stapel von Briefen und Zeitungen auf dem Tisch lagen. Sie hatte vor Jahren in einem Ratgeber mit dem Titel *Endlich rauchfrei – das schaffst auch du!* gelesen, dass man seine Zigaretten in der Wohnung verstecken sollte. Was das bringen sollte, wenn man das Versteck selbst ausgesucht hatte und es folglich jederzeit wiederfinden konnte, das hatte Siena schon damals beim Lesen nicht verstanden.

»*Ratgeber für rauchende Vergessliche*«, murmelte sie und stieß eine große Rauchwolke aus. Doch ein Blick auf die laut tickende Küchenuhr ließ sie erneut hektisch aufspringen. Dabei machte der Barhocker ein hässliches, schmatzendes Geräusch, weil sie bislang lediglich ihre Unterwäsche anhatte und mit dem Po am Ledersitz festgeklebt war. Siena rannte zurück ins Schlafzimmer und griff sich das erstbeste Teil aus dem Kleiderschrank. Es war ausgerechnet das fliederfarbene Sommerkleid, das sie bei ihrer ersten Begegnung mit Straghetti getragen hatte. Sofort fingen die nervtötenden Ameisen wieder an, sich zu melden, aber Siena rieb sich energisch über ihre Hände und über die nackten Arme. »Basta«, sagte sie laut und wollte das Kleid wieder zurückhängen. Es war viel zu dünn für einen Oktoberabend. Doch zugleich hatte sie auch keine Zeit mehr, sich etwas anderes zu überlegen. Mit Strumpfhose und Stiefeln würde es gehen, beschloss sie deshalb. Und sie hatte doch noch irgendwo einen schwarzen Blazer, den sie nie trug? Und den schwarzen Paschminaschal, den Sara ihr geschenkt hatte. *Damit du mal was Edles im Schrank hast*, hatte sie grinsend gesagt, und Sara war der einzige Mensch der Welt, dem Siena so einen Spruch nicht übel nahm. Sara ihrerseits hätte es Siena allerdings sehr wohl übel genommen, wenn sie jetzt hätte sehen können, wie Siena das teure Teil gewaltsam in ihre schwarze Umhängetasche stopfte.

Dann zog sie sich schnell an und rannte ins Bad. Wenn Davide und Alessandro sie schon mitnahmen, dann durfte sie die beiden auf keinen Fall warten lassen. Außerdem hatte sie keine Lust auf Davides triumphierendes Gesicht und den rechthaberischen Tonfall, in dem er sagen würde: »Siena Carciofine. Unpünktlich auf die Minute.«

Um dem Anlass gerecht zu werden, gab Siena sich für ihre Verhältnisse einige Mühe mit dem Make-up. Ein nach ihren Möglichkeiten akkurat gezogener Lidstrich, Lidschatten in zwei verschiedenen Farbtönen und völlig unverschmierte Wimperntusche – mehr konnte nun wirklich niemand verlangen, dachte sie und nickte sich zufrieden im Spiegel zu. Nur für eine Frisur oder für Schmuck blieb jetzt leider keine Zeit mehr, schließlich musste sie noch die schwarzen Stiefel irgendwo in den Tiefen des Schranks finden.

Doch zum Glück standen die ganz zuverlässig und sogar geputzt direkt hinter dem Karton mit den aussortierten Klamotten, die sie schon seit Jahren zu einem Secondhandladen hatte bringen wollen. Jetzt waren sie vermutlich schon so aus der Mode, dass sowieso niemand mehr sie haben wollte. »Am besten warte ich gleich noch zwanzig Jahre, dann ist es Vintage, und ich verdiene richtig viel Kohle«, murmelte Siena und knallte die Schranktür wieder zu.

Fünf Minuten später war sie fertig, griff sich im Schlafzimmer noch ihre Tasche und zwei große silberne Kreolen, die zufällig auf dem Nachttisch lagen. Offenbar hatte sie die irgendwann vor dem Schlafengehen aus den Ohren genommen und sie dann nie weggeräumt. »Das Genie beherrscht das Chaos«, murmelte Siena und rannte die Treppe nach unten – zum Glück ohne Stolpern, Stürze oder sonstige Zwischenfälle.

Siena hielt ein Taxi an und ließ sich bis direkt vor die edle Villa fahren, in der Ettore Baldi seine Untergebenen regierte. Als sie aus dem Auto stieg, klopfte ihr das Herz auf einmal bis zum Hals. Sie spürte den Impuls, wieder einzusteigen und sich nach Hause zurückbringen zu lassen. Es zwang sie schließlich niemand, auf dieses Fest zu gehen. Sara wusste ja noch nicht einmal etwas von ihrem Vorhaben, konnte also im Anschluss auch keine unbequemen Fragen stellen. Und bestimmt würde ihr doch noch irgendeine andere Art einfallen, auf die sie Informationen über Matteo bekommen konnte, irgendein Plan B.

»Siena.« Davides Stimme riss Siena aus ihren Fluchtgedanken. »*Fast* pünktlich! Und …« Er ließ seinen Blick zu ihren Stiefeln und wieder nach oben in ihr geschminktes Gesicht wandern. »Du siehst echt … annehmbar aus.«

Siena ignorierte diesen Kommentar und musterte Davide ihrerseits. Er war selbstverständlich tadellos gekleidet mit schwarzer Hose, weißem Hemd und einem edel wirkenden Pullover in Beige, den er sich locker über die Schultern gelegt hatte. Neben ihm stand ein identisch gekleideter Mann gleichen Alters, der ungefähr genauso groß und schlank wie Davide war und außerdem auch noch die gleiche Frisur aus ordentlich nach hinten gestriegelten

Haaren trug. Allerdings grinste er fröhlich, streckte Siena die Hand hin und sagte: »Freut mich, dich kennenzulernen. Ich bin Ale. Alessandro.«

Die Ähnlichkeit der beiden Männer schien sich also nur auf das Äußere zu beziehen, stellte Siena fest, denn Alessandro war ihr auf Anhieb hundertmal sympathischer als der elende Streber Davide. Sie ergriff Alessandros Hand und drückte sie. »Ich freue mich auch. Und vielen Dank, dass ihr mich mitnehmt.«

»Kein Ding«, erwiderte Alessandro, legte den Arm um Davide und steuerte dann zügig auf das Gartentor der Villa zu. Siena blieb keine Zeit mehr, zu zweifeln oder zu zögern, denn Alessandro begrüßte bereits die Frau, die an einem Stehtisch die Gäste in Empfang nahm und auf einer Liste, die vor ihr lag, offenbar akribisch alle Namen abhakte. Sienas Herz klopfte noch schneller. Die Frau – Siena erkannte in ihr die Roboterfrau vom Empfangstresen wieder – schien hocherfreut darüber zu sein, Alessandro zu sehen. Sie schenkte ihm ein strahlendes Lächeln, nickte auch Davide zu und hakte die Namen ab. Erst dann registrierte sie Siena und zog fragend die Augenbrauen nach oben, aber es war ihrem Gesichtsausdruck nicht zu entnehmen, ob sie sich an Siena erinnerte oder nicht. Ihr Bob saß genauso perfekt wie bei ihrer ersten Begegnung, aber heute Abend trug sie statt ihres dezenten Büro-Stylings einen grellen blauen Lidschatten und ein knallenges Top in der gleichen Farbe. Siena zwang sich zu einem Lächeln, das die Roboterfrau nicht einmal ansatzweise erwiderte.

Alessandro machte einen schnellen Schritt hinter den Stehtisch und legte ihr den Arm um die Schultern. Er sprach in vertraulichem Tonfall leise in ihr Ohr, und Siena verstand nur die Fetzen »Schwester«, »Besuch«, »schwierige Phase«. Der Gesichtsausdruck der Empfangsdame wurde milde. Sie nickte zögerlich, und Ale drückte ihr einen dicken Kuss auf die Wange. Dann schob er Davide und Siena rasch vor sich her auf den Weg, der zwischen den Statuen hindurch zum Eingang der Villa führte.

»Ale«, rief die Roboterfrau ihnen nach. »Wie heißt Davides Schwester? Ich muss irgendeinen Namen auf der Liste angeben.«

Noch bevor Alessandro oder Davide etwas erwidern konnten, rief Siena rasch »Carla« über ihre Schulter hinweg in Richtung Eingang und marschierte schnurstracks weiter. Davide musste sich beeilen, um mit ihr Schritt zu halten, aber als er wieder auf gleicher Höhe war, packte er sie am Arm.

»Carla?«, zischte er.

Siena wandte sich ihm zu. »Ist doch völlig egal. Es ist schließlich auch gelogen, dass ich deine Schwester bin. Der Name ist dann ja nur noch die Zweitlüge.« Sie schüttelte seinen Arm ab, ging ein paar Meter weiter und blieb wie angewurzelt stehen. Sie hatten die Villa umrundet und den Garten hinter dem Haus betreten, in dem die Feier stattfand.

Die eifrigen Menschen, die Siena von Ettore Baldis Bürofenster aus beobachtet hatte, hatten ganze Arbeit geleistet: Der Anblick, der sich den Gästen bot, war beeindruckend. Fackeln waren rund um den ganzen Garten aufgestellt worden, und in allen Bäumen hingen weiße Lampions. Das geschwungene, gusseiserne Geländer, das die große Veranda der Villa säumte, und alle Fenster des Gebäudes waren mit Lichterketten geschmückt worden.

Die vielen weiß gedeckten Stehtische wurden von unten indirekt und dezent in Grün- und Gelbtönen beleuchtet. Sitzgruppen waren aufgestellt worden, auf denen Kissen und Decken, ebenfalls in Grün- und Gelbtönen, auf die Gäste warteten. Neben den Sofas und Sesseln standen außerdem die von Davide angekündigten Heizpilze, obwohl sie im Moment noch gar nicht nötig waren. Baldi hatte großes Glück mit dem Wetter: Es war ein für Oktober ungewöhnlich milder und klarer Abend.

Siena blickte nach oben, wo unzählige Sterne den Himmel bedeckten und wie Tausende kleine Partylichter zu ihnen herunterblinzelten. Auf der rechten Seite, ganz hinten im Garten, gab es eine kleine Tanzfläche. Eine Sängerin stimmte auf der dazugehörigen Bühne sanft die bekanntesten Songs von Laura Pausini an. Obwohl es erst kurz nach acht war, befanden sich bereits etliche Gäste im Garten. Es wurde überall geplaudert und gelacht, und den Kellnern, die unaufhörlich Drinks verteilten, wurden sämtliche Tabletts sofort leer geräumt.

Einen Moment lang war Siena so versunken in den Anblick, dass sie Davide, Alessandro und den Grund ihrer Anwesenheit komplett vergessen hatte. Doch als sie links von sich plötzlich ein sonores Lachen wahrnahm und aus dem Augenwinkel eine etwas stämmige, untersetzte Gestalt erahnte, die mit ausgebreiteten Armen an einen Stehtisch trat, da wurde es ihr mit einem Paukenschlag wieder bewusst. Schnell machte sie einen Schritt nach rechts, sodass sich mehrere Menschen zwischen ihr und der potenziellen Bedrohung befanden, und schlüpfte dann ein paar Meter weiter in den Schatten eines Baumes. Vorsichtig spähte sie dahinter hervor.

Tatsache. Es war Ettore Baldi gewesen, den sie wahrgenommen hatte. Auf eine Begegnung mit ihm hatte sie so gar keine Lust, vor allem nicht auf nüchternen Magen.

Apropos …

Suchend sah sich Siena nach einem der voll beladenen Tabletts um. Ein bisschen Alkohol wäre jetzt genau das Richtige. Doch als dann ein freundlich lächelnder Kellner vor ihr stand, entschied sie sich im letzten Moment und nicht ohne Bedauern gegen den *Dante-Drink* (Rosato, Soda, Beeren und Prosecco) und für das alkoholfreie *Aqua Alighieri* (Wasser, Limette, Minze, Eiswürfel). Sie sollte besser nüchtern bleiben, wenn sich der Besuch hier irgendwie lohnen sollte.

»Na, *Carla*, vor wem versteckst du dich denn?«, raunte in diesem Augenblick Davide in ihr Ohr, und sie zuckte zusammen. Er wartete allerdings keine Antwort ab, sondern zog sie am Arm zu einem Tisch in der Nähe. Dort stand Alessandro und unterhielt sich angeregt mit zwei Frauen in Cocktailkleidern. »Das hier ist das perfekte Umfeld für meine Recherchen zum Goldengate«, raunte Davide ihr zu. »Hier ist so einiges an florentinischer Society vertreten, und ein Top-Journalist ist immer im Dienst, wie du weißt.« Er grinste Siena provozierend an und ergänzte: »Wobei – das kannst du ja nicht wissen.«

Siena verdrehte die Augen und gesellte sich ein wenig missmutig zusammen mit ihm zu Alessandro und den beiden Damen. Für die nächsten zwanzig Minuten bemühte sie sich halbherzig, sich irgendwie ins Gespräch mit einzuklinken. Da es aber nur um Gesetzestexte, Golfplätze und das Goldengate ging, gab sie schließlich auf – unter anderem auch, weil sie mittlerweile richtig Hunger hatte.

»Ich mache mich mal auf die Suche nach den Häppchen«, sagte sie freundlich lächelnd in die Runde, was bei den beiden Frauen für verdutzte Gesichter, bei Davide für ein sarkastisches »Jetzt erst?« und bei Alessandro für ein verständnisvolles Nicken sorgte.

Siena steuerte zielstrebig auf das Buffet am linken Rand des Gartens zu, allerdings nicht ohne sich vorher versichert zu haben, dass Ettore Baldi gerade nirgends zu sehen war.

Non c'è via d'uscita per questo amore, es gibt keinen Ausweg für diese Liebe, klagte das Laura-Pausini-Double durch die Herbstnacht, und Siena musste sich große Mühe geben, gedanklich nicht abzuschweifen.

Als Straghetti vor der Villa geparkt hatte, blieb er noch einen Moment lang im Auto sitzen und betrachtete die Menschen in Anzügen und Abendkleidern, die zum Eingang schlenderten. *Verdammt.* Warum hatte er nur zugesagt? Er hasste solche Small-Talk-Veranstaltungen, und außerdem wollte er nicht unbedingt mit dem *Studio Legale* in Verbindung gebracht werden. Das konnte einem Polizisten, der korrekt arbeitete und einen Ruf zu verlieren hatte, nur schaden.

Straghetti seufzte. Er hatte es Antonietta versprochen, und sie war nun einmal seine Schwägerin, und außerdem war er ihr einen Gefallen schuldig. Oder mehrere ... Er stieg aus dem Auto.

Eine Hand wäscht die andere, dachte er und warf die Tür hinter sich zu. Dann schob er seinen Widerwillen beiseite und legte entschlossen die wenigen Schritte bis zum Gartentor zurück.

Siena nahm sich Besteck und lud sich am Buffet alles auf den Teller, was darauf Platz fand. Spieße, Häppchen, Schnittchen und kleine Gläser mit Antipasti: Sie musste den Berg auf dem Teller vorsichtig balancieren, um nicht die Hälfte davon zu verlieren. Sie ließ den Blick durch den Garten schweifen. Die Party war in vollem Gange, der Garten vibrierte nur so von Gesprächen, Gelächter und Gesang. In diesem Gewimmel war es schwierig, Ettore Baldi schon von Weitem zu wittern. Daher beschloss Siena, ganz an den Rand des Gartens zu schlendern, wo es dunkler und ruhiger war. Sie ging bis zum Ende des Grundstücks, das von einer Mauer umgeben war, die ihr etwa bis zur Brust reichte. Als sie sich darüberbeugte, stockte ihr zum zweiten Mal an diesem Abend der Atem: Hinter der Mauer fiel das Gelände relativ steil ab, unten glitzerte der Arno, und die Stadt schimmerte mit ihren vielen Lichtern verheißungsvoll zu ihr hinauf. Siena stellte vorsichtig ihren übervollen Teller auf der Mauer ab, kramte in ihrer Handtasche und zog die Zigaretten heraus. Drei Stück waren noch in der zerknautschten Packung. Sie zögerte. Dann steckte sie sich eine davon in den Mund und wühlte nach dem Feuerzeug.

Die drei konnte sie ja noch rauchen, und dann würde sie wirklich wieder aufhören. Sie inhalierte tief, stellte sich auf die Zehenspitzen und lehnte sich so weit wie möglich nach vorne. Tatsächlich. Ganz rechts konnte man den beleuchteten Dom mit seiner riesigen Kuppel sehen.

Siena lächelte unwillkürlich. Das war so wunderschön, so einzigartig.

»Kann ich eine haben?« sagte jemand direkt hinter ihr, und Siena zuckte zusammen. Sie fuhr herum und blickte in ein Gesicht mit sehr hellblauem Lidschatten und einem plötzlich sehr gewinnenden Lächeln. Siena nickte und hielt der Frau vom Empfang die Schachtel hin: »Du warst doch vorher am Eingang, oder? Pause? Oder Dienstschluss?«

»Dienstschluss«, erwiderte die Roboterfrau und blies genüsslich eine große Rauchwolke aus. »Am Eingang übernimmt jetzt die Security.«

Siena musterte sie von der Seite. So aus der Nähe betrachtet hatte sie so gar nichts mehr von einem Roboter. Ihre Mimik war plötzlich lebhaft, sie hatte wache, blitzende Augen und wirkte insgesamt ziemlich sympathisch. Das enge hellblaue Top, über das Siena am Eingang noch innerlich die Augen gerollt hatte, sah in Kombination mit dem bodenlangen schwarzen Rock eigentlich ziemlich cool aus, musste sie zugeben.

Die beiden Frauen rauchten einträchtig schweigend und betrachteten die Aussicht. Dann deutete Siena auf den vollen Teller, der neben ihnen auf der Mauer stand »Wollen wir teilen?«, fragte sie.

»Sehr gerne.« Die Empfangsdame musterte den Essensberg. »Sehr gute Stapeltechnik«, sagte sie anerkennend und griff sich eine Melone mit Schinken. »Und sehr gute Wahl.« Sie biss mit Appetit in die Melone und ergänzte kauend: »Ich bin übrigens Martina.«

»Siena«, sagte Siena, ohne nachzudenken – und erschrak. Sie hieß doch hier Carla! Wie konnte ihr so ein dummer Fehler passieren, und dann auch noch ausgerechnet bei der einzigen anwesenden Person außer Baldi, der sie den falschen Namen genannt hatte.

Dummer Anfängerfehler, Numero Quattro!

Doch Martina schob sich seelenruhig den Rest der Melone in den Mund, betrachtete Siena aufmerksam, nickte und gab keinen Kommentar ab.

Siena spürte, dass jetzt der richtige Zeitpunkt war, ihren Fehler auszubügeln und endlich etwas Interessantes in Erfahrung zu bringen. »Security, sagtest du«, nahm sie den Faden daher auf. »Ist das nicht etwas übertrieben für so eine harmlose Gartenparty?« Sie ließ den Blick über den erleuchteten Garten und die Gäste in Anzügen und Cocktailkleidern schweifen und zwinkerte Martina zu. »Die Leute hier sehen eher nicht so aus, als würden sie jeden Augenblick randalieren.«

Martina nahm sich ein Gläschen mit Antipasti und lachte kurz auf. Das Lachen klang aber nicht fröhlich, und als sie sagte: »Glaub mir, in dieser Kanzlei ist Security keinesfalls übertrieben«, da war nicht der Hauch eines Lächelns auf ihrem Gesicht zu sehen. Sie kaute einen Moment lang schweigend auf ihren Auberginen und Pilzen herum.

Siena beschloss, sie nicht zu stören, und hielt den Atem an.

Kam da noch mehr?

Martina schluckte und sagte leise: »Ich sag's dir, ich wäre schon längst weg hier, aber …« Sie schob sich noch einen gehäuften Löffel Antipasti in den Mund.

Schweigen.

Kauen.

Siena hielt es nicht mehr aus: »Aber?«, hakte sie nach.

Martina zog die Schultern nach oben. »Ich habe zwei Ausbildungen abgebrochen. Ich habe keinen Abschluss in irgendwas und ein ziemlich mieses Schulzeugnis. Für mich ist es ein Glücksfall, dass ich den Job hier habe und einigermaßen gut verdiene.« Sie griff nach einer Scheibe Salami. »Baldi bezahlt uns alle gut, das gehört zum System«, erläuterte sie und schob sich die Salami in den Mund.

Siena stopfte sich ihrerseits eine Scheibe Parmaschinken in den Mund, um sich selbst davon abzuhalten, Martina mit allzu drängenden Fragen abzuschrecken. Die war nämlich glücklicherweise gerade jetzt in der Stimmung, sich ihren Frust von der Seele zu reden, das spürte Siena. Aber es musste beiläufig geschehen, entspannt und wie nebenbei. Zu viele und zu eindringliche Fragen wirkten fast immer abschreckend, diese Erfahrung hatte sie schon oft gemacht.

»Zum System gehört übrigens auch, dass ich Baldi hin und wieder meinen Po tätscheln lasse, ohne mich zu beschweren«, ergänzte Martina beiläufig, zog noch einmal die Schultern hoch und sah sich suchend um: »Wo gibt es denn was zu trinken? Hast du nichts?«

Siena schüttelte den Kopf. Sie musste sich beherrschen, um nichts dazu zu sagen, dass der widerwärtige Baldi seine Mitarbeiterinnen ungestraft begrapschen konnte, weil das ganz einfach Teil eines von allen akzeptierten Systems war. Sie atmete durch und bot möglichst ruhig an: »Zu trinken habe ich leider nichts, aber du kannst noch meine letzte Zigarette haben.«

»Ehrlich?« Martina grinste erfreut.

»Du tust mir sogar einen Gefallen«, nickte Siena und zückte das Feuerzeug. »Ich will nämlich längst aufhören. Aber ich …« Sie zögerte. Wenn Martina ihr vertrauen sollte, dann musste sie jetzt ein wenig persönlicher werden. Vertrauliche Gespräche funktionierten immer besser, wenn sie auf Gegenseitigkeit beruhten. »Ich bin nicht sonderlich gut darin, Dinge durchzuziehen«, ergänzte sie.

Martina zog an der Zigarette und nickte. »Willkommen in meinem Leben. Ich weiß genau, was du meinst. Schau mich an. So lange schon habe ich mir vorgenommen, nicht mehr für einen arschtätschelnden Kriminellen zu arbeiten, der …«

Sie unterbrach sich und wirkte einen Moment lang erschrocken. Sie lehnte sich mit dem Rücken an die Mauer und ließ den Blick über den Garten schweifen. Hielt sie Ausschau nach Baldi?, fragte sich Siena. Oder nach anderen Kollegen oder Kolleginnen? Was hatte es zu bedeuten, dass sie Baldi gerade einen Kriminellen genannt hatte? War das im übertragenen Sinn gemeint? Oder wörtlich?

Siena lehnte sich ebenfalls mit dem Rücken an die Wand und steckte sich eine Olive in den Mund. Sie spürte, dass Martina sie von der Seite musterte.

»Wieso bist du *wirklich* hier?«, fragte die plötzlich unvermittelt – ohne den Blick von Siena abzuwenden. Siena schluckte, aber sie blieb äußerlich ruhig, drehte sich zu Martina und sah ihr in die Augen: »Was meinst du damit?«

»Ale hat behauptet, du wärst die Schwester von Davide, die gerade aus Padua zu Besuch ist. Dein Verlobter hätte dich Knall auf Fall verlassen und du würdest durch eine schwierige Phase gehen. Depressive Verstimmung. Man könnte dich in dem Zustand auf keinen Fall alleine in der Wohnung lassen, und daher mussten sie dich auf die Party mitbringen.« Martina grinste. »Aber da du ja offensichtlich Siena heißt und dich brennend für die düsteren Machenschaften hier interessierst …«

»Das hast du gemerkt?« Siena ärgerte sich ein wenig. Die Sache mit dem Pokerface klappte also noch nicht so recht.

Oder …

Sie musterte Martina aufmerksam, sah in deren wache Augen und betrachtete das energische Kinn. Oder aber sie hatte es hier mit einem ganz besonderen Kaliber zu tun.

»Du bist verdeckte Ermittlerin, oder?« Martina flüsterte die Worte atemlos und rückte noch ein Stück näher. Sie wartete keine Antwort ab, sondern fuhr fort. »Ich habe mir das sofort gedacht, schließlich warst du ja auch gestern schon in der Kanzlei, und als du dann Hamburg erwähnt hast …« Siena nickte wieder. Also war auch da bereits ihr Eindruck völlig falsch gewesen: Die »Roboterfrau« hatte keineswegs durch sie hindurchgeblickt, sondern alles ganz genau registriert. »Ich hätte ansonsten auch nie so offen gesprochen, aber ich war mir sicher … *Merda!*« Martinas Augen weiteten sich, und Siena schaute in die Richtung, in der ihr Blick hängen geblieben war. »Merda«, wiederholte sie wie ein Echo: Ettore Baldi durchquerte gerade den Garten und kam direkt auf sie zu.

»Weg hier«, zischte Martina. »Wenn er erfährt, dass du unter falschem Namen hier bist und ich dich hereingelassen habe …« Sie vollendete den Satz nicht, aber ihr Gesichtsausdruck verriet alles: Pure Angst war darin zu lesen. Siena erschrak, und ihr Blick flog zurück zu Baldi. Zum Glück hatte eine Dame mit einer ausgeklügelten Hochsteckfrisur ihn am Arm festgehalten und flüsterte ihm kichernd etwas ins Ohr. Baldis Lachen wehte zu ihnen herüber und löste ein unangenehmes Kribbeln auf Sienas Nacken aus. Sie begann zu schwitzen. »Komm mit, wir verschwinden. Wir beide gemeinsam«, sagte sie und packte Martinas Arm.

»Nein. *Du* verschwindest. Ich halte hier die Stellung und lenke ihn irgendwie ab.«

»Auf keinen Fall. Ich lasse dich nicht allein.« Siena schüttelte energisch den Kopf

»Glaub mir, ich kenne ihn. Wenn wir beide verschwinden, wird es schlimmer, weil er dann Verdacht schöpft. Ich kriege das hin. Vertrau mir.« Mit diesen Worten schob sie Siena ein Stück von sich weg, und die lief, ohne nachzudenken, an der Gartenmauer entlang ins Halbdunkel der Bäume und dann bis hinüber zur Tanzfläche, wo sich große Gruppen gebildet hatten, inmitten derer man leicht abtauchen konnte. Sie drehte sich noch einmal um und musste sich zusammenreißen, um nicht laut zu fluchen. Baldi stand ziemlich nahe bei Martina und hatte seine Hand auf ihren Arm gelegt. Da er Siena den Rücken zuwandte, konnte sie seinen Gesichtsausdruck nicht sehen. Martina aber hatte wieder die Robotermaske aufgesetzt: Sie lächelte breit und mechanisch und schaute in Baldis Gesicht, ohne zu fokussieren.

VORSATZ NUMMER 13

GRUNDREGELN PRIVATER ERMITTLUNGEN ENDLICH LESEN

Warum hatte sie Martina mit diesem Ekelpaket alleine gelassen? Siena machte sich große Vorwürfe, doch jetzt gab es kein Zurück mehr. Sie lief weiter in Richtung Villa. Mit schnellen Schritten stieg sie die Stufen zur Veranda nach oben, wurde aber an den Flügeltüren, die ins Innere der Kanzlei führten, von einem athletischen Mann in schwarzem Anzug aufgehalten. Siena registrierte den Knopf in seinem Ohr, von dem ein kleines Kabel an seinem Hals entlangführte und in seinem Hemdkragen verschwand.

»Wohin so eilig, Signora?«, fragte er höflich.

Siena strahlte ihn an. »Zur Toilette«, antwortete sie, ohne zu zögern. »Es ist ziemlich dringend«, fügte sie mit einem treuherzigen Augenaufschlag hinzu. »Wo ist die Toilette denn bitte?« Der Türsteher gab ihr höflich die entsprechenden Anweisungen, und Siena betrat durch eine der Flügeltüren die Villa.

Der Innenraum fühlte sich im Vergleich zum glitzernden Garten mit den vielen Menschen und Stimmen düster und still an. Siena durchquerte den salonartigen Raum, in den sie über die Veranda gelangt war, und schlüpfte durch eine Tür. Jetzt stand sie in dem großen Eingangsbereich, in den man durch den Vordereingang gelangte und in dessen Mitte sich Martinas Tresen befand. Siena betrachtete mit klopfendem Herzen die breite Treppe mit dem goldenen Geländer, die nach oben führte. Ihr Mund war trocken, und einen winzigen Moment lang hielt sie inne, doch dann ging sie mit entschlossenen Schritten darauf zu.

Straghetti stand am Rande des Gartens an einem Stehtisch und zwang sich, Interesse an der Unterhaltung mit Antonietta und ihrem schmierigen Kollegen Andrea zu heucheln. Zum Glück befanden sie sich relativ nahe an der Tanzfläche mit einer Bühne, auf der eine Sängerin Songs von Laura Pausini schmetterte. Deshalb konnte er von der Unterhaltung sowieso nur Wortfetzen verstehen, und er beschränkte sich auf Nicken, Lächeln und gelegentliche »Ah si?« oder »Davvero?«-Einwürfe. Und er trank – äußerst untypisch für ihn – bereits das dritte Getränk mit dem prätentiösen Namen *Dante-Drink*. Das Zeug schmeckte ihm gar nicht, aber er wusste nicht so recht, was er sonst tun sollte. Er nahm einen großen Schluck und dachte darüber nach, dass er sein Auto wohl oder übel später hier würde stehen lassen müssen. Er konnte es sich definitiv nicht leisten, alkoholisiert einen Unfall zu bauen – und das auch noch auf dem Rückweg vom *Studio Legale Dante*.

Er versuchte, sich wieder auf Antonietta und Andrea zu fokussieren, und verschluckte sich beinahe, als er *sie* an seinem Stehtisch vorbeihuschen sah. Sie schien es eilig zu haben und schaute weder nach rechts noch nach links. In einer Sekunde war sie an seinem Tisch vorbeigegangen, und er starrte ihr nach. Er trank das Glas auf ex und bemerkte, dass sein Herz schneller schlug. Und das lag nicht nur daran, dass er vollkommen überrascht war, sie hier zu sehen, wo sie überhaupt nicht hinpasste.

Nein.

Es lag auch daran, dass sie wunderschön aussah.

Die langen schwarzen Haare, die hohen Stiefel, das violette Kleid. Genau das hatte sie doch getragen, als er sie zum ersten Mal gesehen hatte, oder? Straghetti lächelte, als er sich an die Szene in der Bar *La Zanzara* erinnerte …

»Fabrizio? Hallo? In welchen Sphären schwebst du denn?« Antonietta berührte ihn an der Schulter, lachte und folgte seinem Blick.

Siena Carciofine hatte die Villa jetzt erreicht und eilte die Treppe zur Veranda nach oben. Sie wirkte irgendwie zielstrebig … oder mehr als das: gehetzt? War mit ihr alles in Ordnung, fragte sich Straghetti, oder …

»Ist es die Frau im lila Kleid?« Die Stimme seiner Schwägerin riss ihn erneut aus seinen Gedanken. Antonietta kniff die Augen zusammen. »Die ist doch gar nicht dein Typ«, stellte sie fest.

»Ach ja? Was ist denn mein Typ?«, fragte Straghetti scharf und ärgerte sich im gleichen Moment, dass er sich zu dieser genervten Bemerkung hatte hinreißen lassen. Jetzt würde Antonietta erst recht nicht lockerlassen. Die Frau seines großen Bruders Maurizio war schon immer anstrengend gewesen. Aber sie war eine gute Anwältin und hatte ihm in den letzten Wochen sehr geholfen.

»Oh«, stellte sie jetzt fest, musterte ihn eindringlich und zog die Augenbrauen nach oben. »Sie gefällt dir *wirklich*. Fabrizio, ich glaube nicht, dass du in deiner Situation eine andere Frau …«

»Ich hole mir etwas zu trinken«, verkündete Straghetti knapp und ließ Antonietta stehen. Auf eine ihrer Predigten hatte er jetzt sicher keine Lust.

Instinktiv lenkten ihn seine Schritte in Richtung Villa und dann die Treppenstufen nach oben. Wo war Siena so eilig hingegangen? Ihre Körpersprache hatte Anspannung verraten. Er nahm immer zwei Stufen auf einmal, und erst, als er vor den Flügeltüren stand, hielt er inne. Vermutlich war sie schlicht und einfach zur Toilette gegangen, und dorthin konnte er ihr wohl kaum folgen, überlegte er.

Und außerdem …

Straghetti wandte langsam der Villa den Rücken zu, ging zur breiten, mit Lichterketten geschmückten Balustrade, stützte seine Ellbogen darauf ab und ließ seinen Blick über die Partygäste schweifen. Doch er nahm keinen einzigen von ihnen richtig wahr, denn er dachte an seine letzte Begegnung mit Siena, vor der Bar neben der Questura, und an das anschließende Gespräch mit Luca Bruni an der Theke. Bruni hatte eindeutig bestätigt, dass die Sache mit ihm und Siena etwas Ernstes war. War Luca heute Abend hier? Er sah ihn nirgends, aber je länger er darüber nachdachte, desto sicherer war er sich: Siena war bestimmt als Lucas Begleitung hier. Aber was wollte Bruni wohl hier?

Straghetti wandte sich wieder der Villa zu und lehnte sich jetzt mit dem Rücken zum Garten an die Balustrade. Er dachte daran, wie schön sie ausgesehen hatte in den wenigen Sekunden, die er sie gesehen hatte, und nahm einem vorbeigehenden Kellner den vierten Drink vom Tablett.

Sollte er doch hier auf sie warten? Wenigstens kurz mit ihr reden? Oder lieber gehen und jede unnötige Begegnung mit ihr vermeiden?

Unschlüssig verharrte er, ans Geländer gelehnt mit seinem Drink in der Hand, und beobachtete die drei Security-Mitarbeiter, die die Flügeltüren bewachten. Typisch *Studio Legale Dante*, dachte er. Eine Security wie bei Gericht. Aber Ettore Baldi wusste schon, warum das nötig war …

Wenn man vom Teufel spricht, war Straghettis nächster Gedanke, denn der untersetzte Chef der Kanzlei hastete in diesem Moment an ihm vorbei, wechselte ein paar Worte mit einem der Türsteher und betrat die Villa. Er schien es eilig zu haben. So wie Siena vorhin.

Obwohl ihr Herz in ihrer Kehle zu pochen schien und es in ihren Ohren rauschte, nahm Siena immer zwei Stufen auf einmal und stand im Nu vor der geschlossenen Bürotür von Ettore Baldi. Bevor sie es sich anders überlegen konnte, drückte sie ganz vorsichtig die auf Hochglanz polierte Messingklinke nach unten.

Bingo!

Die Tür war nicht abgesperrt.

Möglichst geräuschlos öffnete Siena sie nur so weit, dass sie hindurchschlüpfen konnte, und verschloss sie sofort wieder leise hinter sich. Dann lehnte sie sich einen Moment lang an das kühle Holz und atmete tief durch.

Sie hatte keine rechte Vorstellung davon, was genau sie hier eigentlich wollte. Sie wusste nur, dass sie sich nach dem Gespräch mit Martina wie eine Versagerin fühlte: Sie hatte die angebliche »Roboterfrau« völlig falsch eingeschätzt. Die wiederum hatte ihr nur, weil sie Siena fälschlicherweise für eine verdeckte Ermittlerin hielt, überhaupt so viel anvertraut. Und zum Dank dafür hatte Siena sie auch noch mit ihrem schmierigen Chef zurückgelassen.

Siena holte noch einmal tief Luft. Und deshalb musste sie jetzt endlich ihren Teil leisten. Irgendetwas, das den Ärger, den Martina bekäme, wenn das mit dem falschen Namen aufflog, ansatzweise rechtfertigte.

Mit dem Mut der Verzweiflung schlich Siena zu dem überdimensionalen Schreibtisch und tastete jede einzelne Schublade und jedes Fach ab. Aber alles war sorgfältig abgesperrt.

Natürlich.

Siena sah sich aufmerksam im ganzen Raum um. Vom Garten klangen Stimmen und Musik zu ihr herauf. Die Lichterketten, die auch hier oben die Fenster schmückten, lieferten ihr genug Beleuchtung, um sich im dunklen Büro zu orientieren. Wie schon im *Hotel Paradiso*, so bereitete ihr auch hier das Gemälde *Die Toteninsel* leichtes Unbehagen. Bei schwachem Licht stach die geisterhafte weiße Figur im Ruderboot schemenhaft und bedrohlich aus der Dunkelheit hervor. Siena versuchte, das Bild zu ignorieren, doch es fühlte sich an, als würde jemand aus dem Gemälde heraus sie beobachten. Die Seite ihres Gesichtes, die dem Bild zugewandt war, fing an zu kribbeln.

Siena rubbelte sich kurz mit der Hand über die kribbelnde Wange und hob Baldis Schreibtischunterlage hoch.

Nichts.

Sie überprüfte den Papierkorb.

Leer.

Den Aktenschrank.

Verriegelt.

Natürlich. Siena ließ sich auf den Thron sinken. Wäre in diesem Büro irgendetwas Wichtiges frei zugänglich gewesen, dann wäre die Tür verschlossen und vermutlich noch von einem Bodyguard bewacht worden. Jemand wie Ettore Baldi ließ sich garantiert nicht so leicht ausspionieren und schon gar nicht von einer Möchtegernermittlerin. Siena seufzte. Dann stand sie auf, ging, einer Eingebung folgend, auf *Die Toteninsel* zu und streckte die Hand danach aus. Im letzten Moment zuckte sie zurück.

Was, wenn das Bild durch eine Alarmanlage gesichert war?

Sie stellte sich vor, wie ein gellendes Schrillen durch das Haus und den Garten dröhnte, wie Baldi samt aller Bodyguards die Treppe heraufstürmte und –

Apropos Treppe.

Merda. Merda. Doppiamerda.

Jetzt, wo sie darauf achtete, hörte Siena Schritte auf der Treppe. Eilige Schritte. Sie kamen näher und hatten den Korridor im ersten Stock bereits erreicht. Ihr Mund wurde trocken. Noch schätzungsweise zehn Sekunden, dann wäre sie aufgeflogen. Sie schloss die Augen. Was würde dann wohl mit ihr passieren? »Corraggio, Siena«, flüsterte sie. Nur Mut. Baldi benahm sich zwar wie Sonnengott und Sonnenkönig zugleich, aber er konnte sie ja wohl kaum in einen Kerker werfen lassen.

Oder?

Siena sah sich angekettet bei Brot und Wasser in einem Verlies darben und blickte sich hektisch im dunklen Büro um. Wo konnte sie sich verstecken? Nirgends. Sie schloss wieder die Augen und spitzte die Ohren.

Jetzt waren keine Schritte mehr zu hören. Vielleicht hatte sie Glück, und es war eine Servicekraft, die sich hier oben nur kurz ausruhen wollte und der es herzlich egal war, wer sich in den Büros aufhielt.

Noch einmal packte Siena der Mut der Verzweiflung, und sie hob *Die Toteninsel* ein kleines Stück an. »Accidenti«, entfuhr es ihr. Tatsache! Hinter der Toteninsel befand sich ein Safe.

»Signore Baldi«, hörte sie in diesem Moment eine Stimme, die ihr das Blut in den Adern gefrieren ließ. Gegen *diese* Stimme war das sonore »Buonasera« von Baldi, das gefährlich nah – offenbar unmittelbar vor der Bürotür – erklang, beinahe harmlos. »Erinnern Sie sich an mich?«, fragte die erste Stimme. Siena spürte die Ameisen erwachen. Denn diese Stimme gehörte niemand anderem als Straghetti. Fabrizio Straghetti. Sienas Herz klopfte zum Zerspringen. Was machte er hier? Auf der Party? Und vor allem genau jetzt vor Baldis Büro?

»Si, certo«, erwiderte Baldi freundlich, aber etwas abwesend.

»Hätten Sie vielleicht einen kleinen Augenblick für mich?« Straghettis Stimme kam noch ein Stück näher. Siena hielt die Luft an.

»Si, certo.« Baldi klang ein wenig ungeduldig, konnte aber zu einem seiner Gäste nicht offen unhöflich sein. »Wollen Sie in mein Büro mitkommen?«

Um Himmels willen.

Es wäre schon schlimm genug, hier von Ettore Baldi ertappt zu werden. Aber von Baldi in Gesellschaft von Straghetti ... Das war nicht mehr das Fegefeuer, das war die Hölle. *Willkommen in der Welt von Dante*, dachte

Siena und suchte fieberhaft nach einer Erklärung für ihre Anwesenheit in diesem Zimmer, die sie den beiden Herren in wenigen Sekunden präsentieren konnte. Ein Schwächeanfall, beschloss sie. Oder noch besser: zu viel Alkohol! Sie hatte auf nüchternen Magen zu viel getrunken (sie konnte nur hoffen, dass keiner der beiden sie mit ihrem Essensberg vom Buffet gesehen hatte), dann hatte sie sich ausruhen wollen und sich in der Villa verlaufen. Ja, das könnte klappen. Straghetti dachte doch sowieso von ihr, dass sie zu viel trank, weil er sie rein zufällig schon zweimal betrunken erlebt hatte. Also etwa bei der Hälfte ihrer bisherigen Zusammentreffen, wenn man es genau nahm.

»Nein, nein«, hörte sie Straghetti sagen. »Ich möchte Ihnen unten im Salon eine kleine Statue zeigen, zu der ich eine sehr interessante Geschichte kenne. Kommen Sie?«

Trotz ihrer Panik wunderte sich Siena. Das klang so gar nicht nach Straghetti. Die Art, wie er übermäßig beflissen mit Baldi sprach, und sein großes Interesse für Statuen – das wirkte irgendwie nicht echt.

Doch egal, was dahintersteckte, es erwies sich als Sienas Rettung. Schritte entfernten sich, und Straghettis Stimme wurde leiser, als die beiden Männer offenbar die breite Mahagonitreppe gemeinsam wieder nach unten gingen. Er erzählte irgendetwas von einer Stiftung für die Kunst der Renaissance, doch Siena verstand nichts mehr, als die beiden Männer sich weiter entfernten.

Einen Moment lang stand sie reglos da und konnte ihr Glück kaum fassen. Sie war bereits im Vorhof der Hölle gewesen – und sie war noch einmal entkommen! Sie war gerade dem Teufel namens Ettore Baldi von der Schippe gesprungen. Mit der Hilfe eines Engels namens Fabrizio Straghetti.

Siena löste sich aus ihrer Erstarrung, schlich zur Bürotür, verharrte kurz horchend, öffnete sie dann leise und schlüpfte hinaus. Niemand zu sehen. Jetzt bloß keine Zeit verlieren! Sie eilte die breite Treppe nach unten und verwendete höchste Konzentration darauf, nicht zu stolpern. Sie huschte an einer offenen Tür vorbei und sah darin Baldi und Straghetti, die – beide mit dem Rücken zu ihr – einträchtig etwas begutachteten. Vermutlich die besagte Statue.

Schnell flitzte Siena eine weitere Treppe nach unten, wo sich die Toiletten befanden. Sie stürzte durch den Vorraum mit den Spiegeln und Waschbecken und sperrte sich in einer der Kabinen ein. Dort ließ sie sich auf den Klodeckel sinken und stützte ihren Kopf in beide Hände. Dann gab sie sich alle Mühe, mehrmals tief in den Bauch zu atmen, so wie Alessia es ihr schon gefühlt hundertmal erklärt hatte. Sie schloss die Augen. Ihr Kleid klebte unter den Armen und am Rücken von Schweiß durchnässt an ihrem Körper. Gut, dass sie den schwarzen Blazer darüber angezogen hatte und jetzt nicht mit riesigen Schweißflecken herumlaufen musste. Sie fuhr sich mit einer Hand durch die Haare am Nacken – auch die waren feucht. Siena merkte, dass sie trotz des Schwitzens fröstelte, sogar zitterte. Der Schweiß war an ihrem Körper eiskalt geworden. Sie zog den schwarzen, flauschigen Paschminaschal aus ihrer Tasche und legte ihn sich um die Schultern. Sie atmete wieder tief ein und aus und konzentrierte sich auf das Gefühl der wärmenden, weichen Wolle.

VORSATZ NUMMER 14

HANDY LAUTLOS BEI HERRENBESUCH

Einatmen. Ausatmen.

Das war knapp gewesen. *Verdammt* knapp! Bei dem Gedanken, dass Baldi schon vor der Bürotür gestanden hatte, die Hand vermutlich schon an der Messingklinke, zitterte Siena trotz des Schals noch stärker.

Einatmen. Ausatmen.

Und dann Straghettis Stimme. Ein weiterer Beinahe-Herzinfarkt! Was machte er hier? Und was hatte er da von Kunst gefaselt?

Einatmen. Ausatmen.

Türenschlagen und Gelächter rissen Siena aus ihrer Atemübung. Jemand hatte die Toiletten betreten, und sie vernahm zwei unterschiedliche Frauenstimmen. Eine der beiden sagte leise etwas, und das Gelächter hörte auf.

»Ist er *wirklich* im Safe House?« Eine helle, sehr junge Stimme.

»Wenn ich es dir doch sage!« Eine andere, etwas älter klingende Stimme.

»Ich dachte, er wäre krank.«

»Nein, glaub mir, da steckt mehr dahinter. Wäre ja nicht das erste Mal.«

Die ältere Stimme wirkte ein bisschen wichtigtuerisch. Siena wusste, wie viel manche Leute preisgaben, nur weil sie sich im Moment von dem Gefühl, interessant zu sein, mitreißen ließen. Sie hatte es bei ihren Berichten für *Toscana in Diretta* oft genug erlebt.

Sie spitzte die Ohren und bemühte sich, kein Geräusch zu machen.

Da sie grundsätzlich auf alles neugierig war, hätte sie jedes Toilettengespräch belauscht, wenn sich ihr die Chance bot. Aber *dieses* Gespräch … Sie wagte kaum zu atmen. Irgendetwas sagte ihr, dass das hier brisant war.

»Wirklich?«, hauchte die jüngere Stimme jetzt. »So etwas kommt öfter vor?«

»Wie dem auch sei.« Die Ältere schien sich bewusst geworden zu sein, dass sie nicht zu viel verraten durfte. »Lass uns rausgehen und noch etwas trinken.«

»Pierangela, komm schon«, warf die andere ein. »Du kannst mich doch nicht so neugierig machen und mich dann zappeln lassen. Wie lange bleibt Matteo denn nun im Safe House?«

Siena schlug sich die Hand vor den Mund. Beinahe wäre ihr ein Aufschrei entwischt. Matteo! Es ging tatsächlich um Matteo! Den Weg in Baldis Thronsaal hätte sie sich also sparen können – ein Toilettengang war viel effizienter.

»Hör zu.« Die Stimme der Frau, die gerade als Pierangela angesprochen worden war, wurde ernst und eindringlich. »Er bleibt, solange es eben nötig ist. Und du …« Siena hörte ein Rascheln. Hatte Pierangela die Kollegin vielleicht am Arm gepackt, ihre Hand genommen? »… du vergisst am besten alles, was ich gesagt habe, capito? Fünf *Dante-Drinks* waren vielleicht doch zu viel …«

Die Tür öffnete und schloss sich, die Stimmen verklangen.

Siena atmete hörbar aus. Zum Glück waren die beiden nicht auf die Idee gekommen zu schauen, ob eine der Kabinen besetzt war. Und zum Glück hatten sie sich offenbar nur vor dem Spiegel Lippenstift aufgetragen oder die Frisuren gerichtet und sich den Toilettenkabinen nicht einmal genähert.

Langsam stand Siena auf. Matteo war also in irgendeinem *Safe House*, was immer das bedeuten mochte. Der englische Begriff hatte im Gespräch der beiden Frauen wie ein Fremdkörper geklungen, und Siena verband damit eigentlich nur vage irgendeinen Thriller, den sie einmal gesehen hatte. Sie verband damit jedenfalls nichts, was in der Realität und in ihrem Leben vorkam. Sie holte schnell ihr Smartphone aus der Tasche und setzte sich noch einmal auf den Klodeckel. *Safe House* tippte sie ins Fenster der Suchmaschine. »Casa Sicura«, las sie leise, »konspirative Wohnung, genutzt zu illegalen oder konspirativen Zwecken …« Sie ließ das Handy sinken. Also das war jetzt wohl echt übertrieben.

Konspirativ? Matteo war doch kein Spion.

Kriminell? Und er gehörte wohl auch nicht dem organisierten Verbrechen an. Oder?

Siena stand auf und strich sich das Kleid glatt. Nein, der Begriff *Safe House* musste eine Art Scherz gewesen sein, beschloss sie. Vielleicht handelte es sich dabei um ein Büro, in dem Mitarbeiter in Ruhe an besonderen Fällen arbeiten oder ganz diskret wichtige Klienten treffen konnten. Vielleicht war Matteo zu irgendeinem superwichtigen Auftrag verdonnert worden und durfte sich bei niemandem melden, überlegte sie, während sie langsam die Kabine verließ. Nein, auch das klang zu sehr nach einem Thriller. Aber zumindest bedeutete die Tatsache, dass Matteo in diesem Safe House war, doch vermutlich immerhin, dass er lebte und dass er auch irgendwann wieder zurückkommen würde. Das waren doch gute Nachrichten!

Mit neuem Schwung trat Siena vor den Spiegel. Jetzt musste sie nur noch herausfinden, was oder wo dieses Safe House war, und dann dorthin fahren und Matteo kräftig in den Hintern treten, damit er sich endlich bei Sara meldete.

Sie musterte sich selbst kritisch. Ihr Augen-Make-up war ein wenig verschmiert, doch mit etwas Wasser und einem Papierhandtuch ließ sich das schnell in Ordnung bringen. Dann fuhr sie sich durch die Haare, rückte den Schal zurecht und schloss die Knöpfe ihres Blazers. Entschlossen hängte sie sich ihre Tasche um und nickte sich selbst zu. Sie musste jetzt nur noch nach oben gehen und elegant und unauffällig verschwinden, bevor sie Baldi oder Straghetti in die Arme laufen konnte. Bei Davide und Alessandro würde sie sich dann einfach später per WhatsApp entschuldigen … Kopfschmerzen oder irgendetwas in der Art.

Siena hatte wieder den Empfangsraum mit dem Tresen im Erdgeschoss erreicht und ging schnurstracks auf den Eingang der Villa zu. Mist. Diese Tür war verschlossen. Ihr blieb also nichts anderes übrig, als wieder durch den Garten zu gehen. Vorsichtig näherte sie sich den Flügeltüren und spähte auf die Terrasse. Leider wurde natürlich sofort einer der Türsteher auf sie aufmerksam, nickte ihr zu und bedeutete mit einem Schritt zur Seite, dass sie auf die Veranda heraustreten konnte. Schnell ging sie die Treppe nach unten in den Garten und wollte sich direkt nach rechts wenden, wo der Weg um die Villa herum wieder zum Pfad durch den Vorgarten und nach draußen auf die Straße führte.

Doch leider unterbrach ein spöttisches »Siena – scusa, *Carla*« ihre eilige Flucht, und sie blieb widerwillig stehen. »Wo bist du die ganze Zeit?«, fragte Davide. »Hast du das komplette Buffet leer gegessen?« Er lachte. Siena verdrehte die Augen und nahm sich jetzt doch einen *Dante-Drink* von einem in diesem Moment vorbeischwebenden Tablett. Sie würde sich noch mit einem Schluck stärken für den Heimweg, ihre Nerven etwas beruhigen und dann –

In diesem Moment griff jemand nach ihrem Arm. Der Griff war fester, als es üblich, höflich oder angenehm gewesen wäre, und noch bevor Siena sich umdrehte, wusste sie, dass sie in ein Gesicht mit lebhaften, doch gleichzeitig eiskalten Augen und einem Spitzbart schauen würde. Baldi lächelte nicht, als er sagte: »Signorina, wir kennen uns doch?« Siena versuchte, seinen Arm abzuschütteln, doch sein Griff war unerbittlich.

»Was wollen Sie hier?«, zischte er, und Siena begann wieder zu schwitzen. Doch in diesem Moment schaltete sich Davide ein. Mit einer schwungvollen Geste schob er Siena beiseite und streckte gleichzeitig Ettore Baldi seine Hand entgegen. Dem blieb nichts anderes übrig, als Siena loszulassen, wenn er nicht auf seiner eigenen Party für einen Skandal sorgen wollte. »Ich freue mich so sehr, Sie wiederzusehen, Signore Baldi«, rief Davide enthusiastisch und deutete eine kleine Verbeugung an. »Bitte lassen Sie mich erzählen, seit wann ich Ihr größter Fan bin.« Mit diesen Worten trat er vor Siena und schob sie mit einer Hand noch weiter weg. *Hau ab*, bedeutete diese Geste. *Ich übernehme hier.* Dann legte er Baldi einen Arm auf die Schulter und begann, leise und intensiv auf ihn einzureden.

Siena war vollkommen verdattert. Davide hatte sie gerettet! Jetzt nichts wie weg. Sie musste nur noch diesen Drink loswerden, den sie immer noch in der Hand hielt.

»Signora Carciofine«, sagte Straghetti in diesem Moment direkt hinter ihr. Siena zuckte zusammen, machte einen Schritt zur Seite, stieß mit einem Partygast zusammen, und der Inhalt des Glases schwappte über ihren Paschminaschal. Langsam drehte sie sich um und zwang sich, Straghetti in die Augen zu schauen. Ihr Herz schlug einen kleinen Purzelbaum, und sie konnte einen Moment lang nichts sagen.

»Einer zu viel?«, fragte Straghetti und deutete auf Sienas Glas.

Wie bitte? Siena glaubte, sich verhört zu haben. *Einer zu viel?* Das war seine Begrüßung? Sie holte Luft und wollte eine gesalzene Antwort geben, doch Straghetti kam ihr zuvor. Er trat näher an sie heran und sagte leise: »Anders kann ich es mir kaum erklären, dass Sie versehentlich in Baldis Büro gestolpert sind.«

Siena hätte beinahe das leere Glas fallen lassen. Sie starrte ihn an. »Was? Wie?«, stotterte sie.

»Sie wissen genau, was ich meine. Aber ich frage Sie: Was soll das? Trinken Sie auf Feiern grundsätzlich einen über den Durst und stolpern in irgendwelche unmöglichen Situationen, stürzen von Barhockern, landen in fremden Büros oder …«

Siena hatte genug gehört. Sie konnte nicht ertragen, dass er so mit ihr sprach, und außerdem registrierte sie aus dem Augenwinkel, dass Davide ihr Handzeichen gab, die wohl bedeuteten, dass sie endlich abhauen sollte. Und tatsächlich: Baldi löste sich aus der Unterhaltung, warf noch einen Blick in ihre Richtung und ging dann zur Treppe, die zur Veranda führte. Blindlings ergriff sie die Flucht. Sie ließ Straghetti einfach stehen, stellte ihr halbvolles Glas im Vorbeigehen auf einem Tisch ab, hastete den kleinen Weg entlang um die Villa herum und schnurstracks in Richtung Straße.

Endlich weg hier, nichts wie weg.

»Siena!«

Na wunderbar. Ihren unauffälligen Abgang hatte sie sich anders vorgestellt, aber an jeder Ecke schien ihr jemand aufzulauern. Dieses Mal war es Martina, die leise, aber eindringlich ihren Namen gerufen hatte. Sie hatte sich im Dunkeln an einen Baumstamm gelehnt und rauchte. Hatte sie hier auf sie gewartet? Jetzt machte sie einige schnelle Schritte auf Siena zu und flüsterte: »Du hast doch nach Matteo gefragt, als du gestern in der Kanzlei warst. Bist du eine Freundin von ihm?«

Siena nickte. »Meine beste Freundin … Sara … Sie ist seine Frau, und sie hat seit Tagen nichts von ihm gehört.« Siena konnte nichts dagegen tun: Sobald sie über Sara sprach, stiegen ihr wieder Tränen in die Augen.

Martina musterte sie eindringlich. Ihre dunklen Augen wirkten fast schwarz, und der hellblaue Lidschatten blitzte im Kontrast dazu metallisch auf. Sie nickte langsam. Dann drückte sie Siena einen Zettel in die Hand. »Melde dich. Wir müssen reden – aber nicht hier.«

Mit diesen Worten ging sie schnell wieder den Weg entlang in Richtung Garten zurück und war Sekunden später verschwunden. Siena schaute verdattert auf den Zettel, auf den Martina eine Handynummer gekritzelt hatte. Sie steckte ihn in ihre Blazertasche und ging endlich den Pfad entlang in Richtung Ausgang, ohne dass noch einmal jemand dazwischenkam. Eine Sekunde lang hoffte sie, Straghetti würde ihr nachlaufen, aber nein: Das würde dieser arrogante Stronzo niemals tun, und es war auch besser so.

Oben am Fenster der Villa im ersten Stock bewegte sich kaum merklich ein Schatten am Fenster.

Sienas Wut war auch nach dem mehr als zwanzigminütigen, strammen Fußmarsch nach Hause noch nicht weniger geworden. Und es verbesserte ihre Laune nicht gerade, dass sie sich auf dem Heimweg, mitten auf der Piazza Santa Croce, dazu hatte hinreißen lassen, Luca anzurufen. Sie war am Ristorante *Il Papagallo* vorbeigelaufen, wo sie im Sommer ein ziemlich vermurkstes Date mit ihm gehabt hatte – und irgendwie hatte sie der Wunsch überkommen, sich mit einem Mann zu verabreden, der sich zumindest ansatzweise für sie interessierte. Sie hatte zwar direkt noch vor dem ersten Klingeln wieder aufgelegt, aber trotzdem. Sie wollte keine Stronza sein, die sich nur aus Trotz mit jemandem verabredete. So tief ließ der verdammte Straghetti *sie* nicht sinken!

Geladen stapfte sie die drei Stockwerke nach oben und knallte die Wohnungstür mit Schwung hinter sich zu. Zu spät fiel ihr auf, dass es ja schon fast elf Uhr war und jetzt vermutlich jeder in diesem Haus wach war, der schon geschlafen hatte. Egal.

»Ma che stronzo«, fluchte Siena und pfefferte ihre Tasche auf den Boden. Beinahe hätte sie sich selbst stranguliert, als sie sich den teuren Paschminaschal über den Kopf zerrte, ohne ihn vorher aufzuwickeln. Er war klebrig vom verschütteten Drink. Sie warf ihn ebenfalls auf den Boden Was für ein Idiot! Sie schleuderte ihre Stiefel hinterher. »Merda, merda, merda«, rief sie auf dem Weg ins Bad und zog sich beim ersten »Merda« das Kleid über den Kopf, beim zweiten stieg sie aus der Strumpfhose, und beim dritten schlüpfte sie aus der Unterwäsche.

Sie betrat das Bad und stellte sich unter die Dusche. Sie musste sich dringend abkühlen und vor allem den ganzen Angstschweiß, der immer noch an ihr klebte, wegspülen. Doch schon beim ersten kühlen Strahl zuckte sie zusammen und stellte das Wasser doch lieber auf lauwarm. Sie schloss die Augen und stellte sich direkt unter den Strahl. Dann eben nicht abkühlen, sondern nur alles abwaschen. Die ganze Wut. Die Angst, die sie gespürt hatte, als Baldi kurz davor gewesen war, sie in seinem Büro zu ertappen. Diese Angst, die ihr fast den Atem geraubt hatte. Und dann war da noch etwas, was sie abwaschen musste: das Gefühl, das sie überschwemmt hatte, als sie Straghettis Stimme gehört hatte. Das Gefühl, das sie bei jeder Begegnung mit ihm überschwemmte und gegen das sie sich nicht wehren konnte – was sie wiederum wütend machte. Siena stellte fest, dass sich mit dem lauwarmen Wasser auf ihrem Gesicht auch heiße Tränen mischten. Wo kamen die denn jetzt her? Die hatten hier nichts zu suchen! Siena stellte das Wasser ab, aber die Tränen ließen sich leider nicht so einfach ausschalten. »Basta«, flüsterte sie, stieg aus der Dusche und trocknete sich langsam ab.

»L'amore ci cambia la vita«, sagte sie zu ihrem Spiegelbild und bürstete sich mit Nachdruck die feuchten Haare Sie zog den alten gelben Bademantel an und musste sich erneute Tränen verkneifen, weil auch dieser Bademantel sie an Fabrizio Straghetti erinnerte. Immerhin hatte sie genau den getragen, als Straghetti sie unten auf der Straße aufgegabelt hatte. Nachdem sie hier oben völlig auf sich gestellt einer Psychopathin entkommen war. Und damals hatte er sie so besorgt angeschaut und dann im Treppenhaus ...

Siena schluckte und versuchte, im Spiegel den Todesblick der Nonna zu imitieren. »Basta«, wiederholte sie streng.

In diesem Moment klingelte es.

Vielleicht war es, weil Siena gerade an die verrückte Dana gedacht hatte. Vielleicht war es auch, weil sie im Moment nervlich instabil war. Jedenfalls erschrak Siena bei diesem Klingelgeräusch fast zu Tode. Es brauchte mehrere tiefe Atemzüge und einen inneren, sehr strengen Appell an Numero Quattro, bevor sie es überhaupt wagte, vorsichtig in Richtung Wohnungstür zu schleichen. Als sie die Tür fast erreicht hatte, klopfte jemand leise dagegen. Siena blieb wie angewurzelt stehen und dachte an die Zeit, in der Dana, die Stalkerin, ihr ständig rote Rosen vor die Tür gelegt hatte. Doch der Schreck, der ihr bei der Erinnerung daran in die Knochen fuhr, war nichts gegen den Schock, der folgte, als sie eine Stimme hörte.

Eine raue, tiefe, ruhige Stimme.

Zum zweiten Mal an einem Abend verursachte genau diese Stimme bei ihr beinahe einen Herzinfarkt.

»Signora Carciofine?«

Wie ferngesteuert öffnete sie, ohne nachzudenken, ihre Wohnungstür.

Straghetti hatte nicht nachgedacht, während er den Weg in die Via Ghibellina quasi im Dauerlauf zurückgelegt hatte. Er wollte doch nur, dass endlich Schluss war mit all diesen vermurksten Begegnungen und unkontrollierten Zwischenfällen. Er hatte nicht überheblich sein wollen, aber diese Frau raubte ihm den letzten Nerv. Und er wollte nur klarstellen, dass …

Ja, was eigentlich? Jetzt, wo er das Haus erreicht hatte, dessen schwere Holztür zum Glück nicht ganz zugeschnappt war, sodass er ins Treppenhaus gelangen konnte, wurden seine Schritte langsamer. *Was genau* wollte er eigentlich klarstellen? *Was genau* wollte er der Frau, die die Freundin seines Kollegen war, jetzt um elf Uhr nachts an ihrer Wohnungstür eigentlich sagen?

Er zögerte, aber er hatte den dritten Stock bereits erreicht. Genau hier hatte er sie umarmt, und sie hatte diese Umarmung auch erwidert, er war sich ganz sicher. Konnte es sein, dass die Geschichte mit Luca Bruni doch nicht so ernst war, oder …

Straghetti war so in Gedanken versunken gewesen, dass er einfach den Klingelknopf gedrückt hatte, automatisch und ohne zu überlegen. Jetzt gab es kein Zurück mehr.

Auf das Klingeln hin blieb in der Wohnung alles still. Bestimmt schlief sie schon. Oder sie war gar nicht nach Hause gegangen. Vielleicht war sie bei Bruni. Bestimmt sogar.

Da! Ein leises Geräusch. Er klopfte. »Signora Carciofine?«, sagte er.

Als sich die Wohnungstür öffnete, verschlug es ihm kurz die Sprache.

Sie trug den abgewetzten gelben Bademantel, den sie auch an jenem Abend im Treppenhaus getragen hatte. Und er war ein wenig zu locker gebunden und …

Straghetti zwang sich, sofort den Blick abzuwenden und ihr in die Augen zu sehen. Diese Augen waren auch so etwas, was ihm den letzten Nerv raubte. So vieles hatte er in ihnen schon gesehen: Belustigung, Spott, Ärger, Traurigkeit, Verlegenheit, Verwirrung, Angst, Wut, Verletztheit. Und das, obwohl er Siena Carciofine – er überlegte kurz – insgesamt erst sechs Mal begegnet war. Er fragte sich, was sich in diesen Augen noch alles verbarg. Und er fragte sich, warum er sofort wusste, wie oft er ihr bisher begegnet war.

»Siena«, sagte sie streng.

»Wie bitte?«, fragte Straghetti verwirrt.

»Hören Sie auf, mich Signora Carciofine zu nennen, sonst fühle ich mich jedes Mal wie in einem Vorstellungsgespräch. Oder bei Ihnen vielleicht eher wie in einem Verhör. Ich heiße Siena.«

»Va bene«, erwiderte er.

Als Siena ihn vor sich sah, dachte sie für einen kurzen Moment, sie würde ohnmächtig werden. Doch dann wurde sie zum Glück sofort wieder wütend. Sie dachte daran, wie herablassend seine Stimme geklungen hatte und wie verächtlich er auf ihr Glas geschaut hatte. Und jetzt kam dieser Stronzo einfach hierher und machte wieder einen auf förmlich? *Signora Carciofine?*

Und als sie ihn darauf hinwies, sie doch beim Vornamen

zu nennen, besaß er tatsächlich die Frechheit zu grinsen. Was gab es denn da zu grinsen?

Siena zog den Bademantel enger um sich. Mist, der war etwas zu locker gebunden gewesen. Aber dieser Typ schaute sie ja sowieso nicht richtig an, weil er sie für eine unberechenbare Alkoholikerin hielt. Wieder kochte die Wut hoch.

»Und übrigens«, schleuderte sie ihm entgegen, »ich bin *nicht* betrunken. Ich habe keinen Tropfen Alkohol getrunken. Den Drink habe ich über meinen Schal gekippt. Und es wäre mein *erster* an dem Abend gewesen.« Sie behielt ihren strengen Blick bei und hoffte, dass sie möglichst würdevoll aussah. »Leider«, fügte sie hinzu.

Straghetti sah einen Moment lang so aus, als müsste er sich ein erneutes Grinsen verkneifen, aber er behielt seine Mimik unter Kontrolle.

»Ich bin hier, um mich zu entschuldigen«, sagte er.

Das warf Siena etwas aus der Bahn, denn ihre Wut drohte bei diesen Worten sofort zu verrauchen. Sie sagte lieber nichts, sondern hielt den Bademantel am Dekolleté fest zu.

Straghetti räusperte sich. »Ich wollte wirklich nichts sagen, was Sie verletzen könnte, Signora … ich meine … *Siena.*«

Siena lehnte sich an die Wand im Flur. Er hatte das erste Mal ihren Vornamen ausgesprochen, und dieser verhasste Name, den ihre Mutter ausgewählt hatte, weil sie unbedingt originell hatte sein wollen, klang aus seinem Mund plötzlich wie der schönste Name der Welt.

Straghetti schwieg, und Siena fiel nach einigen Sekunden der Stille auf, dass sie wohl an der Reihe war, etwas zu sagen. »Wollen Sie reinkommen?«, fragte sie, weil ihr nichts anderes einfiel.

Falls Fabrizio Straghetti über die Einladung erstaunt war, ließ er sich das kein bisschen anmerken. »Sehr gerne«, erwiderte er und betrat die Wohnung. Sein Blick streifte die Klamotten, die immer noch auf dem Boden verstreut im Flur lagen, aber auch hier ließ er sich keine Verwunderung anmerken. Eventuell blieb sein Blick an der schwarzen Unterwäsche eine Sekunde länger hängen, aber Siena hätte es nicht beschwören können.

»Ich hatte es eilig, ich wollte unter die Dusche«, murmelte sie verlegen und bugsierte ihn schnell in die Küche, wo sie ihm einen der beiden Barhocker anbot. Dann holte sie eine Flasche Rosato aus dem Kühlschrank und stellte zwei Weingläser auf den kleinen Tisch.

»*Ich* habe heute ja noch nichts getrunken«, bemerkte sie, während sie einschenkte, und warf Straghetti den Blick zu, den sie vorhin vor dem Spiegel geübt hatte. Und auch wenn er natürlich lange nicht dem Todesblick ihrer Nonna das Wasser reichen konnte, so zeigte er doch Wirkung.

»Ancora scusi, Siena. Entschuldigung noch einmal«, sagte Straghetti und hob sein Glas. Doch statt zu trinken, stellte er plötzlich sein Glas noch einmal energisch ab, beugte sich über den Tisch etwas näher zu ihr und sah sie sehr ernst und sehr eindringlich an. »Es war nicht nett, was ich zu Ihnen gesagt habe. Aber dass Sie sich davor hüten sollten, sich ausgerechnet in Ettore Baldis Büro zu schleichen, das habe ich ernst gemeint!«

Siena musste sich konzentrieren, irgendetwas Sinnvolles zu erwidern, da sein intensiver Blick ihre Gehirnzellen lahmzulegen schien. »Woher wussten Sie das überhaupt?«

Er zuckte mit den Achseln. »Ich wusste es nicht. Aber Ihre Reaktion auf der Feier hat mir gezeigt, dass ich goldrichtig lag.«

Na toll. Wo konnte man sich gleich noch einmal zum *Grundkurs Pokerface* anmelden?

»Ich hatte so ein Gefühl, als zuerst Sie und dann Baldi in die Villa gegangen sind, beide so eilig«, fuhr Straghetti fort und hob noch einmal die Schultern. »Ich kann mich auf mein Gefühl meistens verlassen, beruflich bedingt vermutlich, und deshalb bin ich Baldi lieber gefolgt.«

»Ach so?« Erst jetzt fiel bei Siena endgültig der Groschen. »Sie haben das alles absichtlich gemacht? Das Gespräch mit Baldi und …«

»Natürlich«, unterbrach Straghetti sie. »Ich wollte Ihnen die Gelegenheit geben zu verschwinden. Nur für den Fall, dass Sie in der Klemme steckten.«

»*Deshalb* dieses Gerede über Statuen und die Renaissance. Ich habe mich schon gewundert!«

»Wie bitte? Trauen Sie mir etwa nicht zu, dass ich mich für Kunst interessiere?« Straghetti grinste, und die Ameisen auf Sienas Armen setzten zu einer Zumba-Einheit an. Doch dann wurde er wieder ernst. »Was ich aber nicht weiß: Warum waren Sie in Baldis Büro? *Warum?* Siena … falls das wieder so eine private Ermittlung von Ihnen werden soll: Lassen Sie es. Lassen Sie es jetzt sofort!« Er sprach so eindringlich, dass Siena ein wenig erschrak.

»Ich meine es ernst«, bekräftigte er noch einmal. »Die Sache mit dem Rosenkavalier war schon gefährlich genug. Ich lasse nicht zu, dass Sie sich noch einmal in so große Gefahr bringen.«

Siena war hin- und hergerissen. Sie musste einerseits zugeben, dass sie es durchaus ziemlich charmant fand, wie er sich um sie sorgte. Und er hatte ihr in der Villa den Hintern gerettet. Andererseits …

Sie holte tief Luft und schaute ihm in die Augen. Sie war Numero Quattro, verdammt noch mal. »Vielen Dank, aber ich kann ganz gut auf mich selbst aufpassen«, sagte sie.

»Das habe ich gesehen«, erwiderte er trocken.

In Siena meldete sich dezent die Wut zurück. »Ich hatte mich nur verlaufen«, log sie.

Straghetti seufzte. »Ich will mich nicht schon wieder streiten. Ich bin ja schließlich hierhergekommen, um Frieden zu schließen.«

Er hob sein Glas, lächelte sie an, und Siena spürte, wie die Ameisen all ihre Wut direkt wieder niedertrampelten. Lästige Viecher. Und ganz schön stark, wenn sie so in Massen auftraten.

Schnell trank sie ihr Glas in einem Zug halb leer. Vermutlich hätte sie jetzt so etwas wie *Va bene, Fabrizio* antworten sollen, aber sie konnte Straghetti einfach nicht Fabrizio nennen.

Plötzlich fiel ihr der Sommer ein, den sie bei ihrer Studienfreundin Sabine in Heidelberg verbracht hatte. Dort hatten an einem lauschigen Abend im Weinlokal Sabines Onkel und alle seine Freunde mit Siena angestoßen und darauf getrunken, dass sie sich jetzt duzten und nicht mehr siezten. Und alle hatten freudig die Gelegenheit ergriffen, ihr feuchte Schmatzer auf die Wange zu drücken (weil Siena geistesgegenwärtig jedes Mal schnell genug den Kopf zur Seite gedreht hatte), »weil das Küssen beim Brüderschaft-Trinken eben dazugehört«, wie sie einstimmig erklärt hatten.

Ob man das auch schnell in Italien einführen konnte?, überlegte Siena und betrachtete Straghetti. Und ob es vielleicht auch galt, wenn man sich statt des Nachnamens von nun an beim Vornamen nannte, obwohl man sich ansonsten weiter siezte? Dann wäre er quasi *gezwungen*, sie endlich zu küssen ...

Siena erstarrte. Hatte sie diesen Gedanken etwa gerade laut ausgesprochen? Oder warum war die Stille in der Küche plötzlich so laut, und warum schien die Luft zu knistern? Warum schaute Straghetti sie mit diesem schwer deutbaren Blick an, ließ sie nicht mehr aus den Augen, streckte seine Hand aus und strich mit seinem Finger über ihren Handrücken?

Pling!

Noch nie war ein Handyton schriller gewesen.

Und jetzt begann das blöde Teil auch noch, aufdringlich zu surren. Siena und Straghetti schauten gleichzeitig auf das Display von Sienas Smartphone, das auf dem kleinen Tisch direkt neben ihren Händen lag.

Neben ihren Händen, die sich immer noch berühren.

Luca Bruni ruft an, stand auf dem Display.

Straghetti zog seine Hand sofort zurück und stand auf. Siena blieb sitzen und starrte das Handy an wie ein Kaninchen die Schlange.

Straghetti räusperte sich. »Gehen Sie ruhig ran, ich finde alleine hinaus.«

Und noch bevor Siena irgendetwas einfiel, was sie hätte sagen können, war er verschwunden, und sie hörte, wie die Wohnungstür hinter ihm ins Schloss fiel.

VORSATZ NUMMER 15

PRIORITÄTEN SETZEN

Irgendetwas war heute anders, das spürte Siena ganz genau. Sie tastete nach dem Knopf in ihrem Ohr, aus dem sie jeden Moment neue Instruktionen des Comandante erwartete.

Wobei …

Genau das war der Punkt! Siena hatte so ein Gefühl, dass heute eine andere Stimme in ihrem Ohr erklingen würde. Ruhig, ein bisschen rau …

Es knisterte leise, und Siena zuckte zusammen.

Erneute Stille.

Sie zupfte nervös an ihrem schwarzen Overall herum. Den Reißverschluss hatte sie aus unerfindlichen Gründen heute beinahe nicht zubekommen, und bei den Nähten an den Oberschenkeln hatte sie ein wenig Sorge, dass sie ruckartigen Bewegungen nicht mehr standhalten würden, aber immerhin: Sie steckte im Anzug, und ihre Füße mit den schwarzen, schweren Stiefeln standen auf dem Fenstervorsprung, von dem aus es zehn Meter in die Tiefe ging. Siena kontrollierte erneut, ob ihr Seil korrekt gesichert war, und spähte nach unten. Doch da herrschte nur Dunkelheit.

Dunkelheit und Stille.

Erneut tastete Siena nach dem Knopf in ihrem Ohr. Was war nur mit dem Comandante los? Wenn er nicht bald sein Okay gab, dann würde sich die Operation zu sehr verzögern, und dann …

»Numero Quattro?«, knarzte da die vertraute Stimme aus dem Mikrofon. Siena spürte ein Kribbeln in ihrem Nacken. Sie spürte doch, dass heute noch etwas passieren würde, etwas Unerwartetes, etwas Prickelndes. Und tatsächlich: Erneut knisterte es in ihrem Ohr, und dann sagte die andere Stimme – die Stimme, auf die sie gewartet hatte –: »Siena!«

Sie bekam weiche Knie. *Verdammt noch mal, Numero Quattro*, schalt sie sich. *Du stehst an einer Hausfassade in zehn Metern Höhe. Außen. Du kannst dir jetzt keine weichen Knie erlauben.* Sie lehnte sich an die Wand und atmete tief in den Bauch.

»Siena, wir treffen uns in zehn Minuten am …«

Rauschen. Knistern.

»Wo?«, fragte sie atemlos. »Wo treffen wir uns?«

Doch bevor die Stimme noch einmal etwas sagen konnte, zerriss ein schriller Klingelton die Nacht. Was zum Teufel war das? Siena sah sich hektisch um. Die Operation musste abgebrochen werden, sie waren aufgeflogen. So ein Mist! Das Klingeln hörte einfach nicht auf, und jetzt brüllte die genervte Stimme des Comandante in ihr Ohr: »Verdammt noch mal, Numero Quattro, was soll das? Hier ruft ständig ein Luca Bruni für Sie an!«

Siena erschrak über das plötzliche Gebrüll so sehr, dass sie einen unüberlegten Schritt nach vorne machte, taumelte, schwankte – und stürzte …

Mit einem Ruck fuhr Siena im Bett hoch. Sie brauchte einen Moment, um sich zu orientieren. Doch als sie realisiert hatte, dass sie sich in ihrem Schlafzimmer in der Via Ghibellina befand, wurde die Sache nicht besser: Sofort fielen ihr die Ereignisse des Vorabends ein.

Sie wälzte sich aus dem Bett und tappte barfuß in die Küche. Ja, Tatsache: Dort standen zwei Weingläser auf dem Bistrotisch, die ihr Herz sofort höherschlagen ließen. Das hatte sie zumindest nicht nur geträumt, Straghetti war tatsächlich hier in ihrer Wohnung gewesen. Sie dachte daran, wie seine Hand ihre berührt und wie er sie angesehen hatte, und dann …

»Verdammter Luca Bruni«, fluchte Siena laut, während sie Wasser in die Kaffeekanne laufen ließ. Warum hatte er sie so spät noch angerufen? Was bildete der sich eigentlich ein? Sie knallte die Kanne auf den Herd und setzte sich auf einen der Barhocker. Und dann dämmerte ihr der Anruf auf der Piazza Santa Croce … Anscheinend hatte sie den Anruf doch nicht vor dem ersten Klingeln wieder beendet. Die Erkenntnis, dass Luca sie nur umgehend hatte zurückrufen wollen, verursachte in ihr ein zartes schlechtes Gewissen, das ihre allgemeine Frustration nur noch steigerte.

Sie hievte sich vom Hocker hoch, schlurfte ins Bad, stellte sich vor den Spiegel und zwirbelte sich ihre verwuschelten Haare zu einem Dutt zusammen. Dann betrachtete sie sich einen Moment lang und zog fragend die Augenbrauen hoch. Was sollte sie denn jetzt machen?

Straghetti kontaktieren? Aber wie? Und was sollte sie ihm sagen? *Der Anruf von Luca Bruni hatte nichts zu bedeuten, können Sie bitte zurückkommen, und wir machen genau da weiter, wo wir aufgehört haben?*

Der Kaffee begann in der Küche zu brodeln, und Siena sprintete dieses Mal rechtzeitig zum Herd, goss ihn in eine Tasse und nippte daran. Bilder der Party tauchten in ihrer Erinnerung auf, Gesprächsfetzen und flüchtige Eindrücke. Sie ging zum Fenster, öffnete es und atmete die kühle Herbstluft ein. Sie lehnte sich an den Rahmen und betrachtete das Treiben unten auf der Via Ghibellina. Autos, Motorinos, Gelächter, Geschrei. Wenn sie sich ein wenig nach vorne beugte, dann konnte sie das Café nebenan sehen, wo Piero gerade ein paar Tische und Stühle in die Sonne stellte. Aus dem Inneren des Cafés wehte Eros Ramazzotti auf die Straße und bis zu ihr hinauf – ein probates Mittel, um Touristen anzulocken. »Se bastasse una bella canzone«, summte Siena leise mit. Ein Mann mit einem kleinen Mädchen an der Hand kam aus dem Lebensmittelladen gegenüber und erregte ihre Aufmerksamkeit. Ihr Summen verstummte, und sie musste schlucken. Die beiden erinnerten sie an Matteo und an dessen Tochter im etwa gleichen Alter – ihr Patenkind Emilia.

Sollte sie nicht lieber direkt erst einmal Martina anrufen und ein Treffen vereinbaren? Ihr Bauchgefühl sagte ihr, dass das für die Suche nach Matteo der beste nächste Schritt wäre, und sie brauchte unbedingt Ergebnisse, bevor sie Sara das nächste Mal unter die Augen trat. Siena trank langsam ihren Kaffee, und mit jedem Schluck wurde sie wacher, und ihre Gedanken wurden klarer. Sie beobachtete den Vater mit seiner Tochter, bis sie aus ihrem Blickfeld verschwunden waren. Und als die Tasse leer war, stand ihr Entschluss fest: Das ganze Kuddelmuddel mit Straghetti musste warten. Matteo war im Moment wichtiger, und sie würde sich heute ganz darauf konzentrieren.

Leider kamen gleich zwei Notrufe dazwischen, die diesen Plan zunichtemachten und Siena von Martina und Matteo ablenkten. Und das sollte sie später bitter bereuen.

Der erste Notruf erreichte Siena in dem Moment, als sie ihre leere Kaffeetasche abstellte, und war noch einigermaßen harmlos.

»Siena?«

»Ciao nonna, come stai?«

»Kannst du kommen?« Die Stimme der Nonna klang atemlos, und Siena erschrak einen Augenblick. Doch die nächsten Worte ihrer Großmutter beruhigten sie sofort. »Gianni hat mir gesagt, dass er heute Nachmittag einen Termin hat. Aber er hat mir nicht gesagt, was er genau vorhat.« Die Nonna legte eine bedeutungsschwangere Pause ein. In diesem Moment fiel Siena die ganze Hühner-Misere wieder ein, und sie musste grinsen. Das Chickengate hatte sie vor lauter Matteo, Baldi und Straghetti ganz vergessen. »Verstehst du denn nicht, was ich meine?«, fragte die Nonna ungeduldig.

»Doch, natürlich. Du hast da ja noch ein Hühnchen mit ihm zu rupfen«, erwiderte Siena und musste sich ein Lachen verkneifen.

»*Lachst* du etwa?«, fragte die Nonna scharf.

Siena rollte die Augen. Warum konnte man dieser Frau nie etwas verheimlichen? »Nein, natürlich nicht«, antwortete sie hastig.

»Meno male«, knurrte die Nonna, »das ist auch besser so. Du wirst mir nämlich heute helfen.«

Siena schwante nichts Gutes. »Wie soll ich denn …«

»Du hast doch dieses Wochenende frei, oder?« Die Nonna formulierte es nicht als Frage, sondern als Feststellung.

Siena nickte ergeben, da sie inzwischen sowieso davon ausging, dass die Nonna sie auf mysteriöse Weise auch durchs Telefon sehen konnte. Es schien auch tatsächlich zu klappen, denn ihre Großmutter beantwortete ihr Nicken umgehend mit einem zufriedenen »Eben. Du kannst also heute kommen und Gianni beschatten«.

»Ich soll was?«, protestierte Siena schwach. Sie wusste sowieso, dass es zwecklos war.

»Du hast selbst gesagt, dass du mir hilfst! Du willst doch sonst auch immer Ermittlerin spielen. Also, tu das jetzt auch mal für deine alte Nonna.«

»Jaja, schon gut. Ich komme«, lenkte Siena ein.

»Meno male«, knurrte die Nonna erneut – aber Siena hatte den Eindruck, dass es ihre Großmutter heute ein wenig Mühe kostete, ihr gewohntes Maß an Strenge und Resolutheit an den Tag zu legen.

L'amore ci cambia la vita.

Siena seufzte. Doch kurz bevor sie auflegte, sagte sie noch schnell in den Hörer: »Nonna? Machst du Spaghetti Carbonara?«

Der zweite Notruf erreichte Siena, als sie sich gerade Jeans, T-Shirt und die gelbe Strickjacke angezogen hatte und unter dem Bett nach ihrem zweiten Turnschuh suchte. Und dieser Anruf war wesentlich besorgniserregender als der erste.

Siena stieß sich den Kopf am Bett, als sie zu hastig hervorkroch, um nach ihrem Handy auf dem Nachtschränkchen zu tasten.

Sie vergaß den schmerzenden Kopf vor Schreck, als sie Saras Namen auf dem Display sah, doch es half nichts. Sie musste rangehen und gute Miene zum bösen Spiel machen, bevor sie weitere Informationen über Matteos Aufenthaltsort hatte. Sie setzte ein breites Lächeln auf (sie hatte einmal gelesen, dass man ein Lächeln auch in der Stimme wahrnehmen konnte) und begrüßte Sara betont fröhlich: »Sara, cara! Wie geht es euch? Wie läuft es mit deiner Mutter, hat sie schon das ganze Haus neu sortiert oder erst das halbe?«

Stille.

»Sara?« Sofort war es mit der gespielten Fröhlichkeit vorbei, und Siena wurde nervös.

Sara räusperte sich. »Es geht uns einigermaßen … bis auf …« Sie räusperte sich erneut, und Siena fuhr fast aus der Haut vor Sorge und Ungeduld.

»Bis auf was?«

»Bis auf Emilia.«

Siena ließ sich aufs Bett sinken und schloss die Augen. »Was ist mit ihr?«

»Sie verhält sich so eigenartig, Siena.« Sara senkte ihre Stimme zu einem Flüstern: »Ich glaube, sie hat Wahnvorstellungen.«

»Wahnvorstellungen?«, wiederholte Siena verwirrt.

»Ja, wenn ich es dir sage! Sie sieht einen Mann bei uns im Haus. Sie sagt, er wäre in Matteos Arbeitszimmer gewesen.«

Siena versuchte, vernünftig zu denken. »Aber Sara, du kennst doch Emilias blühende Fantasie. Letztes Jahr hat sie doch auch felsenfest behauptet, dass in eurem Pool drei rosafarbene Seepferdchen wohnen.«

»Ja, schon ...« Sara klang zögerlich. »Aber sie hat ihn so genau beschrieben und meinte, er habe einen Anzug getragen wie Papa.« Ihre Stimme zitterte.

»Ich habe gelesen, dass Kinder sich in dem Alter oft imaginäre Freunde ausdenken«, erwiderte Siena bestimmt. »Das ist kein Grund zur Sorge.«

»Aber genau das ist es ja.« Sara fing an zu weinen. »Ich glaube, dass Emilia sich diesen Mann ausdenkt, um irgendwie Matteos Abwesenheit zu kompensieren. Sie leidet schrecklich, Siena. Und ich kann ihr ja noch nicht einmal sagen, wo ihr Papa ist, weil ich selbst keine Ahnung habe.« Das Weinen wurde kurz lauter, dann hörte Siena, wie Sara sich geräuschvoll die Nase putzte. »Sie sitzt jetzt in ihrem Bett und weigert sich, es zu verlassen. Sie möchte auch nicht mit mir reden.« Das Weinen war zurück.

»Ich komme«, sagte Siena. »Bin schon unterwegs.«

Sara sah so blass und elend aus, dass Siena sich große Mühe geben musste, ihr Entsetzen zu verbergen. Sie drückte die Freundin an sich und sagte betont locker: »Es wird mal wieder Zeit für eine ordentliche Pizza, cara mia. Du bestehst ja nur noch aus Haut und Knochen.«

Sara nickte und lächelte tapfer. »Mit dir jederzeit.«

Siena beschloss, dass es keinen Sinn hatte, die Sache unnötig hinauszuzögern, und fragte: »Ist Emilia immer noch in ihrem Bett? Kann ich raufgehen?« Sara nickte. »Ich habe meine Mutter mit Paolo auf den Spielplatz geschickt. Er merkt ja auch, dass ...« Sie redete nicht weiter, weil ihr Mund schon wieder zitterte. Siena ging ins Treppenhaus.

»Ich glaube, ich weiß, warum Emilia nicht mehr mit mir redet«, rief Sara ihr noch hinterher, und Siena blieb auf der ersten Treppenstufe stehen.

»Warum?«

»Ich habe blöd reagiert, als sie mir von dem Mann erzählen wollte. Emilia hatte sich unter Matteos Schreibtisch gesetzt, und sie darf eigentlich nicht in sein Arbeitszimmer. Also habe ich erst einmal nur geschimpft, statt zuzuhören.« Eine Träne kullerte über Saras Wange.

Siena betrachtete ihre Freundin einen Moment lang nachdenklich. Alle Tränen, die diese immer so starke, taffe Frau ihr ganzes bisheriges Leben noch nicht geweint hatte, schienen sich jetzt ihren Weg nach draußen bahnen zu wollen. Schnell ging sie zu ihr und nahm sie in den Arm. »Du darfst dir jetzt keine Vorwürfe machen, hörst du. Du trägst eine große Last, und wenn du zu streng mit dir selbst bist, dann wird sie unerträglich.«

Sara schluchzte. »Emilia ist bestimmt nur in sein Zimmer gegangen, weil sie Matteo nahe sein wollte. Du weißt doch, wie es zwischen den beiden ist.«

Ja, Siena wusste es. Sie dachte daran, wie sich der oft gehetzte und angestrengte Gesichtsausdruck von Matteo plötzlich entspannte, wenn er seine kleine Tochter sah. Wie stolz Emilias Augen blitzten, wenn ihr Papa sie auf seinen Schultern trug. Ja, sie wusste es und musste sich beherrschen, um nicht ebenfalls loszuheulen. Sie löste sich aus der Umarmung mit Sara und machte sich auf den Weg in Emilias Kinderzimmer.

Eine Beule unter der rosaroten Decke im weißen Bettchen verriet Siena, wo ihre Patentochter sich aufhielt. Ohne

Umschweife ging sie hin, hockte sich auf den Boden und sagte: »Emilia, sono io, Siena.«

Einen Augenblick lang verharrte der Bettdeckenhügel reglos, dann schob sich ganz langsam eine kleine Hand unter der Decke hervor. Siena streichelte sie vorsichtig, schwieg aber. Schon nach kurzer Zeit wühlte sich dann ein zerstrubbelter Kopf aus der Decke heraus, und schließlich setzte sich Emilia hin und schaute Siena an. Sie hatte offensichtlich geweint und hielt mit beiden Armen das weiße Plüschpony umklammert, das Siena ihr im vergangenen Jahr zu Weihnachten geschenkt hatte. Sienas Herz zog sich schmerzhaft zusammen, aber sie bemühte sich, sich nichts anmerken zu lassen, und lächelte Emilia an. »Ich weiß, dass du deinen Papa vermisst, aber er ist bald wieder da. Das verspreche ich dir.« In diesem Moment dachte sie an Martina, und sie beschloss, sich so schnell wie möglich bei ihr zu melden. Vielleicht wusste sie, wo dieses Safe House war.

»Mama ist sauer auf mich«, stellte Emilia leise fest und schniefte ein bisschen. »Du meinst, weil du in Papas Arbeitszimmer warst?«

Emilia nickte.

»Nein, sie versteht schon, dass du dort warst, weil du ihn vermisst, und dass du …« Siena zögerte kurz. »… dass du deswegen auch gedacht hast, er wäre da.«

Emilia betrachtete sie aufmerksam mit ihren Rehaugen und schüttelte dann heftig den Kopf. »Nein, er war nicht da. Das war ein anderer Mann.«

»Aber er hatte Ähnlichkeit mit deinem Papa?«

Wieder ein heftiges Kopfschütteln. »Er hatte nur so einen Anzug an wie Papa in der Arbeit«, stellte sie klar. »Aber es war ein anderer Mann.« Emilia wurde nächsten

Monat erst sechs, aber sie konnte schon so vernünftig reden wie eine Zehnjährige – wenn sie wollte.

Siena lächelte ihr wieder zu und nickte. »Ja, also, da war ein Freund, der dem Papa ähnlich gesehen hat, und …«

»Nein«, widersprach Emilia und schüttelte erneut energisch den Kopf. »Das war kein Freund.« Sie betrachtete Siena mit einem leicht mitleidigen Blick, weil ihre Patentante heute offenbar ein wenig schwer von Begriff war, und ergänzte: »Er hat Papas Laptop genommen. Das macht kein Freund! Carlotta würde mir doch nie etwas wegnehmen.«

Carlotta war Emilias beste Freundin. Siena schluckte. Sie hatte unvermittelt ein ganz komisches Gefühl im Bauch. Sie zwang sich, ruhig zu bleiben. Eine Numero Quattro konnte es sich ja wohl nicht leisten, sich von der blühenden Fantasie einer knapp Sechsjährigen verunsichern zu lassen!

»Er hat den Laptop mitgenommen? Wie kommst du denn darauf?«, fragte sie und lächelte wieder aufmunternd. Emilia bedachte Siena wieder mit ihrem mitfühlenden Blick. Bestimmt fragte sie sich, wie man angesichts eines Diebstahls lächeln konnte. Aber man durfte nicht alles hinterfragen, was Erwachsene taten, so viel stand für Emilia sowieso fest. Also zuckte sie nur mit den Achseln und beantwortete Sienas Frage: »Ich habe es gesehen.«

Als ihre Patentante sie erstaunt ansah, fügte sie hinzu: »Ich saß doch unter dem Schreibtisch und konnte alles sehen. Der Mann ist reingekommen, zum Schreibtisch gegangen und gleich wieder raus. Aber da hatte er dann Papas Laptop unter seinem Arm.« Emilia ließ sich zurück aufs Bett sinken und stopfte sich das Pony als Kissen unter den Kopf. Sie hatte offenbar alles gesagt, was es zu sagen gab. Das ungute Gefühl in Sienas Bauch wurde immer stärker, aber sie zwang sich mit aller Vernunft, dagegen anzukämpfen. Sie betrachtete Emilia, die betrübt an die Zimmerdecke starrte.

»Magst du süße Katzenvideos auf meinem Handy angucken?«, fragte sie – und sofort setzte ihr Patenkind sich wie elektrisiert auf und streckte die Hand nach Sienas Handy aus. Zum ersten Mal seit Anfang ihres Gesprächs lächelte sie ein wenig. Siena seufzte und öffnete eine einstündige Compilation von Katzenvideos auf YouTube. Dann ging sie leise aus dem Zimmer.

Draußen wartete bereits Sara und knetete unruhig ihre Hände: »Und? Was sagt sie? Hat sie geweint?«

Siena schloss die Tür des Kinderzimmers hinter sich. »Weißt du, wo Matteos Laptop ist?«

»Wie kommst du denn jetzt darauf?«, erwiderte Sara erstaunt, doch als sie Sienas dringlichen Gesichtsausdruck sah, fügte sie hinzu: »Der Laptop liegt mitten auf seinem Schreibtisch. Das war eines der Dinge, die mich von Anfang an so beunruhigt haben: dass Matteo ohne seinen Computer irgendwo hingefahren oder verreist sein soll. Das passt überhaupt nicht zu ihm.«

Siena schluckte und versuchte, ihr Herzrasen zu ignorieren. »Kannst du bitte schnell schauen, ob er noch da ist?«

Sara bedachte sie mit einem weiteren verwunderten Blick, ging aber wortlos zum Arbeitszimmer am Ende des Flures und stieß die Tür auf. Ein kleiner Schrei entfuhr ihr, und Sienas Herz schlug endgültig Purzelbäume.

»Er ist weg!«, rief Sara und lief zum Schreibtisch. Sie riss alle Schubladen auf. »Er ist weg«, wiederholte sie. Sie starrte auf den leeren Schreibtisch. »Heute früh war er noch da, ganz sicher«, murmelte sie. Dann blickte sie auf und sah Siena direkt in die Augen. »Was hat das zu bedeuten?«

Siena lehnte sich einen Moment an die Tür des Arbeitszimmers, weil ihre Knie weich wurden. »Ich glaube, das bedeutet, dass wir die Polizei rufen sollten«, antwortete sie.

VORSATZ NUMMER 16

HÜHNER NIEMALS UNTERSCHÄTZEN

Eine halbe Stunde später saß Siena wieder im Auto und fuhr in Richtung Nonna. Sie hatte Emilia bei ihrer Oma und ihrem Bruder auf dem Spielplatz abgegeben, zusammen mit vielen Keksen, Saft und der Bitte an Saras Mutter, innerhalb der nächsten Stunde nicht nach Hause zu kommen. Sara wollte unter allen Umständen verhindern, dass ihre Kinder etwas vom überraschenden Besuch der Polizei mitbekamen – und vor allem vom ungebetenen Besuch des Mannes, der offensichtlich Matteos Laptop mitgenommen hatte.

»Ich bleibe bei dir«, hatte Siena etwa zwanzigmal zu Sara gesagt.

»Nein, du hilfst mir mehr, wenn du Emilia hier rausschaffst. Und deine Nonna ruft bereits alle fünf Minuten an, du musst zu ihr fahren«, hatte die Freundin ihr etwa einundzwanzigmal widersprochen – und Siena hatte (wie immer) nachgegeben. Interessanterweise schien Sara trotz aller Bestürzung, dass jemand am helllichten Tag bei ihr eingebrochen war, in dieser Ausnahmesituation etwas von ihrer alten Energie und Resolutheit zurückzuerlangen. Sie konnte mit der Bedrohung durch einen unbekannten Kriminellen offenbar wesentlich besser umgehen als mit der Traurigkeit und den Verlustängsten ihrer Kinder. Die Situation weckte in ihr die alte Sara, die auf Knopfdruck funktionierte und immer wusste, was zu tun war. Und außerdem dämmerte ihr jetzt, dass Matteos Verschwinden eventuell doch nichts mit einer anderen Frau zu tun hatte – und bei aller Angst um ihn schien diese neue Option sie zu erleichtern.

Sofort hatte sie die Polizei angerufen und war dann mit Siena die Fakten durchgegangen, die sie den Beamten gleich präsentieren würde. »Um etwa 8:30 Uhr war ich in Matteos Arbeitszimmer und habe kurz gelüftet. Das weiß ich, weil um diese Zeit meine Mutter unten mit den Kindern gefrühstückt hat. Und sie frühstückt *immer* um 8:30. Da war der Computer noch da.«

»Kann jemand durch das offene Fenster geklettert sein?«, hatte Siena gefragt, doch Sara hatte das sofort verneint. »Nein, ich bin im Zimmer geblieben. Ich habe mich auf seinen Platz gesetzt und an ihn gedacht.« Sara hatte sich an dieser Stelle verlegen geräuspert, denn so viel Sentimentalität gestand sie sich normalerweise nicht zu. »Der Typ muss ins Haus gegangen sein, als meine Mutter und ich die Wäsche hinten im Garten aufgehängt haben«, hatte sie dann laut überlegt. »Wir haben die Haustür offen gelassen, damit wir Paolo hören, der gerade im Wohnzimmer geschlafen hat.« Sara hatte sich kurz geschüttelt bei dem Gedanken, dass der Fremde ins Haus eingedrungen war, als sich gerade beide Kinder alleine darin befunden hatten. Siena beunruhigte noch ein weiterer Gedanke viel mehr. »Dann hat er euch offenbar genau beobachtet, um den richtigen Moment abzupassen«, hatte sie leise festgestellt. Sara hatte nur genickt und leise gefragt: »Warum? Warum, Siena?«

Siena hatte fieberhaft überlegt, ob jetzt der richtige Zeitpunkt war, um Sara mitzuteilen, dass im *Studio Legale Dante* ihrer Meinung nach so einiges im Argen lag und dass sie überzeugt davon war, dass sowohl Matteos Verschwinden als auch das seines Laptops damit zu tun hatten. Doch Emilia hatte die Frage für sie beantwortet, indem sie genau in diesem Moment ins Zimmer kam. »Amore mio, Siena bringt dich jetzt zur Oma auf den Spielplatz«, hatte Sara lächelnd verkündet und ihre Tochter samt Patentante energisch aus dem Haus geschoben.

Siena hatte auf der Fahrt von Sara zu ihrer Nonna ausnahmsweise kaum einen Blick übrig für die Schönheit, die sie umgab. Normalerweise erfreute sie sich immer an dem kleinen Olivenhain, an dem man vorbeikam, an der von Zypressen gesäumten Straße, die zwischen Feldern hindurchführte, und an den grünen Weinbergen im Hintergrund. Aber heute versuchte sie, sich nur auf die Strecke zu konzentrieren und ihre Gedanken an Sara, Matteo und den gestohlenen Computer in ein Paket zu stopfen und das dann irgendwo in ihrem Kopf zu verstauen. Später würde sie es wieder hervorholen und sich darum kümmern. Aber sie wusste ganz genau, dass jetzt erst einmal ihre Großmutter ihre volle Aufmerksamkeit beanspruchen würde: Die hatte nämlich bereits fünf Mal angerufen und fragte sich ungeduldig, wo ihre Enkelin nur blieb.

Als Siena den Hügel hinaufgefahren war und ihr Auto direkt neben Giannis uralter Schrottlaube geparkt hatte, nahm sie entschlossen ihre Umhängetasche und ging auf das Haus zu. Gute Miene zum bösen Spiel war jetzt angesagt, denn sie hatte beschlossen, der Nonna nichts vom verschwundenen Matteo und dem Einbrecher in Saras Haus zu erzählen. Die Nonna liebte Sara fast so sehr wie Siena und würde keine ruhige Minute mehr haben, wenn sie davon wüsste.

Auf den ersten Blick sah alles aus wie immer: Das Haus schien sich im milden Herbstlicht zu sonnen, die Wäsche flatterte ganz leicht in einer sanften Brise, und Gianni und die Nonna saßen einträchtig auf ihren beiden Plastikstühlen vor dem Haus. Nichts deutete darauf hin, dass der Haussegen schief hing.

Die Nonna strickte, und Gianni las seine Zeitung, aber als sie Sienas Schritte hörten, standen beide freudig auf.

»Wo warst du so lange?«, fragte die Nonna vorwurfsvoll, nachdem sie ihre Enkelin fest an sich gedrückt hatte.

»Nun lass sie doch, Marcella, es ist doch ihr freier Tag, da will man sich nicht hetzen«, sagte Gianni und zwinkerte Siena zu. »Tutto piano, Sienarella!«

»Du weißt doch gar nicht, wie lange ich schon warte, also misch dich nicht ein«, brauste die Nonna sofort auf.

Gianni schien sich darüber gar nicht zu wundern. Er zuckte nur mit den Achseln und grinste. Überhaupt schien ihm an Marcella überhaupt nichts Ungewöhnliches aufzufallen, doch jetzt, so ganz aus der Nähe, war es für Siena glasklar, dass ihre Großmutter ziemlich durch den Wind war. Ihre Augen sahen traurig und müde aus, und die Schatten darunter verrieten die schlaflosen Nächte.

Das allein war schon ein Alarmzeichen, denn die Nonna erfreute sich eigentlich bereits ihr ganzes Leben lang eines sehr gesegneten Schlafes. Kein Wunder, sie war schließlich immer mit sich im Reinen und hegte nie Zweifel an sich selbst oder allem, was mit ihr zu tun hatte. Bis jetzt. *L'amore ci cambia la vita.*

Zu den müden Augen kam noch eine ungewohnte Angestrengtheit in ihren Bewegungen, so als würde sie eine unsichtbare Last tragen. Gianni hingegen wirkte völlig ahnungslos und verkündete jetzt: »Ich muss los. Wir sehen uns später.«

»Was, jetzt schon?«, fragte die Nonna in scharfem Tonfall. »Wir haben doch noch gar nicht zu Mittag gegessen. Was ist mit den Spaghetti Carbonara?«

Gianni lächelte treuherzig. »Die kannst du doch auch am Abend machen, cara mia.«

Mit diesen Worten stapfte er aufs Haus zu, drehte sich aber noch einmal um. »Sienarella, im Schuppen wartet eine Überraschung, die dir gefallen dürfte.«

Als er im Haus verschwunden war, zischte die Nonna: »Na los, mach dich bereit. Du musst ihn gleich verfolgen.«

»Warum hast du ihn denn dieses Mal nicht einfach gefragt, wo er hinfährt?«, zischte Siena zurück.

»Ma sei matta, spinnst du? Die Blöße gebe ich mir sicher nicht.«

Wie im Kindergarten, dachte Siena. *Das hört anscheinend nie auf.*

»Und ich soll ihn jetzt allen Ernstes verfolgen? Das merkt er doch«, gab sie zu bedenken.

»Pah, du nimmst natürlich das Motorino und gibst ihm einen kleinen Vorsprung. Muss ich dir jetzt erst noch erklären, wie man jemanden verfolgt?«

»Aber ich habe heute noch gar nichts gegessen«, zog Siena ihren letzten Trumpf. Sie konnte sich nicht vorstellen, dass ihre Großmutter auf einer Verfolgungsjagd mit leerem Magen bestehen würde.

Doch weit gefehlt! Im Krieg und in der Liebe kannte die Nonna offensichtlich kein Pardon. »Aspetta, warte mal«, antwortete sie und eilte ins Haus. Nach kurzer Zeit kam sie mit einer Tüte Chips zurück. »Hier, deine Rosmarin-Chips. Die kannst du ja als Wegzehrung mitnehmen. Und jetzt ab in den Schuppen zum Motorino.«

Im Dämmerlicht des Schuppens sah Siena sofort, was Gianni mit der Überraschung gemeint hatte: Da stand nämlich nicht nur sein rotes und rostiges Motorino, sondern auch eine Vespa, die schon bessere Tage gesehen hatte – aber sie war gelb. Siena grinste. Gianni konnte es einfach nicht lassen, immer wieder ziemlich schrottige Motorinos oder manchmal sogar Autos bei irgendeinem Cousin dritten Grades des Freundes der Nachbarn eines Freundes aufzugabeln und sie dann, wie er es nannte, »aufzumöbeln«. Dieses Basteln war seine große Leidenschaft, und auch wenn die Nonna sich zuweilen künstlich darüber aufregte, so gönnten sowohl Marcella als auch Siena es ihm von Herzen. Und dass er nun extra eine Vespa in ihrer Lieblingsfarbe gekauft hatte, war schon sehr rührend. Siena hoffte inständig, dass sie heute nichts Unangenehmes über ihn herausfinden würde.

»Ciao, a dopo«, hörte sie da Gianni draußen brüllen,

dann das Zuschlagen einer Autotür und das Starten des Motors.

Siena musste sich jetzt wirklich beeilen, wenn sie sich an seine Fersen heften wollte. Sie griff nach dem Lenker der Vespa. Hoffentlich war die überhaupt fahrtauglich. Oder sollte sie lieber doch das vertraute rote, rostige Motorino nehmen? Es blieb keine Zeit mehr, länger darüber nachzudenken. Siena stopfte die Rosmarin-Chips in ihre Umhängetasche und schob die Vespa kurz entschlossen zum Schuppentor, lugte hinaus, rollte sie auf den Hof und schwang sich in den Sattel. Gianni hatte die *Falli Silenziosi* bereits hinter sich gelassen und war nur noch als Staubwolke auf dem Kiesweg erkennbar. Siena startete die Vespa und gab Gas. Sie gehorchte, ohne zu mucken, und schnurrte wie ein Kätzchen. »Brava«, murmelte Siena und tätschelte den Lenker. Als sie die Auffahrt hinunterrollte, hörte sie ihre Großmutter noch hinterherrufen: »Dai, Siena, schon wieder ohne Helm!«, doch da war sie bereits auf dem Kiesweg und bereit, die Verfolgung des Zielobjekts in sicherem Abstand aufzunehmen. »Okay«, murmelte sie. »Florenz hat das Goldengate, aber wir haben das Chickengate. Avanti!«

Siena musste ordentlich Gas geben, um Gianni nicht aus den Augen zu verlieren. Der Kies spritzte nach allen Seiten, eine dichte Staubwolke hüllte sie ein, und sie hatte vergessen, ihre Kontaktlinsen herauszunehmen. Kiesweg und Kontaktlinsen waren keine gute Kombination, das hatte sie schon öfter feststellen müssen. Gut, dass sie diese Strecke im wahrsten Sinne des Wortes blind kannte. Mit zusammengekniffenen Augen trotzte Siena dem Staub und ließ sich nicht abhängen.

Vorne an der etwas größeren, geteerten Straße bog Gianni rechts ab, und Sienas Herz rutschte schon ein ganz kleines bisschen in die Hose, denn das war tatsächlich der Weg zum Hof der Gallina. Andererseits war das auch der Weg zu ganz vielen anderen Orten. Das musste noch gar nichts bedeuten. Sie gab wieder Gas und fuhr in sicherer Entfernung hinter Giannis Schrottlaube her. Doch mit jeder Straße, in die er abbog, wurde es klarer und ließ sich schon bald nicht mehr leugnen: Gianni fuhr zweifelsfrei zur Gallina. »Mannaggia«, murmelte Siena.

Sie hatten bereits den kleinen Weg erreicht, der nur etwa zwanzig Meter lang war und von der Straße direkt zum Hof führte. Siena verlangsamte ihre Fahrt und wartete, bis Gianni durch das große Hoftor gefahren und aus ihrem Sichtfeld verschwunden war. Dann rollte sie ebenfalls auf die Zufahrt, parkte die Vespa und ging die letzten Meter zu Fuß. Sie durfte jetzt keinen Fehler machen – immerhin hatte sie eine sehr kritische Auftraggeberin, der sie heute noch Rede und Antwort würde stehen müssen.

Das eifrige Gegacker der Hühner wehte ihr aus dem Hof entgegen und erfüllte die Stille des trägen Herbstnachmittages. Es roch ein wenig nach Rauch – wahrscheinlich verbrannte irgendwo jemand seine Gartenabfälle. Die Sonne war noch erstaunlich kräftig, und Siena schwitzte in ihrer Strickjacke.

Langsam ging sie weiter. Am Hoftor angekommen, klopfte ihr Herz plötzlich so stark, als müsste sie hier und jetzt Mafiosi bei einer Geldübergabe beobachten und nicht den guten, alten, lieben, vertrauten Gianni.

Sie lehnte sich einen Augenblick an das Holztor, dessen grüne Farbe schon ziemlich abgeblättert war, hielt die Luft an und spähte vorsichtig um die Ecke. Gianni hatte sein Auto geparkt und war ausgestiegen. Er stand jetzt mitten im Hof und scherzte mit La Gallina. Zumindest hatte es den Anschein, denn beide lachten. Dann legte Gianni ihr kurz die Hand auf den Rücken, und sie gingen zum Schuppen, in dem sie gemeinsam verschwanden.

Siena lehnte sich wieder ans Hoftor und atmete tief durch. War das jetzt eine verfängliche Szene gewesen? Das Lachen, die Hand am Rücken, das gemeinsame Verschwinden im Schuppen …

Weiter kam sie nicht mit ihren Überlegungen, denn ein ziemlich ohrenbetäubendes Gackern, fast schon ein Zetern, riss sie aus ihren Gedanken. Direkt vor ihr stand ein empörtes Huhn, das sich aufplusterte, mit den Flügeln schlug und aus voller Kehle schrie.

»Pssst«, machte Siena und legte beschwörend einen Finger an die Lippen. Das Huhn verstummte kurz, legte den Kopf schief und betrachtete Siena aufmerksam aus seinen Knopfaugen. Dann holte es tief Luft, plusterte sich noch mehr auf und gackerte – wenn überhaupt möglich – noch lauter weiter. »Amore, cosa c'è? Was ist denn los?«, ertönte prompt die Stimme der Gallina. Siena sah das Huhn flehentlich an, doch das ließ sich nicht beirren und machte immer weiter.

»Sophia, dove sei? Sophia Loren?« Die Stimme der Gallina kam näher.

Siena trat notgedrungen den Rückzug an. Langsam und leise ging sie rückwärts Schritt für Schritt in Richtung ihrer Vespa und ließ das aufgebrachte Huhn dabei nicht aus den Augen. Den Rückzug schien Sophia Loren gut zu finden, denn sie verstummte kurzfristig. Hastig drehte Siena sich um, rannte das letzte Stück bis zur Vespa und schwang sich in den Sattel. Dann schaute sie noch einmal zur Hofeinfahrt, in die das Wachhuhn jetzt seelenruhig hineinspazierte, als wäre nichts gewesen.

»Incredibile«, murmelte Siena. Unglaublich. Sie wusste gar nicht, worüber sie sich am meisten wunderte: über die Tatsache, dass es Wachhühner gab – immerhin hatte sie einmal gelesen, dass Gänse sehr gute Wächter waren, aber Hühner? –, oder über die Tatsache, dass die Gallina ihre Hühner am Gackern unterscheiden konnte, oder aber darüber, dass das Huhn Sophia Loren hieß …

Sie warf den Motor der Vespa an und machte, dass sie wegkam.

VORSATZ NUMMER 17

NOTLÜGEN SIND ERLAUBT (IM ÄUSSERSTEN NOTFALL)

Erst als sie sich in sicherer Entfernung zum Hof der Gallina befand, verlangsamte sie allmählich ihr Tempo, um nachzudenken. Was sollte sie der Nonna denn nun erzählen? Egal, was sie sagen würde – ihre sture Großmutter würde es falsch interpretieren. Siena selbst wollte immer noch fest daran glauben, dass Gianni aus harmlosen Gründen zur Gallina gefahren war. Aber warum tat er es dann heimlich? Und warum waren die beiden gemeinsam im Schuppen verschwunden? Siena wollte die Bilder, die ungebeten in ihrem Kopf entstanden, am liebsten direkt wieder vertreiben.

Gianni und die Gallina?

Nein.

Gianni ein Lügner?

Nein!

Sie fuhr jetzt auf einem der Schleichwege entlang, die nur die Einheimischen kannten, und sah schon von Weitem die einsame Zypresse, die hier am Wegesrand wachte. Dieser Baum war in ihren Augen etwas Besonderes, da Zypressen normalerweise nur zu mehreren herumstanden: Grüppchen und Cliquen, Kollegen und Familien. Aber dieses Exemplar hier war eine Einzelgängerin. Eine Individualistin. Oder vielleicht auch eine Nervensäge, mit der es niemand ausgehalten hatte.

Siena verlangsamte ihre Fahrt, bremste schließlich ganz ab und stieg direkt neben der Zypresse von der Vespa. Sie liebte diese Stelle, weil man von hier einen weiten Blick über die Weinberge hatte. Vielleicht würde dieser Weitblick ihr jetzt helfen, sich zu überlegen, was sie gleich ihrer Nonna erzählen sollte. Und außerdem brauchte sie dringend ihre Chips.

Siena trat neben die Zypresse, riss die Tüte auf und stopfte sich eine Handvoll Chips in den Mund. Dann ließ sie den Blick in die Ferne schweifen. Sie zermarterte sich das Gehirn, aber wie sie es auch drehte und wendete: Sie würde ihrer Großmutter eine Lüge auftischen müssen. Na wunderbar. Die Nonna erfolgreich anzulügen, war *noch* schwieriger, als Sara anzuschwindeln.

Einem Impuls folgend – und um die Begegnung mit Marcella noch ein wenig hinauszuzögern –, klemmte sie sich die Chipstüte unter den Arm und fischte ihr Handy aus der Tasche, um sich bei Martina zu melden. Das hatte sie schließlich schon längst tun wollen und sich immer wieder von den Ereignissen des Tages ablenken lassen. Der Blick aufs Display zeigte drei verpasste Anrufe von Davide an. Siena schloss die Augen. Oh nein! Sie hatte in der ganzen Aufregung durch Straghettis nächtlichen Besuch, Matteos Laptop und Giannis Chickengate total vergessen, sich noch einmal bei Davide zu melden und ihm zu danken, dass er sie vor Baldi gerettet hatte. Außerdem hatte sie das Gefühl, dass sie ihm auch eine Erklärung für das Ganze schuldete. Zumindest ansatzweise.

»Na gut.« Sie seufzte und wählte seine Nummer. Augen zu und durch.

Er ging bereits nach dem zweiten Klingeln ans Telefon.

»Davide«, begann sie, »es tut mir leid, dass ich mich noch nicht gemeldet habe, aber bei mir herrscht das totale Chaos.«

»Ach was. Das ist ja eine Überraschung«, bemerkte Davide trocken, doch dann sagte er plötzlich, völlig unerwartet: »Im Ernst, Siena, ich bin froh, dass du dich meldest. Ich habe mir …« Er räusperte sich. »Ich habe mir Sorgen … Ich meine Gedanken … Ich habe mir Gedanken gemacht.«

Nicht zum ersten Mal beschlich Siena das Gefühl, dass sie sich in ihrer Einschätzung von Davide getäuscht haben könnte. »Danke, das ist lieb von dir«, erwiderte sie und meinte es von Herzen. »Und danke auch für … gestern.«

»Ich habe das Gefühl, dass du in Schwierigkeiten steckst«, sagte Davide langsam. »Und dann noch die Sache mit Martina …«

Siena erschrak. »Welche Sache mit Martina?«

»Martina Mosca meine ich, die Frau am Empfang. Zuerst unterhältst du dich mit ihr auf der Party. Dann kommt Baldi zu ihr. Dann bedrängt Baldi dich auf diese komische Art. Du verschwindest von der Party. Und direkt danach sie.« Er schwieg einen Moment, dann ergänzte er eindringlich: »Siena, ich habe dir das schon einmal gesagt: Baldi ist die letzte Person in Florenz, mit der du dich anlegen solltest. Ich kann dir dazu nicht mehr sagen, aber glaube es mir einfach. Ale hat da einiges mitbekommen.«

Siena lehnte sich an die Zypresse. »Also reden wir von … kriminellen Machenschaften?«, fragte sie leise.

»Brillant kombiniert, Watson.«

»Aber hat Ale das nicht vielleicht der Polizei erzählt?«

»Gott bewahre. Die Polizei macht da gar nichts. Dafür hat Baldi gesorgt, und zwar mit sehr innigen und lukrativen Verbindungen bis in die oberen Etagen.«

Siena schloss die Augen. Hatte ihr Straghetti gestern eigentlich gesagt, mit wem oder warum er auf der Gartenparty gewesen war? Sie hatte ihn gar nicht gefragt, so sehr war sie mit allem anderen beschäftigt gewesen. Die Tatsache, dass er plötzlich in ihrer Küche saß, war ihr bedeutsamer erschienen als der Grund, warum er auf der Feier gewesen war. Aber jetzt … Ein ungutes Gefühl breitete sich in ihrer Magengegend aus.

»Was hast du mit Martina besprochen?« Davides Stimme holte sie in die Gegenwart zurück. Siena musste sich eingestehen, dass er für einen langweiligen Streber die Vorkommnisse auf der Party ziemlich messerscharf beurteilte.

»Kennt Ale sie gut?«, antwortete sie mit einer Gegenfrage.

»Er mag sie, aber sie sind nicht eng befreundet oder so. Aber er hat oft gesagt, dass sie sich im Studio völlig unter Wert verkauft, weil sie so clever ist. Und dass sie ein Jurastudium mit links geschafft hätte und trotzdem jetzt den Snobs in der Kanzlei den Kaffee bringen muss. Das hat ihn immer geärgert.«

Siena nickte. »Ja, ich hatte auch den Eindruck, dass sie sehr clever ist.« *Und mutig*, ergänzte sie in Gedanken.

»Was wollte Baldi denn von euch beiden?«

Siena beschloss, darauf nicht zu antworten. Aus dem simplen Grund, dass sie selbst keine plausible Antwort parat hatte. Davide seufzte und fuhr fort: »Ale hat heute schon ein paar Mal versucht, sie zu erreichen. Einfach nur, um zu hören, ob sie gut nach Hause gekommen ist. Es ist ziemlich untypisch für Martina, eine Party vor deren Ende zu verlassen.« Davide schwieg wieder einen Moment, und Siena spürte erneut dieses ungute Gefühl im Bauch.

»Und?«, fragte sie ungeduldig.

»Ihr Handy ist aus. Schon den ganzen Tag.«

Siena wurde immer mulmiger zumute. »Bestimmt schläft sie mal aus. Oder sie will ihre Ruhe«, sagte sie und versuchte, zuversichtlich zu klingen. »Vielleicht«, antwortete David. Und nach einer weiteren kurzen Pause: »Hoffentlich.«

Siena ließ das Handy sinken. Ihr Blick fiel auf das Display, das immer noch von dem Spinnennetz überzogen war. Noch eine weitere Sache, um die sie sich kümmern musste. In diesem Moment erschien ihr das kaputte Display plötzlich wie ein Symbol für all die losen Enden, die sie nicht richtig zu fassen bekam. Matteo. Die Leiche im *Hotel Paradiso*. Dieses ominöse Safe House. Martina. Chickengate. Baldi. Die Kanzlei. Und natürlich Straghetti und Luca.

Sie schob sich noch mehr Chips in den Mund, schloss die Augen und versuchte, sich nur auf die warmen Sonnenstrahlen auf ihrem Gesicht zu konzentrieren. In der Ferne hörte sie das Blöken von Schafen.

Doch sie wurde nicht ruhiger. Im Gegenteil! Je mehr sie darüber nachdachte, desto mehr hatte sie das Gefühl, dass nicht nur ihr Handy ein Spinnennetzproblem hatte. Nein, sie selbst war irgendwie in ein Netz aus unterschiedlichen Fäden geraten, die vielleicht alle zusammenhingen. Vielleicht aber auch nicht. Fest stand nur, dass die Fäden äußerst klebrig waren und dass sie sich bereits ziemlich tief darin verstrickt hatte – ohne zu wissen, wo die Spinne saß, wer sie war oder wann sie zuschlagen würde. Sie konnte nur hoffen, dass Chips essende, chaotische Onlineredakteurinnen nicht ins Beuteschema der Spinne passten.

Sie öffnete die Augen und tippte eine Nachricht an Davide: *Weiß Ale, wo Martina wohnt? Dann fahre ich dort vorbei.* Die Antwort kam nach einer Minute (Davide antwortete immer sofort): *Nein, sie ist vor Kurzem umgezogen, und Ale hat nur die alte Adresse.*

Mist. Langsam ging Siena zu ihrer Vespa zurück, packte den Lenker und schwang sich auf den von der Herbstsonne gewärmten Sattel. Als sie sich auf der kleinen Straße befand, die zum Kiesweg führte, den man nehmen musste, um zum Haus ihrer Großmutter zu gelangen, bemerkte sie in einiger Entfernung ein Auto hinter sich. Das war ungewöhnlich hier auf dieser wenig befahrenen Straße. Aber als sie in den Kiesweg einbog, fuhr das Auto weiter geradeaus, und Siena hatte es im nächsten Moment wieder vergessen.

Als sie an den *Falli Silenziosi* vorbei auf das Grundstück der Nonna gefahren war, blieb ihr kaum Zeit, die Vespa abzubremsen, da lief ihre Großmutter schon aufgeregt über den Hof. »Und, Siena? Ist er bei ihr?« Ohne eine Antwort abzuwarten, fuhr sie mit zitternder Stimme fort: »Er *ist* bei ihr. Das sehe ich an deinem Gesicht.«

Pokerface, Numero Quattro. Pokerface.

»Nein, Nonna.« Siena lachte. »In meinem Gesicht liest du, dass mir gerade dämmert, dass diese Vespa garantiert noch nicht zugelassen, geschweige denn versichert ist. Gut, dass heute keine Polizei unterwegs war.«

Geschickt lügen heißt plausibel ablenken.

Tatsächlich entspannte sich die Miene ihrer Nonna sofort, denn sie kannte natürlich die Geschichte mit Luca Bruni, der Siena im Sommer auf genau diesem Kiesweg angehalten hatte – ohne gültige Papiere.

Siena stellte die Vespa ab und hängte sich ihre Tasche um. »Entwarnung, Nonna«, verkündete sie dann und hakte sich unter. »Er ist in Poggibonsi.«

»In Poggibonsi? Aber warum erzählt er mir das denn nicht?«

Siena ignorierte das Misstrauen in der Stimme ihrer Großmutter und fuhr ohne mit der Wimper zu zucken fort: »Na ja, er spielt dort in der *Bar La Strada* Karten. Und zwar um Geld. Deshalb sagt er dir nichts.«

Die Nonna blieb wie angewurzelt stehen. Da ihr verstorbener Ehemann, Sienas leiblicher Großvater, einen erheblichen Teil seines Einkommens zuverlässig Monat für Monat verspielt hatte, war jegliches Spielen um Geld für die Nonna ein rotes Tuch – und Gianni wusste das.

»Ma che stronzo, so was Verlogenes«, schimpfte die Nonna jetzt los, und doch spürte Siena ihre Erleichterung ganz genau. Sie glaubte sogar ein kleines Lächeln zu entdecken, als sie ihre Großmutter von der Seite musterte.

Lieber Spielsucht als Affäre. Siena musste ein wenig grinsen.

»Sag noch nichts zu ihm«, bat sie dann. »Ich rede mit

ihm, in Ordnung? Dann muss er nie erfahren, dass du Bescheid wusstest.«

Nach kurzem Überlegen nickte die Nonna, und Siena hoffte inständig, dass sie bald den wahren Grund für Giannis Besuche bei La Gallina herausfinden würde. Und dass dieser Grund wirklich harmlos war.

»Limoncello?«, fragte die Nonna und hatte plötzlich wieder ihr typisches Funkeln in den Augen zurück.

»Limoncello«, bekräftigte Siena und drückte ihr schnell noch einen Kuss auf die Wange.

Als Gianni Stunden später wieder auftauchte, saßen Siena und die Nonna in der Küche und tranken Kaffee. Er erschien nur kurz im Türrahmen und verkündete, vor dem Abendessen noch schnell duschen zu wollen.

Sofort ratterte es in Sienas Kopf wieder los. Duschen? Warum wollte er duschen? Wobei war er denn ins Schwitzen gekommen? Und als Gianni sich umdrehte, glaubte Siena, an seinem Rücken eine Hühnerfeder zu erkennen. Sofort flog ihr Blick zur Nonna. Hatte sie etwas bemerkt?

Doch die war in Gedanken schon beim Abendessen und scheuchte Siena aus der Küche, um in Ruhe mit den Vorbereitungen anzufangen. Außerdem hatte sie Sienas Lüge mit dem Kartenspielen erstaunlich schnell geschluckt und schien sich zu weigern, irgendetwas zu hinterfragen. Weil sie es glauben *will*, überlegte Siena. Genau wie Sara. Die hatte auch nichts Genaueres zu Matteos angeblicher Geschäftsreise wissen wollen. Weil sie glauben *wollte*, dass er dort und in Sicherheit war. Zwei scharfsinnige Frauen, die sich bereitwillig belügen ließen – und zwar aus Liebe. *L'amore ci cambia la vita.*

Siena ging ins Wohnzimmer, nahm sich eine Wolldecke vom Sofa und trat vor das Haus. Die Hängematte unter den Olivenbäumen war schon für den Herbst und Winter von der Nonna im Haus verstaut worden, deshalb setzte sie sich auf einen der beiden weißen Plastikstühle und zog den anderen zu sich heran, um ihre Füße darauf abzulegen.

Die allerletzten Sonnenstrahlen schienen ihr ins Gesicht, und mit einem sanften Abendwind wurde das Gegacker vom Hof der Gallina bis zu ihr geweht. Siena verdrängte ihr schlechtes Gewissen darüber, dass sie die Nonna angelogen hatte, mit aller Kraft und konzentrierte sich lieber auf das Farbspiel vor ihren Augen. Die ockerfarbenen, abgeernteten Felder leuchteten im letzten Licht des Tages orange, und die Weinblätter hatten sich zum Teil bereits rot gefärbt. Die Zypressen standen stumm und schwarz dazwischen – unbeirrt bei jedem Wetter, unbeeindruckt von jeder Jahreszeit. Es war noch recht warm, und sie musste plötzlich an die Heizpilze von gestern Abend denken, die gar nicht zum Einsatz gekommen waren. Und in dem Moment, in dem ihr Gehirn sich der Gartenparty zuwandte, da gab ihr Magen wieder dieses dumpfe Gefühl des Unwohlseins als Antwort, das sie vorher bei ihrem Gespräch mit Davide verspürt hatte. Und zwar genau in dem Moment, in dem sie sich ernsthaft gefragt hatte, was Straghetti eigentlich auf dem Fest verloren gehabt hatte.

Die Polizei macht da gar nichts. Dafür hat Baldi gesorgt, und zwar mit sehr innigen und lukrativen Verbindungen bis in die oberen Etagen – Davides Worte dröhnten in ihrem Kopf.

Und da, ganz plötzlich, war auch dieses eine fehlende Puzzleteil wieder da.

Diese winzige Erinnerung, die sie in ihrem Gehirn gesucht und nicht gefunden hatte. Dieser unbedeutende Schnipsel: wie sie bei ihrem ersten Besuch im *Studio Legale* jemanden aus der Villa hatte kommen sehen, der ausgesehen hatte wie Fabrizio Straghetti.

Siena setzte sich kerzengerade in ihrem Stuhl hin. War dieser Schnipsel tatsächlich unbedeutend? Oder konnte es sein, dass aus irgendeinem irren und unguten Zufall heraus auch Straghetti in die kriminellen Machenschaften der Kanzlei verwickelt war? Denn dass es die gab, das hatte Davide ihr ja heute bestätigt.

Wie aufs Stichwort summte das Handy, und Siena las Saras Nachricht: *Bleibst du heute bei Marcella? Dann könnte ich vorbeikommen, und wir reden über alles. Austausch von Informationen sozusagen.*

Siena schluckte. Es würde nicht angenehm werden, dieses Gespräch mit Sara zu führen. Immerhin musste sie zugeben, dass sie sich die Geschäftsreise nach Hamburg nur ausgedacht hatte und dass Matteo vermutlich wirklich in ernsthaften Schwierigkeiten steckte. Aber je eher sie dieses Gespräch hinter sich bringen konnte, desto besser. *Unbedingt! Ich warte auf dich*, tippte sie schnell. Dann wählte sie, einem Impuls folgend, noch einmal Martinas Nummer. Das Handy war immer noch ausgeschaltet.

Siena ließ ihr Telefon in ihren Schoß sinken, lehnte sich wieder im Stuhl zurück und starrte in die Weite der toskanischen Landschaft. Die allerletzten Sonnenstrahlen kitzelten ihre Wangen, doch sie spürte es nicht, so sehr nahmen ihre Gedanken sie in Anspruch.

VORSATZ NUMMER 18

KLARTEXT REDEN

Als die Sonne hinter den Weinbergen verschwunden und nur noch ihr zartrosafarbener Schleier zurückgeblieben war, vibrierte das Handy in ihrem Schoß. Es war Luca. Nach kurzem Zögern nahm Siena den Anruf an.

»Ciao, Siena, schön, dass du mal an dein Telefon gehst«, begrüßte er sie, aber sein Tonfall klang eher neckend als vorwurfsvoll.

Siena war erleichtert. Sie konnte jetzt nicht noch ein Problem mehr vertragen. »Ich dachte, es lässt sich irgendwann nicht mehr vermeiden, wenn du dauernd anrufst«, erwiderte sie, ebenfalls in einem scherzhaft-neckenden Tonfall.

»Wie geht es dir, warum hast du gestern so spät noch angerufen?«, wollte Luca wissen.

»Ach, das ... das war ein Versehen«, erwiderte Siena.

»Alles klar.« Luca lachte. »Ich finde, wir sollten uns unbedingt mal wieder treffen – egal ob versehentlich oder absichtlich«, fuhr er mit seinem ganzen Charme in der Stimme fort. Und dass dieser Charme beachtlich war, das konnte man ihm nun wirklich nicht absprechen. »Bist du in Florenz oder bei deiner Großmutter?«

»Ich bin bei meiner Nonna. Noch bis morgen Abend.«

»Und dann? Sehen wir uns?«

»Hm, ja …«, zögerte Siena. Sie hatte sich doch geschworen, ihn nicht nur zu treffen, um Straghetti zu vergessen! Apropos … Ohne nachzudenken fragte sie: »Sag mal, weißt du, was Straghetti mit dem *Studio Legale Dante* zu tun haben könnte?«

Stille.

»Straghetti? Wie kommst du denn jetzt auf Straghetti?« Lucas Stimme war deutlich abgekühlt.

Siena biss sich auf die Unterlippe. Warum hatte sie nicht die Klappe gehalten? Luca sollte doch auf keinen Fall denken, dass sie an Straghetti interessiert sein könnte (Gott bewahre!). Doch zum Glück ließ er das Thema fallen und sagte lediglich: »Ich würde mal schwer vermuten, dass er gar nichts mit der Kanzlei zu tun hat. Das *Studio Legale Dante* ist auf jeden Fall nicht die Art von Kontakt, die ein seriöser Polizist haben sollte.«

»Warum nicht?« Siena konnte es nicht lassen.

Luca schwieg wieder einen Moment, dann seufzte er. »Hör mal, ich kann dir dazu nichts sagen. Ich habe keine Ahnung, was diese ganze Fragerei soll, und ich will es ehrlich gesagt auch gar nicht wissen. Ich schlage einfach vor, dass du mich am Montagabend auf ein paar Drinks begleitest.«

Siena beschloss, nicht weiterzubohren. »Okay, Drinks sind immer gut. Wo?«

»Ein Kollege gibt ein paar Runden zu seinem vierzigsten Geburtstag aus, in der *Bar al Fondo*. Kennst du die?«

Ja, Siena kannte und mochte die Bar, die im Kellergewölbe eines alten Palazzo auf der anderen Seite des Arno, im weniger touristischen Teil der Stadt, lag. Aber sie hatte keine Lust auf einen Abend mit Lucas Kollegen.

»Lass uns lieber ein anderes Mal treffen, Luca. Ich will nicht auf eine Geburtstagsfeier mitkommen, auf die ich gar nicht eingeladen bin.«

Und ich will nicht als deine Begleitung dort auftreten, ergänzte sie in Gedanken. *Wir sind schließlich kein Paar.*

»Dai, Siena, so ein Quatsch. Das ist keine förmliche Geburtstagsfeier, wir gehen nur ganz zwanglos etwas trinken. Und es ist in dieser Woche mein einziger freier Abend, ansonsten habe ich immer Dienst.«

Siena spürte, dass er ungeduldig wurde, und hatte keine Lust auf weitere Diskussionen. »Na gut. Also in der *Bar al Fondo*. Um acht?«

Luca schien kurz zu überlegen. »Nein, ich hole dich lieber zu Hause ab. Um acht.« Siena öffnete den Mund, doch da ergänzte er schon: »Keine Widerrede!«, und legte einfach auf.

Siena ließ das Handy wieder auf ihren Schoß sinken. Nachdenklich betrachtete sie den Himmel, an dem jetzt der Abendstern vergnügt vor sich hin funkelte. Daneben schmiegte sich der Mond als schmale, elegante Sichel an den dunkelblauen Himmel wie ein Schmuckstück an sein Samtkissen.

Die Luft war kühl geworden, und Siena wickelte die Decke um sich. Warum fühlte sie sich bei Luca nicht ganz wohl – trotz seines Charmes, seines guten Aussehens, seiner schmeichelhaften Aufmerksamkeit? Sie legte den Kopf zurück und schloss die Augen. Wegen solcher Telefonate wie gerade eben, beantwortete sie sich selbst die Frage. Weil sie sich von ihm nicht wirklich gesehen oder verstanden oder *berücksichtigt* fühlte. Sondern immer auf die eine oder andere Art überrumpelt und bevormundet.

Schritte rissen Siena aus ihren Gedanken, und im nächsten Augenblick schlang die Nonna von hinten ihre Arme um sie und gab ihr einen dicken Kuss auf die Wange. Siena streichelte die weichen, stets warmen Hände ihrer Großmutter und atmete deren vertrauten Geruch ein: nach ihrem Waschmittel, nach Kräutergarten und nach dem jeweiligen Essen, das sie gerade kochte. Im Moment war dieser Geruch der von gebratenem Speck, und tatsächlich verkündete ihre Großmutter zufrieden: »Die Carbonara ist gleich fertig, du kannst ins Haus kommen. Gianni ist auch schon da.«

Ihre Laune hatte sich seit Sienas Notlüge deutlich verbessert. Siena hatte zwar immer noch ein schlechtes Gewissen deswegen, gleichzeitig freute sie sich darüber, ihre geliebte Nonna wieder in ihrer üblichen Form zu sehen. Sie stand auf, packte die Decke unter ihren Arm und hakte sich voller Vorfreude auf die Spaghetti Carbonara bei ihrer Oma unter. Die beiden gingen aufs Haus zu, als ein Motorengeräusch sie aufhorchen ließ.

»Ah, das ist bestimmt Sara. Sie wollte vorbeikommen«, sagte Siena.

Und tatsächlich: Kurz darauf brauste Saras SUV die kleine Anhöhe nach oben und hielt mitten in der Auffahrt. Irgendwie schaffte es Sara, dass sogar die Art, wie sie ihr

Auto abstellte, energisch wirkte. Sie stieg aus, knallte die Autotür mit Schwung zu und begrüßte Siena und Marcella mit herzlichen Umarmungen.

»Madonna Santa della Montagna!«, rief die Nonna entsetzt. »Du bist ja so abgemagert, Sara. Du isst jetzt *sofort* eine Portion Carbonara. Mindestens.« Sara protestierte schwach: »Aber ich habe gerade etwas gegessen.«

»Papperlapapp, etwas gegessen! Was denn? Drei Salatblätter? Nein, jetzt gibt es etwas *Richtiges* zu essen.« Mit diesen Worten marschierte die Nonna ins Haus, und Sara sah Siena ein wenig hilflos an. Die hob grinsend die Schultern. »Ich bin immer wieder gespannt, wer sich im Kampf der Giganten bei euch beiden durchsetzt, und ich muss dir sagen: Du liegst deutlich zurück, cara mia.« Dann zog sie die Freundin noch einmal schnell zu sich und drückte sie kurz. »Schön, dass du da bist.«

Sara erwiderte die Umarmung und flüsterte verschwörerisch: »Sag mal, erwartest du heute noch heimlichen Besuch? *Herren*besuch?«

Siena sah ihre Freundin verdutzt an. »Wie kommst du denn darauf?«

»Na ja, unten an der Weggabelung, wo der Kiesweg zu eurem Haus anfängt, da stand ein Auto. Ich konnte es im Dunkeln nicht richtig sehen, aber ich glaube, es saß jemand hinter dem Steuer. Ich bitte dich, an der Stelle steht ja wohl *nie* jemand! Und da dachte ich, ob das nicht ein heimlicher Verehrer ist, der wartet, bis die Nonna im Bett ist, und dann durch dein Fenster klettert? Straghetti vielleicht?«

Mit diesen Worten verschwand Sara grinsend im Haus und ging schnurstracks in die Küche, um sich bei der Nonna einen kleinen *Aperitivo* abzuholen.

Siena aber blieb mit wild klopfendem Herzen zurück. Und das lag ausnahmsweise nicht daran, dass sie sich vorstellte, wie es wäre, wenn Straghetti *tatsächlich* durch ihr Fenster klettern würde. Nein, es lag an einem eiskalten Klumpen in ihrem Bauch und einem Kribbeln in ihrem Nacken, das sich beim Gedanken an dieses Auto, das dort im Dunkeln wartete, auf ihrem ganzen Körper ausbreitete.

Eine Stunde später saßen Siena und Sara – jede in eine Decke eingewickelt – auf den Plastikstühlen vor dem Haus. Die Nacht war still und wolkenlos. Der Himmel erinnerte Siena an das Kostüm einer Eiskunstläuferin, die sie als kleines Mädchen bewundert hatte: aus schwarzem, durchsichtigem Stoff und über und über besetzt mit kleinen, funkelnden Silbersteinchen. Siena hatte bei der Kür am Fernseher geklebt und den Eindruck gehabt, dass jedes der Silbersteinchen im Rhythmus der Musik mittanzte.

Die Nonna hatte es tatsächlich geschafft, Sara eine Portion Carbonara anzudrehen (Siena hatte natürlich zwei Teller gegessen), und saß jetzt wunschlos glücklich mit Gianni auf dem Sofa. Er hatte sich ausnahmsweise dazu bereit erklärt, eine der lauten und schrillen Unterhaltungsshows im Fernsehen mit ihr anzusehen, die er eigentlich nicht ausstehen konnte.

Siena war das alles nicht ganz geheuer. Wenn man die Sache nüchtern betrachtete, musste man zugeben: Das roch nach schlechtem Gewissen. Bei diesem Gedanken wurde Siena ziemlich unwohl, aber jetzt war erst einmal Sara an der Reihe.

Die schien bereits darauf zu brennen, sich endlich mit Siena austauschen zu können. Sobald sie sich komplett in die Decke gehüllt und eine bequeme Position auf dem Stuhl gefunden hatte, sprudelte sie los. »Die Kinder haben nichts bemerkt. Als sie vom Spielplatz kamen, waren die Polizisten zum Glück schon wieder weg. Aber meine Mutter hat jetzt so richtig Angst im Haus.«

Siena nickte. »Das kann ich verstehen. Hast du ihr gesagt, dass wir vermuten, dass Matteos Verschwinden und das Verschwinden seines Computers zusammenhängen?«

»Nein, um Himmels willen!« Sara schüttelte energisch den Kopf. »Ich habe ihr erklärt, dass das irgendjemand war, der einfach etwas mitgehen lassen wollte, was man eventuell zu Geld machen kann – und dass solche Leute niemals am selben Ort zweimal zuschlagen. Nur ein unglücklicher Zufall.«

»Und das hat sie geglaubt?«

»Natürlich, was denkst du denn? Meine Mutter glaubt mir alles.« Sara guckte dabei so streng, dass Siena nicht umhinkonnte zu vermuten, dass Saras Mutter, sollte sie doch ausnahmsweise einmal irgendwelche Zweifel an den Thesen ihrer Tochter hegen, es niemals wagen würde, das laut auszusprechen.

Sara rutschte jetzt unbehaglich auf ihrem Stuhl hin und her, verkündete aber mit bombenfester Stimme: »Und übrigens habe ich das Gleiche der Polizei erzählt.«

Siena brauchte einen Moment, bis sie diese Information verarbeitet hatte. »Du hast *was*?«, fragte sie dann.

»Ich habe denen nichts von Matteos Verschwinden erzählt«, bestätigte Sara. »Aber Sara, so können die doch gar nicht das Ausmaß verstehen von diesem Einbruch und euch irgendwie helfen. Euch beschützen! Die Polizei muss unbedingt wissen, dass offensichtlich jemand euer Haus beobachtet hat, dass Matteo vielleicht in Gefahr ist oder du oder …« *Oder die Kinder*, hatte Siena ergänzen wollen, konnte sich aber gerade noch stoppen. Sie brauchte es auch nicht laut auszusprechen, denn Sara wusste natürlich genau, was gemeint war. Ihre Augen füllten sich mit Tränen, aber sie schluckte und sagte: »Ich glaube kaum, dass die uns Personenschutz gewährt hätten. Und was sollen sie sonst machen, um uns zu beschützen?« Wieder schüttelte sie energisch den Kopf, bevor sie fortfuhr: »Wenn Matteo wirklich in Schwierigkeiten ist, dann könnten ihn Nachforschungen der Polizei da noch tiefer hineinreiten.«

»Oder eben nicht. Vielleicht könnte ihm dadurch geholfen werden«, widersprach Siena. »Und euch.«

Sara kuschelte sich tiefer in die Decke und legte ihren Kopf auf der Rückenlehne des Stuhls ab. Eine Weile starrte sie in den Nachthimmel.

»Nein«, sagte sie dann leise. »Mein Gefühl sagt mir, dass *ich* Matteo helfen muss. Dass ich ihn finden muss.«

»Du meinst *wir*«, erwiderte Siena, streckte ihre Hand aus und griff nach Saras. Deren Hand war eiskalt. Siena drückte sie ganz fest und beschloss, dass es höchste Zeit war, endlich reinen Tisch zu machen.

Und so berichtete sie Sara von der Postkarte mit Matteos Telefonnummer im *Hotel Paradiso*, vom beunruhigenden Verhalten Ettore Baldis, von Martinas Andeutungen und vom geheimnisvollen Safe House. Sara hörte sich alles ohne eine einzige Zwischenfrage aufmerksam an und ließ Siena dabei keine Sekunde aus den Augen. Selbst die erfundene Dienstreise nach Hamburg ließ sie unkommentiert. Als Siena sich sehr kleinlaut für diese Notlüge entschuldigte, sagte sie nur: »Du wolltest mich beruhigen, ist schon in Ordnung.« Und nach einer kurzen Pause fügte sie hinzu: »Und ich danke dir, Siena, dass du in der Kanzlei warst und dich sogar auf diese Party hast einschleusen lassen, um mir zu helfen.« In Sienas Hand wurde Saras allmählich ein bisschen wärmer.

»Weißt du eigentlich etwas über diese dunklen Machenschaften im Studio, die es tatsächlich zu geben scheint? Ich meine, hat Matteo mal etwas erzählt?«, wollte Siena wissen.

Sara zögerte kurz, bevor sie antwortete. »Matteo hat nichts erzählt, aber ich hatte seit einiger Zeit das Gefühl, dass ihn etwas wahnsinnig belastet. Er war gar nicht mehr der Alte.« Wieder zögerte sie. Dann ergänzte sie: »Und wegen meiner Kontakte zur Staatsanwaltschaft habe ich in letzter Zeit ab und zu etwas gehört. Matteo hat aber immer behauptet, das wären nur Neider, die Lügen über die Kanzlei in die Welt setzen. Schließlich hat das *Studio Legale Dante* sehr hochkarätige Klienten.« Nach kurzem Nachdenken setzte Sara sich mit Schwung wieder kerzengerade hin. »So. Wir brauchen jetzt einen Plan. Das Wichtigste ist: Hast du diese Martina kontaktiert? Vielleicht weiß sie, was dieses Safe House überhaupt sein soll?«

Jetzt war es an Siena, unbehaglich hin und her zu rutschen. »Ihr Handy war den ganzen Tag aus«, berichtete sie und spürte dabei wieder den eisigen Klumpen im Magen.

Sara atmete hörbar ein und aus. »Oh nein«, flüsterte sie. »Denkst du, sie ist …« Sie redete nicht weiter.

»In Gefahr?«, ergänzte Siena.

Sara nickte.

»Nein.« Siena schüttelte den Kopf. Und um sich selbst davon zu überzeugen, wiederholte sie noch einmal laut und bestimmt: »Nein, sie hat sicher nur den ganzen Tag geschlafen nach der Party gestern. Vielleicht hat sie einen Kater.« Sie verschwieg wohlweislich, dass Martina gar nicht wild gefeiert hatte.

Es ist ziemlich untypisch für Martina, eine Party vor deren Ende zu verlassen. Das waren Davides Worte gewesen. Aber wer sagte denn, dass sie nicht nach der Party noch in irgendeinen Club weitergezogen war und dort durchgefeiert hatte? Bestimmt war es genau so gewesen.

»Oje, ich muss los. Meine Mutter dreht durch, wenn sie abends so lange alleine im Haus ist.« Sara stand auf, wickelte sich in einer raschen Bewegung aus der Decke und schnappte sich ihre Handtasche.

Siena rappelte sich eilig auf. Sie wusste, dass sie jetzt sehr schnell sein musste, wenn sie sich noch verabschieden wollte. Sara stapfte bereits in der Dunkelheit in Richtung Auto. »Grüße an Marcella und an Gianni«, rief sie über ihre Schulter zurück. »Ich gehe gar nicht mehr rein, ich will ja nicht stören.« Trotz der vielen Sorgen musste Sara bei diesem Kommentar ein bisschen kichern. Siena verdrehte die Augen. Seit sie im Sommer nach Jahrzehnten endlich kapiert hatte, dass Gianni etwas mehr war als nur der Untermieter ihrer Großmutter, wurde sie von ihrer besten Freundin ständig und ausdauernd damit aufgezogen. Sie ignorierte den Kommentar und erwiderte stattdessen: »Jetzt warte doch mal. Oder arbeitest du an einem neuen Rekord für einen besonders schnellen Abgang?«

Sara blieb stehen und drehte sich um. »Nicht *ich* bin zu schnell, cara. *Du* bist zu langsam.« Sie lachte und umarmte Siena. »Irgendwie fühle ich mich jetzt trotz allem ein bisschen besser, nach dem Abend mit dir. Danke.«

Siena drückte sie fest und sah zu, wie die Freundin schwungvoll die Autotür aufriss, sich in den Sitz fallen ließ und die Tür sofort wieder zuknallte. Dann ließ sie aber noch einmal das Fenster herunter: »Ich würde sagen, du bleibst an Martina dran. Und ich werde mir mal Matteos Unterlagen genauer ansehen.«

»Hat er denn Unterlagen zu Hause?« Sienas Herz schlug sofort wieder schneller.

»Ich habe keine Ahnung, ich habe mich um seine Arbeitssachen nie gekümmert. Aber jetzt denke ich, es ist einen Versuch wert, mal die Schubladen und Fächer seines Schreibtisches zu durchforsten.«

Mit diesen Worten ließ Sara den Motor an und gab Gas. Siena, die sehr nah am Auto gestanden hatte, machte einen Satz zurück. »Madonna mia santa«, murmelte sie. »Das war knapp.«

VORSATZ NUMMER 19

BEGINNE IMMER AM ANFANG

Als die Rücklichter von Saras Auto immer kleiner wurden, konnte Siena ein mulmiges Gefühl nicht abschütteln, das sie einhüllte wie die Dunkelheit und die Decke gerade eben auf dem Plastikstuhl. Normalerweise fühlte Siena sich hier, auf dem kleinen Hügel mit den über alles wachenden Zypressen, immer sicher, ruhig und geborgen. Aber in diesem Moment, als Saras Auto endgültig verschwand und sie nur noch von Nacht und von Stille umgeben war, da fror sie plötzlich.

Was, wenn dort hinten, bei den Zypressen, jemand stand und sie beobachtete? Oder sogar noch näher – dort drüben, zwischen den Olivenbäumen, an denen im Sommer ihre geliebte Hängematte befestigt wurde? Sie kniff die Augen zusammen und starrte in die Richtung. Keine Chance. Selbst jemand mit besseren Augen würde niemanden erkennen können. Die Dunkelheit bot jedem, der sich nähern wollte, genügend Schutz, um unbemerkt zu bleiben.

Ein Geräusch ließ Siena zusammenzucken. Sie fuhr herum. Gianni stand nur wenige Meter hinter ihr. »Scusa, Sienarella, ich wollte dich nicht erschrecken«, sagte er entschuldigend.

Siena atmete tief durch. Ihre Hände zitterten ein wenig, und sie verschränkte die Arme vor der Brust. »Kein Problem«, log sie. Als sie Gianni so vor sich sah, mit seinem vertrauten Gesicht und dem gutmütigen Lächeln, da beschloss sie, das Logischste zu machen. Nur, weil ihre Nonna dafür zu stolz war, musste sie ja nicht den gleichen Fehler machen.

»Wo warst du eigentlich heute Nachmittag? Du hast gar nichts erzählt«, fragte sie geradeheraus. So. Basta. Sie hatte jetzt eine ganz normale Frage gestellt, auf die er sicher ganz normal antworten würde. Und sofort würde sich das komplette Chickengate mit einem Schlag in Luft auflösen.

Doch leider reagierte Gianni nicht wie erwünscht. Er wirkte direkt etwas verlegen und murmelte nur: »Bei Freunden«, bevor er sich umdrehte und zur gelben Vespa hinüberging, die Siena heute Mittag einfach vor dem Schuppen abgestellt hatte. »Bist du schon damit gefahren? Gefällt sie dir?«, fragte er und schob die Vespa, ohne eine Antwort abzuwarten, in den Schuppen hinein.

Siena schloss kurz die Augen. Merda, merda, doppiamerda! Wieso konnte sich nicht wenigstens eines ihrer verdammten Probleme von ganz allein lösen? Ein einziges? Sie beobachtete Gianni, wie er eifrig das Schuppentor schloss und es dabei ziemlich offensichtlich vermied, in ihre Richtung zu schauen, und schlagartig wurde ihr klar: Chickengate hatte sich keineswegs in Luft aufgelöst. Es hatte soeben neu an Fahrt aufgenommen.

Als Siena im gemütlichen Bett in ihrem vertrauten Zimmer seit Kindertagen lag, brauchte sie sehr lange, um zur Ruhe zu finden. Martina, die Gallina, Davide, Gianni, Sara, Matteo, Matteos Laptop, Luca, die Nonna, Ettore Baldi und natürlich Straghetti – sie alle wirbelten in ihrem Kopf durcheinander wie ein chaotisches und zu grelles Kaleidoskop. Mit all ihrer Willenskraft versuchte Siena, die wirbelnden Steinchen anzuhalten und ihre Gedanken auf sehr langweilige Dinge wie zum Beispiel den Veranstaltungskalender und die Lokal-News, die sie am Montag wieder würde schreiben müssen, zu lenken. Doch gerade, als sie es geschafft hatte, allmählich doch ein wenig schwer und müde zu werden, da schoss ihr plötzlich wie ein heißer, fast schmerzhafter Blitz ein Gedanke durch den ganzen Körper. Ein Gedanke an etwas, das sie fast schon wieder vergessen – oder verdrängt? – hatte. Es war der Gedanke an Saras beiläufige Bemerkung. *Unten an der Weggabelung stand ein Auto. Ich konnte es im Dunkeln nicht richtig sehen, aber ich glaube, es saß jemand hinter dem Steuer. Ich bitte dich, an der Stelle steht ja wohl* nie *jemand!*

Irgendwann rutschte Siena doch noch in einen unruhigen Schlaf. Sie konnte gar nicht unterscheiden, ob sie tatsächlich schlief oder ob sie noch wach war und ob die Bilder, die vor ihrem inneren Auge abliefen, Gedanken oder Träume waren. Imme wieder tauchte ihr Bewusstsein aus dem Dämmerschlaf auf und sank dann wieder hinein in eine seichte Traumwelt direkt unter der wachen Oberfläche.

Und dann war da plötzlich dieses Geräusch.

Das Geräusch, bei dem Siena sich senkrecht im Bett aufsetzte und sofort mit hundertprozentiger Sicherheit wusste, dass sie wach war.

Hellwach.

Das Geräusch war direkt unter ihrem Fenster, unten im Hof. Es war ein Knirschen, ein Rascheln, ganz diffus nur, aber Siena wusste trotzdem sofort und ohne Zweifel, dass ein Mensch dieses Geräusch verursachte. Sie hatte keine Motorengeräusche, keine Autotür gehört – also musste dieser Mensch zu Fuß zum Haus der Nonna gekommen sein.

Leise schlüpfte Siena aus dem Bett. Sie wagte kaum zu atmen, obwohl es natürlich ausgeschlossen war, dass der unbekannte Besuch sie draußen würde atmen hören. Ihr Mund war trocken, ihre Hände eiskalt. Das Herz klopfte in ihrer Kehle, und sie musste mit aller Kraft gegen die aufsteigende Panik kämpfen. Sie biss die Zähne zusammen, bis es wehtat, und trat langsam, ganz langsam, ans Fenster. Vorsichtig schob sie den Vorhang ein wenig zur Seite und spähte mit angehaltenem Atem nach unten.

Sie unterdrückte einen Aufschrei, als sie den Lichtkegel einer Taschenlampe und eine schemenhafte Gestalt unten im Hof erkannte. Die Gestalt war schwarz gekleidet und kaum zu sehen. Der Lichtkegel der Taschenlampe kam aus der Richtung des Schuppens, entfernte sich jetzt aber. Nach wenigen Metern drehte die Gestalt sich um, wandte Siena, dem Haus und dem Schuppen den Rücken zu und beleuchtete nun den Weg vor sich. Mit schnellen Schritten überquerte die Person die Auffahrt, und der Lichtkegel bewegte sich durch das Tor auf den Kiesweg hinaus und verschwand rasch immer weiter.

Siena versuchte, ihre hektische Atmung unter Kontrolle zu bekommen, und starrte dem Licht nach. Es war kaum mehr sichtbar, dann erlosch es ganz. Kurz darauf leuchteten die gut erkennbaren Scheinwerfer eines Autos auf. Der nächtliche Besuch hatte also in einiger Entfernung, am Ende des Kieswegs, geparkt und war von dort aus zu Fuß bis hierher gegangen. Siena ließ sich an der Wand entlang langsam nach unten rutschen, bis sie auf dem Fußboden saß. Ihre Beine fühlten sich völlig kraftlos an.

Was sollte sie tun? Die Polizei rufen? Nach unten gehen? Nachsehen, was die Person gemacht hatte?

Nach einer Weile spürte Siena, wie ihr ganzer Körper immer kälter wurde, und sie rappelte sich auf und kroch unter ihre Bettdecke. Sie fühlte sich wie ein hilfloses Kind. Der Wunsch, ihre Nonna zu wecken oder sich zu ihr ins Bett zu legen, wie sie es früher immer getan hatte, wenn sie Angst gehabt hatte, war für einen Moment lang da, wurde aber sofort von ihr im Keim erstickt. Nein, sie war jetzt erwachsen, verdammt noch mal. Und egal, was sie tat: Ihre Großmutter zu beschützen und ihr keine Sorgen zu bereiten, das würde immer ganz oben auf ihrer Prioritätenliste stehen.

Siena fand bis zum Morgengrauen nicht mehr in den Schlaf zurück, verharrte aber in ihrem Bett, weil sie immer noch unschlüssig war, was sie tun sollte. Erst, als sich mit einem sanften Morgenrot draußen ein neuer, strahlender Herbsttag ankündigte und es von Minute zu Minute heller wurde, wagte sie es, unter der Bettdecke hervorzukriechen. Sie zog sich ihre dicke Strickjacke über den Pyjama und schlich die Treppe nach unten. Sie hörte ihre Großmutter bereits in der Küche klappern und das surrende Geräusch der Waschmaschine. Erstaunlich, wie früh sie schon aktiv war.

An der Haustür zögerte Siena noch einmal kurz, zog dann aber ihre Sneakers an und schlüpfte nach draußen. Die Schönheit des Morgens und der Landschaft war so überwältigend, dass Siena für einen Moment die Schrecken der Nacht vergaß. Die Sonne hatte sich schon weit in den Himmel geschoben, und nur noch letzte, rötliche Fäden durchzogen das leuchtende Blau. Die Zypressen standen schwarz, scharf und klar in der Landschaft, und die Felder leuchteten ockergelb dazwischen. Ein würziger Duft lag in der Luft, der von den großen Töpfen mit Rosmarin, Thymian, Basilikum und Oregano stammte, die direkt neben der Haustür standen und von der Nonna täglich vor dem Kochen aufgesucht wurden. Vögel, Insekten und das weit entfernte Bellen eines Hundes waren die einzigen Geräusche, ansonsten war es ganz still und friedlich.

Friedlich. Siena schluckte. Friedlich war es heute Nacht nicht wirklich gewesen. Was hatte der unbekannte Besuch hier gemacht? Langsam ging sie um das Haus herum in den Hof und in Richtung Schuppen. Dabei sah sie sich immer wieder nach allen Richtungen um, verharrte, lauschte. Sie hatte ja gesehen, dass sich das Auto am Ende des Kieswegs entfernt hatte, aber vielleicht war die Person noch einmal zu Fuß zurückgekehrt? Oder es war noch eine zweite Person dabei gewesen, die jetzt im Schuppen saß und wartete? Auf sie, Siena, vielleicht? Bei diesem Gedanken bekam sie Angst. Schon immer hatte sie die Krimis am gruseligsten gefunden, in denen der Täter bereits in der Wohnung oder im Haus auf sein Opfer wartete.

An der Wand des Schuppens lehnte ein Spaten. Siena griff nach ihm und hielt den Stiel fest umklammert, als sie sich der Schuppentür näherte. Sie lauschte aufmerksam, doch sie konnte nichts hören außer ein brummendes Insekt direkt an ihrem Ohr.

Uno, due, tre, zählte sie in Gedanken und riss beherzt die Tür auf. Mit angehaltenem Atem scannte sie den ganzen Raum, spähte in alle Ecken, blickte sogar nach oben zur Decke. Sie erwartete zwar nicht wirklich, dass dort jemand nach Spider-Man-Art an den Wänden klebte, aber hundertprozentig ausschließen konnte man es eben doch nicht. Sie atmete erleichtert auf: niemand zu sehen. Doch dann fiel ihr Blick auf die gelbe Vespa, die Gianni gestern noch hier geparkt hatte, und ihre Erleichterung verflog sofort wieder. Sie ging in die Hocke und schaute genauer. Ja, eindeutig. Jemand hatte die Reifen aufgeschlitzt.

Als Siena den Schuppen hastig verließ, wäre sie beinahe mit Gianni zusammengestoßen. Da sie immer noch den Spaten in der Hand hielt und es außerdem sehr ungewöhnlich war, sie an einem freien Tag vor zehn Uhr wach anzutreffen, erntete sie einen ziemlich überraschten Blick. Sie selbst fühlte sich auch direkt ertappt, denn wenn sie eines nicht wollte, dann, dass Gianni die zerschnittenen Reifen sofort bemerkte. Sie hatte die Vespa an die Wand gestellt und davor ein paar Eimer mit alter Wandfarbe platziert und hoffte inständig, dass Gianni weiterhin sein altes rotes Motorino verwenden würde. Nächstes Wochenende würde sie Sara bitten, zu kommen und die Vespa in ihren SUV zu laden, um ihr neue Reifen verpassen zu lassen.

»Arbeitest du heute doch, Sienarella?«, wollte Gianni wissen. »Und warst du gerade im Schuppen?«

»Nein, nein, ich habe erst wieder nächstes Wochenende Redaktionsdienst«, erwiderte Siena – vielleicht einen Tick zu hastig. Gianni musterte sie eindringlich. »Alles in Ordnung, tutto bene?«

»Ja, ich wollte nur … joggen gehen«, erwiderte Siena.

»Joggen gehen? *Du?*« Gianni grinste ungläubig.

»E perché no? Warum nicht? Ich fange heute damit an«, erwiderte Siena, ein bisschen trotzig. Wieso war das denn so abwegig?

Gianni sah nicht überzeugt aus, brummte aber: »Hmmm. Va bene. Und was machst du mit dem Spaten?«

Siena betrachtete den Spaten einen Augenblick lang, nahm ihn dann in beide Hände, streckte ihn hoch über ihren Kopf und machte eine Kniebeuge.

»Den verwende ich als Sportgerät«, erklärte sie. »Ich habe neulich erst einen Artikel darüber geschrieben, dass sich Alltagsgegenstände ganz wunderbar ins Training integrieren lassen.«

Gianni schwieg einen Moment und sah so aus, als müsste er sich stark konzentrieren, um nicht laut zu lachen. Dann nickte er und sagte ernst: »Dann viel Erfolg beim Training, Sienarella.«

Er machte sich auf den Weg zum Haus, vermutlich, um mit der Nonna den ersten Kaffee des Tages zu trinken. Nach wenigen Metern drehte er sich allerdings noch einmal um: »Interessantes Outfit fürs Joggen«, rief er und reckte grinsend beide Daumen in die Höhe.

Siena wartete einen Moment lang, bis die Luft rein war und Gianni im Haus verschwunden war. Dann lehnte sie den Spaten wieder an die Wand des Schuppens und ging zurück zum Haus. Die Morgensonne fiel genau auf die beiden Plastikstühle neben der Wäscheleine, an der bereits

Handtücher im sanften Wind hin und her schaukelten. Offenbar war die Nonna heute am frühen Morgen schon ziemlich fleißig gewesen. Siena befürchtete, dass die Erleichterung darüber, dass Gianni nur spielsüchtig und nicht untreu war, sie zu Hochform auflaufen ließ.

Auf einem der Stühle hatte sich Gianni schon *La Nazione* bereitgelegt, und Siena setzte sich in die Sonne und griff nach der Zeitung. Nach wie vor war das Goldengate die Aufmacher-Story, und Siena konnte sich ein genervtes Schnauben nicht verkneifen. War das denn so interessant? Sie wandte sich lieber einem Artikel über die steigenden Mietpreise in Florenz und danach dem Trainingsbericht der Fiorentina zu.

Allmählich wurde es richtig heiß in der Sonne, und sie fing an zu schwitzen. Umso besser, sie war ja schließlich offiziell beim Joggen. Sie faltete die Zeitung zusammen und stand auf, um sich unter die Dusche zu begeben – da fiel ihr Blick auf eine Todesanzeige. Ein grauhaariger Mann lächelte ihr von einem Schwarz-Weiß-Foto verschmitzt zu, daneben waren ein von Blumenranken umschlungenes Kreuz und der Name *Giuseppe Ragniero* platziert worden. Siena erstarrte.

Giuseppe Ragniero? So hatte doch der Pförtner aus dem *Hotel Paradiso* geheißen? Ihr Blick flog zum Geburtsdatum. Ja, das Alter passte. Das musste er sein! Ihr wurde ein wenig schwindelig bei dem Gedanken an die vielen Blutspritzer, die sie in der Loge gesehen hatte. Sie betrachtete das lächelnde Gesicht genauer und fand den Gedanken, dass es das Blut genau dieses Mannes gewesen war, nur schwer erträglich.

Langsam ließ sie sich zurück auf den Stuhl sinken. Eine

Weile starrte sie einfach nur blind auf die Anzeige, doch dann registrierte sie plötzlich die Adresse, die unten angegeben war. *Indirizzo di lutto*: Die Traueradresse, an die man Kondolenzbriefe schicken konnte.

»Adelina Ragniero«, murmelte Siena. Vermutlich die Witwe. Sie betrachtete nachdenklich die Adresse, dann richtete sie ihren Blick in die Ferne, auf die Weinberge und die Zypressen. Am hellblauen Herbsthimmel zogen mehrere Greifvögel, wahrscheinlich Bussarde, ihre Bahnen.

Sie hatte einen Fehler gemacht, das wurde ihr schlagartig klar. Einen großen Fehler: Sie hatte den Anfang aus den Augen verloren. *Beginnen Sie immer am Anfang!* Ganz sicher war das einer der allerwichtigsten Grundsätze in dem Buch *Die Grundregeln privater Ermittlungen*, das seit Monaten neben ihrem Bett lag. Sie wusste es nicht, weil sie das Buch leider nie gelesen hatte, aber es musste so sein. *Beginnen Sie immer am Anfang!* Und der Anfang, das war ja wohl eindeutig der tote Portier gewesen. In seiner Loge hatte sie schließlich Matteos Kontaktdaten gefunden, doch dann hatte sie Giuseppe Ragniero völlig aus den Augen verloren. Genau wie die Polizei, die von einem Raubmord ausging und der Sache keine Priorität einzuräumen schien.

Siena zog ihr Handy aus der Jackentasche und fotografierte die Todesanzeige ab. Dann gab sie die Adresse bei Google Maps ein. Sie lag in Rifredi, einem Stadtteil im Nordosten von Florenz.

Sie starrte noch eine Weile auf die Zypressen in der Ferne, dann stand sie entschlossen auf.

VORSATZ NUMMER 20

EINS NACH DEM ANDEREN

Gegen Mittag verabschiedete sich Siena unter Protest von der Nonna (»Dai, Siena, bleib wenigstens noch bis zum Essen, ti prego!«) und machte sich auf den Weg nach Rifredi. La Francese hatte zwar kein eingebautes Navi, doch dank des Smartphones fand Siena die in der Todesanzeige angegebene Adresse ohne Probleme. Sie parkte vor einem Block mit ziemlich hässlichen Mietshäusern und stieg aus. Nervös strich sie ihr schwarzes Sweatkleid glatt und betrachtete sich kurz im Außenspiegel ihres Autos. Ihr war es angemessen erschienen, sich für den Besuch bei einer Traueradresse möglichst trübselig zu kleiden. Und dieses alte Kleid war das einzige Kleidungsstück gewesen, das Siena bei der Nonna im Schrank hängen hatte, das nicht farbenfroh war. Doch jetzt schwitzte sie in dem dicken Stoff und bereute, es angezogen zu haben.

Siena scannte die Häuserfront nach Nummernschildern ab und ging ein Stück die Straße entlang. Nach wenigen

Metern hatte sie die Hausnummer 36 erreicht: ein kleines Haus, das sich mit Mühe zwischen zwei größere Gebäudekomplexe zu quetschen schien und ziemlich heruntergekommen aussah. Vor der Tür stand ein Blumentopf, in dem nur noch braunes Gestrüpp wucherte.

Kinderlachen und Geschrei drangen an Sienas Ohr. Wahrscheinlich befand sich irgendwo hinter diesen Mietshäusern ein staubiger Bolzplatz, auf dem alle Bewohner und Bewohnerinnen des Häuserblocks zwischen sechs und zwölf Jahren ihren Sonntag verbrachten. Siena betrachtete einen Moment lang das Klingelschild, auf dem handschriftlich und krakelig *Ragniero* stand. Sie zögerte.

Was sollte sie der Witwe sagen? Sie hatte sich auf der Fahrt hierher eine Ausrede zurechtgelegt, die ihr jetzt leider reichlich absurd erschien: Sie wollte behaupten, dass sie von der Zeitung kam und dass es ein Problem bei der Rechnung für die Traueranzeige gegeben hätte – aber wer sollte das glauben? Gäbe es ein Problem, dann würde sich die Zeitung natürlich telefonisch melden und nicht eine Mitarbeiterin vorbeischicken. An einem Sonntag.

Nein, sie musste sich schnell etwas Plausibleres einfallen lassen. Doch dazu kam es nicht, denn in dem Moment ging die Tür auf, und eine ältere Dame spähte misstrauisch heraus. »Wollen Sie zu mir, oder warten Sie hier auf jemanden?«, wollte sie wissen und musterte Siena eingehend. Siena hatte keine Zeit mehr, sich eine Schwindelei zu überlegen, und so blieb ihr nur eine Option: die Wahrheit. »Ich will zu Ihnen, Signora Ragniero«, antwortete sie.

Die Dame legte den Kopf ein wenig schief. »Kennen wir uns?«, fragte sie. »Nein, wir kennen uns nicht.« Siena schüttelte den Kopf. »Aber ich wollte gerne mit Ihnen sprechen. Es geht um Giuseppe.«

Jetzt sah Adelina Ragniero interessiert aus. »Sind Sie von der Polizei? Na endlich«, erwiderte sie.

»Nein, ich bin nicht von der Polizei. Aber lassen Sie mich trotzdem kurz herein?« Siena spürte das Zögern der Frau und ergänzte: »Bitte, es wäre wirklich wichtig.«

Adelina Ragniero trat einen Schritt zur Seite und bat Siena ins Haus.

Drinnen war es düster, und alles wirkte ein wenig alt und schäbig. Siena überfiel ein Gefühl der Traurigkeit, das sich noch verstärkte, als ihr Blick im Wohnzimmer als Erstes auf das gerahmte Foto von Giuseppe Ragniero fiel, das prominent auf dem kleinen Esstisch platziert worden war. Siena trat näher und sah sich das Foto genau an. Sie glaubte, eine Ähnlichkeit mit Ragnieros Witwe zu erkennen, und erinnerte sich an die Theorie, dass sich Ehepartner im Laufe der Jahre auch optisch aneinander anglichen.

»Mein Bruder war ein ganz schönes Schlitzohr«, sagte Adelina. »Aber ein äußerst charmantes Schlitzohr.«

»Ihr Bruder?« Siena sah Adelina an. »Ich dachte, sie wären seine Ehefrau. Aber Sie sehen sich ziemlich ähnlich.«

»Ich habe nie geheiratet. Und als Giuseppes Frau gestorben ist, habe ich meinem Bruder vorgeschlagen, dass er hier bei mir einzieht. So konnten wir uns die Miete teilen, das war für uns beide eine Erleichterung«, erklärte Adelina. Sie bedeutete Siena mit einer Geste, sich zu setzen, und verschwand in der Küche, um Kaffee zu kochen.

Siena betrachtete das Foto noch eine Weile, dann fiel ihr Blick auf einen Prospekt mit einem gigantischen Schiff. *Traumhafte Kreuzfahrten* stand in großen Buchstaben darüber. Siena griff nach dem Prospekt und blätterte ihn durch, da kam Adelina bereits mit zwei Tassen zurück und stellte eine vor Siena ab. »Das war der Traum meines Bruders«, sagte sie. »Eine mehrmonatige Kreuzfahrt. Er wollte die Welt sehen, davon hat er schon als kleiner Junge geträumt. Aber er hatte nie genug Geld.«

Adelina setzte sich hin, und Siena hatte den Eindruck, dass sie mit einem großen Schluck Kaffee auch ein paar Tränen herunterschluckte. Das Gefühl der Traurigkeit kehrte mit voller Wucht zurück. Wie einsam musste diese Frau sich jetzt fühlen? Schnell trank Siena selbst einen Schluck Kaffee und vermied den Blick in Giuseppes lächelndes Gesicht auf dem Foto.

Adelina räusperte sich. »Va bene. Wer sind Sie, und was wollen Sie hier?«

Sie sah Siena forschend in die Augen, und Siena beschloss in diesem Moment instinktiv, bei ihrer spontanen Strategie zu bleiben: bei der Wahrheit.

»Ich arbeite als Journalistin und wurde ins *Hotel Paradiso* geschickt, nachdem Ihr Bruder …« Sienas Blick fiel doch wieder auf das Foto, und sie verstummte. Sie brauchte ein paar Sekunden, bevor sie weitersprechen konnte: »Ich war im Hotel und … Es klingt vielleicht komisch, aber der Tod Ihres Bruders beschäftigt mich seitdem sehr. Ich möchte wissen, was passiert ist.«

Adelina sah sie scharf an. »Um dann in einer Zeitung darüber zu schreiben?«, fragte sie.

Siena schüttelte den Kopf. »Nein, das ist es nicht. Ich habe das Gefühl, dass in dem Hotel etwas nicht stimmt. Und dass daran noch mehr Leute beteiligt sind. Leute, die ich vielleicht kenne.«

Adelina nickte langsam. »Da haben Sie auf jeden Fall ein besseres Gespür als die Polizei«, stellte sie fest. »Die haben sich nämlich gar nicht weiter für Giuseppe oder für das Hotel interessiert.«

»War die Polizei gar nicht bei Ihnen?«, wollte Siena wissen.

»Ich war dort. Bei der Polizei«, erwiderte Adelina und stellte ihre Kaffeetasse mit einem energischen, lauten Klappern ab. »Ich habe nämlich auch das Gefühl, dass in dem Hotel etwas nicht stimmt.«

Siena beugte sich unwillkürlich ein wenig nach vorne, Adelina tat das Gleiche und sprach jetzt schnell und leise: »Der Besitzer ist vor einem Jahr nach Mailand gezogen und hat das Hotel mehr oder weniger Giuseppe überlassen. Der Chef hat sich zwar noch um die Buchhaltung und ums Finanzielle gekümmert und sich alle Rechnungen schicken lassen, aber das tägliche Geschäft hat er ignoriert. Mein Bruder hat mehr oder weniger alles dort gemacht und in letzter Zeit so gut wie jede Nacht im Hotel geschlafen. In den letzten Monaten war er aber der Einzige, der dort übernachtet hat. Keine Gäste mehr. Giuseppe war dort nur noch eine Art Hausmeister.«

»Das ist wirklich eigenartig«, bekräftigte Siena.

»Es wird eigenartiger.«

»Ach so?«

»Ja. Giuseppe hat plötzlich behauptet, dass er bald so viel Geld gespart haben wird, dass er mit der Arbeit aufhören und endlich auf seine Kreuzfahrt gehen kann.«

»Na ja«, wandte Siena ein. »Wenn der Chef ihn über Nacht quasi vom Portier zum Geschäftsführer befördert hat, dann wird er ihn dafür eben entsprechend bezahlt haben.«

Adelina schüttelte den Kopf. »Das hat die Polizei auch gesagt. Aber sein Konto wurde überprüft und die Finanzen des Hotels natürlich auch. Giuseppes Gehalt war so mickrig wie immer, und die Buchhaltung des Hotels war völlig korrekt.«

»Dann hat er das Geld eben schwarz bekommen und es irgendwo deponiert«, vermutete Siena. Adelina wiegte den Kopf bedächtig hin und her und erinnerte Siena in dem Moment ein kleines bisschen an Sophia Loren, das schlaue Wachhuhn.

»Ich habe Giuseppes Zimmer auf den Kopf gestellt und keinen einzigen Cent entdeckt. Auch keinen Schlüssel für ein Schließfach oder eine Schatzkarte.« Adelina grinste kurz, und Siena stellte fest, dass auch sie ziemlich schlitzohrig aussehen konnte. Dann hob Adelina kurz die Schultern und fuhr fort: »Ich habe den Chef in Mailand angerufen und ihn einfach ganz direkt nach irgendwelchen Extrazahlungen an meinen Bruder gefragt. Und er hat geschworen, dass da keine Gelder geflossen sind. Die Polizei hat ihn auch ausgiebig befragt, und offensichtlich war an dem Typen nichts faul.« Adelina hob noch einmal die Schultern. »Er ist eigentlich auch ziemlich korrekt. Ein bisschen deutsch in seiner Art, wenn Sie verstehen, was ich meine. Un po' tedesco.«

»Aber das ganze Hotel einfach dem Portier zu überlassen, das ist doch auch nicht ganz korrekt«, wandte Siena ein. Sie überlegte kurz und fragte dann: »Was passiert eigentlich jetzt mit dem Hotel?«

»Das wird verkauft. Ich glaube, der Besitzer hatte schon längst kein Interesse mehr daran. Es ist ja auch ein ziemlich heruntergekommener Schuppen.«

Ja, dachte Siena, ein ziemlich heruntergekommener Schuppen. *Und was zum Teufel hatte Matteo dort zu suchen!?*

Adelina seufzte. »Weil weder auf den Konten noch sonst irgendwo auffällige Geldsummen gefunden wurden, hat die Polizei mir dann keine besondere Beachtung mehr geschenkt. Sie geht davon aus, dass mein Bruder das Zufallsopfer irgendeines Junkies war.«

»Aber Sie denken das nicht«, stellte Siena fest.

»Nein.« Adelina schüttelte so heftig den Kopf, dass ihre dünnen weißen Haare in alle Richtungen flogen. »Ich glaube, dass mein Bruder sich in Schwierigkeiten gebracht hat.« Ihr Blick ruhte kurz auf seinem Foto, und sie nickte ihrem Bruder liebevoll zu, was Siena erneut einen Stich versetzte.

Sie fasste sich ein Herz. »Sagt Ihnen der Name Matteo Manetti etwas? Hat Ihr Bruder diesen Namen zufällig einmal erwähnt?«

Adelina überlegte kurz. »Nein, der Name sagt mir nichts. Aber mein Bruder hat mir nicht viel von seiner Arbeit erzählt.«

Siena zögerte kurz. »Und sagt Ihnen *Studio Legale Dante* etwas? Die Anwaltskanzlei?«

Wieder verneinte Adelina, aber Siena hatte den Eindruck, dass das Verneinen dieses Mal schneller und heftiger ausfiel als vorher und dass Adelina ein wenig unruhig wurde. Sie stand auf und signalisierte Siena so ziemlich deutlich, dass der Besuch von ihrer Seite aus hiermit beendet war.

Auf dem Weg nach draußen fiel Siena ein Poster des AC Florenz an der Wand im Flur auf. Beim Hereinkommen hatte sie es gar nicht registriert. »War Ihr Bruder ein Fußballfan?«, fragte sie lächelnd.

»Mein Bruder nicht wirklich. Aber ich. Forza Viola per sempre!« Zum ersten Mal, seit Siena da war, strahlte das Gesicht der kleinen Frau, und ihre Augen blitzten.

»Forza Viola«, bekräftigte Siena, und die beiden lächelten sich an.

Auf dem Weg zu ihrer Wohnung war Siena tief in Gedanken versunken. Sie erschrak fast zu Tode, als ihr Handy auf dem Beifahrersitz klingelte. Als sie sah, dass es Sara war, die anrief, setzte sie kurzerhand den Warnblinker und parkte die Francese in zweiter Reihe. Dieser Tage konnte man schließlich nie wissen, ob bei ihrer besten Freundin wieder Laptops oder Ehemänner verschwunden waren. Zum Glück klang Saras Stimme aber ziemlich aufgeräumt. »Mir geht es immer noch besser«, verkündete sie. »Marcella sollte sich auf diese Carbonara ein Patent ausstellen lassen. Die wirken Wunder.«

Siena grinste. »Sie wirken *noch* besser, wenn man *noch* mehr davon isst, glaub mir. Viel hilft viel! Das solltest du beim nächsten Mal unbedingt ausprobieren.«

»Haha«, machte Sara. »Ich wollte dir eigentlich nur kurz sagen, dass ich in Matteos Büro nichts Interessantes gefunden habe. Er hat wahrscheinlich alles Spannende auf diesem Laptop versteckt. Gibt es bei dir was Neues?«

Siena dachte plötzlich zum ersten Mal seit dem frühen Morgen wieder an die zerstochenen Reifen ihrer Vespa und an den nächtlichen Besucher. Sie spürte bei der Erinnerung daran ein Kribbeln in ihrem Nacken, aber sie wollte Sara davon nichts erzählen. Gerade jetzt, wo sie sich ein bisschen besser fühlte, sollte sie sich keinesfalls schon wieder neue Sorgen machen. Siena setzte an, Sara stattdessen vom Besuch bei Adelina Ragniero zu erzählen, als sie im Rückspiegel sah, dass sich ein Polizeiauto näherte. »Sara, ich parke in zweiter Reihe, ich melde mich später«, sagte sie hastig und legte auf. Dann setzte sie artig den linken Blinker und fädelte sich wieder in den rollenden Verkehr ein, noch bevor das Polizeiauto sie erreicht hatte.

Als Siena wenig später ihre Wohnungstür mit einem lauten Rums hinter sich zuwarf und ihre Jacke und Tasche einfach so im Flur auf den Boden fallen ließ, spürte sie erst, wie müde sie war. Kein Wunder, sie hatte schließlich sehr wenig geschlafen in der letzten Nacht. Sie beschloss, den Sonntagnachmittag für das zu nutzen, wofür er eigentlich von Natur aus vorgesehen war, nämlich für eine ausgiebige Siesta. Sie ging schnurstracks ins Schlafzimmer, ließ sich samt Klamotten aufs Bett fallen und schloss mit einem erleichterten Seufzer die Augen. Jegliche Gedanken an die zerstochenen Reifen, an das Chickengate, an Giuseppe Ragniero und an all ihre anderen Probleme drängte sie zur Seite und war nach weniger als einer Minute eingeschlafen.

Doch in dem Moment, in dem ihr Handy klingelte, war sie komischerweise sofort hellwach und setzte sich kerzengerade im Bett auf. Das Display verkündete *Davide ruft an*, und Siena wusste instinktiv, dass etwas passiert war. Etwas Unerfreuliches.

Ihr Mund wurde schlagartig staubtrocken, und das »Pronto?«, mit dem sie ans Telefon ging, war mehr gekrächzt als gesprochen.

»Martina ist im Krankenhaus. Kritischer Zustand«, sagte Davide ohne Umschweife. Seine Stimme war nüchtern, wie immer – und doch meinte Siena herauszuhören, dass er erschüttert war. Vielleicht bildete sie es sich auch nur ein, weil sie inzwischen wusste, dass Davide erstaunlicherweise tatsächlich Gefühle hatte.

Siena wollte schlucken, aber ihr Mund war zu trocken. »Was ist passiert?« Die Hand, mit der sie das Handy an ihr Ohr hielt, zitterte, und sie musste sich konzentrieren, es fest zu umklammern, um es nicht fallen zu lassen.

»Sie wurde mit Verletzungen am Hinterkopf aufgefunden. Auf der Straße direkt vor ihrem Haus.« Davide musste sich kurz räuspern, bevor er weitersprechen konnte. »Sie wurde ins künstliche Koma versetzt.«

Siena spürte eine Welle der Übelkeit aufsteigen. »Wann?«, flüsterte sie.

»In der Nacht von Freitag auf Samstag. Vermutlich wurde sie auf dem Heimweg von der Party überfallen. Eine Gruppe von Studenten hat sie zum Glück auf der Straße gefunden und sofort den Notarzt gerufen.«

»Woher weißt du es?«

»Ale hat die Sache keine Ruhe gelassen. Er hat über Instagram Martinas ehemalige Mitbewohnerin angeschrieben, und die hatte die Nummer von Martinas Eltern.«

Siena ließ sich an die Rückenlehne ihres Bettes sinken und legte den Kopf auf ihren angezogenen Knien ab. Sie versuchte, tief zu atmen und die Übelkeit unter Kontrolle zu bringen. Gedankenfetzen wirbelten wild durch ihren Kopf, und ihr wurde schwindelig, obwohl sie saß.

»Siena?«, fragte Davide. »Bist du noch dran?«

»Ja, ich bin noch dran. In welchem Krankenhaus liegt sie?«

»Santa Maria Nuova.«

Siena rappelte sich mühsam hoch und stand vom Bett auf.

»Siena?« Davides Stimme klang scharf. »Siena, es bringt überhaupt nichts, wenn du da jetzt hinfährst. Es dürfen nur enge Angehörige zu ihr. Und außerdem liegt sie im Koma, falls du weißt, was das bedeutet. Es bedeutet, dass sie ganz bestimmt nicht mit dir plaudern wird.«

»Natürlich weiß ich das. Und wer sagt denn überhaupt, dass ich da jetzt hinfahre? Ich fahre nicht hin.«

»Natürlich nicht«, antwortete Davide und legte auf.

VORSATZ NUMMER 21

NIE VERGESSEN: LEICHTGLÄUBIGKEIT KANN HELFEN, ABER AUCH SCHADEN

Fünfzehn Minuten später stieg Siena vor dem *Ospedale Santa Maria Nuova* vom Fahrrad. Sie hatte keine Ahnung, mit welcher Schwindelei sie versuchen sollte, zu Martina zu gelangen. Sie wusste nur, dass sie es wenigstens versuchen musste. Sie fühlte sich ihr seltsam verbunden – und sie hatte ein unendlich schlechtes Gewissen, weil sie davon überzeugt war, dass sie Martina in Gefahr gebracht hatte. *Sie* hatte ihr schließlich all die Fragen zur Kanzlei und zu Matteo gestellt, *sie* hatte sie zuerst mit Ettore Baldi und dann auf der Party allein gelassen. Und Siena hatte gelesen, dass auch Menschen im Koma es spürten, wenn jemand da war. Wenn jemand ihnen gut zuredete, ihnen Mut machte. Vielleicht wollte sie aber auch nur mit eigenen Augen sehen, dass die Maschinen, an denen sie bestimmt hing, noch Lebenszeichen empfingen.

Sie hastete auf den Eingang des imposanten Gebäudes mit dem langen, prächtigen Arkadengang zu. Das Krankenhaus war das älteste in ganz Florenz und existierte schon seit dem 13. Jahrhundert mitten in der Stadt, ganz in der Nähe des Doms. Doch für seine spannende Geschichte und seine architektonische Schönheit hatte Siena heute überhaupt keinen Sinn. Jetzt musste sie sich konzentrieren.

Sie eilte durch die Tür, stürzte ohne zu zögern an den Empfang und rief der Dame dahinter mit zitternder Stimme zu: »Meine Schwester Martina liegt hier. Martina …« Oh nein. Wie war noch einmal der Nachname gewesen? Davide hatte ihn doch gestern am Telefon genannt? Irgendein Insekt … Mücke? Wespe? *Fliege.* »Martina Mosca. Sie wurde schon in der Nacht von Freitag auf Samstag eingeliefert. Ich wollte früher kommen, aber ich musste erst anreisen. Aus Palermo.«

Die Frau am Empfang, auf deren Namensschild *Valentina Carmine* stand, musterte Siena eindringlich, aber in ihrem Blick lag definitiv Mitleid. Kein Wunder. Das Zittern in ihrer Stimme hatte Siena gar nicht spielen müssen, und beim Gedanken daran, dass Davide Martinas Zustand als »kritisch« bezeichnet hatte, schossen ihr jetzt völlig echte Tränen in die Augen.

»Was hat Ihre Schwester denn?«, fragte Valentina.

Siena beugte sich über den Tresen. »Sie wurde überfallen«, sagte sie leise. »Überfallen und einfach niedergeschlagen und …«

Manaccia. Jetzt rollte tatsächlich eine Träne über ihre Wange. Siena wischte sie schnell weg. Das hatte sie so nicht geplant.

»Oddio, quella ragazza! Orribile. *Das* ist Ihre Schwester?« Sie griff nach dem Telefon auf dem Tresen und nahm den Hörer ab. »Valeria? Senti, hör zu.« Danach sprach sie sehr schnell und sehr leise, und weil draußen gerade ein Krankenwagen mit ohrenbetäubend lauter Sirene vorbeifuhr, konnte Siena nichts verstehen. Angespannt knetete sie ihre Hände und ließ die Frau am Telefon keine Sekunde aus den Augen.

»Sie haben Glück«, sagte die Empfangsfrau, als sie den Hörer wieder aufgelegt hatte. »Auf der Intensivstation hat heute Valeria Dienst. Sie ist die netteste Krankenschwester in dem ganzen Laden hier.« Valentina legte eine kurze Pause ein. »Und sie ist meine Schwester«, ergänzte sie nach ein paar Sekunden.

Siena hielt die Luft an und sagte nichts.

»Obwohl keine Besuchszeit ist, führt Valeria Sie ganz kurz zu Ihrer Schwester. Ihre Eltern waren ja heute schon da.«

»Ja, ich weiß.« Siena nickte hastig.

Die Frau erklärte ihr genau den Weg zur Intensivstation, dann beugte sie sich über den Tresen und streichelte kurz Sienas Arm. »Ich verstehe Sie. Ich will mir gar nicht vorstellen, dass meiner Schwester so etwas passieren könnte.«

Siena fühlte sich ziemlich schuldig, als sie den Weg durch Treppenhäuser, Glastüren und Flure bis zur Intensivstation zurücklegte. Aber ein bisschen stolz war sie auch. Im Lügen wurde sie allmählich immer besser! Und das war schließlich für jede private Ermittlerin, Geheimagentin oder Spionin, die etwas auf sich hielt, unabdingbar.

Valeria empfing sie am Eingang zur Station. »Sind Sie die Schwester von Signora Mosca?« Siena nickte. »Dann kommen Sie mit. Sie brauchen erst einmal einen Kittel und eine Maske.«

Siena folgte ihr durch den Gang, und plötzlich fiel ihr Blick auf den Mann, der ihnen entgegenkam. Auch er trug eine Maske und einen Kittel, doch Siena erkannte seine Figur, seine Frisur, seinen Gang sofort. Ihr wurde eiskalt, und sie wäre vor Schreck beinahe wie angewurzelt stehen geblieben. Sie zwang sich, möglichst normal weiterzugehen, um keine Aufmerksamkeit zu erregen. Das Letzte, was sie jetzt brauchen konnte, war, von *ihm* erkannt zu werden. Als sie auf gleicher Höhe waren, musterte der Mann sie intensiv von der Seite, und sie schaute schnell zu Boden. Ihr Herz klopfte wie verrückt. Valeria sagte freundlich »Arrivederci« und nickte dem Mann zu. Siena zwang sich, ruhig zu bleiben, und war erleichtert, als Valeria sie nach wenigen Metern in einen kleinen Raum bugsierte, wo sie ihr die Maske und den Kittel in die Hand drückte. Ihr Herz klopfte immer noch wie verrückt.

Ettore Baldi. Er war es gewesen, zu hundert Prozent. Was machte er hier im Krankenhaus bei Martina? Sie spürte, dass Valeria sie beobachtete, und schaute auf. »Sie sind ganz schön durch den Wind, oder?« Die Stimme der Krankenschwester war ruhig und sanft und sorgte dafür, dass Siena schon wieder die Tränen in die Augen stiegen. Sie nickte nur.

»Kennen Sie Martinas Freund eigentlich noch gar nicht?«, fragte Valeria unvermittelt.

»Martinas Freund?« Siena war verwirrt.

»Der Mann, der uns gerade im Flur begegnet ist. Sie haben ihn gar nicht gegrüßt.«

Siena schaute nach unten und nestelte an ihrem Umhang herum, um ihre Verwunderung zu verbergen. Sie verstand gar nichts mehr. Ettore Baldi? Martinas Freund? Irgendetwas musste sie hier falsch verstanden haben. Aber eines hatte sie kapiert: Valeria war nicht gerade die Diskretion in Person, und das musste sie nutzen.

»Nein, Martina ist noch nicht lange mit ihm zusammen«, sagte sie, blickte auf und sah Valeria in die Augen. »Ehrlich gesagt, ich wusste bis jetzt noch gar nichts von ihm.«

»Er stand an ihrem Bett, als ich in ihr Zimmer kam. Er hatte sich über sie gebeugt, er sah so verzweifelt aus.« Valeria seufzte. Vielleicht schaute sie zu viele romantische Filme an. Siena hingegen, die vielleicht zu viele Krimis anschaute, dachte sofort: Muss man sich nicht auch über jemanden beugen, den man zum Schweigen bringen will? *Endgültig?* So eine Szene gab es doch in vielen Krimis! Ein Mordanschlag, der missglückt. Das Opfer liegt im Krankenhaus, eigentlich mit Polizeischutz direkt vor der Tür des Krankenzimmers. Doch dann muss der Polizeischutz aufs Klo. Schüttet sich den Kaffee über die Uniform. Bekommt einen Anruf seiner heimlichen Geliebten. Irgendetwas, das ihn von seinem Posten vertreibt und den Weg frei macht für den Täter, der zurückkehrt, um seinen Job zu Ende zu bringen.

»Sind Sie bereit?« Valerias Stimme holte Siena zurück in die Realität. Mit einem beklommenen Gefühl folgte sie der Krankenschwester zu Martinas Zimmer. Bevor sie eintraten, fragte Siena: »Haben Sie den Freund meiner Schwester hier hereingelassen?«

»Nein, das muss eine meiner Kolleginnen gewesen sein. Wie gesagt, ich kam ins Zimmer, und da stand er. Ich bin zuerst erschrocken, aber dann hat er mir gleich erklärt, dass er der Freund ist.«

Na wunderbar, dachte Siena. Valeria und Valentina schienen wirklich ein besonders leichtgläubiger Menschenschlag zu sein. Wenn sie das von ihren Eltern geerbt hatten, dann hatten die beiden jedenfalls als Teenager keinerlei Probleme gehabt, heimlich auf Partys zu gehen und dann wilde Erklärungen für ihre Abwesenheit anzubringen. Eines stand fest: Auf ihre Künste im Schwindeln musste sie sich wohl doch nicht ganz so viel einbilden.

»Er ist ja um einiges älter als Ihre Schwester, soweit ich das mit der Maske beurteilen konnte. Aber wo die Liebe hinfällt. Dove cade la'amore.« Wieder seufzte Valeria und legte sich eine Hand aufs Herz, und Siena musste sich Mühe geben, nicht mit den Augen zu rollen. Doch im nächsten Moment hatte die romantische Krankenschwester mit den leichtgläubigen Genen sie schon ins Zimmer bugsiert, und der Anblick von Martina und all den Geräten raubte Siena einen Moment lang den Atem.

Als sie dann am Krankenbett stand und beobachtete, wie Martinas Augenlider flatterten, und als sie sah, wie still und blass sie dalag und wie ihr perfekt geschnittener Bob einen kastanienbraunen Haarkranz auf dem weißen Krankenhauskissen formte, da konnte sie sich nicht mehr beherrschen.

Siena weinte, wie sie schon lange nicht mehr geweint hatte. Die OP-Maske war schnell völlig durchnässt, ihre Nase lief, und sie wurde von Schluchzern geschüttelt. Erst nach einer gefühlten Ewigkeit hatte sie sich wieder so weit im Griff, dass sie ihre Hand ausstrecken und sie sanft auf die von Martina legen konnte.

»Perdonami, Martina. Bitte verzeih mir«, flüsterte sie.

In ihren Träumen bestand die Welt aus langen Krankenhausfluren. Viele Türen gingen von diesen Fluren aus ab, und überall hasteten Menschen mit OP-Kitteln und OP-Masken durch die Gegend. Siena hatte das Gefühl, dass Kaugummis an ihren Schuhsohlen klebten, denn sie kam nur sehr langsam und äußerst mühsam vorwärts. Und dabei musste sie sich doch unbedingt beeilen! Jede Sekunde zählte. Denn wenn Baldi es schaffte, vor ihr an Martinas Krankenbett zu gelangen, dann konnte er seinen Job zu Ende bringen. Dieses Mal endgültig.

Siena schwitzte. Sie schwamm an die Oberfläche der Traumwelt und tauchte kurz auf. Nur ein Traum. Sie war in ihrem Schlafzimmer, lag in ihrem Bett. Einmal tief durchatmen. Doch die Müdigkeit zog sie wieder unter Wasser, der Schlaf klammerte sich an ihre Gliedmaßen wie bleischwere Manschetten, und sie wurde wieder in die Traumwelt gezogen, immer tiefer und tiefer.

Sie hatte endlich die Tür zu Martinas Krankenzimmer erreicht. Ihr OP-Kittel klebte inzwischen, von kaltem Schweiß durchtränkt, an ihrem Körper. Siena stieß die Tür auf und erstarrte: Baldi war bereits da. Er hatte es schneller als sie geschafft. Er stand mit dem Rücken zu ihr an Martinas Bett und hatte sich tief zu ihr nach unten gebeugt. Seine Arme schienen die Patientin zu umklammern, doch Siena konnte nicht erkennen, ob seine Hände an ihrem Hals waren – oder presste er sie vielleicht auf Mund und Nase? Siena wollte schreien, aber es kam nur ein Krächzen heraus. Und in dem Moment sah sie es.

Baldi trat ein wenig zur Seite und gab den Blick aufs Bett frei. Er hatte seine Hände weder an Martinas Hals noch auf ihrem Mund und ihrer Nase. Er hielt Martina fest umschlungen, und sie schmiegte sich an ihn und küsste ihn.

Dann schien sie Siena wahrzunehmen, denn sie löste sich kurz aus dem Kuss und schaute zu ihr herüber. Mit einem spöttischen Grinsen sagte sie: »Da staunst du, was? Hast du wirklich geglaubt, ich verrate dir irgendwelche Firmengeheimnisse? Du bist so leicht in die Irre zu führen.« Sie lachte kurz und versank wieder in einen Kuss mit Baldi …

Mit einem Ruck fuhr Siena hoch. »Igitt«, murmelte sie. »Das ist ja widerlich.« Dann erkannte sie, dass sie nur geträumt hatte, und schüttelte erleichtert ihr Kissen auf. Sie trank einen Schluck Wasser aus dem Glas auf dem Nachtschränkchen und legte sich wieder hin.

Doch irgendwie wollte die Erleichterung nicht so recht anhalten. Ein nagender Zweifel machte sich in ihr breit: Was, wenn Valeria recht hatte? Was, wenn Baldi und Martina wirklich etwas miteinander hatten? Was, wenn sie – Siena – mit der Einschätzung der Lage völlig falschgelegen hatte?

Sie setzte sich ein zweites Mal auf, dieses Mal mit wild klopfendem Herzen. Wenn Martina etwas mit Baldi hatte, dann hatte sie ihm natürlich sofort von Sienas Fragen nach Matteo und nach dem Safe House erzählt. Und vielleicht hatte Baldi daraufhin jemanden zum Haus der Nonna geschickt, um ihre Reifen zu zerstechen. Als kleine Warnung, sich nicht weiter einzumischen? Zeitlich würde es genau passen.

Langsam sank Siena zurück aufs Kissen. Aber wer hatte dann Martina niedergeschlagen? Das ergab doch keinen Sinn. Wobei …

Wenn das *Studio* und Baldi in illegale Machenschaften verwickelt waren, dann konnte die Freundin des Chefs ja durchaus auch einmal zur Zielscheibe feindlich gesonnener Konkurrenten werden.

Mit diesen Gedanken fiel Siena noch einmal in einen seichten und unruhigen Schlaf.

VORSATZ NUMMER 22

AM BESTEN DIREKT ZWEI SCHMERZTABLETTEN NEHMEN

Siena wachte mit starken Kopfschmerzen auf und quälte sich mühsam aus dem Bett. Die Gedanken, die sie in der Nacht und in ihren Träumen verfolgt hatten, ließen sich auch bei Tageslicht nicht abschütteln und klebten an ihr wie lästige Kletten. Und diese Kletten stachen auch noch schmerzhaft und unvermittelt zu, wenn sie einmal ganz kurz an etwas anderes denken wollte. Der Weg in die Redaktion erschien ihr unendlich lang und anstrengend. Als sie an der kleinen Boutique in der Via Ghibellina vorbeiradelte, sah sie, dass der gelbe Mantel immer noch im Schaufenster hing und freundlich zu ihr herausleuchtete. Er erschien ihr an diesem Morgen wie ein kleiner Lichtblick.

Im Büro angekommen, holte sich Siena sofort ein Glas Wasser und schluckte eine Schmerztablette. Sie hoffte inständig auf eine schnelle Wirkung. Während sie noch mit ihrem Wasserglas in der Küche stand, ließ eine Stimme unmittelbar neben ihr sie zusammenfahren. Sie war schon wieder völlig in Gedanken versunken gewesen und hatte keine Schritte wahrgenommen.

Davide musterte sie aufmerksam. »Du siehst beschissen aus«, stellte er fest. »Mille grazie«, erwiderte Siena. Mehr sagte sie nicht, weil sie keine Kraft für schnippische Kommentare hatte.

Davide zog kurz die Augenbrauen hoch, dann sagte er: »Ich habe gute Nachrichten, die dich bestimmt aufmuntern werden.«

Siena stellte das Glas ab. »Martina?«, fragte sie und wagte es kaum zu atmen. Davide nickte. »Sie ist aufgewacht, und es geht ihr erstaunlich gut. Ale hat mit ihrer ehemaligen Mitbewohnerin telefoniert.«

Siena atmete tief durch. »Grazie a Dio.« Dann runzelte sie die Stirn. »Aber wie ist das möglich? Als ich gestern Nachmittag dort war, da war sie doch noch völlig …« Sie verstummte abrupt. Mist, sie hatte sich verplappert. Vorsichtig spähte sie in Davides Gesicht. Der grinste breit und meinte trocken: »Du meinst, als du gestern *natürlich nicht* hingefahren bist, da lag sie noch auf der Intensiv?«

Siena nickte. »Ja, sie sah so leblos aus, und sie hing an irgendwelchen Geräten.«

»Sie wurde erst einmal sediert und überwacht. Aber das CT hat zum Glück ergeben, dass die Kopfverletzung nur oberflächlich ist, und sie konnte aufgeweckt werden.«

Davide klang genauso besserwisserisch wie eh und je, und Siena fühlte sich zum ersten Mal seit Tagen so, als hätte sie ein Stück ihres normalen Lebens zurück, und das fühlte sich gut an. Leider sollte das Gefühl nicht von Dauer sein. »Kommt Martina dann auf die Normalstation?«, wollte sie wissen.

»Davon gehe ich aus«, erwiderte Davide.

Siena betrachtete ihre braunen Stiefeletten und überlegte. Auf der Normalstation wurden Besuche vermutlich weniger genau registriert als auf der Intensivstation. Wobei das ja sowieso keine Rolle spielte, wenn die leichtgläubigen Schwestern Dienst hatten. Sie seufze.

»Siena?« Davides Stimme riss sie aus ihren Gedanken. »Was ist los?«

»Baldi war gestern im Krankenhaus«, setzte Siena an. Sie wollte Davide eigentlich erzählen, dass er der Krankenschwester gegenüber behauptet hatte, Martinas Freund zu sein. Doch Davide ließ sie gar nicht so weit kommen.

»Wie bitte?«, fragte er scharf und zog sein Handy aus der Tasche. Dann ging er aus der Küche heraus.

»Was machst du?«, rief Siena ihm nach.

»Ich rufe Ale an«, gab Davide zurück und verschwand hastig im leeren Konferenzraum. Die Tür warf er mit einem lauten Knall hinter sich zu, und Siena blieb verdattert in der Küche zurück. Manaccia, die Kopfschmerzen pulsierten immer stärker. Nach kurzem Überlegen warf sie noch eine zweite Tablette ein.

Unruhig wartete sie darauf, dass Davide aus dem Konferenzraum zurückkam. Endlich erschien er, aber sein ernstes Gesicht verhieß nichts Gutes.

»Komm mit«, zischte er und ging Siena voraus in einen der beiden Redaktionsräume. Als sie beide im Zimmer waren, schloss er sofort die Tür. Siena fragte sich, ob er sich mit dieser Geheimniskrämerei nur wichtigmachen wollte. Oder hatte er wirklich Angst? Und wenn ja, wovor?

»Ale glaubt, dass Martina in Gefahr ist«, flüsterte Davide. »In Lebensgefahr.« Siena atmete scharf ein. »Denkt er, dass Baldi sie umbringen will?«

»Pssssst«, unterbrach Davide sie hastig. »Nicht den Namen nennen!« Er sah beinahe panisch aus.

Siena versuchte, ihn zu beruhigen: »Uns hört doch hier niemand. Und wenn, dann sind es nur die Kollegen.«

»Niemand soll uns hören, verstehst du. *Niemand*. Und wenn Enzo etwas mitbekommt ... Wer weiß, welche Connections sein Vater zu Baldi hat.«

»Enzos Vater? Was hat der denn damit zu tun?« Siena setzte sich auf einen der Schreibtische. Sie verstand gar nichts mehr.

»Egal«, erwiderte Davide. »Ale weiß auf jeden Fall genug über das Studio und über Baldi, um echt besorgt zu sein. Worüber um alles in der Welt hast du mit Martina auf dieser Party geredet? Du meintest, der Mann deiner Freundin steckt in Schwierigkeiten?«

»Das ist eine komplizierte Geschichte«, begann Siena, als die Tür aufflog und Enzo seinen Kopf hereinsteckte. Er sah ehrlich überrascht aus. »*Ihr* beide? Hier zusammen? Bei geschlossener Tür? Ich würde mich ja für die indiskrete Störung entschuldigen – wenn es eben nicht ausgerechnet *ihr beide* wärt.«

Er grinste. Siena und Davide schwiegen. Das erstaunte Enzo noch mehr.

»Was ist denn los mit euch? Keine bösartigen Kommentare, keine Dementis? Seid ihr krank?« Er wartete keine Antwort ab, sondern wandte sich direkt an Davide: »Du musst sofort los. Vanni hat angerufen. Angeblich treffen sich der Capitano und die Neue zum Mittagessen in Fiesole. Du fährst hin. Wir brauchen Klicks.« Er rieb sich die

Hände und schien nicht zu bemerken, dass sein eifrigster Mitarbeiter wenig motiviert wirkte. Dann nickte der Chef Siena zu. »Du gehst zur Rassehuhn-Ausstellung.«

Siena glaubte, sich verhört zu haben. »Wie bitte?«, fragte sie.

Enzo lachte. »Kleiner Scherz. Rassehühner interessieren doch niemanden.« Wenn du wüsstest, dachte Siena, und ihre Gedanken wanderten kurz zum Chickengate. Sie kannte jedenfalls bereits drei Personen, die aus unterschiedlichen Gründen an Hühnern *äußerst* interessiert waren.

»Nein, Siena, du machst natürlich die Sport-News«, ordnete Enzo an. »Dai, Davide, vieni! Ich fahre dich nach Fiesole«, fügte er hinzu. Er wurde bereits wieder ungeduldig.

Davide packte seine Laptoptasche und warf Siena einen undefinierbaren Blick zu. Bevor Siena etwas darin lesen oder irgendetwas sagen konnte, hatte Enzo Davide bereits in den Gang bugsiert.

»Ich habe dir ein frisches Cornetto mitgebracht, Siena«, rief Enzo noch zu ihr zurück. »Liegt auf meinem Schreibtisch. Hol's dir einfach.«

Dann fiel die Tür der Redaktion hinter den beiden Männern ins Schloss, und Stille breitete sich aus.

Langsam packte Siena ihren Laptop aus und ließ sich an ihrem Lieblingsschreibtisch direkt am Fenster nieder. Sie starrte auf die Ströme von bunt gekleideten Menschen, die in Richtung des Marktes pilgerten, um sich Taschen, Gürtel oder Portemonnaies zu kaufen. Dann lehnte sie sich im Bürostuhl zurück, schloss die Augen und versuchte, tief und ruhig zu atmen. Schade, dass Alessia nicht da war. Die hätte bestimmt die passende Übung für sie parat. *Einatmen, ausatmen.*

Was sollte sie nur tun, um Martina zu beschützen? Sie konnte ja schlecht bei ihr im Krankenzimmer auf einer Isomatte kampieren. Und außerdem …

Der kleine, nagende Zweifel blieb. Siena dachte an den Kuss von Martina und Baldi in ihrem Traum und schüttelte sich angewidert. Dann öffnete sie langsam und vorsichtig ihre Augen. Immerhin: Die Kopfschmerzen ließen allmählich nach.

Siena klappte den Computer auf. Sie würde jetzt ganz konzentriert arbeiten und alles andere für die nächsten Stunden ausblenden. Und sie hoffte, dass die leichtgläubigen Schwestern heute keinen Dienst im Krankenhaus hatten und dass keine ungebetenen Besucher zu Martina vorgelassen werden würden.

Gerade, als sie die Sport-News fertig getippt und hochgeladen hatte, kam auf ihrem Handy eine Nachricht von Sara an. *Du wolltest dich gestern noch einmal melden. Was ist los?* Oje. Das hatte sie in der ganzen Aufregung völlig vergessen. Siena überlegte kurz, aber sie fühlte sich in diesem Moment nicht stark genug für ein staatsanwältliches Kreuzverhör. *Bitte entschuldige! Ich bin gerade in der Arbeit und muss dringend etwas fertig machen. Melde mich morgen.* Dahinter setzte Siena drei Kuss-Emojis und hoffte, ihre strenge Freundin damit zumindest für den Moment zu besänftigen.

Das Knurren ihres Magens kam Siena in der Stille der Redaktionsräume besonders laut vor und erinnerte sie mit einem Schlag an das von Enzo mitgebrachte Cornetto. Das war doch genau das, was sie jetzt brauchte! Voller Vorfreude betrat Siena das Büro ihres Chefs und ging an seinen Schreibtisch, der wie immer ziemlich chaotisch aussah. Überall pappten Post-its mit wichtigen Ideen, Terminen oder Erinnerungen. Siena grinste. Enzo war Ende dreißig und gehörte damit genau wie sie einer Generation an, die sich Dinge gelegentlich noch analog auf Zetteln notierte – auch wenn Enzo das als Chef eines Online-Start-ups gerne vor seinen Mitarbeitern geheim gehalten hätte.

Siena ließ den Blick über den Tisch schweifen. »Meno male.« Sie seufzte erleichtert, als sie die braune Papiertüte zwischen einer leeren Kaffeetasse und der Tastatur des Computers entdeckte. Schnell schnappte sie sich die Tüte, spähte hinein und atmete den süßen Duft des Hörnchens ein. Wunderbar.

Und dann sah sie das Post-it, das direkt unter der Tüte gelegen hatte und jetzt von einem Fettfleck verziert wurde. *Vanni* stand in Enzos hektischer Krakelschrift drauf – und darunter, in Großbuchstaben, *Paradiso*.

Siena stutzte. Vanni, Enzos geheimnisvoller Informant und seine hoch geschätzte und noch höher bezahlte Quelle für alle möglichen und unmöglichen Informationen: War er etwa ins *Hotel Paradiso* geschickt worden? Aber Enzo hatte doch so desinteressiert am Fall des toten Portiers gewirkt. Warum sollte er also den kostbaren Vanni dorthin schicken? Jetzt, wo sie noch einmal darüber nachdachte, war es doch seltsam, dass Enzo sich angeblich so gar nicht für die Story mit dem toten Portier interessiert hatte. Das passte nicht zu ihm.

Gedankenverloren ging Siena zurück zu ihrem Schreibtisch und verputzte dabei völlig abwesend und im Eiltempo das gesamte Cornetto. Als sie wieder zu sich kam, schaute sie enttäuscht auf die wenigen Krümel, die noch in der Tüte lagen. Wie schade! Sie hatte ein ganzes Cornetto verdrückt, ohne es richtig zu genießen. Sie zerknüllte die Tüte und warf sie in den Papierkorb. Dann packte sie ihren Laptop ein und zog sich die Jacke an.

Und was, wenn Enzo doch etwas über die ganze Sache wusste? Über den Toten im Hotel und über die Kanzlei? Oder vielleicht hatte doch Enzos Vater irgendetwas damit zu tun? Davide hatte doch so etwas angedeutet …

Als Siena die Tür der Redaktion hinter sich zusperrte und die Treppe nach unten lief, da beschlich sie einmal mehr ein sehr ungutes Gefühl. Wie groß war dieses Spinnennetz eigentlich – und saßen mitten in den klebrigen Fäden auch irgendwo Enzo oder sein Vater fest?

VORSATZ NUMMER 23

FLUCHTINSTINKT ERNST NEHMEN

Um drei viertel acht stand Siena lustlos vor ihrem Kleiderschrank. Das Letzte, was sie jetzt noch brauchte, war ein Abend mit Luca und seinen Kollegen. Mehrmals schon hatte sie ihr Handy in die Hand genommen, um Luca abzusagen. Und jedes Mal hatte sie das Telefon unverrichteter Dinge wieder sinken lassen. Irgendwie hatte Luca es geschafft, sie mit seiner vorwurfsvollen Art so unter Druck zu setzen, dass sie sich nicht traute, ihn mit einer Notlüge zu versetzen.

Sie zog eine Jeans und eine gelbe Bluse aus dem Schrank. Sie stellte sich vor den Spiegel und versuchte, sich die Haare zu einem Dutt zusammenzustecken. Immer wieder rutschten dicke Strähnen aus dem Gebilde, und Siena fluchte. Dann knallte sie das Haarband und die Nadeln auf den Boden und beschloss, die Haare zu lassen, wie sie waren. Lust, sich zu schminken, hatte sie sowieso nicht. Am Ende kam Luca noch auf die Idee, sie würde sich extra für ihn zurechtmachen. Siena schlüpfte in ihre Sneakers, da klingelte es bereits an ihrer Tür. Punkt acht. Luca war echt ein Streber und immer überpünktlich. Siena verdrehte die Augen. Schnell warf sie ihr Handy und ihr Portemonnaie in ihre geliebte gelbe Fransentasche und zog sich noch ihren Parka über. Dann ergab sie sich in ihr Schicksal und eilte die Treppe herunter.

Luca stand vor der Tür und drückte ihr direkt einen Kuss auf den Mund. Siena war so verdattert, dass sie keine Widerworte formulieren konnte und wortlos in sein Auto stieg. Doch je näher sie der *Bar al Fondo* kamen, desto unwohler fühlte sich Siena. Irgendetwas nagte in ihrem Unterbewusstsein und sandte unruhige Wellen durch ihren ganzen Körper. Was war es nur? Erst, als sie bereits aus dem Auto gestiegen waren und schon am Eingang zur Bar standen, traf Siena die Erkenntnis mit voller Wucht.

Der vierzigste Geburtstag eines Kollegen. Konnte das …? War das eventuell …? Nahm Luca sie da etwa gerade mit zu *Straghettis* Geburtstag?

Siena schluckte. Sie fand die Vorstellung, als ungebetener Gast und als offizielle Begleitung von Luca auf *seinem* Geburtstag aufzutauchen, unerträglich. Sie wollte sich, ihrem Instinkt folgend, umdrehen und einfach gehen. Schnell weg. Weit weg. Doch da hatte Luca schon ihren Arm genommen und sie mit unerbittlich festem Griff durch die Eingangstür bugsiert. Er ließ ihren Arm nicht los, als sie die steile Treppe nach unten gingen, und als sie im Gastraum angekommen waren, ließ er zwar ihren Arm los, griff dafür aber sofort nach ihrer Hand. Er zog sie zielstrebig zu einem Tisch in der Ecke – und noch bevor Siena einen klaren Gedanken fassen konnte, stand sie Hand in

Hand mit Luca vor Fabrizio Straghetti. Ihr Blick traf seinen, und sie glaubte, Verwunderung und Enttäuschung darin zu lesen. Oder bildete sie sich das nur ein? Straghetti sah auf ihre und Lucas Hände herunter. Siena wand ihre schnell aus dem festen Griff und vergrub sie tief in der Tasche ihres Parkas. Luca musterte sie kurz von der Seite, dann streckte er in einer übertriebenen Geste seine Hand aus und sagte: »Auguri, Straghetti. Herzlichen Glückwunsch.«

»Grazie«, erwiderte Straghetti, ohne zu lächeln. Luca stupste Siena an. »Willst du nicht gratulieren?«

Siena räusperte sich. »Auguri«, sagte sie mit einer Stimme, die ihr selbst winzig klein und zittrig vorkam. Wieder stupste Luca sie von der Seite an. »Na komm, Siena, dai. Warum so zurückhaltend? Der Mann hat Geburtstag. Umarme ihn doch mal!« Siena spürte, wie ihr glühend heiß wurde und die Hitze in ihr Gesicht und bis hoch zu ihren Haarwurzeln kroch. Instinktiv trat sie einen Schritt zurück, dann sah sie Luca an. Was war nur mit ihm los? Sein Gesicht war ein einziges breites Grinsen, aber seine Augen waren kalt.

Siena verstand gar nichts mehr, aber zum Glück rief in dem Moment einer von Lucas Kollegen: »Ciao, Bruni, neben mir sind noch zwei Plätze für dich und deine Freundin frei. Kommt doch rüber.«

Erleichtert wandte Siena Straghetti den Rücken zu und folgte Luca an den Tisch. Ihr war elend zumute, und sie wusste, dass dieses Gefühl noch viel schlimmer werden würde, wenn sie noch länger Straghettis forschendem Blick ausgesetzt wäre.

Als Straghetti sah, wie Luca Bruni Hand in Hand mit *ihr* die Bar betrat, da verspürte er für einen kurzen Moment lang Lust, diesem Bruni die Faust mitten im Gesicht zu platzieren. Nur, um ihm dieses selbstgefällige Grinsen auszutreiben. Doch da Straghetti ein vernünftiger und im Allgemeinen auch friedfertiger Mensch war, verflog dieser Impuls sofort wieder und machte einem Gefühl Platz, das ihm beinahe den Atem nahm. Er konnte dieses Gefühl nicht benennen, aber als er in Siena Carciofines Augen schaute und glaubte, darin Verwirrung und Traurigkeit zu lesen, bekam er einen Moment lang kaum noch Luft. Bruni gratulierte ihm mit einem aufgesetzten Grinsen, und alles, was Straghetti wissen wollte, war: Warum war Siena hier, wenn sie doch offensichtlich fest mit Luca Bruni liiert war? Sie musste doch spätestens am Freitagabend in ihrer Küche bemerkt haben, dass er für sie mehr empfand, als vernünftig war. Und er hatte sich eingebildet, dass auch sie so fühlte; dass er ihr nicht gleichgültig war.

Und doch war sie hier und stand Hand in Hand mit einem anderen Mann vor ihm. Und dieser Mann war zu allem Überfluss auch noch sein Untergebener.

Stimmengewirr und Gelächter umtosten Siena wie ein stürmischer Ozean, und sie konnte darin keine einzelnen Wörter oder Sätze identifizieren. Straghettis Blicke brannten auf ihren Armen, auf ihrem Gesicht, auf ihrem Hals, und sie konzentrierte sich nur darauf, nicht in seine Richtung zu schauen. Luca wollte seine Hand auf ihre legen, doch dieses Mal zog Siena sie reflexartig weg. Er musterte sie wieder mit diesem seltsamen, lauernden Blick von der Seite. »Bist du nicht gut drauf, Siena? Du hast ja noch gar nichts von den Antipasti gegessen.« Der Kollegin gegenüber rief er zu: »Siena lässt sich normalerweise kein Häppchen entgehen.« Er lachte.

Wieder kroch die Hitze in Sienas Gesicht. Was war nur mit Luca los? Sie nippte an ihrem Wein, doch augenblicklich wurde ihr übel. Sie war kurz davor, in Tränen auszubrechen, und wusste nicht genau, warum.

Und dann sagte Luca den Satz, der sie erstarren ließ. Den Satz, bei dem sie das Gefühl hatte, sich augenblicklich unter dem Tisch übergeben zu müssen. »Straghettis Frau ist gar nicht dabei. Ich dachte, der Abend wäre mit Begleitung geplant.«

Siena schluckte. »Straghetti ist verheiratet?«, fragte sie entsetzt, bevor sie sich kontrollieren konnte. Sie hatte ganz leise gesprochen, beinahe geflüstert, und trotzdem hatte sie den Eindruck, dass es auf einmal totenstill in der Bar war und dass alle Köpfe sich ihr zuwandten.

»Ach, das wusstest du gar nicht?« In Lucas Stimme lag wieder etwas Seltsames. Schadenfreude? Egal. Sie musste jetzt ganz schnell weg.

»Ich muss kurz auf die Toilette«, murmelte sie und stand auf. Sie griff sich ihre Tasche und betete, dass Luca ihr nicht folgen würde. Als sie sich ein paar Schritte vom Tisch entfernt hatte, bemerkte sie, dass sie den Parka hatte liegen lassen. Egal. Sie konnte nicht mehr zurück. Ohne noch einmal nach links oder rechts zu schauen, steuerte sie die steile Treppe an und lief sie hastig nach oben. Sie kam sich vor wie eine Taucherin ohne Sauerstoffflasche, die der Wasseroberfläche entgegenstrebt und dabei ständig Angst hat, sie niemals zu erreichen. Als sie endlich oben angekommen war und auf die Straße hinaustrat, war sie völlig atemlos.

Straghetti versuchte, mit den Kollegen zu plaudern und sich nichts anmerken zu lassen. Doch sein Blick wanderte immer wieder zu ihr.

Sie wirkte neben Luca Bruni heute Abend wie ein Häufchen Elend. Hatten die beiden sich gestritten? Er bemerkte, dass Siena ihre Hand wegzog, als Bruni sie nehmen wollte. Ja, vermutlich ein Streit. Er versuchte, sich wieder auf seine Gäste zu konzentrieren, doch als er das nächste Mal zu Siena schaute, erschrak er. Sie war kreidebleich geworden. War sie krank? Er wollte aufstehen und zu ihr gehen, doch er zwang sich, sitzen zu bleiben. Sie hatte schließlich ihren Freund dabei, der direkt neben ihr saß. Doch dann erhob sich Siena plötzlich, nahm ihre Tasche und stürmte zur Treppe. Straghettis Blick flog zu Bruni, doch der blieb ungerührt sitzen.

Er schaute in die Runde: Die Kolleginnen und Kollegen tranken und lachten und waren bestens versorgt.

Zum Teufel.

Er konnte sie nicht einfach so gehen lassen.

Ein paar tiefe Atemzüge in der kühlen Nachtluft hatten Sienas Übelkeit besänftigen können und ihre Nerven ein klitzekleines bisschen beruhigt. Ohne Jacke war es in der nächtlichen Herbstluft kalt, aber das tat gut. Die Erleichterung darüber, der Bar, Luca und Straghettis Blicken erst einmal entkommen zu sein, setzte ein und verlieh ihr einen Energieschub. Nichts wie weg hier! Erst einmal nur weg, bevor Luca vielleicht doch noch auf die Idee kam, ihr nachzulaufen. Und dann nach Hause. Nach Hause und unter die Bettdecke.

Straghetti hoffte, dass die Kollegen zu beschäftigt mit ihren Drinks und ihren schlechten Witzen waren, um zu bemerken, dass er aus der Bar gerannt war wie ein kopfloser Irrer.

Aber selbst wenn.

Es war ihm egal.

Und außerdem: Er war, wenn es um Siena Carciofine ging, ja auch wirklich nichts anderes als ein kopfloser Irrer. Das musste er sich eingestehen. Genau in diesem Moment zum Beispiel arbeitete sein Kopf herzlich wenig, sein Herz schlug dafür umso schneller, und er war nach den Treppenstufen, die von der Bar hinauf ins Freie führten, völlig außer Atem.

Straghetti stürzte nach draußen und zwängte sich an einer Gruppe von Rauchenden vorbei, die ihm den Weg versperrten. Er musste sich beherrschen, nicht laut zu fluchen. Als er freie Sicht hatte, ließ er den Blick hastig nach rechts und links schweifen. Er entdeckte Siena, die eilig die Straße entlanglief. Was war nur passiert? Warum hatte sie so traurig ausgesehen?

Straghetti fing an zu laufen. Siena war jetzt bereits um die nächste Ecke verschwunden, aber als er kurz darauf ebenfalls in die ruhige Seitengasse abbog, blieb er abrupt stehen. Da war sie – keine zehn Meter von ihm entfernt. Offenbar war sie stehen geblieben, sobald sie außer Sichtweite der Bar angekommen war. Sie wühlte in ihrer Tasche, und er meinte, sie leise fluchen zu hören.

»Siena!«, rief er.

Sie erstarrte.

Und dann tat sie etwas völlig Unerwartetes: Sie drehte sich nicht um, sie antwortete nicht – sondern sie fing an zu laufen. Siena Carciofine rannte vor ihm weg! Reflexartig machte er ebenfalls einige schnelle Schritte und hatte sie sofort eingeholt. »Siena, was ist los? Was ist passiert?«, fragte er direkt hinter ihr, und als sie nicht reagierte, legte er seine Hand auf ihre Schulter, um sie zu stoppen.

Und dann drehte sie sich um.

Wobei *umdrehen* nicht das richtige Wort war: Vielmehr fuhr sie herum, und die Augen, die ihn anfunkelten, waren nicht traurig, sondern wütend. Straghetti war verwirrt. Warum war sie wütend?

»Lassen Sie mich doch einfach in Ruhe«, zischte Siena, und plötzlich standen Tränen in den gerade noch wütenden Augen.

Straghetti wusste jetzt endgültig nicht mehr, was er denken sollte.

Aber er wollte auch nicht mehr nachdenken. Alles Nachdenken hatte auch in den letzten Wochen zu nichts geführt.

»Haben Sie nicht gehört?« Siena versuchte, scharf zu klingen, aber ihre Stimme zitterte. »Sie sollen …«

Doch noch bevor sie weitersprechen konnte, hatte Straghetti sie unvermittelt zu sich herangezogen und küsste sie.

Als sie seine Lippen auf ihren spürte, schien der Boden kurz unter ihren Füßen zu schwanken, und ihre Knie wurden weich. Und das nicht nur, weil es sich so gut anfühlte, sondern vor allem auch, weil sie nicht glauben konnte, dass das gerade wirklich passierte. Sie hatte doch vor fünf Minuten erst erfahren, dass er verheiratet war, und …

Sie sollte das stoppen.

Sie sollte *sofort* damit aufhören, bevor es zu spät war.

Straghetti hielt ihr Gesicht mit seinen Händen umfasst,

und sie legte ihre Hände an seine Gelenke, um sich zu befreien. Doch unwillkürlich machte sie dabei keinen Schritt von ihm weg, wie sie es doch eigentlich geplant hatte, sondern auf ihn zu. Ihr Körper gehorchte ihrem Kopf nicht mehr, und sie lehnte sich instinktiv noch näher an ihn, um seine Körperwärme zu spüren. Ihre Hände wanderten zu seinen Hüften, sie zog ihn zu sich und hatte auf einmal das Gefühl, die Luft um sie herum würde knistern.

Straghetti hielt Sienas Gesicht mit seinen Händen umfasst, und ihre Hände umfassten seine Handgelenke. Wollte sie sich befreien? Er lockerte seinen Griff. Aber nein, sie hielt seine Hände ganz fest und machte einen Schritt auf ihn zu. Er konnte jetzt die Wärme ihres Körpers spüren. Ihre Lippen waren so weich, wie er es sich immer vorgestellt hatte, und die Haare, die er an seinen Händen spürte, waren seidig und kühl. Straghetti bildete sich ein, dass Sienas Lippen ganz leicht nach Zitrone schmeckten. Und obwohl sie gerade noch vor ihm hatte weglaufen wollen, erwiderte sie seinen Kuss jetzt ganz eindeutig und umfasste seine Hüften mit ihren Händen.

Es erschien Straghetti, als wäre die Luft um sie herum plötzlich elektrisch aufgeladen, es knisterte überall, und er konnte definitiv keinen klaren Gedanken mehr fassen.

»Siena!« Eine scharfe Stimme durchschnitt das Knistern in der Luft.

Doch Siena wollte sich nicht von Straghetti lösen. Nicht jetzt, wo er sie endlich küsste. Nein! Nicht jetzt, wo sie endlich wusste, wie gut es sich anfühlte.

»Siena? Ist das dein verdammter Ernst?«

Widerwillig löste Siena sich von Straghetti und trat einen Schritt zurück.

Luca stand keine zwei Meter von ihnen entfernt und starrte sie fassungslos an. Siena wusste mit einem Teil ihres Verstandes, dass diese Situation das Potenzial hatte, eine der unangenehmsten ihres bisherigen Lebens zu werden (in dem es durchaus schon einige unangenehme Momente gegeben hatte). Sie wusste auch, dass sie dringend etwas sagen oder tun sollte. Irgendetwas Würdevolles, Erwachsenes, Selbstsicheres.

Aber der andere, weitaus größere Teil ihres Verstandes war durch Straghettis Kuss völlig außer Gefecht gesetzt. Und so stand sie einfach nur stumm da und konzentrierte sich darauf, ihre weichen Knie einigermaßen zu stabilisieren.

»Luca, lass uns in Ruhe reden. Es tut mir leid, ich …«, hörte Siena wie aus der Ferne die Stimme von Straghetti. Er klang so ruhig und sicher, als wäre überhaupt nichts Ungewöhnliches passiert. Er stand noch immer sehr nahe bei ihr und griff jetzt nach ihrer Hand.

Siena wagte es nicht, ihn anzuschauen. Sie hatte Angst, dass ihr Körper dann wieder etwas tun würde, was ihr Kopf nicht autorisiert hatte. Zum Beispiel die Arme um ihn schlingen. Oder sein Gesicht mit Küssen bedecken.

Lucas Blick wanderte zu ihren ineinander verschlungenen Händen, und sein Gesichtsausdruck wurde giftig. »Ach, so weit sind wir schon? Offizielles Händchenhalten mit der Freundin des Kollegen? Und das vom ach so korrekten Commissario!« Er spuckte die Worte voller Verachtung aus.

»Ich verstehe, dass du wütend bist, Luca, aber …«, setzte Straghetti wieder an, wurde jedoch erneut unterbrochen:

Luca machte zwei Schritte auf Straghetti zu und baute sich bedrohlich vor ihm auf.

In diesem Moment wurde es Siena endgültig zu viel. Es war alles schon verwirrend und aufwühlend genug – sie schaffte es nervlich einfach nicht, sich auch noch eine Schlägerei zwischen ihrer Ex-Affäre und ihrem Fantasie-Freund mit anzusehen. Sie löste ihre Hand aus Straghettis und musste dafür noch mehr Willenskraft aufbringen als für das Fitnesstraining, zu dem sie sich von Alessia etwa viermal im Jahr überreden ließ.

»Ich muss weg«, murmelte sie, weil ihr leider absolut nichts Würdevolles, Erwachsenes oder Selbstbewusstes einfallen wollte. Dann drehte sie sich hastig um und ging so schnell sie konnte davon.

»Einfach weg, einfach weg«, murmelte sie tonlos vor sich hin und behielt ihr Ziel immer im Auge: Das Ziel war das Ende der kleinen Gasse, wo diese in eine größere, von Autos befahrene Straße mündete und wo Siena hoffte, direkt ein Taxi zu finden und endgültig aus der Situation zu verschwinden.

Ganz weit weg.

Als sie das Ende der Gasse erreicht hatte, blieb sie kurz stehen und zögerte. Sie hörte keine Schreie oder andere Geräusche, die auf eine Prügelei hindeuteten. Genau genommen hörte sie gar nichts. Siena schloss kurz die Augen und drehte sich langsam um. Hoffentlich würde sie weder Luca noch Straghetti auf dem Boden liegend entdecken. Doch die kleine Straße war, soweit Siena es ohne Brille erkennen konnte, vollkommen still und menschenleer.

Siena trat auf die größere Straße hinaus und erspähte tatsächlich sofort ein Taxi. Es kam ihr vor wie ein Rettungsboot in höchster Seenot. Als es hielt und sie sich auf den Rücksitz sinken ließ, atmete sie erleichtert auf. Doch als der Fahrer wenige Sekunden später seine Route in Richtung ihrer Wohnung startete, fing Siena an zu weinen und konnte nicht mehr aufhören. Durch ein Meer von Tränen sah sie den Dom wie ein großes weißes Gespenst zu ihr ins Taxi leuchten, und die Lichter der Häuser und Autos verschwammen zu einem Strom aus heißer, flüssiger Lava.

Es war nicht unbedingt hilfreich, dass im Radio in diesem Augenblick Dennis Fantina zu seiner Superschnulze *Mi manchi da morire* anhob. *Du fehlst mir so sehr, dass ich sterben könnte.* Siena hatte den Song immer ziemlich albern und melodramatisch gefunden, aber als Dennis jetzt *il tempo ti porta via*, *die Zeit trägt dich fort*, schmetterte, fing Siena laut zu schluchzen an.

Der Taxifahrer warf einen Blick in den Rückspiegel, zog die Augenbrauen hoch und stellte dann mit einem entschlossenen Griff das Radio lauter. Offenbar hatte er keine Lust auf Gespräche über Liebeskummer.

Die wehklagende Schnulze erfüllte nun das ganze Taxi und übertönte immerhin Sienas Schluchzen. *È il dolore in fondo che ci cambia la vita*, dröhnte es in ihren Ohren, *der Schmerz verändert unser Leben.* Sie hörte kurz auf zu schluchzen. Was hatte die Nonna neulich gesagt? *L'amore ci cambia la vita*, die Liebe verändert unser Leben. Bedeutete das am Ende etwa, dass Liebe immer mit Schmerz einherging? Na wunderbar, darauf konnte sie nun wirklich verzichten. Siena schloss die Augen und spürte für einen kurzen Moment wieder Straghettis Lippen …

»Vaffanculo!«, brüllte der Taxifahrer in diesem Moment, gerade noch rechtzeitig, bevor Sienas Gedanken zu melodramatisch werden konnten, und trat mit voller Kraft auf die Bremse. Dazu hupte er wie wild. Siena riss die Augen auf und wurde in ihrem Sitz nach vorne geschleudert. Sie vergaß vor lauter Schreck zu weinen und starrte die restliche Fahrt nur noch dumpf aus dem Fenster. Zu Hause angekommen, schleppte sie sich mühsam die Treppe nach oben. Dabei verbot sie sich jeden Gedanken an das, was gerade passiert war. Sie befürchtete, dass sie sich sonst auf eine Stufe sinken lassen und nie mehr aufstehen würde.

Als sie die Wohnung nach einer gefühlten Ewigkeit erreicht hatte, schlüpfte sie aus ihren Schuhen und ging dann, ohne Licht zu machen, in die Küche. Sie setzte sich im Dunkeln auf einen der Barhocker und ließ den Kopf auf ihre Arme sinken.

Erst einmal zur Ruhe kommen.

Erst einmal durchatmen.

Sie hob den Kopf und lauschte. Hatte sie da ein Geräusch im Treppenhaus gehört? Konnte es sein, dass Straghetti ihr gefolgt war, so wie nach dem Sommerfest im *Studio Legale*? Sienas Herz klopfte schneller, und sie lauschte angestrengt. Wieder spürte sie seine Lippen, seine Hände, die ihr Gesicht umfassten, die Wärme seines Körpers …

Weiter unten im Haus fiel eine Wohnungstür ins Schloss. Dann war es still.

Siena seufzte und ließ den Kopf wieder auf ihre Arme sinken.

Egal.

Wenigstens war sie zu Hause.

Schlimmer konnte der Abend jetzt nicht mehr werden.

Leider lag Siena damit falsch, denn in diesem Augenblick fing ihr Handy an zu vibrieren, und auf dem Display erschien *Luca Bruni ruft an*. Siena starrte das Handy einige Sekunden lang an und legte es dann zur Seite. Bevor sie mit Luca sprechen konnte, musste sie erst einmal zur Besinnung kommen und ihre Gedanken sortieren. Noch besser: Sie musste erst einmal ihre *Gefühle* sortieren. Wobei sie sich beim aktuellen Tumult, der in ihr herrschte, wenig Hoffnungen machte, dass sie das zeitnah hinbekommen würde.

Wenig später zeigte das Handy eine Nachricht auf der Mailbox an. Siena zögerte kurz, dann stellte sie die Voicemail auf laut.

»Siena, Siena, also wirklich«, erklang Lucas spöttische Stimme in ihrer Küche. »Da hast du dir wohl gedacht: Ein Polizist im Bett ist gut, aber der Chef des Polizisten ist bestimmt noch besser? Denkst du, ich habe nicht längst gemerkt, wie du Straghetti anschmachtest und wie du ihn immer ganz beiläufig erwähnst? Für wie blöd hältst du mich eigentlich?« Er lachte, aber er hörte sich dabei irgendwie seltsam und fremd an. Hatte er getrunken? Siena fröstelte plötzlich, obwohl sie immer noch ihre Jacke anhatte. Luca hörte auf zu lachen und sprach weiter: »Ich rufe nur an, um zu sagen, dass du dir um deinen feinen Herrn Commissario keine Sorgen machen musst. Ich habe ihm kein Haar gekrümmt. Er hat sich für seinen kleinen Fehltritt entschuldigt, und das habe ich akzeptiert.« Luca hörte auf zu sprechen, und es war nur ein Rauschen zu hören.

Siena schluckte. *Fehltritt?* Nein, noch schlimmer: *kleiner* Fehltritt? War das die Kategorie, in die Straghetti den Kuss einsortierte? Nein, das konnte nicht sein. Der Ausdruck in seinen Augen, bevor er sie zu sich gezogen hatte.

Seine Stimme, mit der er sie eindringlich gerufen hatte. Das hatte sie sich doch nicht nur eingebildet. Oder? Siena schüttelte heftig den Kopf, obwohl niemand sie sehen konnte. Aber da gab es eine Ehefrau, das war unbestritten. Trotzdem. Es konnte kein *kleiner Fehltritt* gewesen sein. Es durfte kein *kleiner Fehltritt* gewesen sein! »Straghetti hat meine Hand genommen, als Luca vor uns stand«, flüsterte sie sich selbst zu, um sich Mut zu machen, »er hat mit dieser Geste doch sicher sagen wollen, dass er zu dem steht, was zwischen uns passiert ist.«

»Ich habe Verständnis für Fabrizio, im Ernst«, fuhr Luca in diesem Moment fort. »Nach zehn Jahren Ehe können einem schon mal die Sicherungen durchbrennen. Da braucht man ab und zu einen Kick. Wir sind eben Männer.« Er lachte wieder auf diese freudlose und unschöne Art, die Siena vorher noch nie von ihm gehört hatte. Doch sie konnte jetzt nicht über Luca nachdenken. Seine letzten Worte hatten einen Schmerz in ihrer Magengegend ausgelöst, der ihr die Luft abschnürte. Aber Luca war noch nicht fertig. »Du dagegen, Siena«, tönte es durch die dunkle Küche, »von dir war das eine ganz billige Nummer, du bist wirklich eine …«

Reflexartig drückte Siena auf die Taste, die das Abspielen der Nachricht beendete. Nach kurzem Überlegen löschte sie sie ganz.

Dann schlich sie langsam und nach vorne gekrümmt in ihr Schlafzimmer, legte sich mit ihren Klamotten ins Bett und zog sich die Decke über den Kopf.

VORSATZ NUMMER 24

IMMER EINMAL ÖFTER AUFSTEHEN ALS HINFALLEN

Wie ein Häufchen Elend war Siena in ihr Bett gekrochen, und wie ein Häufchen Elend kroch sie am nächsten Morgen wieder heraus. Wie ein Häufchen Elend schlich sie ins Bad und stellte sich unter die Dusche, bevor sie sich halb blind irgendetwas anzog und sich noch mit dem Handtuchturban um die nassen Haare einen Kaffee kochte. Dann ließ sie sich wie ein Häufchen Elend auf einen der Barhocker sinken und massierte sich die Schläfen.

Sie versuchte, sich auf den bevorstehenden Tag zu konzentrieren. Welcher Tag war das eigentlich? *Dienstag*. Auch das noch. Sie musste also gleich zur Wochenkonferenz in die Redaktion. Langsam schlürfte Siena ihren Kaffee und dachte weiter angestrengt nach.

Was war außer der Konferenz heute noch wichtig? Sara. Sie musste sich dringend bei ihr melden. Und Martina! Zum Glück würde sie Davide sowieso gleich treffen. Hoffentlich wusste er, wie es Martina ging und ob man sie besuchen konnte. Und hoffentlich hatte inzwischen nicht schon der Falsche ihr einen Besuch abgestattet.

Die Kaffeetasse war leer. Siena starrte noch eine Weile hinein und versuchte ihr Bestes, um nicht an Straghettis Kuss zu denken, was ihr relativ gründlich misslang. Fluchend stellte sie die Tasse ab, riss sich das feuchte Handtuch vom Kopf, pfefferte es auf den Boden und packte ihre Tasche für die Arbeit.

»Na, Siena, schlecht geschlafen?«, begrüßte Enzo sie in der Redaktion und grinste.

»Haha«, brummte Siena und ließ sich im Konferenzraum auf einen Stuhl plumpsen. Alessia stellte ihr sofort einen Kaffee vor die Nase, der herrlich duftete. Immerhin etwas. Siena ließ ihren Blick irritiert durch die Runde schweifen. Davide war gar nicht da. Streber-Davide? Zu spät? Das war ja noch nie vorgekommen.

Sofort klopfte Sienas Herz wieder unangenehm schnell. Davide war doch auch auf der Party des *Studio Legale* gewesen, er kannte Martina – und vielleicht hatte er sie gestern noch mit Ale im Krankenhaus besucht? Vielleicht war er dort beobachtet worden? Von Baldi oder von sonstigen zwielichtigen Gestalten. »Wo ist Davide?«, fragte Siena etwas atemlos, und Enzo blickte erstaunt von seinem Handy, auf dem er gerade hektisch herumgetippt hatte, auf.

»Siena, was läuft denn da mit dir und Davide? Gestern ertappe ich euch zu zweit im Büro, und heute vermisst du ihn so sehr, dass dir beinahe die Luft wegbleibt?« Siena schwieg, und nicht der Hauch eines Grinsens streifte ihr Gesicht. Da begriff Enzo, dass seine Witze heute wohl nicht so gut bei ihr ankamen. »Der ist schon unterwegs in

Sachen Goldengate. Es gibt neue Entwicklungen, aber das sage ich euch allen, wenn wir gleich die Konferenz starten.«

Sofort fischte Siena ihr Handy aus der Tasche und tippte eine Nachricht an Davide. *Gibt es etwas Neues von Martina?* Zum Glück war auf Streber-Davide auch dann Verlass, wenn er sich gerade auf wichtiger Mission befand, und er antwortete nach zwei Minuten: *Liegt auf Normalstation, bislang alles in Ordnung.* Siena atmete erleichtert auf. *War Ale dort? Oder du?*, tippte sie. *Nein*, kam die Antwort nach zehn Sekunden.

»Siena?« Enzos Stimme drang an ihr Ohr, und Alessia stupste sie von der Seite an. »Bist du bei uns, oder schreibst du gerade heiße Nachrichten mit Davide hin und her?« Enzo lachte, und Siena wurde es ein wenig warm. Sie schrieb ja tatsächlich gerade mit Davide.

»Wirst du jetzt rot, Siena? Ernsthaft?« Enzo amüsierte sich köstlich.

»Davide interessiert sich garantiert nicht für *mich*«, fauchte Siena und trank einen Schluck Kaffee. Der war leider noch so heiß, dass sie sich ein wenig den Mund verbrühte und im Anschluss verschluckte, sodass Alessia ihr auf den Rücken klopfen musste. Wunderbar. Der Tag fing ja super an.

Nach der Konferenz, als das gesamte Team den Raum bereits verlassen hatte und nur noch Enzo an seinem Platz saß und erneut hektisch auf dem Display seines Handys herumwischte, trat Siena, einem Impuls folgend, zu ihm. Immerhin war er ein guter Freund, und sie konnte doch eigentlich ganz offen mit ihm sprechen. Sie setzte sich auf den Tisch und fragte direkt: »Sag mal, hast du Vanni ins *Hotel Paradiso* geschickt?«

Enzo blickte ein wenig irritiert von seinem Handy auf und runzelte die Stirn. »Wie kommst du denn jetzt darauf? *Hotel Paradiso* – da war doch gar keine Story dahinter, du warst doch selbst dort?«

»Als ich gestern das Cornetto geholt habe, da habe ich auf deinem Schreibtisch einen Zettel gesehen. Da stand *Vanni* und *Paradiso* drauf«, berichtete Siena wahrheitsgemäß.

Enzo betrachtete sie einen Moment lang. Er kniff die Augen zusammen, und sein Mund wurde zu einem Strich. »Was gehen dich meine Post-its an?«, fragte er, und Siena war überrascht von der Schärfe in seinem Ton.

»Na ja, die liegen da halt so herum«, setzte sie an, aber Enzo unterbrach sie sofort.

»Deswegen gehen sie dich trotzdem nichts an.« Er stand auf und steckte sein Handy in die Tasche seines Sakkos. »Vannis Aufträge sind Chefsache«, erklärte er knapp und ging zur Tür des Konferenzraumes.

»Kennst du jemanden im *Studio Legale Dante*?«, fragte Siena, und Enzo blieb wie angewurzelt stehen. Siena wusste nicht, was sie geritten hatte, diese Frage genau jetzt zu stellen – sie hatte ja deutlich gemerkt, dass Enzo bereits ziemlich genervt und nicht unbedingt in Redelaune war. Aber als er sich umdrehte, erschrak sie. Er sah nicht nur genervt aus, sondern wütend. Wütend und auch erschrocken. »Wie kommst du jetzt auf das *Dante*?«, zischte er. Er wartete keine Antwort ab. »Halt dich fern davon, Siena.«

Siena wurde es allmählich zu bunt. »Jeder sagt, man soll sich fernhalten vom bösen *Dante*, aber offensichtlich unternimmt ja auch niemand etwas gegen das, was da läuft. Was auch immer das ist. Das *Studio* läuft doch super und hat die besten Klienten, oder täusche ich mich? Also scheinen sich ja genügend Leute *nicht* fernzuhalten und dort auch nichts Seltsames zu bemerken.«

Enzo schwieg eine Weile. Er sah mit einem Schlag nicht mehr genervt aus, sondern eher besorgt. »Wenn nur genügend Menschen mit drinhängen, wird es immer leichter«, sagte er leise – und für Sienas Geschmack ziemlich kryptisch. Sie holte Luft, um etwas zu antworten, aber Enzo kam ihr wieder zuvor. »Halt dich einfach fern vom *Studio Legale*, okay? Was immer dich daran interessiert hat: Vergiss es. Mach dich lieber an dein Interview mit dem neuen Chef vom Tourismusverband! Der Typ ist wichtig. Wenn wir uns mit dem gut stellen, kann das viele lukrative Anzeigen nach sich ziehen.«

Mit diesen Worten ließ er Siena im Konferenzraum stehen.

Alessia tippte voller Konzentration und in einer Geschwindigkeit, die Siena jedes Mal aufs Neue verblüffte, ihre Fashion-News. Sie ließ sich dabei von nichts und niemandem aus der Ruhe bringen – vermutlich besuchte sie eben einfach genügend Achtsamkeitskurse. Siena seufzte. Sie schaute aus dem Fenster und bewegte ihre Zehen einzeln und ganz langsam. Entspannen, dann konzentrieren. Entspannen, dann konzentr… Accidenti! Dieses eifrige Tastaturklackern brachte sie völlig aus dem Konzept. Sie fing an, eine E-Mail an den neuen Chef vom Tourismusverband zu tippen. Doch bereits nach der Grußformel wanderte ihr Blick wieder zum Fenster. Und ihre Gedanken … Siena warf einen verstohlenen Blick auf Alessia, die war aber nach wie vor hoch konzentriert. Sie öffnete Google und tippte *Fabrizio Straghetti* ins Suchfenster, dann wählte sie oben in der Leiste *Bilder* aus. Obwohl sie diesen Vorgang in den letzten Wochen schon öfter ausgeführt hatte, als gut für ihren Seelenfrieden war, stockte ihr jedes Mal aufs Neue der Atem, wenn Fotos von ihm erschienen. Leider gab es nicht viele, da er ja auf keinem einzigen sozialen Netzwerk aktiv war. Aber es gab das offizielle Foto auf der Website der Polizia Statale di Firenze. Und einige Fotos aus Zeitungsartikeln, auf denen er aber zum Teil nur klein oder im Hintergrund zu sehen war. Ihr Blick verweilte auf dem offiziellen Porträt. Natürlich trug er auf diesem Foto seine Uniform und schaute sehr streng in die Kamera. Seine Lachfalten erkannte man nur, wenn man wusste, dass sie da waren. Und Siena wusste, dass sie da waren. Genauso, wie sie jetzt wusste, wie sich seine Hände anfühlten. Und seine Lippen.

»Siena?« Alessia tippte ihr auf die Schulter, und Siena zuckte zusammen. Schuldbewusst schloss sie sofort das Fenster mit den Fotos.

Alessia lächelte sie sanft an: »Du wirkst heute so angespannt, cara. Möchtest du am Wochenende mit mir einen Yoga-Workshop besuchen?«

Siena schüttelte den Kopf und drückte kurz Alessias Hand. »Danke, das ist lieb von dir. Aber bei mir ist momentan so viel los – ich glaube, da habe ich für einen Yoga-Workshop keine Muße.«

Alessia runzelte ganz leicht die Stirn, doch ihre Stimme blieb sanft: »Das ist ja eben der Sinn des Workshops, dass du zur Ruhe kommst und wieder Muße verspürst.«

»Ein anderes Mal, okay?« Siena fuhr den Computer herunter und stand auf. »Ich muss los. Interview mit diesem Typen, du weißt schon«, log sie – denn sie hatte es ja noch nicht einmal auf die Reihe gebracht, ihre Interviewanfrage abzuschicken.

»Si, certo.« Alessia drückte Siena einen Kuss auf die Wange und setzte sich wieder an ihren Platz.

Unten auf der Straße wählte Siena, einem Impuls folgend, Saras Nummer. Sie musste sich endlich bei ihrer Freundin melden, die wartete bestimmt schon. Doch Sara ging nicht an ihr Telefon, und schon nach einem Klingeln schaltete sich die Mailbox ein. Siena war ein wenig irritiert, denn Sara war eigentlich immer erreichbar. Für einen kurzen Moment überlegte sie, Saras Mutter anzurufen, deren Nummer sie ebenfalls eingespeichert hatte. Aber dann entschied sie, dass übertriebene Hysterie im gegenwärtigen Chaos die schlechteste Strategie war und dass es absolut nichts brachte, Saras Mutter auch noch auf die Idee zu bringen, dass etwas nicht stimmte.

Stattdessen öffnete Siena die Seite des Tourismusverbandes und wählte die dort angegebene Kontakt-Telefonnummer. Sie würde den Termin für das Interview jetzt telefonisch vereinbaren, da es ihre heutige Konzentrationsfähigkeit überstieg, auch nur eine einzige sinnvolle E-Mail zu formulieren – und anschließend auch noch fehlerfrei zu tippen.

Siena bekam einen Interviewtermin um vierzehn Uhr vom freundlich-distanzierten Mitarbeiter des Tourismusverbandes zugewiesen. Nach dem Telefonat lehnte sie sich an die Hauswand und schloss die Augen, um die warme Herbstsonne auf ihrem Gesicht zu genießen. Leider dachte sie dabei sofort wieder an Straghettis Hände und an seinen Duft und öffnete deshalb lieber wieder die Augen. Sie schaute auf ihr Handy: Es war kurz vor zwölf. Sie betrachtete die Gruppen von Menschen, die sich langsam schlendernd auf den Mercato San Lorenzo zubewegten, und zögerte. Sie hatte noch etwas Zeit … und das Krankenhaus war nicht weit von hier.

Als sie am *Ospedale Santa Maria Nuova* angekommen war und ihr Fahrrad abgesperrt hatte, fühlte sich Siena plötzlich beobachtet. Sie drehte sich einmal um die eigene Achse und nahm ihre Umgebung in allen Richtungen genau unter die Lupe.

Dort drüben, der Typ auf der Bank: Schaute der wirklich so aufmerksam auf sein Handy, oder lugte er über das Display hinweg zu ihr herüber? Er trug eine Sonnenbrille, sodass sie es nicht genau erkennen konnte.

Oder dort, am Eingang des Krankenhauses: diese Frau, die immer wieder auf ihre Uhr schaute und ganz offensichtlich auf jemanden zu warten schien. *Zu* offensichtlich? Ja, eindeutig zu offensichtlich. Siena begann ein bisschen zu schwitzen. Ja! Die Frau schaute definitiv immer wieder verstohlen zu ihr herüber.

Siena überlegte. Was würde passieren, wenn sie jetzt das Krankenhaus betrat und nach Martina fragte? Würde die Frau ihr folgen? Und würde sie, sobald feststand, dass Siena auf dem Weg zu Martina war, Ettore Baldi verständigen?

Siena zögerte, da trat die Frau aus dem Arkadengang des antiken Krankenhauses heraus in die Sonne. Siena fasste sich ein Herz und ging mit zügigen Schritten zum Eingang des Gebäudes und ins Foyer. Doch als sie sich dem Empfangstresen zuwandte, da wusste sie bereits, dass sie einen Fehler gemacht hatte: Die Frau war ihr auf den Fersen gefolgt. Sie war ganz dicht hinter ihr und steuerte ebenfalls zielstrebig den Tresen an.

Manaccia. Sollte sie jetzt wirklich nach Martina fragen? Die Empfangsdame – dieses Mal nicht Valentina – sah sie fragend und mit einem Hauch von Ungeduld im Blick an. »Si? Wie kann ich helfen?«

»Ich, äh«, stammelte Siena, doch in dem Moment unterbrach sie die genervte Stimme ihrer unbekannten Verfolgerin. »Hören Sie, haben Sie mir ein Taxi gerufen oder nicht? Ich warte seit fünfzehn Minuten!«

Blick und Stimme der Empfangsdame wurden frostig, als sie erwiderte: »Wenn Sie die Güte hätten, sich umzudrehen, Signora? Ihr Taxi ist gerade vorgefahren.« Die Unbekannte rauschte wortlos weg, und Siena atmete auf. Da war wohl einmal mehr die Fantasie mit ihr durchgegangen.

Sie fragte nach Martina und erfuhr ohne Probleme deren aktuelle Zimmernummer. Puh, das war ja reibungslos verlaufen.

Als Siena die Glastür, die zum Aufzug führte, erreicht hatte, griff die Dame am Empfang nach ihrem Handy. Sie wischte einige Male kurz übers Display und hielt es sich dann ans Ohr. »Pronto«, sagte sie leise. »Sie ist jetzt da.«

VORSATZ NUMMER 25

A-TEAM ANSCHAUEN (WISSENSLÜCKE)

Vor Martinas Zimmer wurde Siena kurz nervös. Was genau sollte sie denn jetzt eigentlich sagen? Vielleicht war Martina auch richtig sauer auf sie? Und außerdem hatte sie gar nichts mitgebracht – weder Blumen noch Pralinen. Sie kramte in ihrer Tasche herum, aber außer einem Schokoriegel befand sich darin nichts, was man verschenken konnte. Und der Riegel war schon einmal halb geschmolzen und deshalb unschön verformt …

Die Tür von Martinas Zimmer ging von innen auf, und ein Krankenpfleger kam heraus. »Besuch«, rief er über die Schulter hinweg Martina zu, und für Siena gab es jetzt kein Zurück mehr. Sie betrat den Raum und wurde von einer Welle der Erleichterung erfasst, als sie sah, dass Martina aufrecht im Bett saß und ein Cornetto verspeiste. Sie trug zwar eine dicke Halskrause, doch sie hing an keinerlei Geräten mehr. Die Welle der Erleichterung war sogar so groß, dass sie Siena für einen Moment ein wenig Wasser in die Augen spülte. Doch für Sentimentalitäten blieb keine Zeit, denn Martina rief ihr anstelle einer Begrüßung entgegen: »Na endlich! Du hast dir ja Zeit gelassen.«

»Zeit gelassen?«, wiederholte Siena verdutzt und trat näher ans Bett heran. Martina klopfte ungeduldig mit der Hand darauf. »Setz dich hin.« Sie biss noch einmal in ihr Cornetto und erläuterte mit vollem Mund: »Die geschwätzige Valeria hat mir erzählt, dass meine Schwester da war, während ich völlig weggetreten hier herumlag. Und da ich nun einmal ein Einzelkind bin, habe ich mich einfach mal höflichst erkundigt, wie meine Schwester denn so aussah. Ich habe behauptet, ich hätte drei Stück.« Sie schluckte den Bissen herunter und grinste. »Da wusste ich natürlich sofort, dass du das warst. Und seitdem warte ich, dass du wieder hier aufschlägst! Wir wollten schließlich noch reden.«

Martina sah hellwach aus, und ihr kastanienbrauner Bob wirkte so, als hätte sie die letzten Tage mit einem Stylisten verbracht und nicht auf der Intensivstation. »Du hast ja gar keinen Kopfverband«, sagte Siena, weil ihr nichts Besseres einfiel.

»Der Schlag saß nicht richtig«, erwiderte Martina nonchalant. »Ich wurde eher im Nacken getroffen als am Kopf, aber wie durch ein Wunder ist fast nichts passiert.« Sie biss noch einmal in ihr Hörnchen. »Ist Matteo wiederaufgetaucht?«, wollte sie wissen.

Siena blickte sich unwillkürlich um, bevor sie antwortete. »Nein, wir haben nichts von ihm gehört.« Martinas Blick war dem von Siena gefolgt, und sie grinste wieder. »Hast du Angst, dass das Personal uns hier drin ausspioniert?« Siena schluckte. »Hat Valeria dir auch erzählt, dass Baldi hier war, während du im künstlichen Koma warst?«

Martinas Grinsen fror eine Sekunde lang ein, dann nickte sie. »Klar. Glaub mir, es gibt absolut nichts, was Valeria einem *nicht* erzählt!«

»Dann weißt du doch, wovor ich Angst habe«, antwortete Siena, und ihre Gedanken schwirrten für einen kurzen Moment zu ihrem Traum. Sie betrachtete Martina aufmerksam. Nein. Sie wollte einfach nicht glauben, dass Martina mit Baldi … Sie fasste sich ein Herz: »Valeria meinte, dass Baldi und du …« Siena stockte kurz. »Dass ihr beide ein Paar seid. Er hat ihr das so gesagt«, fuhr sie rasch fort.

Martina verschluckte sich fast am Tee, den sie gerade hatte trinken wollen. Dann lachte sie, aber Siena fand, dass dieses Lachen ein wenig aufgesetzt wirkte. »Ich sage mal so: Wenn du Valeria erzählt hättest, dass du eine Abgesandte des britischen Königshauses bist und ich die heimliche Halbschwester von Prinz William, dann hätte sie das auch geglaubt«, bemerkte sie trocken.

»Aber was wollte Baldi dann hier?«, setzte Siena noch einmal an.

»Ach, Baldi. Lassen wir das. Wir müssen über Matteo reden«, wiegelte Martina sofort ab. Siena schaute auf Martinas Hände, in denen die Teetasse ein kleines bisschen zitterte. Sie schluckte. Konnte es wirklich sein, dass Martina eine Lügnerin war? Vielleicht sogar eine gefährliche Lügnerin?

»Ich bin mir sicher, dass Matteo zum E-Team gehört«, erklärte die jetzt unvermittelt.

»E-Team?« Siena verstand nur Bahnhof.

»Hast du als Kind nie das A-Team geguckt? In Anlehnung daran habe ich die Leute, die Baldi in besonderen Dingen behilflich sind, E-Team getauft. E – für Ettore.« Siena schaute wohl immer noch ziemlich verständnislos drein, denn Martina seufzte kurz und schüttelte den Kopf. »Egal. Jedenfalls war Matteo an den Nebengeschäften beteiligt, ganz sicher. Ansonsten wäre er nie so schnell Partner geworden.«

Siena erinnerte sich daran, dass auch Sara sich über die rasche Beförderung ihres Mannes ziemlich gewundert hatte. »Was für Nebengeschäfte?«, fragte sie zögerlich, weil sie sich ziemlich sicher war, dass ihr die Antwort nicht gefallen würde.

»Drogen, Waffen, Frauen. *Sehr junge* Frauen, wenn du verstehst, was ich meine.« Martina schenkte sich scheinbar völlig ungerührt noch eine Tasse Tee ein.

»Du meinst, Baldi betreibt so eine Art Unterwelt-Seitenlinie in der Anwaltskanzlei der High Society von Florenz, und niemand bemerkt es?« Siena war ein wenig laut geworden, und dieses Mal schaute Martina kurz in Richtung Tür.

»Das habe ich nicht gesagt«, antwortete sie ruhig. »Natürlich bemerkt es jemand. Allen voran die, die diese Dienste in Anspruch nehmen.«

Das musste Siena einen Moment sacken lassen. Sie schwieg.

»Besondere Klienten dürfen besondere Wünsche äußern und zahlen dafür dann auch besonders viel Geld. Win-win nennt man das wohl«, führte Martina aus. »Aber die Polizei muss doch auf diese Angelegenheit gestoßen sein. Oder irgendein Mitarbeiter aus der Kanzlei?« Siena konnte Martinas Geschichte nicht glauben. Ausgerechnet sie, Siena Carciofine, sollte jetzt diejenige sein, die Ettore Baldi auf die Schliche kam? Das war doch lächerlich. Nachdenklich betrachtete Siena wieder Martinas Hände und die Teetasse darin. Sie zitterte nicht mehr. Wenn Martina Baldis Freundin war, konnte es dann sein, dass sie ihr gerade absichtlich irgendwelche absurden Geschichten auftischte? Aber zu welchem Zweck?

»Siehst du, du glaubst mir nicht«, stellte Martina fest. »Und so geht es ungefähr achtzig Prozent der Leute, die im *Studio Legale* auf Ungereimtheiten stoßen. Sie glauben es nicht und verwerfen den Gedanken schnell wieder. Fünf Prozent sind zu faul oder zu feige, um etwas zu unternehmen, zehn Prozent hängen sowieso mit drin. Und die restlichen fünf Prozent – meistens jemand aus dem Team des *Studio Legale* – werden zum Schweigen gebracht.« Sie hob kurz die Schultern und trank noch einen Schluck Tee.

»Zum Schweigen gebracht?«, wiederholte Siena, immer noch ungläubig.

»Klar, entweder mit fetten Bonuszahlungen oder mit einer spontanen Beförderung. Oder mit einem netten Gespräch.« Jetzt veränderte sich Martinas Gesichtsausdruck, und die coole Fassade bröckelte. Sie sah wütend aus. »Eine junge Anwältin hat vor Kurzem etwas mitbekommen und wollte Beweise gegen Baldi sammeln. Er hat sie zu einem Gespräch in sein Büro gebeten und im Gespräch erwähnt, wie schön doch der Kindergarten ihrer kleinen Tochter sei. Er hat ihr Fotos gezeigt von der Kleinen beim Spielen im Garten der Kita. Offenbar hatte sie dort jeden Tag jemand beobachtet und fotografiert. Die Kollegin hat am selben Tag noch gekündigt und nie mehr etwas von sich hören lassen.«

»Woher weißt du das alles?« Siena hatte wohl misstrauischer geklungen als beabsichtigt, denn Martinas Gesichtsausdruck wurde ein wenig feindselig.

»Ist deine Sache, ob du mir glaubst oder nicht. Aber ich sage die Wahrheit.« Siena nickte. »Okay.«

»Ich halte immer und überall meine Augen und Ohren offen, und ich habe zu den Leuten im Team ein gutes Verhältnis. Daher bekomme ich auch viel mit. Ich weiß so einiges über Baldi.«

Na, hoffentlich nichts allzu Intimes, dachte Siena und hatte kurz wieder das Bild aus ihrem Traum im Kopf. Sie verscheuchte es schnell wieder.

»Wenn du so viel weißt – warum hast du denn dann bis jetzt nichts unternommen?«, fragte sie.

»Baldi hat auch mir schöne Boni bezahlt, und ich konnte die Kohle echt gut gebrauchen. Schulden bei den falschen Leuten«, antwortete Martina knapp. »Aber als ich kapiert habe, dass du eine Detektivin bist, da war ich mir plötzlich ganz sicher, dass *jetzt* die Gelegenheit da ist, Baldi auszuschalten. Mit der Polizei wollte ich nicht reden, das war mir zu unsicher.«

Siena rutschte ein wenig unbehaglich auf dem Bett hin und her. »Na ja, also streng genommen …« Sie räusperte sich. »Also, ich bin eigentlich gar keine …« Martina unterbrach sie ungeduldig: »Was wirst du als Nächstes unternehmen?«

»Warum hat eigentlich die Polizei bisher nichts unternommen?« Siena rettete sich erst einmal mit einer Gegenfrage. »Es ist doch bestimmt schon einmal jemand auf die Idee gekommen, der Polizei anonym einen Hinweis zu geben? Oder irgendwelche Beamte sind im Zuge anderer Ermittlungen im Bereich Drogen oder Prostitution auf Baldi gestoßen? Das gibt es doch eigentlich nicht, dass die Polizei nichts weiß?«

Martina hob erneut die Schultern. »So lange geht das Ganze noch nicht, die Sache befindet sich noch im Aufbau, wenn man so will. Baldi hat das *Studio* vor ungefähr fünf Jahren übernommen, aber die ersten Jahre lief da bestimmt noch nichts nebenbei. Erst mal muss man ja die entsprechende Klientel anziehen, Kontakte knüpfen, ein Umfeld schaffen. Wichtig ist auch, erst einmal genügend nützliche Informationen über all diejenigen zu haben, die man beteiligen möchte. Das dauert.« Martina führte diese Punkte so sachlich an, als würde sie erklären, wie man ein Restaurant eröffnete. »Ich bin seit knapp vier Jahren in der Kanzlei, und richtig krass wurde es nach meinen Beobachtungen erst im letzten Jahr. Eigentlich erst in den letzten Monaten.«

»Lange genug dafür, dass jemand sich bei der Polizei meldet«, wandte Siena ein.

Martina nickte. »Ja, und natürlich wissen nicht wenige bei der Polizei davon. Aber Baldi hat es auch da geschafft, sich ein Netzwerk zu schaffen und sehr eng mit bestimmten Beamten zusammenzuarbeiten. Auch die haben so ihre Wünsche … Und die erfüllt Baldi prompt.«

Siena dachte an Straghetti auf der Gartenparty. Aber sie konnte sich beim besten Willen nicht vorstellen, wie er fette Geldumschläge entgegennahm oder Kokspartys mit Baldi feierte. Aber vielleicht wurde er ja auch anders unter Druck gesetzt? Hatte er eigentlich Kinder? Siena schluckte. Sie hatte von seiner Ehefrau nichts gewusst, dann konnte es doch sehr gut sein, dass sie auch von seinen Kindern nichts wusste. Der Gedanke tat weh.

»Alles in Ordnung?«, fragte Martina sofort. Ihr entging aber auch gar nichts. Siena entschied sich, diese Frage zu ignorieren.

»Und Baldis Kunden sind Klienten aus der Kanzlei?«, hakte sie stattdessen noch einmal nach.

»Ja, nur die High Society. Der Manager, der auf fünfzehnjährige Mädchen steht. Die Firmenchefin, die jedes Wochenende ihr Kokain braucht – ganz diskret und ohne mit irgendwelchen Dealern in Kontakt zu treten. Der Chefarzt, der den Liebhaber seiner Frau beseitigen lassen möchte. Der Bedarf ist groß, das kannst du mir glauben.«

»*Woher zum Teufel weißt du das alles?*« Siena war die Frage eher als Ausruf herausgerutscht, und Martina wirkte ein wenig indigniert, als sie antwortete: »Ich habe ziemlich oft gelauscht. Einmal habe ich sogar mein Handy in Baldis Büro platziert und ein Gespräch aufgezeichnet. War ganz leicht, er hatte ja keinen Verdacht gegen mich.« Sie klang sehr stolz, aber Siena dachte bei sich, dass sie vermutlich eher lebensmüde war. »Warum hast du das gemacht?«, fragte sie ein wenig fassungslos.

»Es hat mir Spaß gemacht. Eine echte Herausforderung, weißt du.«

»Eher eine lebensgefährliche Herausforderung«, stellte Siena fest.

»Ich mag auch Bungee-Jumping«, erklärte Martina und hob wieder in der für sie typischen Geste kurz die Schultern.

»Aber im Studio gibt es schon auch Mitarbeiter oder Klienten, die von alledem nichts wissen, oder?«, erkundigte sich Siena zaghaft. Allmählich erschien ihr das *Studio Legale* wie eine Art Hölle, in der die Teufel miteinander Drogenpartys feierten.

»Natürlich«, bekräftigte Martina. »Der größte Teil hat keine Ahnung, sonst würde das alles nicht funktionieren. Baldi sucht sich sein E-Team ganz genau aus. Und es ist echt erstaunlich, wie viele Menschen nur ihren eigenen Belangen nachgehen und rundherum gar nichts wahrnehmen.«

Siena brauchte eine kurze Pause, um über das, was sie gerade erfahren hatte, nachzudenken. Wenn das alles stimmte, dann war es eine große Sache. Die Kanzlei, die einflussreichen Klienten und Klientinnen, die Mitwisser bei der Polizei …

»Bei der Party habe ich auf der Toilette zwei Frauen belauscht.« Siena stockte kurz, ein wenig peinlich berührt, aber Martina sah sie ernst an und meinte: »Ja, klar, ist ja wohl dein Job!«

Siena fühlte sich noch unbehaglicher, beschloss aber, das für den Moment zu ignorieren. »Die haben über ein Safe House geredet. Was ist das? Bedeutet das, dass die beiden auch aus dem E-Team waren?«

Martina schüttelte den Kopf. »Autsch«, entfuhr es ihr. »Ich sollte meinen Kopf wohl nicht so viel bewegen. Aber nein, die müssen nicht zwingend aus dem E-Team gewesen sein. Vom Safe House haben manche Mitarbeiter vielleicht auch gehört, aber sie glauben, dass das eine Art geheimes Büro für Sonderfälle ist. Die denken vielleicht, dass Baldi ein wenig spinnt, aber sie ahnen nichts von den wahren Dimensionen.«

Siena schwieg einen Moment und dachte über alles nach, was sie gerade erfahren hatte. »Das System funktioniert. Niemand will, dass das Ganze auffliegt, und all diese einflussreichen Menschen sitzen im selben Boot und haben dieselben Interessen«, überlegte Siena laut – und erstarrte. Ihr Blick flog zur Tür. Und tatsächlich: Die Klinke wurde von außen ganz langsam und fast geräuschlos nach unten gedrückt.

VORSATZ NUMMER 26

GRUNDREGELN PRIVATER ERMITTLUNGEN WIRKLICH ENDLICH LESEN

Siena schaute zu Martina, und auch die erschien eine Sekunde lang wie versteinert. Dann drückte sie ganz kurz Sienas Hand, die neben ihrer auf der Bettdecke lag, und ließ sich zurück ins Kissen sinken. »Das ist ein ganz normaler Krankenbesuch, denk dran«, murmelte sie – und Siena hatte nicht zum ersten Mal den Eindruck, dass Martina sich eigentlich besser als verdeckte Ermittlerin eignen würde als sie selbst.

In der Tür erschien nicht der Krankenpfleger von gerade eben, sondern eine Frau. »Alles in Ordnung hier?«, wollte sie wissen und musterte Siena für deren Geschmack einen Tick zu lange und zu intensiv.

»Alles in Ordnung, grazie«, erwiderte Martina und lächelte freundlich.

Die Frau in der Tür zögerte und betrachtete Siena von Neuem sehr aufmerksam. »Bitte bleiben Sie nicht mehr allzu lange. Sie sind schon eine ganze Weile hier, und die

Patientin braucht noch Ruhe.« Mit diesen Worten zog sie sich wieder zurück.

Martina wartete, bis die Tür vollständig geschlossen war, dann sagte sie leise: »Das war die Ärztin. Die hat noch nie einfach so hier vorbeigeschaut, um nach mir zu sehen. Diese Art von Service gibt meine Versicherung nicht her.«

Siena spürte wieder den lästigen Klumpen im Magen. »Denkst du, sie wollte spionieren? Woher wusste sie überhaupt, wie lange ich schon hier bin?« Martina sagte nichts. Sie schien in Gedanken versunken.

»Ale glaubt, dass du in ernster Gefahr bist«, flüsterte Siena.

Martina blickte auf. »Ja, logisch bin ich das. Ich wurde zusammengeschlagen, und dann kam Baldi extra hierher, um den Rest zu erledigen. Zum Glück kam Valeria dazwischen. Mehr Glück als Verstand, das passt hier wohl.« Sie schenkte sich den restlichen Tee ein. »Alles in allem kann man also sehr wohl behaupten, dass ich in Lebensgefahr bin«, fasste sie die Lage nüchtern zusammen und schlürfte den Tee.

»Aber was können wir tun, um dich in Sicherheit zu bringen?« Sienas Stimme klang ein wenig jämmerlich, und sie ärgerte sich kurz darüber. Numero Quattro versagte gerade mal wieder auf ganzer Linie. Und gleichzeitig meldete sich wieder dieser kleine, nagende Zweifel: Gerade eben hatte Martina Baldis Besuch noch so cool abgetan – und jetzt ließ sie ganz nebenbei fallen, dass sie davon ausging, dass er sie hatte umbringen wollen? Wie passte das zusammen?

»Ich habe das schon geplant, keine Sorge«, erwiderte Martina resolut. »Ich werde mich heute auf eigenen Wunsch aus dem Krankenhaus entlassen und mit dem Taxi zum Stadtrand fahren. Dort holt mich meine Cousine ab, die wohnt in Bologna. Bei der bleibe ich die nächsten Tage, ich bin sowieso noch krankgeschrieben.«

»Und dann?«, wollte Siena wissen.

»Wie, und dann? Und dann ist Baldi weg vom Fenster. Ich habe dir doch jetzt genügend Anhaltspunkte für deine Ermittlungen geliefert, oder? Und Matteo wird sicher auch aussagen, wenn du ihn rechtzeitig findest.«

Bei diesen Worten wurde es Siena schlagartig eiskalt. »Rechtzeitig? Wie meinst du das?«

»Matteo ist im Safe House. Das ist irgendeine Unterkunft ab vom Schuss. Dort werden Leute hingebracht, die ein Weilchen aus der Schusslinie sein müssen. Oder eben welche, denen Baldi nicht mehr zu hundert Prozent vertraut. Dort hat er sie unter Kontrolle und entscheidet, wie er weiter vorgeht.«

Siena hatte das Bedürfnis, sich selbst in den Arm zu kneifen. Das klang alles so unglaublich! »Und Matteo steckt da mit drin? Er ist ein Krimineller?«, fragte sie schwach.

»Kriminell, kriminell – definiere *kriminell*«, erwiderte Martina, stellte die leere Tasse ab und lehnte sich am Kopfende des Bettes an. Plötzlich fielen Siena die dunklen Schatten unter ihren Augen auf. Vermutlich brauchte sie wirklich Ruhe. »Matteo wurde ins E-Team aufgenommen, das sagen mir seine Beförderung und sein eigenartiges Verhalten in letzter Zeit. Er wirkte nervös, gestresst, war plötzlich immer kurz angebunden zu mir«, berichtete Martina, und in ihrer Stimme lag kein Hauch von Müdigkeit. Im Gegenteil. Sie wirkte klar und konzentriert. »Aber er wurde sicher noch getestet.«

»Getestet?«

»Na ja, erst mal Kleinigkeiten erledigen, Geldübergaben oder so. Denkst du, dass ein neues Mitglied im E-Team sofort die ganz großen Deals übernimmt? Das wäre doch grob fahrlässig. Jeder muss sich erst einmal beweisen, ist doch logisch.«

Musstest du dich auch beweisen, bevor du Baldis Vertraute und dann sogar seine Geliebte wurdest?, fragte sich Siena und betrachtete die Sonnenreflexe im kastanienbrauen Bob. Der Aufbau und die Organisation eines kriminellen Netzwerkes waren für Martina ein wenig *zu* logisch, so viel stand fest.

»Ich glaube, Matteo hat sich von der Beförderung ködern lassen, aber als er erst einmal das Ausmaß des Ganzen begriffen hatte, wollte er sicher nicht mehr mitmachen. So schätze ich ihn zumindest ein: ehrgeizig, aber harmlos. Auch nicht übermäßig intelligent, wenn du mich fragst.«

Siena schwieg und fragte sich ganz kurz, wie Sara wohl diese Beschreibung ihres Ehemannes gefallen würde. Martinas Handy vibrierte. Sie schnappte es sich schnell vom Nachtschränkchen, doch Siena glaubte, den Namen *Ettore* als Absender der Nachricht erkannt zu haben. Sie erstarrte innerlich.

»Ah, Erica hat geschrieben«, verkündete Martina. »Das ist meine Cousine. Mein Plan klappt.«

Ettore … Erica … Da konnte man sich schon mal irren. Vor allem, wenn man auch mit Kontaktlinsen nicht hundert Prozent scharf sah.

»Wenn du ins Safe House willst, dann musst du Baldi verfolgen«, erklärte Martina jetzt – im gleichen Ton, in dem sie vermutlich einen Klamottenladen empfehlen würde.

»Verfolgen?«, wiederholte Siena lahm.

»Natürlich verfolgen, das machst du doch bei deinen Ermittlungen bestimmt ständig. Nur Baldi geht zum Safe House. Und weil Matteo dort ist, wird er in den nächsten Tagen ganz sicher dort aufschlagen. Du musst ihn einfach nur beschatten.«

Einfach nur beschatten, na bravo.

»Na ja«, seufzte Martina und schloss die Augen. »Du machst das schon. Ist ja schließlich dein Job.«

Siena betrachtete das blasse Gesicht auf dem weißen Kissen. »Geht es dir nicht gut? Soll ich den Pfleger rufen?«

»Nein, ich muss nur kurz schlafen, damit ich nachher fit bin für die ganze Aktion mit dem Taxi und der Fahrt nach Bologna.« Siena zögerte, und Martina öffnete ein Auge. »Keine Sorge. Ich packe das schon. Ich habe in meinem Leben schon so einiges durch, glaub mir.« Sie schloss das Auge wieder.

Als Siena aufstand, ergänzte sie: »Du musst jedenfalls ab jetzt auch sehr gut auf dich aufpassen. Aber als Profi weißt du das natürlich.«

Siena fühlte sich gerade eher wie ein Lämmchen an Ostern als ein Profi. Martina machte noch einmal beide Augen auf. »Baldi hat mich auf der Party ziemlich scharf ausgefragt: wer du bist, worüber wir gesprochen haben und so weiter. Ich habe ihm natürlich nicht gesagt, dass du Ermittlerin bist. Aber der Typ ist so schlau wie zehn Füchse zusammen. Und so hinterlistig wie zehn Klapperschlangen.« Mit diesen Worten klappte sie die Augen energisch wieder zu.

Sienas zoologische Kenntnisse reichten nicht aus, um zu beurteilen, ob Klapperschlangen tatsächlich hinterlistig waren. Aber das Bild in ihrem Kopf von zehn zischenden Giftschlangen vertiefte ihr Unwohlsein noch einmal mehr.

Als sie das Foyer des Krankenhauses durchquerte, fiel ihr Blick auf die große Uhr an der Wand. »Dio mio«, entfuhr es ihr, und sie begann zu rennen. In zwanzig Minuten musste sie bei ihrem Interviewtermin sein. Den hatte sie zwischenzeitlich völlig vergessen. Wenn sie das vergeigte, dann konnte sie sich direkt mit Matteo ins Safe House einsperren lassen, um Enzos Wut zu entgehen.

Die Mitarbeiterin am Empfang folgte Siena mit dem Blick bis zur Glastür, die aus dem Krankenhaus hinaus ins Freie führte, dann griff sie erneut nach ihrem Handy.

Als Siena den feudalen Palazzo, in dem der Interviewtermin stattfand, betrat und über den Marmorboden des Foyers lief, da wünschte sie sich kurz, sie hätte nicht ihre schon etwas zerschlissene, uralte Jeans und die staubigschwarzen Boots an. Immerhin hatte sie morgens zum Glück eine schwarze Bluse aus dem Schrank gefischt, auf der die Schweißflecken nicht zu sehen waren, die sich auf dem eiligen Weg hierher gebildet hatten. Schnell band sie sich ihre Haare noch zu einem Pferdeschwanz zusammen, bevor sie versuchte, sich voll und ganz auf das Interview zu konzentrieren. Der Chef des Tourismusverbandes nahm sich ganze fünfundvierzig Minuten Zeit für Siena, und sie gab sich alle Mühe, sich von ihrer besten Seite zu zeigen. Enzos mahnende Worte hatte sie dabei stets im

Hinterkopf: *Wenn wir uns mit dem gut stellen, kann das viele lukrative Anzeigen nach sich ziehen.*

Auf dem Weg zurück in die Redaktion prasselten dann sofort wieder all die unglaublichen Dinge auf sie ein, die sie mittags von Martina erfahren hatte. Fast wäre sie einem Taxi direkt vor die Motorhaube gefahren und konnte erst im allerletzten Moment scharf bremsen.

»Ma sei matta?«, brüllte der Taxifahrer aus dem Fenster. Bist du verrückt?

»Si!«, brüllte Siena zurück und trat erneut fest in die Pedale. Bei all den verwirrten und verwirrenden Gedanken in ihrem Kopf fühlte es sich wirklich so an, als wäre sie verrückt geworden – oder zumindest, als stünde sie ganz kurz davor.

Am Borgo San Lorenzo angekommen, betrat sie eilig das Bürogebäude und hastete die Treppe zur Redaktion nach oben. Sie wollte heute noch das ganze Interview abtippen, denn morgen musste sie es bereits dem Pressefuzzi des Tourismusverbandes zur Freigabe schicken.

Pling, machte ihr Handy, und Siena zog es aus der Tasche. Sie blieb wie angewurzelt stehen. Eine Nachricht von Luca. Was wollte der denn noch? Sie wieder wüst beschimpfen? *Scusa, Siena, was ich da gestern gesagt habe, das war zu viel. Lass uns noch einmal in Ruhe reden!*

Siena schnaubte empört und stopfte das Handy zurück in ihre Tasche. Was war nur mit diesem Typen los? Es war fast so, als hätte er zwei Gesichter. Gestern noch Mr. Hyde, heute wieder Dr. Jekyll? Nicht mit ihr. Ganz sicher nicht! Als sie die Treppen weiter nach oben stampfte, stellte Siena fest, dass sie ein wenig enttäuscht war, dass Luca in seiner

Nachricht Straghetti nicht erwähnt hatte, auch wenn das natürlich völlig absurd war. Was hätte er denn schreiben sollen?

PS: Straghetti fand den Kuss mit dir außergewöhnlich gut, oder

PS: Straghetti möchte dir gerne seine Handynummer zukommen lassen, sie lautet …

Siena war so in Gedanken versunken, dass sie fast in die Person, die in diesem Augenblick schwungvoll die Redaktion verließ, hineingelaufen wäre. »Accidenti, Siena, kannst du vielleicht mal *nachts* schlafen?« Davide klang genervt wie immer, aber er lächelte sie an. »Ich bin gleich zurück, hole mir nur schnell eine Pizza.« Das Wort Pizza ließ Sienas Knie weich werden. »Bringst du mir eine mit?«, bat sie.

Davide war schon dabei, mit schwungvollen, dynamischen Schritten nach unten zu laufen. »Welche denn?«, rief er zurück.

»Egal«, rief Siena. »Hauptsache, groß. Ich verhungere gleich.«

»Und wir alle wissen, wie schnell das bei dir passieren kann«, klang Davides Stimme spöttisch zu ihr nach oben, bevor die Eingangstür unten krachend ins Schloss fiel.

Als Davide eine knappe halbe Stunde später einen riesigen, duftenden Pizzakarton vor ihr abstellte, hätte Siena ihn am liebsten umarmt. Stattdessen riss sie den Karton auf, griff nach einem großen Stück und biss hinein. Fett tropfte auf die Tastatur ihres Computers, und sie versuchte, es mit der Serviette aus dem Karton wegzuwischen. »Grazie«, sagte sie mit vollem Mund. »Und auch noch scharfe Salami. Perfekt.«

Davide setzte sich auf den Schreibtisch und warf lässig ein Bein über das andere. »Wenn du sagst, *egal*, dann meinst du scharfe Salami«, stellte er fest. »Du weißt mehr über mich, als ich dachte.« Siena grinste und nahm das nächste Stück. »Was ist mit dir? Isst du nicht?«, nuschelte sie.

»Doch, aber im Gegensatz zu dir werde ich mir dafür erst einmal einen Teller und Besteck aus der Küche holen und dann ganz zivilisiert im Konferenzraum speisen.« Er lächelte nicht, und Siena blickte kurz von ihrer Pizza hoch. Er war ihr ein Rätsel, dieser Davide. Er stand jetzt auf, doch Siena sagte rasch: »Warte kurz. Ich war bei Martina.« Sofort setzte Davide sich wieder hin. »Sie hat mir so einiges über Baldi und das Studio erzählt«, begann Siena vorsichtig. Sie war nicht sicher, wie viel sie davon weitergeben sollte. Und sie war sich auch immer noch nicht zu hundert Prozent sicher, ob sie Martina vertrauen und ihr alles glauben sollte.

Davide sah sie aufmerksam an, doch als Siena lediglich kaute und schwieg, sagte er: »Ale hat vor einigen Monaten auch gemerkt, dass Baldi ein wenig *andere* Ziele verfolgt, und er hat die Reißleine gezogen, bevor er darin verwickelt werden konnte.«

»Wie denn?«

»Er hat gekündigt und ist in die Kanzlei seines Onkels eingestiegen. Er hat Baldi gesagt, dass er das nur wegen des Familienzusammenhaltes macht und dass sein Onkel ihn dringend braucht. Dass er ansonsten natürlich wahnsinnig gerne im *Dante* geblieben wäre.« Davides Blick wanderte kurz zum Fenster, und er sah nachdenklich aus. »Dadurch hat er Baldi nicht gegen sich aufgebracht. Er ist, glaube ich, der einzige Ehemalige, der noch auf die Partys eingeladen wird. Alle anderen Ehemaligen sind irgendwie weg vom Fenster«, ergänzte er schulterzuckend.

Siena fröstelte ein wenig, als sie überlegte, ob »weg vom Fenster« in diesem Zusammenhang vielleicht »unter der Erde« bedeuten konnte.

»Kannst du mir die Nummer von deinem Bullen geben?«, fragte Davide unvermittelt, und Siena hätte sich fast an einem Stück Pizza verschluckt.

»Was? Von welchem denn?«, fragte sie verwirrt.

Davide kniff die Augen zusammen und legte den Kopf leicht schief. »Ach, es gibt mehrere?«, fragte er. »Siena Carciofine. Immer für eine Überraschung gut.« Zu ihrem Ärger spürte sie, dass sie ein wenig rot wurde.

»Ich meine den, den du datest. Luca, oder? Kannst du mir seine Nummer geben?«, erläuterte Davide.

»Ich date ihn nicht mehr«, murmelte Siena und stopfte sich das letzte Stück Pizza in den Mund. »Und warum willst du denn überhaupt seine Nummer? Stehst du auf Polizisten?«

»Nein, auf Anwälte, ich dachte, das wäre dir aufgefallen«, entgegnete Davide trocken. »Aber ich brauche jemanden, an den ich mich wenden kann, wenn mit dir … also wenn dir etwas …«

»Du willst Luca anrufen, wenn mir etwas zustößt?« Siena wurde immer verwirrter.

Davide stand auf. »Wenn im *Studio Legale* nur halb so viel läuft, wie wir annehmen, dann können wir jetzt nicht vorsichtig genug sein.«

»Wir?«

»Ich habe dich immerhin auf diese verdammte Gartenparty im *Dante* eingeschleust.«

»Was ist hier los? Was habt ihr mit dem *Studio Legale Dante* zu schaffen, und wer hat wen wo eingeschleust?«

Siena und Davide zuckten zusammen. Unbemerkt hatte Enzo den Kopf zur Bürotür hereingestreckt und die letzten Worte offensichtlich mitgehört. Er betrat jetzt den Raum, machte die Tür hinter sich zu und verschränkte die Arme vor der Brust. Er sah ernsthaft sauer aus. »Senti, Siena, hör zu. Ich habe dir schon gesagt, dass *ich* persönlich nichts mit dem *Dante* zu tun habe, und das stimmt auch. Aber mein Vater ist dort Klient, so wie viele der oberen Zehntausend von Florenz. Und ich habe da am Rande etwas mitbekommen. Ich wollte Vanni drauf ansetzen, aber der meinte, er will sich da nicht einmischen. Es hängen zu viele potenzielle reiche Kunden von ihm mit drin. Und wenn Vanni schon mit etwas nichts zu tun haben will … *Vanni!*« Enzo fuhr sich mit einer Hand kurz über die Augen. Er wirkte auf einmal müde und verletzlich. »Ich hatte Angst, was ich über meinen Vater herausfinden könnte, wenn ich die Sache verfolge – oder wenn irgendjemand die Sache verfolgt. Und es ist außerdem verdammt noch mal gefährlich. Also lass es gut sein, Siena, was immer du da machst. Hör endlich auf, Privatermittlerin zu spielen. Du hast hier einen Job, auf den du dich konzentrieren solltest!«

Siena wollte etwas erwidern, aber Enzo ließ ihr keine Gelegenheit dazu. »Du!«, wandte er sich streng Davide zu. »Mitkommen. Sofort. Vanni sagt, die Frau des Capitano hat mit einer Umzugsfirma Kontakt aufgenommen. Dem gehen wir beide jetzt nach.« Davide erhob sich und folgte seinem Chef eilig.

Siena verdrehte die Augen. »Gäbe es *Toscana in Diretta*

ohne Vanni eigentlich überhaupt noch?«, murmelte sie genervt und stellte den Pizzakarton zur Seite.

»Hey!« Davides Kopf erschien in der Tür. »Schick mir die Nummer von dem Bullen!« Damit verschwand er wieder.

Siena wählte Lucas Kontakt aus und teilte ihn mit Davide. *ABER NUR IM ÄUSSERSTEN NOTFALL*, schickte sie dann schnell eine Nachricht hinterher. Sie überlegte. *Wir sind zerstritten*, tippte sie noch. Davides Antwort kam postwendend, wie immer: *Er soll dich auch nicht heiraten, nur dein Leben retten.* Und zehn Sekunden später ergänzte er: *UND DAS AUCH NUR IM ÄUSSERSTEN NOTFALL!*

Siena wischte sich das Pizzafett von den Fingern, startete den Computer und machte sich daran, das Interview abzutippen. Es gelang ihr tatsächlich, sich einigermaßen zu konzentrieren und alles andere beiseitezuschieben. Nach ungefähr zwei Stunden hatte sie es geschafft. Sie ließ sich mit einem Seufzer im Bürostuhl zurückfallen, streckte beide Arme in die Höhe und die Beine weit von sich. Sie reckte und streckte sich genüsslich und ließ dann den Blick aus dem Fenster schweifen. Draußen hatte sich eine seltsame Düsternis ausgebreitet, obwohl es noch nicht einmal sechs Uhr abends war. Siena rollte mit dem Stuhl näher ans Fenster und betrachtete den Himmel: Wolken waren aufgezogen und hingen tief und bleischwer in einem gelblichen Himmel direkt über den Dächern der Palazzi. Unten auf der Straße wurde eine leere Papiertüte herumgewirbelt, und die relativ wenigen Menschen, die dort unterwegs waren, schlangen ihre Jacken enger um sich und zogen die Köpfe ein. Offensichtlich war ein stärkerer Wind aufgekommen.

Siena rollte wieder ein wenig weg vom Fenster und drückte sich tiefer in den Bürostuhl. Auf unbestimmte Art schien die Düsternis von draußen in den Raum und direkt unter ihre Haut zu kriechen.

Einem Impuls folgend, griff sie nach ihrem Handy: Gerade war ihr eingefallen, dass sie ja immer noch nicht mit Sara gesprochen hatte! War es ein schlechtes Omen, dass sie zeitgleich mit diesem Gefühl der Düsternis so urplötzlich an ihre beste Freundin gedacht hatte? Ihr Herz klopfte, als sie die Nummer wählte – und sie war kaum überrascht, als sich bereits nach einem Klingeln die Mailbox einschaltete. Dieses Mal zögerte Siena keine Sekunde, sondern wählte sofort die Nummer von Saras Mutter. Meistens verlegte diese ihr Smartphone, aber ausnahmsweise ging sie heute sofort ran. Sie war sehr erfreut, als Siena sich meldete. »Siena, wir haben uns ja ewig nicht gesehen. Wie geht es der lieben Nonna? Ist sie immer noch …«

»Jaja, ihr geht es gut«, unterbrach Siena. Sie hatte leider gerade keine Zeit, höflich zu sein. »Senti, ist Sara gerade irgendwo in der Nähe?«

»Sara? Nein, die ist doch in Padua.«

VORSATZ NUMMER 27

AUGEN AUF IM STRASSENVERKEHR

Sienas Herz rutschte in ihre Hosentasche. »In Padua? Seit wann denn?«, fragte sie schwach. Und dann, schärfer: »Und Emilia und Paolo, wo sind die?«

»Die sind natürlich bei mir, wo denn sonst?«, erwiderte Saras Mutter, leicht irritiert von Sienas Ton.

Siena holte tief Luft. »Das heißt, du bist mit den Kindern im Haus? Allein?«

»Nein, ich habe sie in meine Wohnung mitgenommen. Da habe ich es bequemer. Sara wird ja vermutlich einige Tage weg sein.«

Siena schloss kurz die Augen. Sehr gut. Die Wohnung war ziemlich feudal und in einem sehr schönen Haus mitten im mittelalterlichen Städtchen Monteriggioni gelegen. Im Haus wohnten noch drei weitere Parteien, und es gab sogar einen Concierge, das erschien ihr definitiv sicherer als Saras einsam gelegenes, frei stehendes Haus. Aber … was war mit Sara?

»Was macht Sara denn in Padua? Sie hat mir gar nichts erzählt«, sagte Siena und räusperte sich, weil ihre Stimme zitterte.

»Sie hat mir nur einen Zettel hingelegt, dass sie dort an der Uni einen Professor in Strafrecht vertreten kann und dass das eine einmalige Chance für sie ist. Und dass ich mich um die Kinder kümmern soll und dass sie vermutlich nur schlecht erreichbar sein wird wegen der vielen Arbeit.«

Siena wurde es abwechselnd heiß und kalt. Ihr Herz rutschte von ihrer Hosentasche aus weiter in ihre alten Stiefeletten.

»Mit *mir* kann sie es ja machen«, fuhr Saras Mutter empört fort. »*Ich* springe ja immer sofort, wenn meine Tochter mich braucht. Schon seit Jahrzehnten.«

Sie begann eine aufgebrachte Rede darüber, dass sie einfach zu gutmütig war und sich immer ausnutzen ließ, und Siena legte ihren Kopf auf dem Schreibtisch ab und schloss die Augen. Merda. Merda. Doppiamerda. Wo war Sara?

»Nonna, vieni?« Emilias Stimme erklang im Hintergrund, und Siena schossen Tränen in die Augen. Was, wenn nun beide Eltern nicht mehr zu Emilia und Paolo zurückkämen? Was dann?!

Saras Mutter verabschiedete sich hastig, und Siena verharrte so, wie sie war – mit dem Kopf auf der Tischplatte. Sie zwang sich, ruhig nachzudenken.

War es möglich, dass Sara wirklich in Padua war? Dass die Geschichte stimmte? Nein. Zu diesem Schluss kam Siena nach nicht einmal fünf Sekunden. 1. Sara hätte ihr auf jeden Fall Bescheid gegeben. 2. Sara wäre in der jetzigen Situation mit Matteo sowieso *niemals* von ihren Kindern weggegangen. 3. Keine Universität rief einfach so irgendeine Staatsanwältin an, die keine Professur besaß, und ließ sie ad hoc zwischendurch einmal als Professorin arbeiten.

»Stronzate«, murmelte Siena und setzte sich auf. Absoluter Quatsch war diese Geschichte. Die Frage war nur: Was sollte sie jetzt tun?

Panik erfasste sie, als sie sich vorstellte, dass Baldi Sara geholt hatte. Als Druckmittel, um Matteo zu erpressen. Der wusste bestimmt viel zu viel – und Martina vermutete ja, dass er nicht mehr mitmachen wollte. Eine echte Gefahrenquelle also. Jemand, den man sich gefügig machen musste.

Sara griff nach ihrem Handy und suchte im Internet nach der Telefonnummer des Polizeipräsidiums. Es konnte ja wohl nicht sein, dass dort alle unter einer Decke steckten, im Gegenteil: Die Wahrscheinlichkeit, dass sie an jemanden geriet, der nichts mit dem *Studio* zu tun hatte, war doch viel höher, als dass sie zufällig an einen Mitwisser von Baldi und dem E-Team geriet. Nach kurzem Überlegen unterdrückte Siena ihre eigene Rufnummer, bevor sie die Nummer der Questura wählte. Nur für den Fall, dass sie doch das Pech hatte, an jemanden aus Baldis Dunstkreis zu geraten, wollte sie anonym bleiben. Wobei eine unterdrückte Handynummer für die Polizei wohl kein Problem darstellen dürfte und …

»Pronto, come posso aiutare?« Eine freundliche, forsche Frauenstimme riss Siena aus ihren Überlegungen.

»Pronto, ich möchte …« Sie räusperte sich. Mist, sie hätte sich vielleicht vorher in etwa überlegen sollen, was sie mitteilen wollte. »Ich möchte einen Hinweis geben«, sagte sie zögerlich. »Auf ein Verbrechen natürlich. Genauer gesagt auf mehrere Verbrechen«, ergänzte sie schnell.

»Ihren Namen und Ihre Anschrift bitte«, erwiderte die Frauenstimme sachlich und ruhig.

»Ich möchte lieber, äh, ich möchte ... einen *anonymen* Hinweis geben«, antwortete Siena unsicher.

Kurze Stille am anderen Ende. Dann wieder die klare, professionelle Stimme: »Gut, für anonyme Hinweise haben wir eigene Ansprechpartner, ich stelle Sie gleich durch. Um welche Art von Verbrechen geht es denn?«

Siena überlegte kurz. »Organisiertes Verbrechen?«, erwiderte sie zaghaft und merkte selbst, dass sie wenig überzeugend oder glaubwürdig klang.

Wieder kurze Stille. Wahrscheinlich versuchte die Polizistin am anderen Ende blitzartig abzuwägen, wie ernst sie Siena nehmen sollte. »Un attimo per favore«, sagte sie nach dem kurzen Schweigen und klang dabei immer noch professionell und sachlich. Es ertönte eine beschwingte Wartemusik, die für Sienas Geschmack nicht zu Mord und Totschlag passte, und nach wenigen Sekunden war die Frauenstimme zurück: »Dort hebt gerade niemand ab, tut mir leid. Aber Sie können mir Ihren *Hinweis* mitteilen, und ich leite das dann weiter.« Täuschte sich Siena, oder hatte sie in das Wort Hinweis einen Hauch von Sarkasmus gelegt? Egal, sie hatte jetzt nichts mehr zu verlieren.

Beginnen Sie immer am Anfang, schoss es Siena plötzlich durch den Kopf. Der Anfang: das Hotel.

»Im *Studio Legale Dante* werden illegale Geschäfte abgewickelt. Und es gibt da ganz sicher irgendeine Verbindung zum *Hotel Paradiso*. Wahrscheinlich gibt es auch eine Verbindung zu dem Mann, der dort erschossen wurde«, sagte Siena, und ihre Stimme klang etwas gefestigter als vorher.

»Sie meinen den Raubmord?«, hakte die Polizistin nach.

»Nein, eben nicht.«

»Aber Sie sagten doch, es geht um den Portier im *Hotel Paradiso.*«

»Aber das war ja eben kein Raubmord. *Meiner* Meinung nach«, fiel Siena der Polizistin ungeduldig ins Wort. Unterbrochen zu werden, fand die Beamtin offenbar nicht so gut, denn ihre Stimme klang jetzt weniger freundlich. »Und haben Sie für diese Meinung auch irgendwelche Beweise?«, wollte sie wissen.

»Nein, die Beweise sollen *Sie* ja finden. Sie müssen unbedingt noch einmal gründlich im Hotel suchen, da muss es Hinweise aufs *Studio Legale Dante* geben. Und dann können Sie vielleicht auch die Kanzlei selbst durchsuchen und …«

»*Vielleicht.*« Die Polizistin am anderen Ende der Leitung unterbrach schneidend Sienas Redefluss. »Das Wort *vielleicht* mögen wir hier bei der Polizei nicht so gerne, Signora. Und wir setzen auch nicht wertvolles Personal und kostbare Zeit ein, um ein Hotel zu durchsuchen, wenn wir keine konkreteren Hinweise bekommen.« Siena traute ihren Ohren nicht. »Wie bitte? Aber ich weiß, dass in der Kanzlei krumme Dinger gedreht werden, und ich weiß auch, dass meine beste Freundin in Gefahr ist. Sie ist nicht erreichbar, und die Polizei muss nach ihr suchen.«

»Ich verstehe, dass Sie aufgebracht sind, Signora.« Jetzt war der Polizistin eindeutig anzuhören, dass sie Siena für durchgeknallt hielt. »Melden Sie sich doch noch einmal, wenn Sie einen *konkreten* Hinweis haben. Ich gebe Ihre Informationen aber auf jeden Fall heute noch an die zuständigen Stellen weiter. Und wenn Ihre Freundin in achtundvierzig Stunden immer noch nicht erreichbar ist, dann geben Sie am besten eine Vermisstenanzeige auf.« Mit diesen Worten legte sie auf.

An die zuständigen Stellen. Na bravo. Das klang mehr als vage. Was konnte Siena nur tun, damit die Polizei ihr half? Sollte sie doch wieder Luca anrufen?

Nein.

Sie brauchte etwas Besseres, wenn sie Sara helfen wollte: Sie brauchte irgendeinen konkreten Hinweis, der dazu führen würde, dass die Polizei das Hotel noch einmal gründlich durchsuchte.

Siena packte ihre Sachen zusammen und verließ die Redaktion. Als sie auf die Straße trat, ließ die eigenartige Atmosphäre draußen sie frösteln. Es war kühl geworden, und der Wind kroch ihr sofort unter die Kleider. Es war jetzt um kurz nach sechs schon ungewöhnlich dunkel, und hinter den schwarzen Wolken schimmerte der Himmel noch immer in einem schmutzigen Gelb hervor. Siena blickte sich um. Sie hatte nach dem Krankenhaus vor lauter Eile wegen des Interviews auf gar nichts und vor allem auch auf gar niemanden geachtet – aber eigentlich hatte Martina ja völlig recht gehabt: Auch sie musste jetzt vermutlich höllisch aufpassen. Sie konnte nur hoffen, dass Baldi nicht spitzgekriegt hatte, dass sie so lange mit Martina geredet hatte. Und natürlich, dass Martina nicht selbst im E-Team war.

Auf der Straße fiel ihr niemand auf, der verdächtig wirkte oder sie ungewöhnlich intensiv beobachtete. Es waren wegen des drohenden Unwetters sowieso nur noch wenige Menschen unterwegs, und die Geschäfte und die Stände des Marktes machten die Schotten dicht.

Aus der Eisdiele gegenüber erklang Musik, und Siena spitzte die Ohren. Gianni Morandi, diese Stimme erkannte sie natürlich sofort. »L'allegria«, eines seiner neuen Lieder.

»*Il sogno di un ragazzo italiano …*« Siena summte mit, als sie ihr Fahrrad aufsperrte. Es tat sehr gut, Giannis Stimme in diesem Moment zu hören! Auch der Besitzer der Eisdiele, der aus dem Laden trat, um die kleinen Tische und Stühle nach drinnen zu tragen, sang mit. »*Un ragno che mi guarda negli occhi dal commodino …*«, schmetterte er mit einem ziemlich beeindruckenden Tenor. *Eine Spinne, die mir von der Kommode aus in die Augen schaut …*

Das angenehme und vertraute Gefühl, das der Lieblingssänger der Nonna gerade in Siena ausgelöst hatte, verschwand mit einem Schlag, als sie das Wort »Spinne« hörte. Und das lag nicht etwa daran, dass Siena sich vor Spinnen gegruselt hätte. Sie war ja schließlich mit ihnen aufgewachsen, denn auf dem toskanischen Land und rund ums Haus der Nonna gab es genügend Exemplare aller Formen und Formate. Nein, dieses Wort erinnerte sie mit einem Schlag wieder an das Netz, in das sie geraten war, und an die gefährliche Spinne, die darin irgendwo lauerte. Und es erinnerte sie außerdem daran, dass sie noch immer nicht die zerbrochene Scheibe ihres Handydisplays hatte austauschen lassen. Sie schwang sich auf ihr Rad und fuhr los. Das gelbliche Licht schien die Geräusche der Stadt rundherum zu dämpfen, und sie fühlte sich auf eine seltsame Art allein und abgeschnitten von den anderen Menschen.

Als sie in die Via Ghibellina einbog, fuhr eine Vespa unangenehm dicht auf sie auf. Sie trat noch schneller in die Pedale, aber die Vespa klebte an ihr. Stronzo! Konnte der keine Rücksicht nehmen? Sie warf einen Blick zurück. Auf der Vespa saß jemand mit Helm, was relativ ungewöhnlich war, sodass sie kein Gesicht erkennen konnte. Doch die Figur unterhalb des Helmes war eindeutig weiblich. *Stronza* also. Siena wurde langsamer. Sie würde die blöde Kuh jetzt überholen lassen, dann hätte sie ihre Ruhe. Doch als sie langsamer wurde, bog die Vespa in eine winzige Seitenstraße ab. Siena atmete auf, aber schon nach wenigen Metern durchzuckte sie ein unschöner Gedanke: War das vielleicht kein Zufall gewesen? Ließ Baldi sie nun doch beschatten?

Auf der verbleibenden Strecke bis zu ihrem Haus blickte sie sich mehrmals um, doch die Vespa blieb verschwunden.

Zu Hause angekommen, tigerte sie unruhig, ohne sich die Schuhe auszuziehen, durch den Flur. Das, was sie sich da gerade auf dem Heimweg überlegt hatte – sollte, besser gefragt, *konnte* sie das wirklich durchziehen? Das hier war immerhin die Realität und keiner ihrer abgefahrenen Träume. Aber was sollte sie sonst machen?! Ihr fiel kein Plan B ein. Nachdem sie eine Weile unentschlossen im Flur herumgestanden war, holte sie ihren schwarzen Kapuzenpulli und zog ihn über die Bluse. Die Haare band sie auf dem Kopf zusammen und setzte die Kapuze auf. Sie ging ins Bad und betrachtete sich im Spiegel. Sie zog die Kapuze wieder vom Kopf. Man musste ja nicht gleich übertreiben. Dann nahm sie die Kontaktlinsen aus den Augen, die bereits leicht brannten. Leider musste sie im Anschluss eine ganze Weile nach ihrer Brille suchen. Sie fluchte. Wie oft hatte sie sich eigentlich schon vorgenommen, die Brille zu suchen, bevor sie die Kontaktlinsen entfernte?

Als sie ihren Rucksack in den Händen hielt, überlegte sie

kurz. Was brauchte man für einen nächtlichen Spionageeinsatz? Ihr Herz schlug schneller, als sie eine Wasserflasche, eine Packung Kekse, eine Powerbank und ihr Handy einpackte. Nicht zu fassen: Sie packte gerade wirklich und wahrhaftig für einen nächtlichen Spionageeinsatz! Ihren ersten echten, nicht nur geträumten. Sie suchte noch eine Weile nach einer Taschenlampe, doch ohne Erfolg. Egal, das Handy musste ausreichen. Als Letztes fügte sie noch ihr Taschenmesser zur Ausstattung hinzu. Sie hatte es vor Jahren von Gianni bekommen und noch nie benutzt. Ihr Herz klopfte in Höchstgeschwindigkeit, als sie es jetzt in ihre Hosentasche gleiten ließ.

Leider fühlte sich die ganze Sache, als sie dann in ihrem Auto saß und in Richtung ihres Einsatzortes fuhr, weit weniger heroisch an, als sie es sich immer vorgestellt hatte. Siena war angespannt und ängstlich. Besonders eine Frage ließ ihr keine Ruhe und verursachte ein unangenehmes Kribbeln auf ihrer Kopfhaut: *Wo war Sara?* Ganz sicher nicht in Padua. Sie musste die Polizei dazu bringen, aktiv zu werden. Sie *musste.*

Ein Blitz zuckte über den Himmel, als sie an einer Ampel stand, und sie erschrak. Dann donnerte es in einiger Entfernung. Sienas Herz klopfte schneller, und ihr Mund war staubtrocken. An der nächsten Ampel tastete sie nach ihrer Wasserflasche und trank einen großen Schluck. Vielleicht hätte sie lieber ein bisschen Limoncello im Flachmann mitnehmen sollen, überlegte sie und legte den Gang ein, als die Ampel wieder auf Grün schaltete. Auf den Straßen war weit weniger los als sonst, was sicher am drohenden Unwetter lag. Außerdem hatte sich schon seit dem späten Nachmittag diese eigenartige und düstere Schwere über die Dächer der Stadt gelegt. Über die Dächer, Plätze und Straßen. Über die stolze Santa Croce und die mächtige Kuppel des Duomo. Über den schwarz glänzenden Arno und über die Menschen und Motorinos, deren Geräusche plötzlich gedämpft schienen.

Als sie ihr Ziel erreicht hatte und ausstieg, wurden Sienas Selbstzweifel immer stärker. Darüber hinaus spürte sie, dass sie vor lauter Aufregung auch noch ganz dringend auf die Toilette musste. Sollte sie schnell noch hinter einem Busch verschwinden? Sie ließ den Blick über die dunkle Straße schweifen. Aktuell waren, obwohl es gerade einmal acht Uhr war, keine Menschen zu sehen – aber leider auch keine Büsche. Kein einziger. Nicht mal ein Strauch. Wenn, dann würde sie hinter eines der geparkten Autos pinkeln müssen. Nein. Sie straffte ihre Schultern. So tief würde sie nicht sinken.

Je näher sie dem Hotel kam, desto langsamer wurden ihre Schritte. Dunkel und verlassen stand es da, und das Schild über dem Eingang wurde von einem flackernden Licht nur halbherzig erleuchtet, sodass man nicht den vollständigen Schriftzug entziffern konnte, sondern nur *Ho diso*. Die ganze Szenerie hatte etwas Spukhaftes, und als jetzt auch noch ein riesiger Blitz das Hotel kurz in grelles Licht tauchte und dazu direkt über Siena ein mächtiger Donner krachte, schrie sie auf. Na wunderbar, dachte sie. Der Einsatz beginnt ja sehr heldenhaft.

In der nächsten Sekunde fielen erste dicke Tropfen vom nächtlichen Himmel, die sich rasch in ein prasselndes Regenmeer verwandelten. Siena warf ihre Zweifel wenigstens kurz über den Haufen, setzte sich die Kapuze ihres Sweatshirts auf und umrundete mit schnellen Schritten das Hotel. Nach wenigen Metern stand sie vor dem Fenster, das ihren Überlegungen nach das der Portierloge sein musste. Das Spinnennetz samt Spinne war verschwunden, doch als Siena tief Luft holte und vorsichtig gegen die Scheibe drückte, da öffnete sich das Fenster tatsächlich widerstandslos. Sie atmete laut aus: Sie hatte sich an das richtige Detail erinnert.

VORSATZ NUMMER 28

FITNESS-APP NUTZEN, BEVOR DAS JAHR VORBEI IST

Durchs Fenster ins Innere des Hotels zu klettern, stellte sie allerdings vor eine größere Herausforderung. Und das Ganze *geräuschlos* zu absolvieren, das war ein Ding der Unmöglichkeit. Sie hievte sich über das Sims, und beinahe wäre sie auf der Innenseite abgestürzt und auf den Boden gefallen. Siena lehnte sich kurz an die Wand, um wieder zu Atem zu kommen, und dachte mit schlechtem Gewissen an die Fitness-App, die sie sich am Neujahrstag für zwölf Monate heruntergeladen und seitdem nie wieder geöffnet hatte.

Ein weiterer Blitz erleuchtete die Loge, und Siena entfuhr ein weiterer Schrei: Auf dem Sessel und auf dem Boden waren immer noch die vielen dunklen Blutspritzer zu sehen. Siena schluckte. Hatte sie nicht mal etwas über Tatortreiniger gelesen? Die sollten hier mal tätig werden! Aber dem Besitzer des Hotels war wohl wirklich alles egal …

Weiter kam sie nicht in ihren Überlegungen, denn ein erneutes Geräusch erschreckte sie fast zu Tode. Etwas raschelte in der dunkelsten Ecke der Loge, und dann fragte eine ungehaltene Stimme: »Wer stört?«

Zum dritten Mal innerhalb von zehn Minuten schrie Siena auf und schlug sich erschrocken die Hand vor den Mund. Ihr Herz machte ein paar unschöne Stolperer, und sie musste gegen den Impuls ankämpfen, ihre Augen ganz fest zuzumachen. Einfach fest schließen und hoffen, dass sie sich die Stimme nur eingebildet hatte. Stattdessen nahm sie ihren spärlichen Mut zusammen und spähte in die Ecke, aus der die Stimme gekommen war. Dort ging eine schwache Taschenlampe an und erhellte hauptsächlich den Bart eines Mannes, der nun einigermaßen freundlich fortfuhr: »Nichts für ungut, ich war nur gerade schon eingeschlafen.«

»Ach so«, erwiderte Siena lahm, weil ihr nichts Besseres einfiel. Sie erkannte im Schein der Lampe einen Schlafsack und ein Kissen. Dann erlosch das Licht wieder. Es raschelte erneut – der Mann legte sich offenbar wieder hin. »Wenn schlechtes Wetter kommt, schlafe ich lieber drinnen«, erklärte er noch. »Buonanotte.«

»Buonanotte«, antwortete Siena und beeilte sich, möglichst leise die Loge zu verlassen. Hier wollte sie sowieso nicht bleiben, denn das, was sie suchte, das vermutete sie an einem anderen Ort. Sie schlüpfte ins dunkle Foyer und hoffte inständig, dass auch das zweite Detail, an das sie sich erinnerte, sich lohnen würde.

Siena verspürte einen starken Widerwillen dagegen, ihr Gesicht dem großen Gemälde zuzuwenden, doch es blieb ihr nun einmal nichts anderes übrig. Sie drehte den Kopf.

Die weiße Gestalt leuchtete ihr auch dieses Mal geisterhaft entgegen, und Siena spürte, wie die Angst in ihren Körper kroch. Langsam, ganz langsam näherte sie sich dem Gemälde und hatte den Eindruck, einen kalten Lufthauch zu spüren, der ihr aus Richtung des Bildes entgegenkam. Der Weg durchs Foyer erschien ihr unendlich weit, obwohl es nur wenige Schritte waren. Doch zu jedem einzelnen dieser Schritte musste sie sich zwingen, und es fühlte sich so an, als klebten ihre Füße am Boden fest. Wie in einem Albtraum. Oder einem Videospiel. Als Siena endlich vor dem Gemälde stand, war ihr Rücken nass vor Schweiß. Sie hielt die Luft an, dann hob sie den Rahmen ganz vorsichtig an und leuchtete mit ihrem Handy dahinter. Beinahe hätte sie ihr Telefon schon wieder fallen lassen. Tatsache: Hinter der *Toteninsel* befand sich, genau wie in Ettore Baldis Büro, ein Safe. Siena atmete tief durch. Auch wenn sie keine Ahnung hatte, was sich darin befand: Sie würde jetzt noch einmal bei der Polizei anrufen und denen sagen, dass man unbedingt sofort diesen Safe untersuchen musste. Dass sie nun eben doch einen konkreten Hinweis hatte, dem man nachgehen musste, und –

Ein Geräusch drang an ihr Ohr. Siena erschrak und hielt die Luft an. Doch dann fiel ihr der Obdachlose in der Loge wieder ein, und sie atmete aus. Von ihm ging zum Glück keine Gefahr aus. Trotzdem wollte sie in diesem Moment unbedingt weg.

Nichts wie raus hier!

Nur ein Problem gab es da noch.

Siena zögerte. Doch dann steuerte sie entschlossen die Tür im Foyer mit der Aufschrift *WC* an. Bis nach Hause schaffte sie es ganz sicher nicht mehr.

Auf der Toilette spürte sie einen Moment lang starke Erleichterung – bis ihr durch den Kopf schoss, dass die Polizei den Safe vermutlich schon längst überprüft hatte. Manaccia. Egal, sie musste es trotzdem versuchen, etwas Besseres hatte sie nicht zu bieten. Als sie fertig war, zog sie ihr Handy aus der Tasche, um bei der Polizei anzurufen, doch ein erneutes Geräusch ließ sie zusammenzucken. Waren das etwa Schritte?

Schritte im Foyer?

War der Hotelgast aus der Loge doch noch einmal aufgestanden?

Siena stand ganz still und reglos da und lauschte intensiv. Sie hörte jetzt zwar nichts mehr, aber die Angst war bereits mit voller Wucht zu ihr zurückgekehrt, unter ihre Haut gekrochen und lähmte sie einen Moment lang.

Sie musste wirklich hier raus!

Verdammte Blase!

Sie horchte noch eine ganz Weile weiterhin angestrengt, und die Sekunden erschienen ihr dabei wie Stunden. Als sie keine weiteren Geräusche mehr wahrnahm, biss sie die Zähne zusammen und drückte zaghaft und leise die Türklinke herunter. Sie öffnete die Tür gerade so weit, dass sie ins Foyer spähen konnte. Während sie aufmerksam den düsteren Raum scannte, spürte sie ihren Puls unangenehm stark in ihrer Kehle pochen.

Es war nichts zu sehen. Nichts und niemand.

Siena atmete auf, sammelte ihre Kraft und ihren Mut zusammen. Sie musste nur noch einmal durchs Foyer laufen, in die Loge hinein und dann durchs Fenster herausklettern. Das war eine Sache von drei Minuten.

Drei Minuten.

Dann hatte sie es geschafft.

Draußen warteten die Francese und die Sicherheit auf sie.

Nur drei Minuten.

Dai, Siena. Numero Quattro!

Sie wollte gerade losgehen, ja sie war sogar schon einige Schritte gegangen, da tauchte plötzlich wie aus dem Nichts eine Gestalt auf. Siena blieb wie angewurzelt stehen und konnte sich ihren vierten Schrei nur mit Mühe verkneifen. Zum Glück, denn die Gestalt schien sie noch nicht bemerkt zu haben, und wenn es nach Siena ging, dann durfte das auch so bleiben. Die Gestalt ging hastig von der Loge aus in Richtung Ausgang. Und es war definitiv nicht der Mann mit dem Rauschebart und dem Schlafsack. Obwohl es so düster war, erkannte Siena den Mann, der durchs dunkle Foyer eilte, auf Anhieb. Die Figur, die Körperhaltung, die Kleidung: Kein Zweifel, das war Ettore Baldi.

Er verließ hastig das Hotel durch die Eingangstür, die offensichtlich nicht abgeschlossen gewesen war. Sie hätte sich die Klettereinlage also sparen können. In diesem Moment vernahm sie das Geräusch eines Schlüssels, der von außen ins Schloss gesteckt und umgedreht wurde. Verdammt. Siena löste sich aus ihrer Schockstarre, flitzte durchs Foyer in die Loge und öffnete erneut das kaputte Fenster. »Was ist denn heute los? Kann man nicht einmal in Frieden schlafen?«, knurrte der Mann mit dem Rauschebart.

»Scusa«, flüsterte Siena, die bereits im Fenster hing. »Jetzt bin ich weg, versprochen.«

»Meno male«, kam es aus der Ecke. Und dann, wieder recht freundlich: »Buonanotte.«

»Buonanotte«, flüsterte Siena durchs offene Fenster zurück, denn sie hatte es bereits geschafft, sich auf der anderen Seite fallen zu lassen, und eilte in Richtung Straße. Sie hatte keine Zeit, über einen genauen Plan nachzudenken, aber sie hörte die ganze Zeit genau einen Satz in ihrem Kopf: *Wenn du ins Safe House willst, dann musst du Baldi verfolgen.* Martina hatte diesen Satz gesagt. Er dröhnte immer lauter in ihrem Kopf, als sie jetzt versuchte, sich hinter einer Mülltonne so klein wie möglich zu machen und gleichzeitig nach dem Boss des zwielichtigen *Studio Legale* Ausschau zu halten. Zum Glück war das nicht schwierig, denn er stand mitten auf der Straße, blaffte jemanden durchs Handy an (leider konnte Siena nicht verstehen, was er sagte) und wandte sich dann einem in zweiter Reihe geparkten Auto zu, in das er einstieg.

Nur Baldi fährt zum Safe House. Wenn du ins Safe House willst, dann musst du Baldi verfolgen.

Siena verließ die Deckung der Mülltonne und lief geduckt zur Francese. Sie spürte den Regen, der immer noch herunterprasselte, gar nicht und auch nicht, wie kalt es plötzlich geworden war. Sie dachte nur daran, dass man zugreifen musste, wenn das Schicksal einem eine solche Chance auf dem Silbertablett servierte. È ovvio, würde die Nonna dazu sagen. Und es war ja wohl mehr als offensichtlich, dass das *die* Gelegenheit war, um Matteo und vielleicht sogar Sara zu finden.

Beim Gedanken an ihre beste Freundin spürte Siena wieder die Panik in ihrem Körper lauern, doch die konnte sie jetzt so gar nicht gebrauchen. Sie schob sie energisch beiseite, stieg in ihr Auto ein und ließ dabei Baldis Wagen nicht aus den Augen. Sie hatte keine Ahnung, was er machte, aber er fuhr jedenfalls nicht los. Siena nutzte die Gelegenheit, hastig die Nummer der Questura aus ihrer Anrufliste auszuwählen, die sie bereits für ihren anonymen Hinweis bei der Polizei verwendet hatte.

»Ich habe einen wichtigen Hinweis«, sagte sie atemlos ins Telefon. »Es geht um den Mord im *Hotel Paradiso*. Den Mord am Portier.« Sie beschloss, dieses Mal lieber keine Rückfragen abzuwarten, und redete sofort weiter. »Hinter dem Gemälde im Foyer befindet sich ein Safe. Den müssen Sie unbedingt untersuchen. Sofort!«

Die Rücklichter von Baldis Auto leuchteten auf: Er fuhr los.

»Es ist wichtig. Es geht um Leben und Tod!«, rief Siena ins Telefon, bevor sie den Anruf beendete, das Handy auf den Beifahrersitz warf und den Motor anließ. Sie hoffte, dass dieser letzte Satz Eindruck gemacht hatte in all seiner Dramatik. Denn die Situation war schließlich wirklich dramatisch. Immerhin war nicht nur Matteo verschwunden, sondern auch Sara.

Siena ließ Baldis Auto einen kleinen Vorsprung und nahm die Verfolgung auf. Es kam ihr selbst ziemlich auffällig vor, da sie die beiden einzigen Fahrzeuge in dieser wenig belebten Straße waren, aber bereits auf der nächsten größeren Viale, auf die Baldi abbog, nahm der Verkehr zu, und die Francese konnte sich im Strom der anderen Autos unauffällig verstecken. Das hoffte Siena zumindest. Die Konzentration darauf, Baldi nicht aus den Augen zu verlieren, ließ wenig andere Überlegungen zu, und so achtete sie nur darauf, es nicht zu verpassen, wenn er abbog, und sich an keiner Ampel abhängen zu lassen. Einmal musste sie bei Dunkelorange über eine Kreuzung rasen, um an

Baldi dranzubleiben. Doch im Großen und Ganzen klappte die Verfolgung erstaunlich gut. Es donnerte noch ab und zu, allerdings jetzt in größerer Entfernung, und auch der Regen wurde langsam leichter.

Allmählich ließen sie die dicht befahrenen Straßen der Stadt hinter sich, und es wurde wieder komplizierter, nicht aufzufallen. Sie fuhren durch die Wohngebiete am Stadtrand und immer weiter auf die Stadtgrenze zu. Sienas Hände am Steuerrad waren schwitzig, aber die Konzentration auf ihre Aufgabe hielt ihre Angst ansonsten in Schach. Doch als sie sich bereits außerhalb der Stadt auf einer recht einsamen, düsteren Straße befanden, die an einem Feld vorbeiführte, da fiel Sienas Blick plötzlich auf ihre Tankanzeige.

Madonna santa!

Vor Schreck legte sie eine Vollbremsung hin. Der Anzeiger war schon ziemlich weit unten, bald würde das verhasste Tanklämpchen aufleuchten, und dann hatte sie noch maximal dreißig Kilometer. Manaccia. Was sollte sie tun? Aufgeben? Wenn sie jetzt einfach weiterfuhr, dann stand sie vielleicht in einer Viertelstunde in vollkommener Dunkelheit irgendwo in den Weinbergen. Aber wenn sie nicht weiterfuhr, dann vergab sie die Chance, Matteo zu finden. Und Sara! Entschlossen trat Siena aufs Gaspedal – um im nächsten Moment zu realisieren, dass sie Baldi aus den Augen verloren hatte. Sie fluchte. Doch schon nach wenigen Metern, als sie um eine Kurve gebogen war, entdeckte sie erneut seine Rücklichter. Erleichtert atmete sie auf. Das lief ja fast schon zu glatt! Fast, als hätte er auf sie gewartet. Sie atmete tief durch. Vielleicht war das ein gutes Zeichen. Vielleicht würden sie ihr Ziel auch erreichen, bevor ihr

Tank leer war. Wie aufs Stichwort bog Baldi in einen kleinen Weg am Ende des Feldes ein. Er führte zwischen zwei hohen Hecken ins Nichts. Siena zögerte. Hier *musste* er es einfach sehen, wenn sie ihm hinterherfuhr. Das war eindeutig zu riskant. Sie wartete, bis sie die Schweinwerfer seines Autos nicht mehr erkennen konnte, und bog dann erst in den kleinen Weg ein. Sie schaltete die Scheinwerfer aus, doch es war auf diesem stockdunklen, schmalen Weg unmöglich, ohne Licht zu fahren. Langsam fuhr sie mit Abblendlicht immer weiter und versuchte, sich von der dunklen Hecke auf beiden Seiten nicht bedrängt zu fühlen. Sie hielt den Blick geradeaus gerichtet, immer bereit, sofort abzubremsen, sobald Baldis Rücklichter auftauchten.

Der Weg erschien ihr endlos lang, aber plötzlich endete er abrupt an einer Kreuzung. Nach links führte eine geteerte Straße, und ein Schild kündigte den *Agriturismo al Paradiso* an. Nach rechts führte ein Schotterweg ohne Beschilderung. Siena wollte sich nach rechts wenden – es war doch eine klare Sache! Zu einem konspirativen Safe House musste eine unbeschilderte, unbefestigte und unbefahrene Strafe führen, oder? Doch gerade, als sie losfahren wollte, sah sie links in einiger Entfernung ein Licht aufblitzen. Sie zögerte. Dann zuckte ein greller Blitz über den Nachthimmel, und sie erkannte einen Augenblick lang im scharfen Licht ein kleines, von Zypressen umgebenes Anwesen – und Ettore Baldis Auto. Und zwar auf der linken Seite. Der Donner, der Sekunden später über ihr krachte, war ohrenbetäubend laut. »Accidenti!« Siena zuckte zusammen. Offenbar war sie nicht nur Baldi, sondern auch dem Gewitter gefolgt, das ihnen voraus aus der Stadt hierhergezogen und jetzt genau über ihnen war. Der nächste grelle

Blitz erhellte die Nacht und ließ die große Pinie am Wegesrand wie einen bizarren, zerfurchten Geist erscheinen. Die Nacht war nach dem Blitz noch stockdunkler, aber Siena lenkte ihr Auto tapfer nach links. Sie schaltete nun doch die Scheinwerfer aus und wartete auf den nächsten Blitz. Als er die Landschaft beleuchtete, sah sie, dass sie die nächsten hundert Meter einfach geradeaus fahren musste und dass es keine Hindernisse auf der Strecke gab. Also fuhr sie mit angehaltenem Atem ganz langsam in der Dunkelheit vorwärts und hielt das Steuerrad fest und gerade zwischen ihren schwitzigen Händen. Die Abstände der Blitze wurden wieder größer, doch beim nächsten sah sie, dass das malerische Gebäude des *Agriturismo* nur noch etwa zweihundert Meter entfernt war. Sie hielt an und stellte den Motor ab.

Dann saß sie einen Augenblick lang unschlüssig im Auto. Schließlich trank sie einen Schluck Wasser und sammelte ihren Mut zusammen. Sie griff nach ihrem Handy. *Wo bist du???*, hatte Davide mit vielen vorwurfsvollen Fragezeichen gefragt, und Siena sah, dass er auch schon fünfmal angerufen hatte. In ihrer aktuellen Lage – im Dunkeln und alleine im Nirgendwo, mit Ettore Baldi in unmittelbarer Nähe – war es eine Verlockung, Davide zurückzurufen. Seine gelangweilte, vertraute Stimme zu hören, wäre jetzt genau das, was sie brauchte, um sich zu beruhigen. Oje, dachte sie. *Wenn es so weit ist, dass ich Davide anrufen möchte, dann stecke ich wirklich tief in der Scheiße.* Nach kurzem Zögern schickte sie ihm ihren Standpunkt und schrieb dazu *Bin Baldi hierher gefolgt. Du weißt also, wo du suchen musst, wenn ich spurlos verschwinde.* Irgendwie klang ihr das kurz nach dem Senden dann doch etwas zu dramatisch, und sie schickte noch einen zwinkernden Emoji hinterher, um die Botschaft ein wenig abzumildern. So konnte Davide denken, dass sie nur einen kleinen Scherz gemacht hatte. Sie konnte sich sowieso auf heftige Vorwürfe gefasst machen, wenn er erführe, dass das Ganze kein Scherz gewesen war.

Doch als Siena die gefühlte Sicherheit ihres Autos verlassen hatte und mit rasendem Herzen durch die Dunkelheit huschte, da wünschte sie sich, dass er ihre Nachricht doch ernst nehmen würde. Dass er ihr vielleicht sogar hinterherfahren und ihr helfen würde. Sie schämte sich ein wenig für diesen Wunsch, denn eigentlich wollte sie ihre Probleme doch selbst lösen. Aber manche Probleme waren vielleicht ein wenig zu groß für einen allein.

Probleme vom Kaliber Ettore Baldis zum Beispiel.

Apropos. Sie hatte sein geparktes Auto erreicht und kauerte sich kurz dahinter. Obwohl sie nicht gerannt war, keuchte und schwitzte sie heftig. Sie schloss die Augen und versuchte, tief zu atmen. Bevor sie sich dem Haus weiter näherte, musste sie sich dringend ein wenig beruhigen.

VORSATZ NUMMER 29

AUFPASSEN, WENN DIE DINGE ZU GLATT LAUFEN!

Agriturismo al Paradiso, was für ein Witz. Sie fühlte sich definitiv eher höllisch als paradiesisch. Sie öffnete die Augen. Natürlich! *Hotel Paradiso, Agriturismo al Paradiso.* Das war ganz bestimmt kein Zufall, das war Baldis eigenartiger Sinn für Humor. Und alles passte natürlich zum Namen seiner Kanzlei, *Dante*. In Dante Alighieris bekanntestem Werk wurde schließlich der Weg ins Paradies beschrieben.

Siena verdrehte die Augen. Der Typ war wirklich nervig. Sie zog die Kapuze über den Kopf und stand entschlossen auf. Dann bewegte sie sich schnell auf das Gebäude zu, das aus den typisch toskanischen rötlich braunen Steinen erbaut war. Als sie direkt daneben stand, konnte Siena auch die grünen Fensterläden und die Blumenkästen mit Rosmarin erkennen. Der Rosmarin sandte seinen herben Duft in die kühle Herbstnacht hinaus, die feucht vom Gewitter war. Der Mond trat hinter den Wolken, die sich verzogen, hervor und sandte sein silbernes Licht auf einen kleinen Olivenhain neben dem Haus herab.

Okay. Wenn man nicht wusste, dass Baldi sich hier aufhielt, war es schon ein bisschen paradiesisch.

Siena schlich an der Hauswand entlang. Sie wollte einmal das Haus umrunden, um sich einen Überblick zu verschaffen. An jeder Ecke musste sie die Luft anhalten und sich überwinden, weil sie halb damit rechnete, dass Baldi ihr auflauern würde. Doch ihre Befürchtung trat zum Glück nicht ein. Dafür sah sie, als sie die letzte Ecke umrundet hatte, ein beleuchtetes Fenster. Sie blieb stehen, doch sie spürte: Wenn sie länger hier verharrte, dann würde sie sich gar nicht mehr weiterwagen. Nein, sie musste jetzt ohne zu überlegen einfach weitergehen. Sie schlich in geduckter Haltung auf das Licht zu, das vom Fenster auf den Kiesweg fiel.

Apropos Kies.

Siena hörte das knirschende Geräusch ihrer eigenen Schritte überlaut und erschrak. Aber das Fenster, hinter dem das Licht schimmerte, war zum Glück geschlossen.

Jetzt befand sie sich genau darunter. Vorsichtig richtete sie sich so weit auf, dass sie hineinspähen konnte. Der buschige Rosmarin bot ihr dafür die perfekte Deckung. Ihr blieb beinahe das Herz stehen, als sie gute Sicht ins Zimmer hatte, denn dort saß tatsächlich Matteo an einem Tisch. Seine Hände lagen auf der Tischplatte und waren mit Kabelbinder gefesselt. Hinter ihm stand Baldi und redete auf ihn ein. Er legte eine Pranke auf Matteos Schulter, und der zuckte zusammen. Matteo sah sehr blass und müde aus, und das gab Siena einen Stich ins Herz. Er war vielleicht ein ehrgeiziger Trottel, der sich da in ziemlich großen Mist hineingeritten hatte, aber in diesem Moment tat er ihr trotzdem leid. Siena reckte sich ein wenig, damit sie auch noch in die andere Ecke des Raumes lugen konnte. Tränen schossen ihr in die Augen: Auf einem Sessel saß Sara. Auch ihre Hände waren gefesselt, und sie ließ den Kopf hängen. Aber sie bewegte sich – sie lebte! Eindeutig.

Siena ließ sich auf den Boden sinken. Die Tränen liefen ihr unkontrolliert übers Gesicht, und sie spürte in aller Deutlichkeit, wie groß ihre Angst um Sara war. Ihre Hände zitterten, und sie musste sich beherrschen, um nicht zu schluchzen.

Nach ein paar Minuten riss sie sich zusammen. Die wichtigste Frage war jetzt: Was sollte sie tun? Wie sollte sie weiter vorgehen? Das Beste wäre, ein Stück weit vom Haus wegzulaufen und außer Hörweite die Polizei anzurufen.

Ja, genau das würde sie machen. Siena stand auf und hatte sich von ihrer Position unter dem Fenster noch gar nicht wegbewegt, als sie rasche Schritte auf dem Kies hörte. Sie lugte um die Ecke und sah, wie Baldi eilig zu seinem Auto lief. Er stieg ein, ließ den Motor an, wendete und fuhr los.

Vor lauter Freude darüber, dass sie Matteo und Sara gefunden hatte, dachte Siena leider keine Sekunde daran, dass Baldi in weniger als einer Minute an der geparkten Francese vorbeifahren würde. Sie dachte nur daran, dass sie Matteo und Sara vielleicht sofort mitnehmen konnte. Eventuell waren ja nicht nur ihre Hände mit Kabelbindern gefesselt, sondern auch ihre Füße. Und deshalb brauchten sie vermutlich einfach nur jemanden, der die Fesseln durchschnitt und sie mit dem Auto wegbrachte.

Und dieser jemand war sie.

Sie tastete nach ihrem Taschenmesser und ging zur Eingangstür. Leider wunderte sie sich auch einen Moment zu spät darüber, dass die Tür gar nicht verschlossen war. Sie stand im Halbdunkel des Flures, mit dem Messer in der Hand, als jemand ihr Handgelenk packte und so fest zudrückte, dass sie aufschrie und es sofort fallen ließ. Ihr Arm wurde unsanft auf den Rücken gedreht, und sie wurde den Gang entlanggeschoben. Links konnte sie in einen kleinen Raum sehen, in dem ein Typ auf einem Klappbett lag und auf sein Smartphone starrte. Neben ihm lag eine Pistole. Siena schluckte. Der Typ sah kurz auf und zog die Augenbrauen hoch. »Alles okay, Carlo«, sagte der Mann in Sienas Nacken. »Ich habe alles im Griff. Bleib liegen. Ist nur diese Anfängerin hier.« Das nagte nun doch ein wenig an Sienas Stolz. »Woher wollen Sie das wissen? Vielleicht kommt ja noch Verstärkung?«, fragte sie.

Er lachte leise und verursachte dabei ein unangenehmes Kitzeln mit seinem Atem in Sienas Nacken. Sie versuchte, mehr Abstand zwischen seinen Mund und ihren Hals zu bekommen, doch seine Umklammerung war eisern. Aber im nächsten Moment hatte er sie bereits in den Raum mit Matteo und Sara geschubst und lockerte seinen Griff von allein.

Die beiden starrten Siena an, als wäre sie ein Geist. Sara öffnete den Mund und wollte offensichtlich etwas sagen, aber sie brachte keinen Ton heraus. Stattdessen fing sie an zu schluchzen. Siena nutzte die Gelegenheit und riss sich los, stürzte zu ihrer Freundin und schlang die Arme um sie.

»Die Kinder?«, flüsterte Sara zwischen zwei Schluchzern.

»In Sicherheit. In der Wohnung deiner Mutter«, wisperte Siena zurück. Dann wurde sie unsanft zurückgerissen.

Die Umarmung hatte nur kurz gedauert, aber lange genug für Siena, um sich zu vergewissern, dass Sara *wirklich* lebte. Sie war warm, sie atmete, sie roch vertraut nach ihrem Shampoo und ihrem Parfum. Wie immer. Es war Siena in diesem Moment fast egal, dass auch sie nun hier festsaß, so eine riesige Erleichterung durchströmte sie.

»Ah, die Freundschaft«, erklang in diesem Moment eine sonore Stimme. »Schon der große Dante Alighieri erkannte sie als wichtigsten menschlichen Instinkt.« Siena fuhr herum. Ettore Baldi betrat den Raum und lächelte ihr jovial zu. Seine Augen blieben dabei wie immer kalt. »*Ohne Freunde können wir kein vollkommenes Leben führen* – sagen Sie bloß, das Zitat kennen Sie nicht?«

Siena fiel keine Antwort ein. Baldi machte eine Kopfbewegung, und der Mann, der sie in dieses Zimmer bugsiert hatte, drückte sie auf einen Stuhl und band ihre Hände ebenfalls mit Kabelbinder zusammen. »Aua«, entfuhr es ihr, als er die Plastikschnüre ziemlich grob festzurrte, und als Antwort gab der Mann wieder sein leises Lachen von sich. Er war eher klein, aber sehr drahtig, und in seinem Hosenbund steckte eine Pistole.

Wie dumm war sie nur gewesen zu glauben, Baldi würde seine Gefangenen alleine hier zurücklassen! Er war – im Gegensatz zu ihr – eben kein Anfänger. Und natürlich hatte er ihr Auto gesehen und war direkt umgekehrt.

»Das hat ja bestens geklappt«, sagte Baldi in diesem Moment und rieb sich die Hände. »Ich war mir sicher, dass Sie mir freiwillig hierher folgen würden. Das erspart mir eine umständliche und eventuell auch auffällige Entführung. Oder einen Besuch bei Ihrer Großmutter.«

Siena zuckte zusammen. Sie vergaß alles, was sie sich in Sachen Pokerface vorgenommen hatte. Sie fragte entsetzt: »Bei meiner Großmutter? Was wollen Sie denn dort?«

Er ließ sich auf den letzten freien Stuhl am Tisch plumpsen und strich sich in seiner typischen selbstgefälligen Geste über den hässlichen Ziegenbart. »Ich suche immer zuerst nach den Schwachstellen meiner Feinde. Und eine Ihrer Schwachstellen ist eben Ihre Großmutter. Aber auf den nächtlichen Besuch meines Mitarbeiters dort haben Sie ja bedauerlicherweise nicht reagiert. Oder haben Sie die Bedeutung wirklich nicht verstanden? Jedenfalls haben Sie einfach weitergemacht.«

Baldis Handy summte, und er zog es aus der Innentasche seines Sakkos und schaute aufs Display. Seine Miene verdüsterte sich. Er starrte ein paar Sekunden böse auf den Bildschirm, dann legte er das Telefon vor sich auf den Tisch. Er lehnte sich zurück und fixierte einen Augenblick lang Matteo, der schweigend vor sich hin starrte und noch gar keine echte Reaktion gezeigt hatte. Er wirkte wie versteinert. Dann wandte sich Baldi wieder Siena zu. »Jedenfalls bin ich froh, dass es geklappt hat und dass Sie mir gefolgt sind«, bemerkte er. Siena glaubte, sich verhört zu haben. Doch dann dämmerte ihr, was er vor wenigen Augenblicken mit »freiwillig gefolgt« gemeint hatte.

»Das war Absicht?«, platzte sie heraus.

»Natürlich, was denken Sie denn? Ich habe doch einmal sogar gewartet, damit Sie den Anschluss nicht verlieren.« Er grinste. »Sie sind eine relativ schlechte Autofahrerin.«

Trotz ihrer Angst fühlte Siena sich erneut in ihrem Stolz getroffen. »Aber woher wussten Sie denn überhaupt, dass ich im Hotel sein würde?«, fragte sie indigniert.

Ettore Baldi lehnte sich zurück und schlug lässig die Beine übereinander. Das heißt: Er vermutete wohl, dass das lässig wirkte, es sah aber eher lustig aus, da seine Beine auffällig kurz waren. Komisch, dass er es geschafft hatte, ein Reich aufzubauen, in dem er der unangefochtene Herrscher ist, dachte Siena flüchtig. Eigentlich ist er eine Witzfigur.

Seine wohlklingende Stimme beendete diese Überlegung: »Ich habe Sie natürlich beschatten lassen. Seit Sie mir den falschen Namen genannt und nach Matteo gefragt haben und dann noch Martina aushorchen wollten, war mir klar, dass Sie auf Ärger aus sind. Und den bekommen Sie jetzt.« Den letzten Satz hatte er ganz leise ausgesprochen, und er sah sie mit seinen dunklen, wachen Augen eindringlich an. Siena schluckte. Von ihm ging plötzlich etwas so Bedrohliches aus, dass ihr schlagartig wieder klar war, warum er der Sonnengott war. Unangefochten.

Sie räusperte sich. »Und Sie wurden verständigt, dass ich auf dem Weg ins Hotel bin?«, wollte sie wissen. Er musterte sie einen Moment wortlos, und es war unmöglich zu erahnen, was er dachte. Er nickte bedächtig. »Mir wurde Ihre ganze dilettantische Schnüffelei endgültig zu bunt. Ich habe vermutet, dass Sie mir folgen würden, wenn ich Sie anlocken würde, gerade weil *sie* verschwunden war.« Er zeigte auf Sara. »Und was soll ich sagen? Ich hatte recht. Meine Menschenkenntnis ist meine mächtigste Waffe.« Er griff in die Innentasche seines Sakkos, zog eine Pistole heraus und legte sie vor sich auf den Tisch. »Und die hier natürlich.« Er grinste, doch wieder blieben seine Augen eisig. »Sie sind nicht nur eine relativ miese Autofahrerin, sondern definitiv auch eine absolut miese Schnüfflerin.«

»Immerhin ist *mir* aufgefallen, dass an der Kanzlei etwas faul ist und dass ein Zusammenhang mit dem *Hotel Paradiso* besteht und dass die Safes hinter den identischen Bildern versteckt sind«, zischte Siena und hätte sich direkt am liebsten auf die Zunge gebissen. Mist, sie sollte wieder dazu übergehen, erst zu denken und dann zu reden.

Ettore Baldi blickte einen Moment lang auf seine Waffe, und dann wandte er den Blick erneut Siena zu. Er sagte nichts, und sein Gesichtsausdruck war unverändert. Trotzdem spürte Siena, dass die Stimmung gekippt war, dass es in ihm brodelte und dass er kurz davor war zu explodieren. Dazu passte, dass, einer absurden Dramaturgie folgend, genau jetzt noch einmal ein lauter Donner krachte. »Madonna«, entfuhr es ihr. Baldi nickte. »Die werden Sie heute Abend vermutlich noch brauchen«, sagte er leise. »Sie sind für mich nur ein kleines, lästiges Staubkorn, das sich wegwischen lässt. Sie haben nichts Konkretes in der Hand, keinerlei Beweise – und besonders glaubwürdig wirken Sie auch nicht.« Zur Veranschaulichung seiner Einschätzung von Siena wischte er mit einer verächtlichen Geste unsichtbaren Staub vom Ärmel seines makellosen Sakkos. »*Er* hingegen hat Beweise. Und er hat mich enttäuscht.«

Mit diesen Worten richtete Baldi seinen Blick auf Matteo. Der schien noch eine Spur blasser zu werden, aber er starrte weiter reglos auf die Tischplatte vor sich. »Sag nichts«, erklang Saras Stimme vom Sessel, und Siena stellte erleichtert fest, dass in ihr die gewohnte Staatsanwältinnen-Schärfe mitschwang.

»Es ist egal, ob er etwas sagt oder nicht«, bemerkte Baldi

und schwang nun seine kurzen Beine wieder andersherum übereinander. »Ich weiß alles, was ich wissen muss.« Er zeigte auf sein Handy. »Gerade kam die Bestätigung. Du hast den Auftrag gegeben, dass der Anschlag auf Martina missglücken soll.«

»Welche Martina?«, fragte Sara sofort – obwohl sie selbst ihm doch gerade geraten hatte, nichts zu sagen.

»Du hast *was*?«, fragte Siena gleichzeitig.

Matteo sagte nichts, und Baldi antwortete an seiner Stelle: »Ich dachte, der gute Matteo hätte das Zeug dafür. Den Biss, den Ehrgeiz. Das Zeug dazu, ganz oben mitzuspielen.« Er seufzte und strich sich über den Bart. »Aber er ist doch nur ein feiger kleiner Schlappschwanz.« Die letzten Worte zischte er wie eine wütende Schlange. Die Schlange im Paradies, dachte Siena. Hier passt wirklich alles zusammen.

»Am Anfang hat es doch so gut geklappt. Du hast die Geschäfte und die Geldübergaben im Hotel organisiert, alles lief perfekt. Sogar den miesen kleinen Verräter konnten wir problemlos beseitigen.« Ettore Baldis Stimme war wieder ganz ruhig geworden.

»Den Verräter? Meinen Sie den Portier?« Die Frage war Siena herausgerutscht, doch zu ihrer Überraschung schien Baldi sich nicht daran zu stören. »Neugierig sind Sie, das muss man Ihnen lassen. Nur sonst können Sie eben nichts«, erwiderte er und lächelte jovial. »Ja, ich meine Ragniero. Er wurde gierig, hat für seine Verschwiegenheit und Kooperation immer mehr Geld verlangt. Und wenn jemand nicht mehr loyal ist …« Er hob die Schultern und fuhr mit seinem Daumen mit einer schnellen Bewegung seine Kehle entlang. Dabei sah er unangenehm intensiv in

Matteos Richtung. Der bekam davon nichts mit, weil er weiterhin wie hypnotisiert auf die Tischplatte starrte, aber Sara atmete hörbar tief ein und aus, und auch Siena wurde es kalt.

Plötzlich, zur Überraschung aller, erklang Matteos Stimme. Ohne aufzublicken sagte er: »Die Sache mit Ragniero war der Anfang vom Ende: Die Polizei ist auf das Hotel aufmerksam geworden. Weitere Mitwisser haben Geld verlangt. Du musstest dem Einsatzleiter der Polizei eine riesige Summe zahlen, damit er die Durchsuchung des Hotels so schlampig gestaltet, dass der Safe nicht entdeckt wird. Es war der Anfang vom Ende. Doch du willst das nicht wahrhaben.«

Siena hielt die Luft an. Das war mit Sicherheit nicht das, was der Sonnengott gerne hören wollte. Sie wunderte sich über Matteos Mumm.

Tatsächlich wurde Baldi blass vor Wut. »Nein.« In seiner sonoren Stimme war ein leichtes Beben spürbar. »Nein!« Er schlug die flache Hand auf den Tisch, und alle Anwesenden zuckten zusammen, als hätte sich erneut ein Donner über dem Haus entladen. »*Du* verstehst nicht, dass man so klein nicht denken darf! Hindernisse werden aus dem Weg geräumt. Verräter werden beseitigt. Mitwissern werden noch größere Summen gezahlt. Und dann geht es *weiter.*« Er schloss die Augen und massierte sich die Schläfen. Und Siena begriff in diesem Moment, dass er sich seiner Sache keineswegs so sicher war, wie er behauptete. Im Gegenteil, er sah seine Felle davonschwimmen. Und das machte ihn leider erst so richtig wütend. Wütend und gefährlich.

»Wir haben deinen Laptop geholt und alles darauf gelöscht. Und folglich ist alles, was uns jetzt noch belasten kann, hier drin. In deinem Kopf.« Baldi öffnete seine Augen und tippte sich an die Stirn. Dann schaute er erneut zu Matteo. »Und wir werden heute noch dafür sorgen, dass auch das alles gelöscht wird.« Er wiederholte die Geste mit seinem Daumen an der Kehle, und Siena spürte, wie der Angstschweiß allmählich ihr T-Shirt durchtränkte.

Unerwartet sprang Baldi auf, und sein Stuhl kippte mit einem lauten Krachen um. »Warum?«, brüllte er. »Warum, verdammt noch mal! Ich hatte doch so große Pläne mit dir!« Er trat hinter Matteo, und einen Augenblick lang befürchtete Siena, er könnte ihn von hinten würgen oder auf eine andere Art attackieren. Doch Baldi blieb nur bedrohlich hinter dem Stuhl stehen.

»Du hast mir doch sowieso nicht vertraut«, erwiderte Matteo leise, aber mit fester Stimme. »Hast mich hier eingesperrt, mir das Handy weggenommen und deine beiden Bewacher hiergelassen.«

»Ich habe dich hierher ins Safe House bringen lassen, weil du derjenige warst, der in letzter Zeit alles im Hotel gemanagt hatte. Ich wollte dich schützen. Bis Gras über den Mord an Ragniero gewachsen ist. Und dir die Chance geben, dich endgültig zu beweisen, indem du Martina zum Schweigen bringst. Ich wollte dein Bestes.« Baldi wurde wieder lauter. Er ging zurück zu seinem Stuhl, ließ sich daraufsinken und griff nach seinem Telefon. »Gerade eben kam die Nachricht von meinem Informanten. Du hast eine beachtliche Extrasumme dafür bezahlt, dass Martina überlebt, und Pepe ist drauf eingegangen. Der Stronzo hat es endlich zugegeben. So viele Leute hat er sauber für uns beseitigt, und dann so was? Das war der letzte Auftrag, den er für uns erledigt hat. Denn jetzt ist *er* erledigt.« Wieder die Geste mit dem Daumen an der Kehle – Siena erschrak kaum noch, sie war anscheinend schon abgestumpft.

»Tja, deine Menschenkenntnis ist eben doch nicht so gut.« Mit diesen Worten sah Matteo zum ersten Mal hoch, blickte über seine Schulter nach hinten und sah Baldi direkt an. »Ich bin ehrgeizig, ja. Und ich wollte unbedingt schnell Partner werden. Ich hätte dafür einiges getan. Ich hätte die Nächte durchgearbeitet, und ich hätte auch grenzwertige Dinge für dich erledigt. Ich hätte geschwiegen, wäre loyal gewesen und hätte deine Geschäfte im *Hotel Paradiso* mitgemacht. Aber hast du wirklich gedacht, dass ich einen Menschen *töten* lasse? Da hast du dich getäuscht, Baldi.«

Siena staunte erneut. Matteo wirkte so souverän, sie hätte ihm das im Leben nicht zugetraut. Doch dann begriff sie: Baldi konnte Matteo bedrohen und erpressen. Aber Matteo hatte sich seine Würde nicht von ihm nehmen lassen. *Noch nicht.*

Baldi sprang auf und durchquerte den Raum. Er stellte sich neben Sara und hielt ihr seine Pistole an den Kopf. Dann grinste er. »Ich weiß, dass du alles tun würdest, was ich von dir verlange. Die Argumente müssen nur stimmen. Und ich weiß, welche Argumente bei dir ziehen.« Er drückte den Lauf der Pistole fester an Saras Schläfe. Die wurde kalkweiß und schloss die Augen.

Alles ging so schnell, dass Siena kaum Zeit blieb, in Panik zu geraten, aber bevor sie noch darüber nachgedacht hatte, sagte sie mit einer zu hohen Stimme, die ihr selbst fremd vorkam: »Ich mache es. Ich mache es, wenn Sie Sara in Ruhe lassen.« Erstaunt ließ Baldi die Waffe sinken. »Was machen Sie?«

VORSATZ NUMMER 30

BESSER WIEDER ERST DENKEN, DANN REDEN

»Ich bringe Martina zum Schweigen«, erwiderte Siena heiser. Sie hatte keine Ahnung, warum sie das gesagt hatte. Sie wollte einfach nur, dass die Pistole möglichst weit weg von Saras Schläfe war. Tatsächlich ließ Baldi die Waffe in sein Sakko gleiten, verschränkte die Arme vor der Brust und betrachtete Siena interessiert. »Schau an, schau an. Bewerben Sie sich hier gerade für Hamburg?«

»Hamburg?« Siena war verwirrt. Wie kam er denn jetzt auf Hamburg?

»*Hamburg* ist unser Codewort für alles, was abseits des Legalen im *Studio Legale* stattfindet«, bemerkte er und schien sich über seinen kleinen Wortwitz zu freuen. »Das hat sich irgendwann so ergeben, denn ich liebe Hamburg. Und wir beziehen von dort sehr wichtige Ware.« Er fuhr sich mit dem Zeigefinger unter der Nase entlang und lächelte. Seine Gesten mit den unterschiedlichen Fingern gingen Siena auf die Nerven, und am liebsten hätte sie ihm in diesem Moment ihren mittleren gezeigt. Sie riss sich zusammen.

»Was glauben Sie denn, warum ich sofort zur Stelle war, als Sie bei Ihrem ersten Besuch in der Kanzlei *Hamburg* erwähnten?«, fuhr Baldi fort. »Wie sind Sie darauf eigentlich gekommen? Sie sind doch sonst so talentfrei als Detektivin.«

»Ich habe eine Postkarte in der Loge gefunden mit dem Hamburger Hafen und mit Matteos Telefonnummer«, begann Siena wahrheitsgemäß, doch die weiteren Worte erstarben auf ihren Lippen, als sie Baldis Gesichtsausdruck bemerkte. *Baldi ist so hinterlistig wie zehn Klapperschlangen.* Diese Worte von Martina gingen ihr durch den Kopf. Wie eine aufgebrachte Viper schoss er jetzt auf Matteo zu. »Du Anfänger hast eine Karte dort liegen lassen mit einer Spur, die zu dir und zum *Studio* führt? Wie verblödet kann man sein!«

Er brach ab und starrte Matteo an. Mehrere Sekunden vergingen, und er wurde bleich. Die Wut schien ihm beinahe den Verstand zu rauben. Er raufte sich die Haare und suchte nach Worten. »Du hast die Karte *absichtlich* dort platziert?«, flüsterte er schließlich fassungslos.

»Sag nichts«, erklang erneut Saras Stimme.

»Du feiger Schwächling«, tobte Baldi. »Du wolltest raus aus der ganzen Sache und wolltest dafür die Polizei auf unsere Fährte locken?« Er riss die Pistole aus dem Sakko. Er starrte sie an, dann schüttelte er den Kopf. »Nein«, flüsterte er. »Nein, ich mache mir wegen einem wie dir nicht selbst die Hände schmutzig.« Er spuckte auf den Boden. »Meine beiden Jungs sollen euch erledigen, mir reicht es. Und im Anschluss wird leider ein Feuer hier ausbrechen.

Blitzschlag.« Mit diesen Worten rauschte er aus dem Zimmer.

Nach ein paar Augenblicken Schockstarre murmelte Siena: »Es tut mir so leid, ich habe alles vermasselt.« Tränen stiegen ihr in die Augen. Sie war wütend auf sich selbst, dass sie durch ihre unüberlegten Aktionen Baldi nur noch mehr gegen Matteo aufgebracht hatte und sie ihren Freunden nicht hatte helfen können. Im Gegenteil. Die Bedeutung dessen, was Baldi gerade angekündigt hatte – die unmittelbare Bedrohung ihres eigenen Lebens –, kam in diesen ersten Sekunden gar nicht richtig in ihrem Kopf an.

»So ein Quatsch«, sagte Sara. »Du hast uns gesucht, Siena, du wolltest uns helfen, und du …«

Weiter kam sie nicht, denn in diesem Moment betraten die beiden Typen mit den Pistolen das Zimmer. Und schlagartig raubte Siena die Panik fast die Luft zum Atmen. Es passierte tatsächlich. Baldis Ankündigung wurde wahr: Die beiden waren hier, um sie alle der Reihe nach abzuknallen und dann ein Feuer zu legen. Wen würden sie zuerst erschießen? Wollte sie lieber zuerst sterben, um nicht mit ansehen zu müssen, wie Sara starb? Oder wollte sie noch letzte, kostbare Sekunden schinden, noch einen Augenblick länger am Leben bleiben? Die Gedanken überschlugen sich in ihrem Kopf, und plötzlich sah Siena die ganze Szene aus der Vogelperspektive. Sie sah sich und Matteo als kleine, winzig kleine Figuren am Tisch sitzen und Sara auf dem Sessel, während das Blut in ihren Ohren immer lauter rauschte.

»Bitte nicht«, sagte Sara plötzlich leise. »Bitte lassen Sie wenigstens einen von uns am Leben, wir haben zwei kleine Kinder.« Sie wurde von Schluchzern geschüttelt. Siena blickte zu den beiden Wächtern und erkannte auf dem Gesicht des einen tatsächlich Mitleid. Doch der andere zückte bereits seine Waffe und ging auf Sara zu. Siena wollte schreien, aber aus ihrem Mund kam kein Ton.

Und genau in diesem Augenblick nahm sie etwas wahr.

Licht.

Licht vor dem Fenster.

Es war noch ein Stück weit entfernt – aber in dieser Richtung befand sich doch der Weg, der zum *Agriturismo* führte, oder? Sie starrte auf das Licht.

Der Typ, der auf Sara zugegangen war, hastete ans Fenster und lugte hinaus. »Erwarten wir jemanden?«, fragte er seinen Kollegen, und Angst schwang in seiner Stimme mit.

Die Lichter kamen rasch näher, es waren mehrere.

Und dann …

Dann erschien etwas, das auf Siena so wirkte wie eine Fata Morgana in der Wüste auf einen Verdurstenden.

Blaues Licht.

Blaulicht.

Kurz vor dem Haus schalteten die Fahrzeuge draußen alle Blaulicht an, und dann …

Sirenen.

Sie schloss die Augen. Konnte das wirklich sein? War das die Rettung? Oder träumte sie? Hatte die Todesangst sie in eine Parallelwelt katapultiert?

»Fuori! Raus hier!«, zischte der Typ am Fenster, und innerhalb einer Sekunde waren beide Bewacher aus dem Zimmer gerannt und irgendwo im Haus verschwunden. Ein Poltern war zu hören, dann ein Knallen – eventuell von einer Hintertür –, und dann erfüllten nur noch die Sirenen die nächtliche Stille der Toskana.

»Hast du die Polizei gerufen, Siena?«, fragte Sara atemlos.

»Nein, eigentlich nicht. Ich habe denen nur gesagt, dass sie den Safe hinter dem Gemälde durchsuchen sollen, vielleicht war dort ein Hinweis auf diese Adresse hier?«, mutmaßte Siena, doch Matteo unterbrach sie.

»Vielleicht verschiebt ihr euer Gespräch auf später. Unter den Tisch!«, ordnete er an. Er selbst ließ sich bereits auf den Boden rutschen und kroch ein wenig unbeholfen wegen der gefesselten Hände unter die Platte. Sara und Siena taten es ihm gleich. »Hinlegen«, befahl Matteo. »Wenn die beiden Typen sich eine Schießerei mit der Polizei liefern, dann sollten wir nicht unbedingt genau dazwischen sitzen.«

Wo er recht hatte, hatte er recht. Angespannt spitzte Siena die Ohren. Jetzt, wo Matteo die Schießerei erwähnt hatte, war ihre Erleichterung über die Ankunft der Polizei mit Angst gemischt. Konnte es sein, dass sie selbst für Verbrecher gehalten wurden? Oder dass eine Kugel versehentlich querschlug und –

Laute Schreie durchbrachen ihre Überlegungen: »Polizia di Stato! Polizei!«, brüllten unterschiedliche Stimmen, dann fiel ein Schuss. Siena erstarrte. Sie wollte so gerne nach Saras Hand tasten, aber ihre Hände waren ja immer noch schmerzhaft mit dem Kabelbinder festgezurrt.

Denk an etwas Schönes, Siena. Etwas Beruhigendes.

Mit aller Kraft stellte sie sich einen Teller dampfender Spaghetti Carbonara vor, dazu die wachen Augen der Nonna. Doch dann schob sich ein kleiner Mensch in dieses Bild, es war ihr Patenkind Emilia, das die Arme nach ihr ausstreckte. Was sollte Emilia nur tun, wenn hier unter diesem Tisch jetzt das Leben ihrer beiden Eltern enden würde, wenn sie und Paolo zu Vollwaisen würden und nicht einmal sie, Siena, noch da wäre, um sich um die beiden zu kümmern. Sie spürte heiße Tränen auf ihrem Gesicht, doch im nächsten Moment war alles vorbei.

»Ganz ruhig«, sagte eine Stimme. »Ganz ruhig, wir sind von der Polizei. Ihr seid in Sicherheit«, sagte diese Stimme. Sie kam ihr vage bekannt vor.

Siena öffnete die Augen und versuchte, die Tränen wegzublinzeln, um klar sehen zu können. Eine Gestalt kroch unter den Tisch und schnitt die Kabelbinder durch. Instinktiv rieb Siena sich die Handgelenke. Als sie, Sara und Matteo unter dem Tisch hervorgekrochen waren und sich aufgerichtet hatten, erkannte Siena, warum ihr die Stimme so bekannt vorgekommen war. »Siena«, sagte die Stimme heiser. »Gott sei Dank ist dir nichts passiert.«

Und Lucas blaue Augen blickten sie forschend an, so als wollte er noch einmal sichergehen, dass sie sich wirklich nicht verletzt hatte.

Die nächsten Minuten erschienen Siena wie ein Traum. Oder wie ein Film, in dem sie plötzlich mitspielte, ohne eine Ahnung vom Drehbuch oder ihrer eigenen Rolle darin zu haben. Die Anwesenheit von Luca verstärkte die Absurdität des Ganzen noch. Siena war so erleichtert über ihre Rettung, dass sie sich ihm beinahe spontan in die Arme geworfen hätte. Er wandte sich aber, sobald er sicher war, dass sie unversehrt war, zackig ab und verließ den Raum, während er geschäftige Anweisungen an die umstehenden Kollegen gab.

Im nächsten Moment wurden Siena, Sara und Matteo aus dem Haus bugsiert und zu den Polizeiautos gebracht, während die Polizisten das Gebäude von oben bis unten durchkämmten. Jeder von ihnen wurde einzeln in ein Polizeiauto gesetzt und kurz befragt, die Personalien überprüft. Danach durften sie wieder aussteigen.

Siena hätte nicht sagen können, ob es Minuten waren oder Stunden, die vergingen. Lucas Anwesenheit hatte sie beinahe schon wieder vergessen, so beschäftigt war ihr Gehirn mit allem anderen, was es zu verarbeiten gab.

Sara war mit einem Schlag fertig mit der Welt und wollte nichts anderes als zu ihren Kindern. Alle Tapferkeit war aufgebraucht. Sie hatte wieder zu weinen begonnen und konnte jetzt nicht mehr aufhören. Deshalb hatte eine nette Polizistin sie zu ihrem Wagen mitgenommen, wo sie mit ihrer Mutter und den Kindern telefonieren durfte.

Siena erschien es, als wären seit ihrem Einbruch ins *Hotel Paradiso* Tage vergangen, tatsächlich waren es aber nur etwa zwei Stunden, und es war noch nicht einmal Mitternacht. Während Sara telefonierte, warteten sie und Matteo gegen ein Polizeiauto gelehnt darauf, dass sie von irgendjemandem weitere Informationen oder Anweisungen bekämen.

Die Hektik um sie herum ließ nicht nach, im Gegenteil. Aus den Zurufen der Beamten schloss Siena, dass sie einen der beiden Bewacher im Olivenhain hinter dem Haus gestellt hatten, den anderen aber noch verfolgten. Von Baldi fehlte offenbar jede Spur. Sein Auto stand noch immer vor dem *Agriturismo*, aber er selbst war verschwunden.

»Der hatte ganz sicher jemanden, der hinter dem Olivenhain auf dem Schotterweg auf ihn gewartet hat. Mit einem Motorino oder so«, sagte Matteo. »Baldi sichert sich immer ab, das macht ihn so erfolgreich.«

Eine Weile sagten sie nichts, und Siena betrachtete den Mond, der über den schweigenden Zypressen stand. Er war genau halb voll. Auf einem der Polizeiautos leuchtete noch immer das Blaulicht, und Siena beobachtete, wie es blaue Lichtwellen über den Kiesboden, die niedrige Hecke und die Olivenbäume aussandte. Die Luft war kühl und klar, und es roch immer noch intensiv nach dem Rosmarin, der neben dem Weg wild wucherte. In einer kurzen Stille, die eintrat, als die Polizisten sich gerade nichts zuzurufen hatten, hörte Siena irgendwo einen Hund aufgeregt bellen. Und von ganz weit weg glaubte sie, eine lachende Frauenstimme zu hören. Die Stimme von jemandem, der keine Ahnung hatte, dass sich hier in einer Art Paralleluniversum ein Polizeieinsatz und ein Albtraum abspielten.

Wobei. Siena korrigierte sich in Gedanken: ein *Beinahe*-Albtraum. Sie waren immerhin alle drei am Leben, körperlich unversehrt und vorläufig in Sicherheit – sie durfte sich allerdings nicht ausmalen, was geschehen würde, wenn man Baldi nicht schnappte und er auf freiem Fuß bleiben und sich an ihnen rächen würde … Nein, diesen Gedanken durfte sie nicht zulassen.

»Ich fasse es nicht, dass ausgerechnet du die Hamburg-Karte in der Loge gefunden hast«, sagte Matteo in diesem Moment.

»Das Bild vom Hafen ist mir eben direkt ins Auge gestochen. Wegen meiner Freundin Sabine, du weißt schon«, erwiderte Siena. »Wann hast du sie eigentlich dort hingelegt?«

Matteo ließ den Kopf hängen und starrte wieder eine Weile so apathisch vor sich hin wie am Anfang des Gespräches mit Baldi vorhin. Dann schüttelte er langsam, fast ungläubig den Kopf. »Zuerst ging es nur um kleine bis mittelgroße Gefallen, die wir wichtigen Klienten gegen Bargeld getan haben. Unsere Beziehungen zur Polizei spielen lassen, damit Strafzettel verschwinden. Kleine Warnungen in Briefform an ungeliebte Geschäftspartner schicken. Solche Dinge eben. Und im nächsten Augenblick habe ich plötzlich Drogenlieferungen ins *Hotel Paradiso* organisiert und über Ragniero abgewickelt. Und dann …« Er schluckte. Siena betrachtete ihn aufmerksam von der Seite. »Und dann habe ich einem sehr wichtigen Klienten, dem Präsidenten von …« Er unterbrach sich. »Nein, es ist besser, wenn du es nicht weißt.« Siena nickte. Sie fand es auch besser. »Jedenfalls habe ich diesem Mann eine Begleitung ins Hotel gebracht. *Escort*. Du weißt schon. Und …« Er raufte sich die Haare. »Das Mädchen war maximal sechzehn, Siena. Maximal.« Er schüttelte jetzt sehr heftig den Kopf, so als wollte er im Nachhinein noch einmal klarstellen, dass er damit nicht einverstanden war. »Ab diesem Moment wusste ich, dass ich aussteigen muss. Und der einzige Weg war ein anonymer Hinweis an die Polizei. Damit ich meine Familie nicht gefährde. Aussteiger und Verräter werden bestraft, das kannst du dir ja denken.« Wieder schluckte er.

»Man kann aber doch auch anonym bei der Polizei anrufen. Das wäre doch effektiver als eine Postkarte, die am Ende niemand findet«, warf Siena ein.

»Nein, nein, anrufen konnte ich auf keinen Fall! Ich wurde abgehört, beobachtet. Du machst dir keine Vorstellung von diesem System, Siena.« Er malte mit der rechten Schuhspitze einen Kreis in den Kies. »Ich hatte die Karte noch zu Hause liegen. Ich wollte sie aus Hamburg mal meiner Mutter schicken und hab's vergessen.« Er zuckte mit den Achseln, und ein kaum sichtbares, feines Grinsen huschte über sein Gesicht. »Aber auf diese Weise war die Karte im Endeffekt nützlicher, findest du nicht?«

»Und warum hast du die Karte mit der Ansicht von Hamburg genommen? Ein Zettel hätte es doch auch getan.« Siena ließ nicht locker.

»Die Ereignisse haben sich plötzlich überschlagen: Ragniero hat Baldi erpresst, der Idiot. Ich wusste, dass er aus dem Weg geräumt werden sollte, aber ich wusste nicht, wie ich es verhindern sollte. Ich habe Ragniero in einem unbeobachteten Moment gewarnt, aber er war sich seiner Sache ganz sicher. Hat nur gelacht und abgewunken. Und dann kam die Nachricht, dass Ragniero bereits erledigt ist. Und ich wusste, dass die Polizei die Loge jetzt genau unter die Lupe nehmen würde. Die Karte lag in meiner Schreibtischschublade herum, und da kam mir plötzlich die Idee.« Er malte einen zweiten Kreis mit der linken Schuhspitze und fuhr dann fort: »Ich dachte, vielleicht wird Baldi nervös, wenn die Polizei fragt, was das *Studio* mit Hamburg zu tun hat. Wenn die Polizisten unser Codewort *Hamburg* erwähnen.«

»Da wurde er durchaus nervös«, bestätigte Siena trocken. »Aber wenn du doch unbedingt anonym bleiben wolltest – warum war dann *deine* Handynummer auf der Karte? Das war nicht sehr schlau.« Sie konnte sich nicht helfen, sie fand die ganze Sache mit der Postkarte idiotisch.

»Nein, vermutlich war es nicht sehr schlau«, räumte Matteo ein. »Aber ich war hilflos, da habe ich einfach das Erstbeste getan, was mir eingefallen ist.« Jetzt grinste

Matteo. »Am Ende war es aber irgendwie doch schlau, denn ohne meine Handynummer hättest *du* dich nicht so hinter diese Sache geklemmt.«

Stimmt, dachte Siena, wenn man es so sieht … Sie sagte aber nichts dazu, denn sie entdeckte, dass Sara in diesem Moment aus dem Polizeiauto ausstieg, und sie schickte sich an, ihr entgegenzugehen.

Plötzlich spürte sie Matteos Hand, die ihre kurz festhielt. »Danke, Siena«, sagte er leise. »Danke.«

Endlich konnten sie sich richtig umarmen. Erst hatten die Kabelbinder sie davon abgehalten, dann die geschäftigen Polizisten, die sie getrennt voneinander befragt hatten. Doch jetzt, auf dem Kiesplatz vor dem *Agriturismo*, drückten Siena und Sara sich so fest, dass beiden fast die Luft wegblieb. Siena wollte ihre Freundin am liebsten gar nicht mehr loslassen, aber Sara wand sich nach einigen Sekunden aus ihrem Griff. »Basta«, sagte sie. »Wenn du mich umarmst, möchte ich sofort wieder heulen, und mir reicht es jetzt! Ich habe für die nächsten Jahre alle Tränen aufgebraucht. Basta!«

»Alles gut bei deiner Mutter?«

Sara nickte, und ein Lächeln huschte über ihr Gesicht. »Sie hat mir bittere Vorwürfe gemacht, dass ich ihr das mit Padua so kurzfristig mitgeteilt habe, und mir eine Predigt gehalten, was sie schon alles in meinem Leben für mich getan hat. Alles bestens also.«

Siena grinste. Dann machte sie eine Kopfbewegung in Richtung Matteo, der weiter am Auto lehnte und es offenbar nicht wagte, zu ihnen herüberzukommen. »Und was ist mit ihm?«, fragte sie leise.

Sara zuckte mit den Schultern. »Wir hatten ziemlich viel Zeit, uns da drinnen zu unterhalten.« Sie deutete auf das Haus, in dem sie gemeinsam gefangen gewesen waren. »Da habe ich mir einiges an Kosten für eine Paartherapie gespart, das kannst du mir glauben.« Sie schaute kurz zu Matteo. »Ich weiß nicht, ob ich ihm verzeihen kann, dass er mich und die Kinder in Gefahr gebracht hat. Aber am Ende wollte er uns mit aller Kraft beschützen. Und …« Ein weiteres Lächeln huschte über ihr Gesicht. »Und betrogen hat er mich auch nicht. Die Geliebte im *Hotel Paradiso* gab es gar nicht. Er dachte nur, es wäre das geringere Übel, wenn ich glaubte, er hätte eine Affäre. Er wollte mich nicht mit der Wahrheit belasten.«

»Na, zum Glück waren es nur die Drogengeschäfte und die minderjährigen Escort-Mädchen«, rutschte es Siena heraus. Sara zog die Augenbrauen hoch. Siena dachte daran, wie sehr der Gedanke, dass Gianni nur spielsüchtig war und er nicht fremdging, die Nonna beflügelt hatte. Sie konnte diese Logik nicht nachvollziehen, aber es war eine weitere Gemeinsamkeit zwischen diesen beiden starken Frauen. Vielleicht konnten gerade sie niemanden neben sich ertragen, vielleicht …

»Siena?« Saras Staatsanwältinnen-Stimme. »Kommt da noch was?«

Doch die Antwort blieb Siena erspart, denn die nette Polizistin trat an sie heran. »Wir können.« Sie nickte Sara zu.

»Ich werde zu den Kindern gebracht«, erläuterte Sara, und ihre Augen leuchteten. »Ich melde mich.«

Im Weggehen drehte sie sich zu Matteo um. »Ciao«, warf sie ihm nonchalant zu, aber ein winziges Lächeln begleitete den kurzen Gruß, und nun leuchteten auch Matteos Augen auf.

Siena ging wieder zu ihm. »Und was ist mit dir?«, fragte sie.

»Ich vermute, dass ich erst einmal auf die Questura muss, und dann wird man sehen. Ich habe jetzt auch Dreck am Stecken, Siena. Keine Ahnung, wie das weitergeht. Ich denke, ich könnte in den Knast gehen. Meine Karriere als Anwalt ist definitiv vorbei.« Er schwieg einen Moment, dann sah er sie ernst an. »Ich weiß nur, dass ich alles tun werde, um Sara und die Kinder zurückzubekommen. Alles.«

Siena räusperte sich. »Na ja, *alles* vielleicht nicht …«, begann sie, und Matteo lachte ganz kurz. »Schon gut. Alles, was legal ist. Einverstanden?«

»Einverstanden.« Siena nickte, und plötzlich, aus einem Impuls heraus, zog sie Matteo in ihre Arme und drückte ihn. Er erwiderte die Umarmung und fing an zu weinen. Und Siena streichelte seinen Rücken, bis die Schluchzer nachließen. Ein Polizist kam zu ihnen und bedeutete Matteo mitzukommen. Er wurde in einen der Wagen gesetzt, und Siena schaute ihm nach, als die Rücklichter auf dem Kiesweg immer kleiner wurden.

VORSATZ NUMMER 31

NETFLIX-ABO VERLÄNGERN

Und jetzt? Sie sah sich um. Die Hektik hatte sich gelegt. Polizisten stiegen in Autos ein, manche fuhren weg. Sollte sie ebenfalls zur Francese gehen und fahren? Bevor sie zu einem Entschluss gekommen war, trat Luca zu ihr. »Siena Carciofine. Was machst du nur wieder für Sachen.« Er schüttelte den Kopf und lehnte sich neben sie ans Auto. Sie stellte fest, dass er dabei ziemlich nah an sie heranrückte. Das letzte Mal hatten sie sich in der Situation gesehen, die Siena aus ihrem Gedächtnis löschen wollte, und er war voller Wut auf sie gewesen. Auf sie und auf …

Nein. Nicht den Namen denken.

Jetzt sah er sie aber äußerst wohlwollend von der Seite an, und sie glaubte, wieder den leicht neckenden Unterton in seiner Stimme zu hören, den er auch bei ihrem Kennenlernen und ihren ersten Dates gehabt hatte. Sie vermutete, dass die besonderen Umstände dieses Wiedersehens ihren Fehltritt in seinen Augen milderten. Und offensichtlich wusste er auch noch nicht, dass sie streng genommen nicht entführt worden war, sondern dass sie sich beim Schnüffeln einmal mehr etwas zu weit aus dem Fenster gelehnt hatte. Sobald er das erfuhr, wäre er mit Sicherheit wieder stocksauer auf sie. Hoffentlich erfuhr er es nicht mehr heute Abend.

Sie wandte sich ihm zu. Er sah blendend aus wie immer: die athletische Figur, die kunstvoll zerwühlten Haare, die blauen Augen, der Dreitagebart, die Uniform. Aber sie dachte auch an seinen lauernden Blick in der *Bar al Fondo*, an sein kaltes Lächeln. Sie rückte ein paar Zentimeter von ihm weg und fragte mit möglichst sachlicher Stimme: »Woher wusste die Polizei, dass wir hier sind? Wurde Baldi observiert?«

Luca schüttelte verblüfft den Kopf. »Nein, dein Freund hat mich auf dem Handy angerufen und mir gesagt, dass du entführt wurdest. Dass du ihm gerade noch deinen Standort und meine Nummer senden konntest und dass du in Lebensgefahr bist.«

»Davide?«

»Ja, richtig, Davide. Er war total aufgebracht, und er kam mir sehr glaubwürdig vor. Also haben wir den Notruf ernst genommen und sind hierhergefahren.«

Siena schloss die Augen. Davide hatte sie gerettet. Wieder einmal. Dieser Abend war an Absurdität nicht zu überbieten. Sie täuschte sich.

»Ich habe mich ehrlich gesagt ziemlich geschmeichelt gefühlt, dass du ihm in größter Not meine Nummer geschickt hast. Du wolltest also von mir gerettet werden.« Er rückte wieder an sie heran. »Ich denke, für diese Rettung schuldest du mir mindestens ein Date«, sagte Luca. »Wenn nicht mehr«, fügte er hinzu.

Siena öffnete die Augen und starrte ihn an. Hatte sie sich vielleicht verhört? Nein, er fixierte sie mit diesem Blick, den er vermutlich für unwiderstehlich hielt, und rückte noch näher an sie heran. Er ging jetzt wirklich auf Tuchfühlung. Und da platzte in ihr irgendein Knoten. »Du hast sie doch nicht mehr alle«, fuhr sie ihn an. »Denkst du ernsthaft, das ist der richtige Zeitpunkt, um unseren Flirt wieder aufzuwärmen?« Sie tippte sich an die Stirn, und Luca guckte so belämmert, dass sie beinahe angefangen hätte, hysterisch zu lachen. »Abgesehen davon ist es dein verdammter Job, mich zu retten, und ich schulde dir gar nichts.« Luca schaute weiterhin dumm aus der Wäsche und sagte nichts. »Falls ich im Moment hier nicht mehr gebraucht werde, dann würde ich gerne fahren«, erklärte Siena mit frostiger Stimme.

Lucas Gesichtsausdruck veränderte sich. Wut kroch in seinen Blick, und Siena fröstelte. Kränkte man Luca Bruni in seinem Stolz, wurde er unberechenbar, so wie an dem Abend in der Bar. Zum Glück gesellten sich in diesem Moment zwei seiner Kollegen zu ihnen. »Wir melden uns wegen der genaueren Befragungen bei Ihnen, die Personalien haben wir ja«, sagte der eine von ihnen zu Siena. »Sie können fahren. Falls Sie sich dazu nicht in der Lage fühlen, dann lassen Sie Ihr Auto lieber stehen, und wir …«

»Nein, nein«, unterbrach Siena ihn. »Ich bin in der Lage.« Mit diesen Worten stapfte sie zu ihrem Auto und stieg ein, ohne sich noch einmal umzudrehen. Mit zitternden Händen, aber mit einem Gefühl unendlicher Erleichterung, fuhr sie wieder den Kiesweg entlang, auf dem erst vor wenigen Stunden, die sich wie Tage anfühlten, alles begonnen hatte.

Als sie die große Straße erreicht hatte, die wieder Richtung Stadtzentrum führte, steuerte sie sofort die Tankstelle an. Im Anschluss zögerte sie nur wenige Sekunden, dann lenkte sie ihr Auto in die entgegengesetzte Richtung. Sie zitterte immer noch und fühlte sich gleichzeitig extrem angespannt und völlig ausgelaugt. Sie musste sich dringend beruhigen. Und so fuhr sie auf die Autobahn, legte wie in Trance die vertraute Strecke zurück und atmete erleichtert auf, als sie auf den Kiesweg einbog, der zum Haus ihrer Nonna führte.

Sie bremste und kurbelte das Fenster herunter. Tief atmete sie die inzwischen eiskalt gewordene Nachtluft ein. Es roch nach Herbst – nach Kühle, Nebel, verbrannten Zweigen, Laub. Sie konnte bereits den Hügel und die *Falli Silenziosi* erkennen, und sie gab wieder Gas. Nur noch wenige Meter, und sie würde endgültig durchatmen und zur Ruhe kommen können.

Doch als sie die Einfahrt zum Hof passierte, stockte ihr der Atem: Aus dem alten Schuppen drang Licht. Ihr Herz raste wie auf Knopfdruck, und auch ihre Gedanken schlugen sofort erneut Purzelbäume. Konnte das Baldi sein? Er hatte doch vorher noch über die Nonna geredet. Wollte er sich rächen? Oder sich nur verstecken? Aber das wäre doch viel zu auffällig, oder?

Siena sog scharf die Luft ein, als sich plötzlich die Schuppentür öffnete und eine dunkle Silhouette in der Tür erschien. Sie kniff die Augen zusammen, sie tastete instinktiv nach dem Riegel für die Autotür – und dann erkannte sie Gianni. Jetzt zitterten nicht nur ihre Hände, und sie musste sich einen Augenblick sammeln, bevor sie aussteigen konnte.

Gianni kam auf sie zu, er hatte natürlich das Auto gehört. »Sienarella, was machst du denn hier? Es ist mitten in der Nacht!«

Siena schloss die Autotür hinter sich. Am liebsten hätte sie sich Gianni in die Arme geworfen, aber sie entgegnete in einer möglichst normalen Stimme: »Das wollte ich dich gerade fragen. Was treibst du um diese Zeit im Schuppen?«

Gianni kratzte sich im Nacken und sah verlegen aus. »Ich bereite etwas vor … eine Überraschung. Für Marcellas Geburtstag.«

Siena machte ein paar Schritte auf den Schuppen zu und versuchte hineinzuspähen, aber sie erkannte nichts.

»Ich habe ihr ein Service getöpfert. Einen Teller, eine Tasse und eine Untertasse – so ähnlich wie das von ihrer Großmutter, das ihr mal heruntergefallen ist. Ti ricordi, weißt du noch? Da war sie doch so traurig.«

Siena starrte ihn verblüfft an. »Seit wann töpferst du?«

»Die Gallina hat es mir gezeigt. Die hat einen Ofen in ihrer Scheune. Neben den Hühnern ist das ihr Hobby.«

Siena starrte ihn weiterhin sprachlos an, während bei ihr einige Groschen fielen. »Deshalb warst du heimlich bei der Gallina«, entfuhr es ihr, bevor sie sich stoppen konnte.

»Woher weißt du das?« Jetzt war er verblüfft. »Schnüffelst du mir schon wieder hinterher?«

Siena wurde es ganz heiß vor Scham, als sie daran dachte, wie sie Giannis Wohnung im Sommer heimlich durchsucht hatte, doch er grinste zum Glück. »Alte Schnüfflerin«, knurrte er. »Verrate bloß nichts!«

Siena schüttelte den Kopf. »Und was machst du jetzt hier drin?« Sie deutete auf den Schuppen.

»Ich muss das Ganze noch bemalen. Das Geschirr ihrer Nonna hatte doch ein Blumenmuster.« Wieder kratzte er sich verlegen im Nacken, und Siena spürte plötzlich, wie ihr Tränen in die Augen schossen. Weil Gianni so lieb war. Weil sie sich fragte, ob je ein Mann ihr ein solches Geschenk machen würde. Und weil sie so froh war, dass sie noch lebte.

Sie fühlte sich schon wieder ganz zittrig, als sie ihren Schlüssel aus der Tasche kramte und das Haus der Nonna aufsperrte. Nur auf Sienas Drängen hin sperrte die Nonna nachts überhaupt zu. »Hier kommt niemand vorbei, also bricht auch niemand ein. È ovvio!«, hatte sie behauptet, sich aber dann großmütig bereit erklärt, auf die Sorgen ihrer Enkelin Rücksicht zu nehmen. Es schmeichelte ihr ein bisschen, wenn sich jemand um sie sorgte.

Siena ging leise in die Küche und setzte sich an den Tisch. Sie machte das Licht nicht an, sondern betrachtete im Dunkeln den Olivenbaum vor dem Fenster, auf dessen silbrig grünen Blättern das Mondlicht schimmerte. Der vertraute Geruch der Küche tat ihr gut, und sie schloss die Augen und atmete tief ein und aus.

Ein Geräusch ertönte unverhältnismäßig laut in der Stille: Ihr Magen knurrte. Siena holte ein Stück Käse aus dem Kühlschrank, riss eine Packung Grissini auf und öffnete ein Glas mit von ihrer Großmutter selbst eingelegten Oliven. Schon nach wenigen Bissen fühlte sie sich besser und stärker. Sie konnte gar nicht mehr aufhören zu essen, bis ein neues Geräusch sie unterbrach: Es war das Brummen ihres Handys. Siena hatte es im Strudel der Ereignisse völlig vergessen und stellte jetzt fest, dass der Rekord im

Nicht-aufs-Handy-Schauen gebrochen war. So lange hatte sie es nicht einmal beim *Digital Detox*-Tagesseminar geschafft, zu dem Alessia sie letztes Jahr überredet hatte.

Sie holte es aus der Handtasche und stellte zwei Dinge fest. Erstens, es war bereits 1:28 Uhr. Zweitens, Davide hatte, seitdem sie ihm den Standort geschickt hatte, fünfzehn Mal angerufen und ihr acht Nachrichten geschickt. Gerade die neunte: *Melde dich, oder ich rufe wieder diesen Bullen an!*

Schnell tippte Siena: *Mir geht es gut, und du hast mich schon wieder gerettet. Sogar das kannst du perfekt, du alter Streber!* Nach kurzem Überlegen schickte sie noch eine zweite Nachricht. *Ich melde mich morgen und erzähle dir alles. Danke, Davide.*

Gerade als Siena sich wieder Käse und Oliven zuwenden wollte, leuchtete das Smartphone schon wieder auf. Wieso schlief denn niemand um diese Zeit? Siena sah trotz des Spinnennetzes über dem Display sofort, dass es Sara war, die anrief.

»Sara?«, meldete sie sich. »Alles okay?«

»Alles okay. Die Kinder schlafen, und ich habe meiner Mutter alles erklärt. Also fast alles.« Es raschelte im Hintergrund leise, und Siena vermutete, dass Sara in ein anderes Zimmer ging. »Wie viel von Matteos Verwicklung in das Ganze ich ihr stecke, weiß ich noch nicht«, fügte sie dann etwas leiser hinzu.

Siena nickte. Im Sinne einer positiven zukünftigen Gestaltung der Schwiegermutter-Schwiegersohn-Beziehung war das sicher sinnvoll. Andererseits … Der Gerichtsprozess, die Berichterstattung in den Medien und Matteos erzwungene berufliche Neuorientierung würden es mit ziemlicher Sicherheit unmöglich machen, die ganze Geschichte zu verheimlichen.

Als hätte Sara ihre Gedanken gelesen, sagte sie mit der Staatsanwältinnen-Stimme: »Als wir alleine in dem Raum reden konnten, habe ich ihn überzeugt, möglichst wenig auszupacken.«

»Möglichst wenig?« Siena war verwirrt. »Aber Matteo möchte doch, dass alles ans Licht kommt.«

Sara seufzte. »Da hat Matteo eben mal wieder nicht richtig nachgedacht. Aber je weniger er sagt, je weniger Menschen er hinhängt, desto weniger droht die Gefahr, dass sich jemand rächt.«

Siena wurde immer verwirrter. Sprach da wirklich Sara, die Staatsanwältin? Sara, die Verfechterin von Gesetz und Gerechtigkeit? »Aber du willst doch immer, dass alle Menschen ihre gerechte Strafe bekommen«, wandte sie lahm ein, doch Sara unterbrach sie. »Aber nicht, wenn es um meine Kinder geht. Nicht, wenn es meine Kinder in Gefahr bringt.« Die Schärfe in ihrer Stimme war jetzt so schneidend, dass Siena es nicht wagte, noch einmal zu antworten. Sara fuhr fort: »Es ist sowieso egal. Sie haben die beiden Typen, die uns bewacht haben. Einer davon ist wohl sehr redefreudig. Und Baldi ist tot.«

Siena verschlug es erneut die Sprache. »Er ist tot? Wie … Warum … Woher weißt du das?«

»Ich habe sehr gute Kontakte in die Staatsanwaltschaft und die Justiz, das müsstest du doch inzwischen wissen.«

Siena saß noch eine ganze Weile reglos auf dem Küchenstuhl, nachdem sie das Telefonat mit Sara beendet hatte.

Auch wenn Baldi widerlich gewesen war; auch wenn er ein Verbrecher war; auch wenn er Martina, Sara, Matteo und sie selbst hatte töten lassen wollte – es verursachte in ihr ein eigenartiges Gefühl, dass er jetzt tot war. Und auf diese Weise. Doch in Saras Stimme war kein Hauch von Mitleid gewesen, als sie Siena die Fakten berichtet hatte.

Baldi hatte sich wohl tatsächlich irgendwo hinter dem *Agriturismo* abholen und wegbringen lassen. Er hatte erfahren, dass seine beiden wichtigsten Mittäter – beide Seniorpartner in der Kanzlei – aufgegeben hatten. Der eine pflegte anscheinend die besten Beziehungen zur Polizei und hatte sofort erfahren, dass das *Hotel Paradiso* noch einmal unter die Lupe genommen werden würde. Er hatte sich mit dem Hubschrauber nach Rom bringen lassen und dort sofort den erstbesten Flieger bestiegen – Ziel unbekannt. Der andere hatte erst mitbekommen, dass ihm das Wasser bis zum Halse stand, als der Safe im Hotel bereits geknackt war. Dort hatten sich sämtliche Sonderzahlungen an den Portier Giuseppe Ragniero in bar befunden, dazu fein säuberliche Notizen, wann und wofür sie geleistet worden waren. Diese Aufzeichnungen waren wie eine Art Tagebuch über die Machenschaften des *Studio Legale* aus den letzten vier Monaten. Der zweite Seniorpartner hatte daraufhin die Nerven verloren und sich in seiner Villa erschossen.

Baldi hatte sich vom *Agriturismo al Paradiso* aus direkt ins *Studio* bringen lassen – offensichtlich, um dort Beweise aus dem Safe hinter der *Toteninsel* an sich zu nehmen und dann ebenfalls unterzutauchen. Doch während er dort noch alles hastig zusammenraffte, war die Polizei schon eingetroffen. Er war gefangen in seiner eigenen Kanzlei.

Sie fanden ihn oben in seinem Büro, auf seinem Thron. Er grüßte freundlich, doch innerhalb weniger Minuten hatte er Schaum vor dem Mund, er zuckte und stöhnte, er verdrehte die Augen und fiel vom Thron. Die zerbissene Zyankalikapsel konnte noch in seinem Mund sichergestellt werden.

VORSATZ NUMMER 32

NICHT MEHR AUF DEN BODEN KRÜMELN

Siena starrte wieder auf die silbrigen Olivenblätter vor dem Küchenfenster. Ein zuckendes Licht erhellte die Nacht ganz kurz und war im nächsten Augenblick wieder erloschen. Wetterleuchten.

Wie würde es weitergehen? Baldi und die beiden wichtigsten Partner waren tot, die beiden Typen aus dem *Agriturismo* verhaftet. Doch in den Unterlagen, die sichergestellt worden waren, würde es viele, viele Hinweise auf weitere Mittäter und vor allem auch auf die Klienten aus der florentinischen High Society geben. Und Hinweise auf die Mitwisser bei der Polizei. Ihr Herz klopfte schneller. Sie wusste immer noch nicht, was Straghetti mit der Kanzlei zu tun hatte. Nein, wenn er ein Kollaborateur wäre, würde er doch kaum so offensichtlich auf der Gartenparty dort erscheinen, oder? Aber was, wenn doch? Und wie viele weitere, auch hochrangige Beamte würde es betreffen, wie viele verdiente Mitglieder der Gesellschaft?

Es würde ein Skandal werden, der die Stadt mehr erschüttern würde als das Goldengate, das stand fest. Dieser Gedanke brachte sie auf Enzo und seinen Vater. Würde sein Name sich auch auf der Liste der reichen und berühmten Mittäter befinden? Hatte er wirklich die besonderen Dienste des *Studio Legale* in Anspruch genommen, so wie Enzo es befürchtet hatte? Sie erinnerte sich an den Zettel, auf dem er *Paradiso* und *Vanni* notiert hatte, und wie sauer er reagiert hatte, als sie nachgefragt hatte.

Plötzlich spürte sie, dass ihr kalt war. Der schwarze Kapuzenpulli fühlte sich klamm an, er war nicht richtig trocken geworden, seit sie mit ihm im strömenden Regen vor dem Hotel Ettore Baldi beobachtet hatte. Sie stand auf und zog ihn aus, wobei sämtliche Grissini-Brösel, die sich darauf befunden hatten, auf den perfekt geputzten Küchenboden rieselten. Da würde die Nonna morgen früh schimpfen.

Die Nonna. Der Gedanke an sie verschaffte Siena ein ruhiges, warmes Gefühl, als sie sich die Treppen nach oben schleppte. Sie schälte sich aus ihren Klamotten und kroch ins Bett. Vor allem aber verschaffte es ihr ein ruhiges Gefühl der Erleichterung, dass das Chickengate sich aufgeklärt hatte – und zwar nicht zum Nachteil der Nonna. Im Gegenteil.

Beim Gedanken an das selbst getöpferte Service von Gianni schlich sich ein Lächeln auf ihr Gesicht. Doch sobald sie sich die duftende Bettdecke bis ans Kinn hochgezogen und mit einem Seufzer der Erschöpfung die Augen geschlossen hatte, begann sich das Gedankenkarussell wieder zu drehen. Waren Matteo und seine Familie wohl noch in Gefahr? Wenn er nun wirklich niemanden hinhängte und nur über seine eigenen Taten aussagte – würde es trotzdem noch jemanden geben, der sich an ihm würde rächen wollen? Schneller und schneller drehte sich das Karussell. Nein, dachte sie, Matteo ist ja verhaftet worden, und niemand weiß, dass er aussteigen wollte. *Die wichtigsten Akteure sind nicht mehr am Leben oder nicht mehr in Florenz – niemand wird sich für Matteo und seine Familie interessieren. Und laut Martina war das ganze Netzwerk noch im Aufbau begriffen, bestimmt war es noch nicht so mächtig – oder?*

Und was war eigentlich mit ihr selbst? Musste sie der Polizei sagen, wie der Abend in Wahrheit verlaufen war? Dass sie im Hotel geschnüffelt hatte und dass sie Baldi selbst und aus freien Stücken gefolgt war? Sie wälzte sich auf die andere Seite. Vielleicht wussten die längst, dass *sie* die anonyme Anruferin gewesen war. Sicher konnten die das trotz unterdrückter Nummer herausfinden. Sie rollte sich zurück auf den Rücken. Wenn nicht …

Wenn niemand wüsste, dass sie den Tipp mit dem Safe gegeben hatte und dass sie Baldi gefolgt war, dann würde sie einfach behaupten, dass er sie entführt hätte, um Sara und Matteo weiter unter Druck zu setzen.

Nein. Sie drehte sich auf den Bauch. Ihr Herz hämmerte unangenehm stark gegen die Matratze. Das war Unsinn, und sie wusste es. Ihre Einmischung würde auf die eine oder andere Weise auffliegen. Sie beschloss, darüber nicht mehr nachzudenken – und sofort hakte sich ihr Gehirn wieder bei Matteo und Sara ein.

Schneller und schneller wirbelten die Gedanken, wilder und wilder. Was, wenn Matteo in ein Zeugenschutzprogramm musste? Was, wenn Sara und die Kinder mitkämen, wenn sie nie mehr Kontakt haben dürften …

»Basta!« Siena setzte sich im Bett auf und knipste die Nachttischlampe an.

Sie atmete einige Male tief durch, dann nahm sie ihr Handy und begann, alte Folgen von *Friends* auf Netflix anzuschauen.

Irgendwann musste sie wohl doch eingeschlafen sein, denn plötzlich stand die Nonna neben ihrem Bett und tätschelte ihre Wange. »Siena, amore, aufwachen. Es ist schon neun Uhr, musst du nicht arbeiten?« Siena öffnete die Augen – vielmehr versuchte sie es. Die Lider waren schwer wie Blei, und sie fühlte sich insgesamt so, als hätte ein Lastwagen sie überrollt.

»Was machst du überhaupt hier, warum bist du denn mitten in der Nacht gekommen und nicht schon zum Abendessen? Ich hatte so schöne Fagioli gemacht!« Der sämige Eintopf mit dicken Bohnen und deftiger Wurst war eines ihrer Spezialrezepte. Die Nonna wartete keine Antwort ab, sondern griff nach Sienas Handy, das auf der Bettdecke lag. »Kein Wunder, dass du schlecht schläfst, wenn du auch noch im Bett ständig auf dieses Teil starrst!« Sie legte das Teil aufs Nachtschränkchen und rauschte aus dem Zimmer. »Ich mache Kaffee«, rief sie Siena noch zu. »Und Gianni war schon im Dorf und hat frische Cornetti mitgebracht, also beeil dich.«

Der Gedanke an Cornetti und Kaffee ließ den Druck auf Sienas Augenlider etwas leichter werden, und sie schwang die Beine aus dem Bett. Doch zuerst musste sie unbedingt Enzo anrufen und sich entschuldigen. So ein Mist, sie hatte vergessen, sich den Wecker zu stellen! Wenn sie ehrlich war, hatte sie überhaupt vergessen, dass sie arbeiten musste, so sehr hatten die Ereignisse des letzten Abends sie in Anspruch genommen.

»Pronto?«

»Enzo, ich … es tut mir leid, dass ich noch nicht da bin, ich …«

»Siena, ich weiß bereits alles. Ich bin so froh, dass dir nichts passiert ist.«

Siena war verwirrt. »Du weißt alles? Welches *alles* meinst du denn?«

»Na ja, Geiselnahme, Befreiung, Baldi ist tot, *alles* eben.« Enzo zählte das so nonchalant auf, als würde er ihr einen Einkaufszettel diktieren.

Siena räusperte sich. »Woher –«, begann sie, unterbrach sich aber. Blöde Frage.

»Vanni natürlich. Er wusste ja längst, was im Studio abläuft, aber er wollte sich nicht einmischen. Zu viele seiner Kunden wären betroffen gewesen, habe ich dir ja schon letztens im Büro gesagt.«

Siena seufzte. Was genau dieser Vanni tat, war ihr ein Rätsel. Anscheinend war er ein hochbezahlter Informationsgeber nicht nur für Enzo, sondern für alle in Florenz, die etwas wissen wollten. Und die ihn bezahlen konnten. Aber er schien immerhin nicht zu wissen, dass Siena im Hotel geschnüffelt hatte und dass sie Baldi freiwillig gefolgt war. Enzo hatte von einer *Geiselnahme* gesprochen. Sollte sie ihm jetzt wirklich alle Details erzählen? Siena zögerte. Doch Enzo nahm ihr die Entscheidung für den Moment ab, denn er redete weiter: »Falls du dich fragst, was mit meinem Vater ist, da scheint alles in Ordnung zu sein. Ich hatte nicht den Eindruck, dass ihn die Nachricht, dass Baldi aufgeflogen ist, irgendwie beängstigt. Also interessiert er sich wohl doch ausschließlich fürs Geschäft. Und für *volljährige* Frauen.« Enzo lachte, doch Siena spürte ganz deutlich die Erleichterung in dem Lachen.

Sie war froh darüber, dass Enzo für den Moment ihre eigene Verwicklung in die ganze Sache nicht zu hinterfragen schien, und fragte: »Aber was war mit dem Zettel? *Paradiso* und *Vanni*?«

»Oh, Siena, du nervst. Zum Glück bist du meine Freundin, und ich verzeihe dir.« Siena sah im Geiste vor sich, wie Enzo dramatisch mit den Augen rollte und lächelte. »Der Zettel war alt, Siena. Vanni hatte mich schon vorab über die Leiche im *Hotel Paradiso* informiert, und da dachte ich noch, das wäre vielleicht eine Story.« Er schwieg kurz und fügte hinzu: »Wäre es ja auch gewesen. Aber ich wollte da eben lieber nicht so tief graben. Zum Glück hast du das ja dann übernommen.«

Eine kleine Welle von warmer, stolzer Genugtuung durchschwappte Siena, dann räusperte sie sich und sagte sachlich: »Warum ich eigentlich anrufe: Ich bin zu spät.«

»Was du nicht sagst.« Sie konnte sein Grinsen hören. »Mach dir keinen Stress. Besondere Umstände und so. Du kommst einfach am Nachmittag und machst mir ein paar wunderschöne Sport-News, okay? Das ist gut für die Nerven.«

Enzo begrüßte sie später in der Redaktion mit einer überschwänglichen Umarmung. An der Art, wie er sie fest an sich drückte, erkannte Siena, dass er sich im Nachhinein doch echte Sorgen um sie gemacht hatte. »Du musst mir unbedingt alles ganz genau erzählen. Wo wurdest du entführt, wie, von wem und so weiter.« Er ließ sie los und ging ihr voraus in die Küche, wo er anfing, mit der alten Espressomaschine zu hantieren.

Siena folgte ihm zögerlich. Sie hatte immer noch keine klare Vorstellung davon, welche Version der Ereignisse sie erzählen konnte und sollte.

»An diesem Tag ist ein vom Chef höchstpersönlich gebrauter Kaffee doch das Mindeste«, verkündete Enzo. »Und ich habe natürlich auch ein Cornetto für dich.«

Siena lächelte dankbar. »Perfetto«, sagte sie. Tatsächlich erschien ein Cornetto mit klebriger Aprikosenmarmelade ihr gerade wie das einzig wahre süße Heilmittel für ihre immer noch angespannten Nerven.

»Eigentlich müssten wir daraus sofort eine Insider-Story machen«, stellte Enzo fest, während er den Kaffee in zwei Tassen einschenkte. »Das würde uns viele Klicks bringen.«

Er drehte sich schwungvoll um und überreichte Siena ihre Tasse. »Aber so, wie ich dich kenne, willst du das wieder nicht, um es dir nicht mit deinen diversen Polizisten zu verscherzen. Aber egal. Hauptsache, du bist in Sicherheit. Und an Klicks wird es uns in den nächsten Tagen trotzdem nicht mangeln, so viel steht fest.« Er zwinkerte ihr zu.

»Goldengate?«, riet Siena.

Enzo nickte begeistert. »Du wirst nicht glauben, was sich da Neues ergeben hat. Komm mit in mein Büro, dann erzähle ich dir alles.«

Siena interessierten die neuesten Entwicklungen im Goldengate in etwa so brennend wie Alessias Fashion-News, aber sie folgte Enzo bereitwillig in sein Büro. Es gab dort nämlich sehr bequeme Stühle, und für die nächste Viertelstunde ließ sie sich von seinen enthusiastischen Ausführungen berieseln und genoss ihr Hörnchen mit einem weichen Polster unter dem Po und einem im Rücken. Sie spürte jedem klebrigen Bissen nach und erfreute Enzo mit gelegentlichen erstaunten Einwürfen wie »Davvero?« oder »Non ci posso credere«.

Als sie das Hörnchen verputzt und sich ausreichend entspannt hatte, sagte sie: »Ich mache mich jetzt an die Arbeit – mal sehen, was auf meinem Schreibtisch alles wartet«, und rappelte sich aus dem gemütlichen Stuhl hoch. Alle Brösel des Hörnchens – und das waren beachtlich viele – rieselten von ihrem Pulli auf den sehr sauberen Büroboden, was Enzo mit einem missbilligenden Blick quittierte. Siena verdrehte innerlich die Augen. Sie kannte eindeutig zu viele Menschen mit penibel sauberen Fußböden.

Enzo räusperte sich. »Ich kann dir sagen, was auf deinem Schreibtisch wartet. Da warten zwei Tickets fürs Stadion. Samstag: Fiorentina gegen Juventus.«

»Für mich?«, fragte Siena erfreut.

Enzo nickte. »Ich möchte mal wieder einen richtig schön geschriebenen, ganz persönlichen und emotionalen Spielbericht von dir, von Fan zu Fans. So was bringt Klicks.«

»Alles klar, Chef«, erwiderte Siena und machte sich auf den Weg. Als sie schon an der Tür angekommen war, ergänzte Enzo: »Du kannst ja einen von deinen Polizisten mitnehmen. Oder Davide. Ich habe da den Überblick verloren.« Er grinste, und Siena verdrehte die Augen.

An ihrem Schreibtisch betrachtete sie die beiden Eintrittskarten. Vor ihrem inneren Auge erschien ein kleines Häuschen in Rifredi, in dem sich die Einsamkeit breitmachte und in dem ein Poster der Fiorentina dem Trübsinn trotzte. Das Blitzen in Adelinas Augen.

Sie nahm einen Briefumschlag aus der Ablage und schrieb darauf eine Adresse, die sie in ihrem Handy abgespeichert hatte: Es war eine Adresse in Rifredi. Bevor sie eines der beiden Tickets in den Umschlag steckte, klebte sie noch ein Post-it darauf: *Liebe Adelina, wir treffen uns um 15 Uhr am Stadion, Eingang Tribüne. Ich freue mich! Bis Samstag, Siena Carciofine*

Dann ging sie zu Mia, der jungen Redaktionsassistentin, die am Empfang saß, und gab ihr den Umschlag. »Könntest du den noch mit in die Post legen, bitte? Ist wichtig.« Mia nickte und nahm den Brief entgegen.

Und als Siena zurück zu ihrem Schreibtisch ging, musste sie wirklich und von Herzen lächeln – zum ersten Mal an diesem Tag.

ZWEI WOCHEN SPÄTER

»Deine Mutter hat angerufen«, sagte die Nonna.

»Was wollte sie?« Siena klemmte das Smartphone zwischen Schulter und Ohr und passte dabei höllisch auf, es nicht schon wieder fallen zu lassen. Erst vorgestern hatte sie es mit einem nagelneuen Display ohne Spinnennetz im Handyshop abgeholt. Sie tastete im Kleiderschrank nach einem Pulli und fluchte innerlich. Zum einen, weil sie zu spät dran war. Zum anderen, weil die bloße Erwähnung ihrer Mutter ihr bereits schlechte Laune machte.

»Wie immer. Sie wollte wissen, was du so machst.«

»Und dafür ruft sie natürlich wie immer *dich* an.« Siena rollte die Augen. Sie hatte einen Pulli gefunden und zerrte ihn am Ärmel grob aus dem Kleiderchaos heraus.

»Und sie will uns bald besuchen«, verkündete die Nonna. »Wenn sie meint, soll sie kommen«, fügte sie gnädig hinzu.

»Kommt sie zu deinem Geburtstag?« Siena war erstaunt. So viel Einsatz und Familiensinn passten gar nicht zu Graziella.

»Nein, wo denkst du hin. Den hat sie bestimmt nicht im Kopf. Da ist so viel … *anderes*, wie du weißt.«

Ja, das wusste Siena. Irgendetwas war immer interessanter für ihre Mutter als die Familie, die sie eines Tages in den 1980ern in einem kleinen Haus in der Toskana zurückgelassen hatte.

Siena beendete das Telefonat und dachte an den Geburtstag der Nonna und an das besondere Geschenk von Gianni, das ihre Großmutter an diesem Tag erwartete. Augenblicklich stieg ihre Laune. Sie durfte nur nicht vergessen, der Nonna demnächst noch mitzuteilen, dass sie ein ernstes Wort mit Gianni gesprochen hatte und dass er das Spielen um Geld in der Bar ab jetzt wieder sein ließ.

Als Siena wenige Minuten später aus dem Haus hinaus auf die Straße trat, da wurde ihre Laune sogar noch besser: Es war ein spätherbstlicher Tag, wie sie ihn liebte. Die Luft fühlte sich kühl an und schmeckte frisch, dazu strahlte die Sonne aus einem knallblauen Himmel herab. Die Häuser der Stadt sahen alle wie frisch gewaschen aus. Siena atmete ein paar tiefe Züge der Herbstluft ein und schlug dann den Weg zur Piazza Santa Croce ein. Doch nach wenigen Schritten machte sie abrupt kehrt und lief, einem inneren Impuls folgend, die Via Ghibellina im Stechschritt entlang bis zu der kleinen Boutique, in der sie neulich den gelben Mantel entdeckt hatte.

Als sie sich dem Geschäft näherte, wurde sie plötzlich ganz nervös. Sie hoffte, dass der Mantel noch da war, denn auf einmal wollte sie ihn unbedingt haben. Er schien ihr in diesem Augenblick das Sinnbild eines Neuanfangs zu sein. Ein edles, erwachsenes Kleidungsstück, das sie zu einem völlig anderen Menschen machte, als ihre Mutter es war. Ein Kleidungsstück, das Erfolg im Leben suggerierte, und eine Schutzschicht, so strahlend gelb wie das Sonnenlicht. Zum

Glück leuchtete der Mantel ihr freundlich aus dem Fenster entgegen, und als sie ihn anprobierte, hatte sie das Gefühl, sich in Wolken zu schmiegen. Der Mantel war einfach perfekt. »Kann ich ihn gleich anbehalten?«, fragte sie, aufgeregt wie ein kleines Mädchen, das ein neues Kleid bekommt.

Luca war etwas verstimmt darüber, dass sie zwanzig Minuten zu spät zu ihrem Treffen auf der Piazza Santa Croce erschien, doch es war ihr egal. Sie hatte sowieso nur eingewilligt, ihn zu treffen, weil er noch ihren Parka hatte, den sie in der *Bar al Fondo* hatte liegen lassen. Sie liebte diesen Parka und wollte ihn zurück – und natürlich war sie auch neugierig, was Luca ihr sonst so zu sagen hatte. Sie hoffte, dass es nicht doch noch einmal etwas mit dem Fall zu tun hatte. In den Befragungen durch die Polizei hatte sie nämlich entschieden, so ziemlich die Wahrheit zu sagen: dass sie geahnt hatte, dass Matteo in Schwierigkeiten war. Dass ihre beste Freundin sie um Hilfe gebeten hatte. Dass sie vermutet hatte, dass Baldi dahintersteckte. Dass sie ihn an jenem Abend beschattet und verfolgt hatte, um Matteo und Sara zu finden.

Lediglich die Schnüffeleien im *Hotel Paradiso* und den anonymen Hinweis auf den Safe hatte sie verschwiegen, und bislang hatte sie auch niemand darauf angesprochen. Die Polizisten hatten sie nur eindringlich ermahnt, nie mehr auf eigene Faust jemanden zu verfolgen, den sie für gefährlich hielt. Und sie hatten ihr eingeschärft, sich in Zukunft immer *sofort* an die Polizei zu wenden.

Siena hatte beides hoch und heilig versprochen und war erleichtert gewesen, dass sie so glimpflich davongekommen war.

Doch egal, worüber Luca mit ihr reden wollte: Eines hatte sie sich selbst aufs Strikteste verboten, nämlich Straghetti zur Sprache zu bringen. Von dem hatte sie seit dem Kuss nichts mehr gehört und gesehen, und das sollte, nein, das *musste* auch so bleiben. Zum Glück hatte sie bislang nicht mitbekommen, dass er suspendiert worden oder irgendwie in die Sache mit dem *Studio Legale* verwickelt gewesen wäre. Sein Porträt prangte nach wie vor auf der Website der Questura (die sie sich natürlich nur noch anschaute, um das zu überprüfen).

»Schöner Mantel«, sagte Luca anerkennend. »Dann brauchst du den alten Parka ja gar nicht mehr, oder?«

»Doch, natürlich«, erwiderte sie und riss ihm die Jacke förmlich aus der Hand. »Ich schätze das Alte durchaus. Ich brauche nicht ständig einen neuen *Kick*.«

Na wunderbar. Nach nicht einmal einer Minute hatte sie ihr Versprechen gebrochen und indirekt doch Fabrizio Straghetti angesprochen.

Wir Männer brauchen eben manchmal einen Kick, genau das hatte Luca schließlich über Fabrizio und ihren Kuss gesagt.

Luca schien die Anspielung verstanden zu haben, denn er sah sie wortlos an und zog die Augenbrauen einen Millimeter nach oben, während seine Lippen schmal wurden. Schnell wandte sich Siena ab und ging los. »Lass uns ein bisschen spazieren«, schlug sie hastig vor.

Sie schlenderten über die weiße, weite Piazza und weiter in Richtung Arno. Das Gespräch lief schleppend. Luca berichtete nur uninteressante Nichtigkeiten und hatte zum Glück keine Fragen mehr zu ihrer Verwicklung in den Fall parat.

Siena hörte ihm nur noch mit halbem Ohr zu, während sie die Ponte Vecchio, auf die sie jetzt zugingen, betrachtete. Die kleinen, dicht gedrängten Häuser darauf schienen in der Herbstsonne von innen heraus zu leuchten, und auch der Arno glitzerte und funkelte nur so.

Und plötzlich wurde es um Siena herum schlagartig still. Plötzlich erfroren alle Menschen zu einer einzigen grauen Masse, aus der nur noch ein einziges Gesicht herausstach.

Er sah sie erst, als es zu spät war, um noch zu wenden. Verdammt. Er war in Gedanken wohl doch noch zu sehr bei dem Termin gewesen und bei all den Erinnerungen, die er mit sich gebracht hatte. Sie trug einen schmal geschnittenen, leuchtend gelben Mantel, und an ihrer Seite war einmal mehr der vermaledeite Luca Bruni. Seit dem Vorfall an seinem Geburtstag begegneten sie sich nur noch mit eisiger Höflichkeit. Bei Siena hatte er sich nicht mehr gemeldet, da Bruni ihm noch einmal eindringlich klargemacht hatte, wie ernst es ihm mit dieser Beziehung war. Und da er auch umgekehrt von Siena nichts mehr gehört hatte, ging er davon aus, dass es wohl die richtige Entscheidung gewesen war, den Kontakt zu meiden. Und wenn er daran dachte, wie sie versucht hatte, an jenem Abend wegzulaufen … Nein, er wollte nicht für noch mehr Chaos in ihrem Leben sorgen.

Er hatte sie schon fast erreicht, und es führte kein Weg daran vorbei, ein paar Worte zu wechseln. Er hoffte, dass er einen schnellen Abgang hinlegen konnte, denn bei ihrem Anblick schlug sein Herz sofort wieder schneller. Als sie den Blick hob und ihn ansah, musste er sich bemühen, nicht an den Kuss zu denken. Nicht an den Kuss und nicht daran, dass es bei diesem einen Kuss bleiben würde. Bruni schien alles andere als erfreut, ihn zu sehen. »Ah, Fabrizio«, grüßte er kühl. Siena sagte nichts.

»Luca. Siena.« Straghetti nickte beiden kurz und unverbindlich zur Begrüßung zu.

Fabrizio Straghetti. Ausgerechnet hier und jetzt. Ausgerechnet zwischen all den Menschen an diesem herrlichen Herbsttag. Siena blieb automatisch wie angewurzelt stehen, und Luca folgte verwundert ihrem starren Blick.

Straghetti nickte ihnen zu. Er trug einen Anzug, der ihm hervorragend stand und ihn gleichzeitig unnahbar wirken ließ. Er mied Sienas Blick, und auch sie musste auf den Boden schauen, weil ihre Wangen bis einschließlich der Ohren glühten. Doch in dem kurzen Moment, in dem sich ihre Blicke getroffen hatten, war ihr aufgefallen, dass er müde und erschöpft aussah.

»So schick heute«, bemerkte Luca, und seine Stimme blieb weiterhin frostig. »Hast du ein Vorstellungsgespräch?«

Da Straghetti Lucas Chef war, konnte man diese Bemerkung durchaus als Provokation auffassen, doch Straghetti ging nicht darauf ein. »Eher das Gegenteil«, erwiderte er. »Ich hatte gerade meinen Scheidungstermin.«

»Aha.« Jetzt wirkte Luca ein wenig verdattert und schien nicht zu wissen, was er dazu sagen sollte.

In Sienas Kopf war alles nur noch ein einziger Tumult. Vorsichtig sah sie Straghetti an. Der hob die Achseln. »Ich bin ja seit Jahren schon getrennt, wie du weißt, Luca. Das war reine Formsache. Und zum Glück hat meine Schwägerin mich vertreten. Die arbeitet im *Studio Legale*.«

»Oh«, machte Luca.

»Ja, *oh* trifft es vermutlich am besten. Sie muss sich jetzt einen neuen Arbeitgeber suchen, fürchte ich.« Er hob kurz die Hand zum Gruß. »Euch einen schönen Nachmittag.«

Mit diesen Worten setzte er sich in Bewegung und war nach wenigen Sekunden nur noch ein Kopf zwischen all den anderen.

Siena starrte ihm nach.

»Na, willst du ihm nicht nachlaufen und dich ihm an den Hals werfen?« Lucas Stimme war leise und trotzdem schneidend. Siena bemerkte, dass er sie von der Seite lauernd beobachtete. Langsam wandte sie sich ihm zu. »Was soll das? Du wusstest, dass er getrennt ist? Und vor mir hast du es so dargestellt, als wäre er noch verheiratet?«

»Das war er zu dem Zeitpunkt ja auch.« Luca grinste spöttisch, doch dann wurde er plötzlich ernst. »Für wie blöd hältst du mich eigentlich? Ich habe dir doch schon gesagt, dass ich es längst kapiert habe. Wie du nach ihm fragst, wie du ihn anschmachtest.«

»Und das wolltest du mir vermiesen, *weil* …? Warum, Luca? Wegen unseres kleinen Flirts?« Siena starrte ihn fassungslos an.

»*Warum?!* Weil *ich* mit dir zusammen sein will! Für mich ist das kein kleiner Flirt, und ich dachte, das wäre auch dir klar!«

Einen Moment lang überlegte Siena, ob das ernst gemeint sein konnte. Sie sah Luca forschend an, und er blickte ernst zurück. »Das war mir nicht klar, Luca«, sagte sie leise, aber bestimmt. »Das war mir ganz und gar nicht klar, und dafür entschuldige ich mich. Aber für mich hat das mit uns leider keine Zukunft.«

Sie drehte sich um und ging weg. Sie ging weg, so schnell sie konnte, immer einen Schritt vor den anderen. Und sie hoffte, dass Luca ihr nicht folgen würde. Dass er sie einmal, ein einziges Mal, in Ruhe lassen und ihre Entscheidung zu gehen respektieren würde. Und dass er die heißen Tränen, die unaufhaltsam aus ihren Augen quollen, nicht sehen würde.

Das Handy vibrierte in der Manteltasche. Siena blieb stehen und tastete danach. Sie musste den Tränenschleier zuerst wegblinzeln, bevor sie die Nachricht entziffern konnte. Sie war von Martina. *Hey, Miss Undercover, das hast du gut gemacht.* Siena musste trotz der Tränen ein kleines bisschen grinsen. *Ich komme erst einmal nicht zurück nach Florenz. Ich habe mich in Rom für Jura eingeschrieben, und dieses Mal ziehe ich es durch!*

Siena wurde warm ums Herz. Wenn es jemand verdient hatte, endlich durchzustarten, dann Martina! Sie würde erfolgreich werden, daran hatte sie keinerlei Zweifel.

Eine zweite Nachricht folgte. *Meine Cousine kennt jemanden in Rom, der jemanden kennt, der eine Agentur für private Ermittlungen hat. Vielleicht kann man da auch neben dem Studium mal ein Praktikum machen, habe ich mir überlegt.* »Gute Idee«, murmelte Siena – so als könnte Martina sie hören. Sie wollte das Handy gerade wieder wegpacken, als es erneut vibrierte. *Ich halte dich auf dem Laufenden, Siena Carciofine. Und vergiss nicht: Man sieht sich immer zweimal im Leben. Und weißt du was? Ich freue mich jetzt schon drauf. Auch wenn du mir eine Affäre mit dem alten Sack zugetraut hättest. Ich bitte dich! Widerlich!*

Siena lachte. Ihre Tränen waren getrocknet. Sie lehnte sich an die kleine Mauer am Arno und schloss die Augen. Die Sonne wärmte ihr Gesicht, und der Herbstwind wehte eine Haarsträhne gegen ihre Wange, sodass es ein wenig kitzelte. Sie lächelte.

Dann öffnete sie die Augen und scannte aufmerksam die Menschen in ihrer Umgebung und auf der Straße, die am Ufer des Arno entlangführte.

Vielleicht war es noch nicht zu spät.

Vielleicht konnte sie Fabrizio doch noch einholen.

Sie lief los.

EIN GROSSES DANKE

- an Andrea Wildgruber von der Agence Hofmann – für die Ermutigung und Unterstützung
- an Cathérine Fischer für die tolle und unkomplizierte Zusammenarbeit beim Lektorat
- an Pascalina Murrone und das gesamte Team von HarperCollins
- an meine allererste Leserin Manu für ihr sehr wertvolles Feedback und die investierte Zeit
- an meine Motivator:innen für dieses Projekt, allen voran Niels und Heidi!
- an Tine für ein wunderbares Schreibwochenende am Starnberger See, bei dem einige Szenen dieses Buches entstanden sind
- an meine Leser:innen, die mir nach Band 1 deutlich gemacht haben, dass sie unbedingt wissen wollen, wie es mit Siena weitergeht
- an die Toskana für Inspiration und Verzauberung